U0117051

全国高等职业教育规划教材·信息安全系列

网络安全系统集成与建设

主　编　唐乾林

副主编　赵　怡　田淋风

参　编　刘　涛　胡　云　李治国

机械工业出版社

本书以一个真实的校园网为案例，介绍网络安全系统集成与建设的工作过程。主要包括网络安全系统集成与建设的方案设计、综合布线、交换机的基本配置与安全配置、路由器的基本配置与安全配置、常见服务器的安装与安全配置、主流安全产品的配置与应用、系统集成工程项目管理等内容。

本书适合高等院校计算机科学与技术、信息安全、网络工程等专业的学生使用，也适合作为系统集成培训的教材和网络工程技术人员的工具书。

本书配套授课电子课件，需要的教师可登录 www.cmpedu.com 免费注册、审核通过后下载，或联系编辑索取（QQ：81922385，电话：010-88379739）。

图书在版编目(CIP)数据

网络安全系统集成与建设/唐乾林主编.—北京：机械工业出版社，2010.8

全国高等职业教育规划教材. 信息安全系列

ISBN 978-7-111-31518-6

Ⅰ.①网… Ⅱ.①唐… Ⅲ.①计算机网络—安全技术—高等学校：技术学校—教材 Ⅳ.①TP393.08

中国版本图书馆 CIP 数据核字（2010）第 152490 号

机械工业出版社(北京市百万庄大街 22 号　邮政编码 100037)

责任编辑：鹿　征　马　超

责任印制：杨　曦

北京蓝海印刷有限公司印刷

2010 年 9 月第 1 版 · 第 1 次印刷

184mm × 260mm · 12.75 印张 · 310 千字

0001—3000 册

标准书号：ISBN 978-7-111-31518-6

定价：23.00 元

凡购本书，如有缺页、倒页、脱页，由本社发行部调换

电话服务	网络服务
社服务中心：(010)88361066	门户网：http://www.cmpbook.com
销 售 一 部：(010)68326294	教材网：http://www.cmpedu.com
销 售 二 部：(010)88379649	**封面无防伪标均为盗版**
读者服务部：(010)68993821	

全国高等职业教育规划教材
计算机专业编委会成员名单

出版说明

根据《教育部关于以就业为导向深化高等职业教育改革的若干意见》中提出的高等职业院校必须把培养学生动手能力、实践能力和可持续发展能力放在突出的地位，促进学生技能的培养，以及教材内容要紧密结合生产实际，并注意及时跟踪先进技术的发展等指导精神，机械工业出版社组织全国近60所高等职业院校的骨干教师对在2001年出版的“面向21世纪高职高专系列教材”进行了全面的修订和增补，并更名为“全国高等职业教育规划教材”。

本系列教材是由高职高专计算机专业、电子技术专业和机电专业教材编委会分别会同各高职高专院校的一线骨干教师，针对相关专业的课程设置，融合教学中的实践经验，同时吸收高等职业教育改革的成果而编写完成的，具有“定位准确、注重能力、内容创新、结构合理和叙述通俗”的编写特色。在几年的教学实践中，本系列教材获得了较高的评价，并有多个品种被评为普通高等教育“十一五”国家级规划教材。在修订和增补过程中，除了保持原有特色外，针对课程的不同性质采取了不同的优化措施。其中，核心基础课的教材在保持扎实的理论基础的同时，增加实训和习题；实践性较强的课程强调理论与实训紧密结合；涉及实用技术的课程则在教材中引入了最新的知识、技术、工艺和方法。同时，根据实际教学的需要对部分课程进行了整合。

归纳起来，本系列教材具有以下特点：

1）围绕培养学生的职业技能这条主线来设计教材的结构、内容和形式。

2）合理安排基础知识和实践知识的比例。基础知识以“必需、够用”为度，强调专业技术应用能力的训练，适当增加实训环节。

3）符合高职学生的学习特点和认知规律。对基本理论和方法的论述要容易理解、清晰简洁，多用图表来表达信息；增加相关技术在生产中的应用实例，引导学生主动学习。

4）教材内容紧随技术和经济的发展而更新，及时将新知识、新技术、新工艺和新案例等引入教材。同时注重吸收最新的教学理念，并积极支持新专业的教材建设。

5）注重立体化教材建设。通过主教材、电子教案、配套素材光盘、实训指导和习题解答等教学资源的有机结合，提高教学服务水平，为高素质技能型人才的培养创造良好的条件。

由于我国高等职业教育改革和发展的速度很快，加之我们的水平和经验有限，因此在教材的编写和出版过程中难免出现问题和错误。我们恳请使用这套教材的师生及时向我们反馈质量信息，以利于我们今后不断提高教材的出版质量，为广大师生提供更多、更适用的教材。

机械工业出版社

前　言

本书根据职业能力培养的要求，在编写过程中提出“基于工作过程，基于真实的工作案例”的实践教学理念。全书以一个真实的校园网建设项目作为主线，介绍了网络安全系统集成分析与方案设计、综合布线、交换机的基本配置与安全配置、路由器的基本配置与安全配置、常见服务器的安装与安全配置、主流安全产品的配置和应用、系统集成工程项目管理等内容。

本书内容侧重于网络安全系统集成的方案设计以及交换机、路由器、服务器、主流安全产品的安全配置，强调了网络安全系统集成与建设项目的工作过程及项目管理。

通过本书的学习，读者应达到以下的职业能力目标：

1）会设计：学会根据不同的企业、不同的预算设计出符合企业要求的方案。

2）会配置：学会交换机、路由器和主流安全产品的配置。

3）会集成：学会各种软件、常见服务器、各种网络设备的集成方法。

4）会管理：学会整个安全系统、项目的管理方法。

本书由重庆电子工程职业学院唐乾林任主编，赵怡、田淋风任副主编。参加编写的还有刘涛、胡云、李治国。全书统稿、定稿由唐乾林完成。在编写本书的过程中，作者参阅了一些文献资料，在此向这些作品的作者表示衷心的感谢！

由于编者水平有限，书中不妥或错误之处在所难免，恳请广大读者批评指正。

编　者

目　录

第1章　网络安全系统集成分析与方案设计

网络安全系统集成就是根据客户的应用需求和投入资金的规模，综合应用计算机网络、计算机安全等相关技术，适当选择软硬件设备，经过专业人员的集成设计，安装调试与维护，应用开发等大量技术性工作和相应的管理性及商务性工作，使集成后的系统能够满足客户对实际工作的要求，具有良好的性能、适当的价格和强健的安全策略的计算机网络系统的全过程。

网络安全系统集成有以下几个显著特点。

1）网络安全系统集成要以满足客户的需求为根本出发点。

2）网络安全系统集成不是选择最好的产品的简单行为，而是要选择最适合客户的需求和投资规模的产品和技术。

3）网络安全系统集成不是简单的设备供货，体现得更多的是设计、调试与开发，是技术含量很高的行为。

4）网络安全系统集成涉及技术、管理和商务等方面，是一项综合性的系统工程。技术是安全系统集成工作的核心，管理和商务活动是系统集成项目成功实施的可靠保障。

总之，网络安全系统集成是一种商业行为，也是一种管理行为，其本质是一种技术行为。

1.1　任务一　需求分析

一个企业或单位的网络安全系统集成与建设项目的方案是建立在各种各样的需求之上的。这些需求来自客户的实际需求。由于一般客户对网络安全系统集成与建设的理解和需求是不同的，所以，对客户需求的理解，在很大程度上决定了项目的成败。

如何通过了解、分析、明确客户的需求，并且能够准确、清晰地以文档的形式表达出来，提供给项目实施的每个成员，保证实施过程按照满足客户需求的目的正确进行，是每个网络安全系统集成项目管理者需要面对的问题。

1.1.1　系统需求分析

在客户需求分析中，首先要确定网络安全系统集成项目的目标。目标通常应该由专业人士和客户共同讨论确定。在目标中应该明确设计的是一个新的网络安全集成系统，还是一个现有网络安全集成系统的改造。下面就以某职业学院的需求为例，来设计一个网络安全系统集成与建设的方案。

1）学院的网络覆盖情况：18 幢楼宇约 8100 个信息点。其中 1 幢办公楼 500 个信息点，3 幢教学楼 600 个信息点，3 幢教师宿舍楼 600 个信息点，7 幢学生宿舍楼 6000 个信息点，1 幢实验楼 200 个信息点，1 幢图书馆大楼 100 个信息点，2 个食堂 100 个信息点。

2）综合布线：网络运行的基础是通信设施。在现有的通信条件下，楼群之间、楼内各室之间计算机网络线路的敷设、修改和维护，经常要消耗网络管理人员大量的时间与精力，并有可能会浪费器材和施工资金，影响信息工程的建设和发展。结构化布线系统可以解决上述问题。作为一项半永久性的基础设施，结构化布线系统主要采用光纤和双绞线形成楼宇之间和楼宇内的通信线路系统，支持语音、数据和视频的综合信息传输。结构化布线系统的优点是技术先进，适于今后长期发展，网络安装和维护工作简单方便，线路系统灵活性好，长期投资效益高。

由于校园比较大，建筑物多、布局比较分散，因此，在设计校园网主干结构时既要考虑到目前实际应用的侧重点，又要兼顾未来的发展需求。主干网以网络中心机房为中心，设几个主干交换结点，包括网络中心机房、实验楼、图书馆、教学楼、宿舍楼。中心交换机和主干交换机采用千兆光纤交换机。网络中心机房与教学楼、实验楼、图书馆、宿舍楼等之间全部采用 8 芯室外光缆；楼内选用进口 6 芯室内光缆和 5 类线。

3）服务器的配置要根据学院的实际应用。

目前的网络应用中，要使用各种各样的服务器。Internet 上使用的服务器包括代理服务器、WWW 服务器、E－mail 服务器、DNS 服务器；信息管理系统和办公自动化使用的服务器，包括 OA 服务器以及为整个校园应用服务的数据库服务器、文件服务器等。

以上服务器是从逻辑上划分的，并不一定要求每一种逻辑服务器对应一台物理上的服务器级的主机。具体要采用多少台主机，要根据实际情况决定。根据学院的具体要求，大致可以分为 3 类服务器，它们分别为 Web 服务器、数据/数据库服务器、视频服务器。

主机系统可以有 3 大类选择，分别为大型机系统、小型机系统和 PC 服务器系统。采用大型机系统的做法，在历史上曾经流行过，这主要是因为当时的应用系统所要求的处理能力只有大型机能够提供。另外，那时候的终端的处理能力很有限，并且价格很贵，同时虽然大型机的处理能力可以满足应用的需要，但是价格更加昂贵。为了节省成本，只好采用有足够处理能力的大型机加基本没有处理能力的终端这种方式。随着大规模集成电路和计算机技术的发展，小型机、PC 服务器的性能有了极大的提高，大型机逐渐失去了它的优势。

小型机系统是处于大型机和 PC 服务器之间的一种选择。通常，小型机的性能可以很高，甚至可以接近大型机的水平。小型机的 CPU 通常采用 RISC（Reduced Instruction Set Computer，精简指令集计算机）技术，程序执行效率较采用 CISC（Complex Instruction Set Computer，复杂指令集计算机）技术的机器有极大的提高。小型机的可靠性较 PC 服务器高，因为小型机的元器件大多经过严格筛选和优化；另外小型机通常有与之相配套的操作系统，且大多是 UNIX 操作系统。可以选择使用的小型机有 HP－9000、IBM RS－6000 等。

PC 服务器的性能跟小型机大致相当，之所以称其为 PC 服务器，通常认为 PC 服务器是采用 Wintel 体系结构的，即采用 Intel 的 CPU 和微软的 Windows 操作系统。因为 Intel 和微软都是大规模生产，所以这种组合的价格非常具有竞争力，是大多数用户的选择。

本例建议采用 PC 服务器作为应用系统的硬件平台。在这里，可以选择 IBM 的服务器，即选择两台 NF5100 分别用于 Web 服务器和数据/数据库服务器，另外选择一台 NF7100 用于视频服务器。

服务器的具体配置见表 1-1。

表 1-1　服务器的配置

设 备 名 称	配 置 型 号	数量	单位
主服务器	8658 -41Y NF5100 PIII866 MHz, 128 MB, 36 GB/10000 转 SCSI, CD - ROM, 网卡, 15in	1	台
Web 服务器	8658 -41Y NF5100 PIII866 MHz, 128 MB, 36 GB/10000 转 SCSI, CD - ROM, 网卡, 15in	1	台
数据/数据库服务器	8658 - 51Y NF5100 PIII933 MHz, 128 MB, 1 × 72 GB/10000 转 SCSI, CD - ROM, 网卡, 15in	1	台
视频服务器	8666 - 31Y NF7100 PIII/Xeon700 MHz/1 MB, 256 MB, 3 × 72 GB/10000 转 SCSI, CD - ROM, 15in	1	台
千兆网卡	3C985 - Sx	4	块
软件防火墙	天网防火墙（网络版）	1	套

其中主服务器装有 Windows 操作系统，负责整个校园网的管理，尤其是教育资源的管理。其中一台服务器装有 DNS，负责整个校园网中各个域名的解析，另一台服务器装有电子邮件（E - mail）系统，负责整个校园网中各个客户的邮件管理。

Web 服务器装有 Windows 2003 操作系统，负责远程服务管理及 Web 站点的管理。Web 服务器采用现在比较流行的 IIS 服务器，使用 ASP. NET 语言进行开发，连接 SQL Server 数据库，形成了较完整的动态网站。

4）学院网络建设的目标如下。

- 主干网络提供 1000Mbit/s 带宽，到桌面提供 100Mbit/s 带宽，共连接 18 幢楼宇，可以实现学院内互连，为学院各部门子系统提供校园主干网的接口，从而实现各网段内、各网段之间计算机互访和校内资源共享。
- 实现与 Internet 相连，局域网内的计算机通过 Web 服务器代理上网。
- 核心内部网络建设，包括各种服务器的建设。这些服务器对外能与 Internet 互连，对内提供校内各种局域网的接口，提供 Internet 的服务有电子邮件、远程登录、文件传输、信息查询等。

在充分考虑学院未来的应用后，整个校园的信息节点设计为 9000 个左右，交换机总数约 50 台左右，其中主干交换机 5 台，配有千兆光纤接口，最终建设成一个以办公自动化、计算机辅助教学、现代计算机校园文化为核心，以现代网络技术为依托，技术先进、扩展性强、能覆盖全校主要楼宇的校园主干网络，同时要将学校的各种工作站、终端设备和局域网连接起来，并与有关广域网相连，以便在网络上宣传自己和获取 Internet 上的教育资源。这不仅需要形成结构合理、内外沟通的校园计算机网络系统，在此基础上还要建立能够满足教学、科研和管理工作等需要的软硬件环境，同时开发各类信息库和应用系统，为学校各类人员提供不同的网络信息服务。系统总体设计将本着总体规划、分步实施的原则，充分体现系统的技术先进性、安全可靠性、开放性和可扩展性。

1.1.2　安全需求分析

目前，校园内部网络可能受到的威胁包括黑客入侵、内部信息泄漏和不良信息进入内网等。因此，采取的网络安全措施既要保证学院办公系统和网络的稳定运行，又要保护运行在内部网上的敏感数据与信息的安全。归结起来，应充分保证以下几点。

1）网络可用性：网络是学院管理系统的载体，需防止对内部网络设施的入侵和攻击、防止通过消耗带宽等方式破坏网络的可用性，在某部分系统出现问题的时候，不影响学院网络系统的正常运行，具有很强的可用性和及时恢复性。

2）业务系统的可用性：学院内部的各主机及各种应用服务器系统的安全运行同样十分关键，网络安全体系必须保证这些系统不会遭受来自网络的非法访问、恶意入侵和破坏。

3）数据的安全性：对于学院的内部网络，网络安全系统应保证内网机密信息在存储与传输时的保密性。全面有效地保护学院网络系统的安全，保护计算机硬件、软件、数据、网络不因偶然或恶意破坏遭到更改、泄漏和丢失，确保数据的完整性和安全性。

4）访问的可控性：对关键网络、系统和数据的访问必须得到有效的控制，这要求系统能够可靠地确认访问者的身份，谨慎授权，并对任何访问进行跟踪记录。

5）网络操作的可管理性：网络安全系统应具备审记和日志功能，对相关重要操作提供可靠而方便的管理和维护功能。

6）全方位杜绝不健康信息在校园网上的出现，杜绝校园内部互联网不良信息的传播，净化校园内部网络环境，这要求网络具有较强的管理功能，使管理员能够对出现的问题及时发现、及时处理、防止扩散，在学生未受影响之前进行消除。

7）所采用的安全设备和技术应具有我国安全产品管理部门的合法认证，产品的运行和维护要简单，运行费用要低廉。

8）有效地提高计算机和网络使用的效率，同时对学生起到有效的督促作用，保证学生不会因为使用网络而有意或无意地浏览一些有黄、毒内容的网站。

9）能够保证在校园内部对网络犯罪或破坏活动进行日志跟踪，能够防止学生利用网络从事犯罪活动。

10）对学生的网络访问进行管理，并对信息进行记录存储，对符合教育要求的网络教育资源进行组织。

11）减轻网络管理员在学生上网时的监管压力，同时提高监管的效率，能够既满足校园自身管理的需要，又满足公安管理部门对公共网络监控管理的需要。

1.2 任务二　系统的总体方案设计

1.2.1　网络安全集成系统设计的原则

随着现代计算机技术的高速发展，特别是诸如图形、语音、视频等多媒体信息和技术在信息管理系统、科研设计等领域的广泛应用，为网络平台的设计提出了更高的要求。为了更好地满足用户的需求，保证系统能正常稳定运行，且在较长的时间内不落后，所以在网络系统方案设计中，应当把握以下几个原则。

（1）稳定性

只有运行稳定的网络才是可靠的网络，而网络的可靠运行取决于诸多因素，如网络的设计和产品的可靠性，同时，选择一个对此类规模的网络有一定运营经验的网络合作厂商尤为重要。另外，稳定的网络还要求有物理层、数据链路层和网络层的备份技术。

（2）高带宽

为了支持数据和语音、视频等多媒体信息的传输能力，同时在技术上要达到目前的国际先进水平，因此要采用最先进的网络技术，这样不仅可以适应大量数据和多媒体信息的传输，又可以满足目前的业务需求，同时又充分考虑了未来的发展。为此，应选用具有高带宽的先进的网络技术。

（3）先进性

网络硬件和软件平台的先进性体现在如何选择性价比好的硬件和软件并通过先进的网络技术进行组网，以保证系统的基础环境在未来一段时间内不落后。

（4）标准性和开放性

选择具有统一性的网络结构与软硬件平台，有利于系统的建立与开发。制定信息管理的规范，即组织有关人员对信息管理系统进行系统分析，制定数据流图和数据结构，为信息管理系统的开发奠定基础。为了实现与各种网络的互访，要选择开放的网络体系结构，即既要选择目前的主流产品，又要具有开放性，以便于以后的扩充。

（5）可扩展性

系统要有可扩展性和可升级性，随着业务的增长和应用水平的提高，网络中的数据和信息流将按指数增长，需要网络有很好的可扩展性，并能随着技术的发展而不断升级。可扩展不仅仅指设备端口的扩展，还指网络结构的易扩展性，即只有在网络结构设计合理的情况下，新的网络结点才能方便地加入已有网络；网络协议的可扩展性指无论是选择第三层网络路由协议，还是规划第二层虚拟网的划分，都应注意其扩展能力。

（6）容易控制和管理

因为上网用户很多，如何管理好他们的通信，做到既保证一定的用户通信质量，又合理地利用网络资源，这是建设好一个网络后所面临的首要问题。

（7）经济性

充分利用原有的软件、硬件资源，减少投资浪费，使系统具有很高的性价比。

（8）安全性

网络系统应具有良好的安全性，以保证数据的安全及网络使用的安全。同时应支持 VLAN 的划分，并能在 VLAN 之间进行第三层交换时同时进行有效的安全控制，以保证系统的安全。

（9）符合 IP 发展趋势的网络

在目前任何一个提供服务的网络中，对 IP 的支持服务是最普遍的，而 IP 技术本身又处在发展变化中，如 IPv6，IP QoS，IP over SONET 等新兴的技术不断出现，校园网络也必须紧跟 IP 发展的步伐，也就是说尽量选择 IP 发展处于领先地位的网络厂商。

1.2.2 网络安全集成系统的拓扑设计

计算机网络的拓扑结构是把网络系统的连接形式，用相对简单的拓扑图形式画出来，特别是计算机分布的位置以及电缆如何连接它们。设计一个网络的时候，应根据自己的实际情况选择正确的拓扑结构，常用的有：星形（广泛用于局域网）、环形（广泛用于光纤网）、总线型（早期局域网）、树形、网状形（用于复杂网络）。

在选择一种物理拓扑结构时，主要应考虑以下几个因素：安装的相对难易程度、重新配置的难易程度、维护的相对难易程度、传输媒介发生故障时对设备的影响程度。

某学院校园网络主干采用基于树形的多星形结构，使之具有链路冗余特性，能使结构中有一线路出现故障时，只有本线路出故障，而其他部分仍然能正常运行。

最后根据需求画出网络拓扑图，如图 1-1 所示。

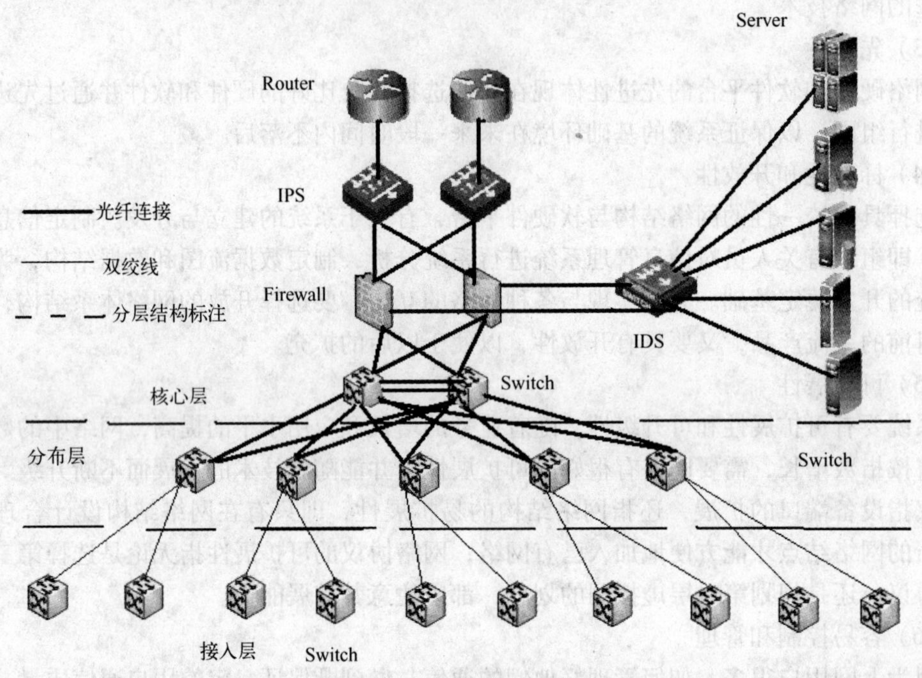

图 1-1　某学院校园网设计方案的拓扑图

网络设备制造商为网络拓扑结构的设计提出了经典的 3 层模型。3 层模型允许在 3 个连续的路由或交换层次上实现流量汇聚和过滤，这使得 3 层模型的规模可以扩大到大型国际互联网络。

网络分层设计的优点如下。

① 可扩展性：因为网络可模块化增长而不会遇到问题。

② 简单性：通过将网络分成许多小单元，降低了网络的整体复杂性，使故障排除更容易，同时能隔离广播风暴、防止路由循环。

③ 设计的灵活性：使网络容易升级到最新的技术，同时升级任意层次的网络不会对其他层次造成影响，无须改变整个环境。

④ 可管理性：层次结构使单个设备的配置的复杂性大大降低，这样更容易管理。

一个典型的网络三级拓扑结构是：由具有可用性和经过性能优化的高端路由器和交换机组成的核心层；由用于实现策略的路由器和交换机构成的汇聚层（分布层）；由用以连接用户的地段交换机和无线接入点构成的接入层。

1.2.3　网络设备选型

提供网络设备产品的厂家有很多，主要的生产厂家有 Cisco、Nortel Networks、3Com、Lucent（该公司提供网络设备的部门现已独立出来并成立 AVAYA 公司）、Alcatel、Cabletron、Intel、华为、联想、中兴等。

在本设计方案中选择的主要设备如下。

1. 交换设备

1）核心交换机：选择支持路由功能、带千兆光纤接口的可网管型交换机。

2）汇聚交换机（楼宇交换机）：可选择思科（Cisco）的带1000Mbit/s光接口的交换机。

3）接入交换机：普通交换机。可选择思科（Cisco）、华为、清华同方等厂家的产品。

2. 路由器

选用Cisco 2851，参数见表1-2。

表1-2 Cisco 2851路由器参数表

基本特征	
路由器类型	多业务路由器
端口结构	模块化
传输速率	10/100/1000 Mbit/s
内置防火墙	是
固定的局域网接口	2个
重量	11.4kg
网络管理	网络管理协议 Cisco ClickStart 与 SNMP
内存	最大1024MB
网络协议	IEEE 802.3X
其他端口	控制端口（Console）
扩展模块	4
尺寸	416.6mm×438.2mm×88.9mm
电源	AC 100～240V，47～63Hz
QoS	支持
VPN	支持
适用环境	工作温度：0～40℃，工作湿度：5%～95%、无凝结，存储温度：-20～65℃，存储湿度：5%～95%、无凝结

3. 安全产品选择

网络系统安全防范是通过安全技术、安全产品集成及安全管理来实现的。其中安全产品的集成就涉及如何选择网络安全产品，在进行网络安全产品选型时，应该要求网络安全产品满足两方面的要求：一是安全产品必须符合国家有关安全管理部门的政策要求；二是安全产品的功能与性能要求。

（1）政策要求

满足国家管理部门的政策性方面要求，针对相关的安全产品必须查看其是否得到相应的许可证，举例如下。

1）密码产品要满足国家密码管理委员会的要求。

2）安全产品应获得国家公安部颁发的销售许可证。

3）安全产品应获得中国信息安全产品测评认证中心的测评认证。

（2）安全产品的选型原则

安全产品的选择必须考虑产品的功能、性能、运行稳定性以及扩展性，并且还必须考查其自身的安全性。

1）防火墙。

选用天融信网络卫士防火墙系统。

防火墙4000 - UF 采用6Gbit/s 的系统数据总线结构，并通过使用大量独创性专利技术，构造了一个安全、高效、可靠、应用广泛、方便灵活的防火墙系统；同时为客户提供最优秀的性能及功能保证。

2）入侵检测系统。

选用天融信的网络卫士入侵检测系统。

网络卫士入侵检测系统部署于网络中的关键点，实时监控各种数据报文及网络行为，提供及时的报警及响应机制。其动态的安全响应体系与防火墙、路由器等静态的安全体系形成强大的协防体系，大大增强了用户的整体安全防护强度。网络卫士入侵检测系统是基于网络的入侵检测系统，它通过提供对付 Internet 或其他网络上的潜在攻击企图的方案及详细信息，来提供一个全面的策略，以增强企业网络的安全性。

网络卫士入侵检测系统检测网络上的入侵并做出响应，但不会降低网络速度。此外，为了支持复杂网络环境，它采用了控制中心、引擎分离的分布式构架，并可通过管理中心提供综合安全性管理功能。

网络卫士入侵检测系统提供了入侵检测、流量统计、入侵响应、入侵报表、协议还原等各种功能。

3）入侵防御系统。

选用天融信的网络卫士入侵防御系统。网络卫士入侵防御系统（Topsec Intrusion Detection and Prevention，TopIDP）是基于新一代并行处理技术开发的网络入侵防御系统，它通过设置检测与阻断策略对流经 TopIDP 的网络流量进行分析过滤，并对异常及可疑流量进行积极阻断，同时向管理员通报攻击信息，从而提供对网络系统内部资源的安全保护。TopIDP 能够阻断各种非法攻击行为，如利用薄弱点进行的直接攻击和增加网络流量负荷造成网络环境恶化的 DoS 攻击等，能够安全地保护内部资源。

1.2.4 路由交换设计

在校园网络安全系统集成的设计和建设中，交换机和路由器是使用最多的设备，是构建整个网络安全系统集成项目的基本设备。

交换机根据每一个数据包中的目的 MAC 地址做简单的转发，转发决策并不需要判断数据包内详细的其他信息。交换机能以非常低的延迟转发数据包，具有比桥接的网络更接近于单一局域网段的性能。交换机把网络分段成更小的冲突域，为每个终端站点提供更高的平均带宽。

路由器通过相互连接的网络把信息从源端移动到目的端，一般来说，在路由过程中，信息会经过一个或多个中间结点。在普通的用户看来，交换机和路由器所实现的功能是完全一样的，但是交换机和路由器有所不同，它们的主要区别就是交换机工作在 OSI 参考模型的第2层（数据链路层），而路由器工作在在第3层（网络层）。

在确定需要的路由器或交换机的类型、彼此之间的位置以及需要的功能之前，应对网络进行路由交换设计。下面是选择路由器和交换机类型之前必须考虑的网络设计信息。

1）网络中当前有多少设备，有多少设备需要连接，预计将来有多大的增长。

2）哪些设备要与其他设备进行通信？

3）需要通信的不同设备之间需要的带宽。

4）在网络设计中，什么地方需要交换机（或路由器）？

5）是否需要虚拟局域网（VLAN）？如果需要的话，需要多少？在每个 VLAN 上有哪些主机？是否将在 VLAN 之间执行路由？

6）可接受的滞后时间是多少？

1.2.5 网络安全设计

尽管没有绝对安全的网络集成系统，但是，如果在网络方案设计之初就遵从一些安全要求，那么网络系统的安全就会有保障，若规划设计时不全面考虑，而消极地将安全和保密措施寄托在网络管理阶段，这种事后“打补丁”的思路是相当危险的。所以在做方案时，就应该把常见的一些安全措施考虑进来，本方案根据前面的网络安全需求分析，从以下几个方面来设计，从而保障网络系统的安全。

1. 网络地址规划

良好的网络地址规划是网络安全的前提和基础。根据使用者及其用途的不同，可灵活地进行规划。如果有充足的 IP 地址，则可以给每个入网计算机分配一个固定的 IP 地址，但若地址不够，则可规划入网计算机使用动态 IP 地址。用户访问网络需要进行身份认证，在没有认证或认证不通过的情况下用户计算机将获得内网 IP 地址。

2. 网络病毒的防范

校园网很重要的一个特征就是用户数比较多，会有很多的计算机缺乏有效的病毒防范手段。当用户频繁访问互联网的时候，通过局域网共享文件的时候，通过优盘、光盘复制文件的时候，系统都可能感染上病毒。当某个学生的计算机感染病毒后，就可能会向校园网的每一个角落发送，从而导致校园网万兆、千兆、百兆的网络带宽都被大量的病毒数据包所消耗，用户正常的网络访问得不到响应，办公平台不能使用。

为了防止病毒对系统安全的威胁，可以选用性能优越的网络版杀毒软件负责内部网络系统服务器及单机的病毒防范、查杀工作，同时利用防火墙对病毒的入侵进行有效的防范。

3. 防止网络欺骗

对于内网，在 ARP 地址池中将分配给客户的 IP 地址与其对应的 MAC 地址进行绑定，这点非常重要。如果缺乏有效的 IP、MAC 地址管理手段，用户可以随意地更改 IP 地址，也可以在网卡属性的高级选项中随意地更改 MAC 地址。用户有意或无意地更改自己的 IP、MAC 地址，会引起多方冲突，如果与网关地址冲突，同一网段内的所有用户都不能使用网络。如果恶意用户发送虚假的 IP 与 MAC 地址对应关系的信息，普通用户的大量网络数据包都将落入恶意用户的手中，从而造成 ARP 欺骗攻击。

大量的 IP、MAC 地址冲突会导致用户经常不能使用网络上的资源，而且用户在正常工作和学习时，计算机会经常弹出 MAC 地址冲突的对话框。由于担心一些机密信息（如银行卡账户和密码、邮箱密码等）泄漏，用户会尽量减少网络的使用，这样会导致投入几百万的校园网不能充分地发挥其服务于教学的作用，造成很大的资源浪费。

基于上述原因，网络必须要进行身份的认证。身份认证是整个校园网络安全体系的基础，所有入网的计算机必须通过网络管理员的审核。这主要是为迅速查找故障原因提供帮助。

4. 网络地址转换（NAT）功能

防火墙通过地址转换，将所有从内部发出的通过防火墙的报文的源地址修改成为防火墙本身的 IP 地址，使得外部网络无法了解内部网络的结构。使用地址转换技术可防止外部网络访问内部网络。局域网客户的网络连接只能从内部发起，这样便能极大地提高了网络安全性。

5. 防止拒绝服务攻击

相对于 ISP 提供的外网的网关 IP 地址而言，拒绝服务攻击主要发生在内网客户中。为了减少对路由器的拒绝服务攻击以及让上网用户不至于在流量很大的时候没有带宽，有必要对整体带宽进行动态限速。当达到某个阀值时，限制每个用户的带宽，当整体带宽降下来后，网络恢复无限速状态。

6. 防止端口扫描

除了 ARP 欺骗攻击外，端口扫描是最危险的一种攻击路由器的方式。这种攻击方式大大影响网络速度，占用网络带宽。可在防火墙中增加这样的规则，即不论内网还是外网，只要发现这样的扫描数据，增加的规则将采取丢弃这样的扫描数据包的方法或者屏蔽发生扫描的主机 IP 地址。这条效果非常显著，有问题的内网计算机客户会马上被封锁，待问题解决后再开放。

7. 局域网其他计算机安全设置

对于个人用户，只要求做好一些常规的设置：打好系统补丁，使用分配的固定 IP 地址，安装杀毒软件，安装 ARP 防火墙防止网络欺骗。

对于服务器的安全设置比较复杂，后面的章节将会介绍，这里只作简单说明：主要是做好服务器加固，以及服务器的安全配置和备份，最好使用扫描软件对服务器进行扫描，检测服务器的安全性能。

8. 设置防火墙

通过地址过滤可提供基本的防火墙功能，同时设置访问控制、身份认证、日志和入侵检测功能，以防止非法及恶意的客户入侵。

9. 交换机安全配置

交换机作为网络骨干设备，自然也肩负着构筑网络安全防线的重任，通过对交换机进行密码设置、端口的安全配置等达到网络安全的目的。

10. 路由器安全配置

路由器是一种负责寻径的网络设备，它在网络中的安全显得十分重要，通过对路由器采取保护密码的配置、控制 telnet 访问、禁止 CDP 等措施来加强路由器的安全。

11. 入侵检测系统

入侵检测系统提供下列功能：入侵检测、流量统计、入侵响应、入侵报表、协议还原等。

12. 服务器的安全配置

合理配置服务器的操作系统。网络操作系统（NOS）是网络用户与计算机之间的接口，可使网络上分布于不同位置的计算机能够方便而有效地共享网络资源，为网络用户提供所需的各种服务。网络操作系统除了具有一般操作系统所具有的处理机管理、储存器管理、储备管理及文件管理功能外，还有网络管理、网络通信、网络可靠性、资源共享、多种网络协议支持等功能。所以，操作系统的安全性是网络系统的安全基础。网络操作系统极为庞大，网络管理人员要做到对它了如指掌并不容易。所以，校园网络应视具体情况采用不同的安全策略，即合理配置操作系统至关重要。

13. 其他安全注意事项

（1）物理安全

硬件设备必须有专人管理，其他人不能随意使用。

（2）硬件故障

在允许的情况下，尽可能使用较好的网络设备，同时应有一两台备用的设备，出故障后能及时替换。

（3）软件故障

根据路由器的数据信息或日志查找问题根源，对于发现有问题的计算机，要在第一时间进行处理，其中具有攻击性且来不及处理的就直接断开连接。

习题

1. 简述网络需求调研的重要性。
2. 网络需求分析总体设计需要遵循的原则有哪些？
3. 网络需求分析中需要考虑的网络性能通常有哪些？
4. 网络方案设计主要包括哪两个方面，每个方面的内容通常有哪些？

第2章　综合布线技术

随着城市建设及通信事业的发展，各企事业单位的现代化建筑及建筑群（商住楼、办公楼、综合楼及各类园区等）的语音、数据、图像及其他多媒体业务综合网络的建设都要求按照国家有关标准进行综合布线，并需要通过验收。

2.1　综合布线系统概述

2.1.1　综合布线系统的概念

传统的布线方法是将各种设施的布线分别进行设计和施工，如电话系统、计算机网络系统、消防、安全报警系统及水、电、气管理系统等都是独立进行的。一座自动化程度较高的大楼内，各种线路繁多，不但难以管理，布线成本高，而且功能不足，不适应形势发展的需要。综合布线就是针对这些缺点而采取的标准化措施，实现统一设计、统一材料、统一布线、统一安装施工，这样便于集中管理和维护。

综合布线系统的定义是：用通信电缆、光缆及有关连接硬件构成的通用布线系统，它能够支持多种应用系统。

综合布线系统综合通信网络、信息网络及控制网络，为建筑或建筑群内部语音信号、数据信号、图像信号与监控信号提供传输通道，支持多种应用系统的使用，并能实现与外部信号传输通道的连接。

综合布线系统由不同系列和规格的部件组成，包括线缆传输介质、相关连接硬件（如配线架、连接器、插座、插头、适配器等）、线缆保护管槽以及电气保护设备等。

2.1.2　综合布线系统的特点

综合布线是一种预布线方式，其特点主要表现在它具有标准性、兼容性、开放性、灵活性、可靠性、先进性和经济性，而且给设计、施工和维护带来方便。

1. 标准性

综合布线系统对建筑或建筑群的通信网络、信息网络及控制网络按照国际、国家标准要求设计、施工和验收，同时把这些性质不同的网络综合到一套标准的布线系统中，使布线工程规范化，布线质量具有可靠性。

2. 兼容性

综合布线系统使用由共用配件所组成的配线系统，将不同厂家的各类设备综合在一起同时工作，均可相互兼容。

3. 开放性

综合布线系统对现有的著名综合布线设备、部件、材料厂商的产品均是开放的，它采用的冗余布线和星形结构布线方式既提高了设备的工作能力又便于用户扩充。

4. **灵活性**

综合布线系统具有充分的灵活性，便于集中管理和维护。可以通过其管理子系统方便地调整各类信号的路由，可以灵活地改变子系统设备和移动设备位置，而布线系统无须改变。

5. **先进性**

综合布线系统的设计均采用现行的最新标准，充分应用光纤通信和铜缆通信的最新技术。在今后的若干年内不增加新的投资情况下，还能保持先进性。

6. **经济性**

综合各种应用统一布线，可提高全系统的性能价格比。在确定建筑物或建筑群的功能与需求以后，规划能适应智能化发展要求的相应的综合布线系统设施并预埋管线，可以防止今后增设或改造时工程变得复杂，避免投资的浪费。

2.1.3 综合布线系统的构成

综合布线系统一般采用开放式星形拓扑结构，开放式星形拓扑结构以一个建筑群配线架（CD）为中心，配置若干个建筑物配线架（BD）和若干个楼层配线架（FD），每个楼层配线架（FD）连接若干个信息点（TO）或通过多个 CP 连接至若干个信息点（TO）。开放式星形拓扑结构下的每个分支子系统都是相对独立的单元，对每个分支单元系统的改动都不会影响其他子系统。图 2-1 所示的是综合布线 3 级或 4 级星形拓扑结构。

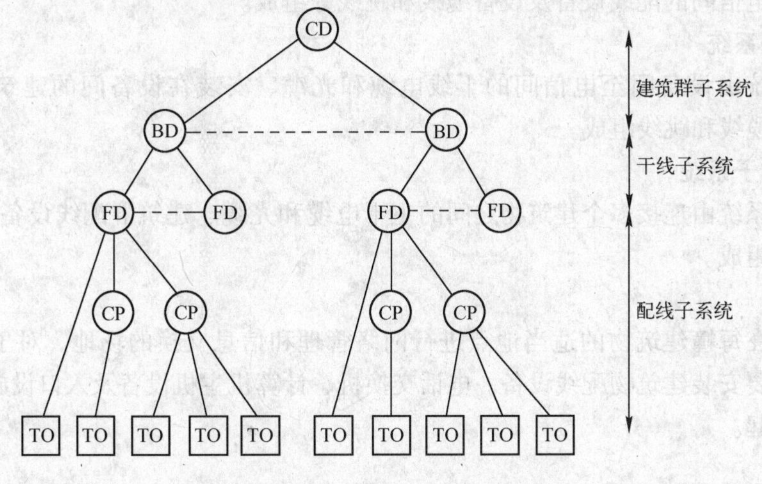

图 2-1　综合布线星形拓扑结构

北美标准将综合布线系统分为工作区子系统、水平子系统、垂直干线子系统、设备间子系统、管理子系统和建筑群子系统 6 部分。国际标准化组织 ISO/IEC 11801 定义综合布线系统包含 3 个布线子系统：建筑群干线布线子系统、建筑物干线布线子系统和水平布线子系统。我国最新综合布线系统设计规范把综合布线系统划分成 7 个部分：工作区、配线子系统、干线子系统、建筑群子系统、设备间、进线间和管理，简记为“三子（系统）、两间、一区一管理”。综合布线配线设备的典型设置，如图 2-2 所示。

1. **工作区**

一个独立的需要设置终端设备（TE）的区域划分为一个工作区。工作区由配线子系统的信息插座模块（TO）延伸到终端设备处的连接缆线及适配器组成。

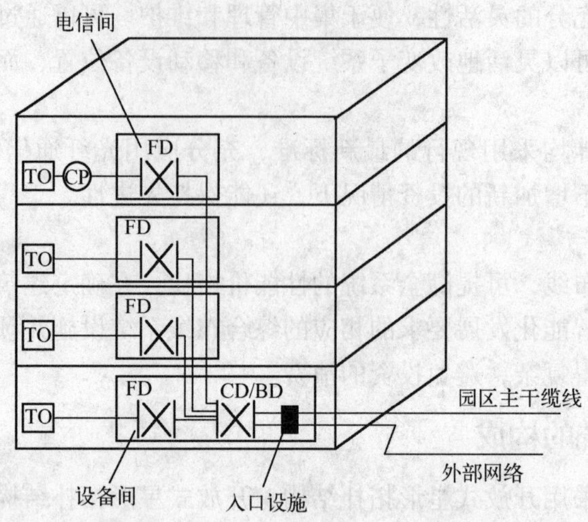

图 2-2　综合布线配线设备的典型设置

2. 配线子系统

配线子系统由工作区的信息插座模块、信息插座模块至电信间配线设备（FD）的配线电缆和光缆、电信间的配线设备及设备缆线和跳线等组成。

3. 干线子系统

干线子系统由设备间至电信间的干线电缆和光缆、安装在设备间的建筑物配线设备（BD）及设备缆线和跳线组成。

4. 建筑群子系统

建筑群子系统由连接多个建筑物之间的主干电缆和光缆、建筑群配线设备（CD）及设备缆线和跳线组成。

5. 设备间

设备间是在每幢建筑物的适当地点进行网络管理和信息交换的场地。对于综合布线系统，设备间主要安装建筑物配线设备。电话交换机、计算机主机设备及入口设施也可与配线设备安装在一起。

6. 进线间

进线间是建筑物外部通信和信息管线的入口部位，并可作为入口设施和建筑群配线设备的安装场地。

7. 管理

管理应对工作区、电信间、设备间、进线间的配线设备、缆线、信息插座模块等设施按一定的模式进行标识和记录。

2.1.4　综合布线系统的标准

1. 综合布线系统的技术标准和规范

综合布线系统的技术标准和工程规范是涉及布线系统的工程定位、功能指标、设计技术、施工工艺、验收标准等具体技术的要求与体现，也是各类布线系统工程建设活动的技术依据和准则。

综合布线技术在国外率先形成与发展，其规范也逐渐修改完善，形成了综合布线的国际标准。ISO/IEC 11801 的技术标准比较注重布线系统的应用特性，TIA 568 的技术标准比较注重布线系统组成元件的传输特性，综合布线的绝大多数产品都符合这些标准。我国对建筑物综合布线系统也相应地制定和颁布了有关国家标准，最新的国家标准如下。

①《综合布线系统工程设计规范》（GB50311－2007）

②《综合布线系统工程验收规范》（GB50312－2007）

2. 铜缆布线系统的分级与类别

为了符合以太网应用的相应等级，在布线系统的技术标准中，ISO、GB、CENELEC 标准是以 Class（级）来定义由永久链路或信道所组成的整个系统的性能等级（有 A、B、C、D、E、F 六级）。以 Category（类）定义铜缆布线系统中由各个部件（电缆与连接硬件）组合而实现最大带宽的传输性能（有 1～7 类）。而 TIA 标准均是以 Category（类）定义永久链路或信道的性能以及其他各个部件的传输性能。表 2-1 是铜缆布线系统的分级与类别。

表 2-1　铜缆布线系统的分级与类别

系统分级	支持的频率带宽/Hz	支持的传输速率/（bit/s）	支持的应用器件	
			电缆	连接硬件
A	100k			
B	1M			
C	16M	10M	3 类	3 类
D	100M	100M，1000M	5/5E 类	5/5E 类
E	250M	1000M	6 类	6 类
F	600M	10000M	7 类	7 类

在我国的综合布线最新设计标准中，铜缆布线系统使用的类别是 3 类、5/5E 类（超 5 类）、6 类、7 类，布线系统能向下兼容。3 类与 5 类的布线系统只作为语音主干布线的大对数电缆及相关配线设备。使用铜缆的计算机网络综合布线系统目前基本上都在采用超 5 类及以上的双绞线。

这里需要注意的是：电缆的频率带宽（MHz）与电缆的数据传输速率（Mbit/s）是有区别的，Mbit/s 是衡量单位时间内线路传输的二进制位的数量，而 MHz 是衡量单位时间内线路中电信号的振荡次数。

2.2　传输介质和连接器件

在我国综合布线产品市场上有众多的生产厂商，它们按照相关的标准，生产出综合布线所需的各种产品，供综合布线工程人员选用。

2.2.1　双绞线

双绞线（Twisted Pair，TP）是综合布线系统中最常用的通信传输介质，可用于语音、数据、视频、呼叫系统以及楼宇自动控制系统。

1. 双绞线的结构

典型的双绞线把 4 对双绞线和 1 条抗拉线放在一个绝缘保护套管里，其线对识别标志颜色是白绿、绿线对，白橙、橙线对，白蓝、蓝线对，白棕、棕线对。线对是由两根带有绝缘层的 22 ~ 26 号铜导线（22 号绝缘铜线线径为 0.4 mm）按一定密度扭绞而形成的。不同的线对具有不同的扭绞长度，一般来说，线对扭绞长度在 38.1 mm ~ 14 cm 之间，按逆时针方向扭绞。相邻线对的扭绞长度在 12.7 cm 以上，一般来说，扭绞的越密集其抗干扰的能力就越强。图 2-3 是超 5 类双绞线及其外包装。

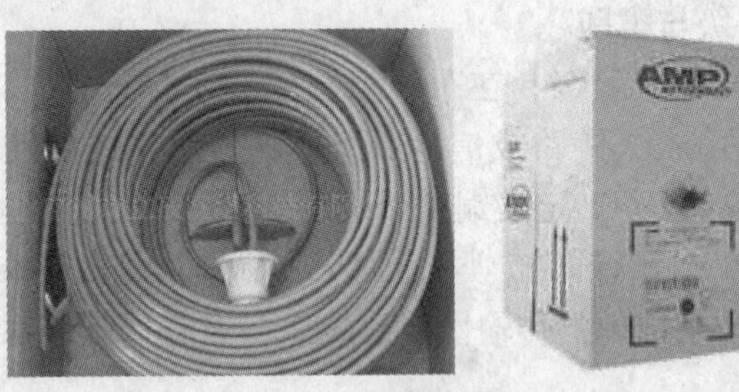

图 2-3　超 5 类双绞线及其外包装

双绞线适用于较短距离的信息传输，它既可以传输模拟信号，又能传输数字信号。

2. 非屏蔽双绞线和屏蔽双绞线

双绞线有非屏蔽双绞线（Unshielded Twisted Pair，UTP）和屏蔽双绞线（Shielded Twisted Pair，STP）之分。

非屏蔽双绞线没有金属屏蔽层，如图 2-4 所示，它不能防止其周围的电磁干扰。

图 2-4　非屏蔽双绞线

屏蔽双绞线的屏蔽层有金属箔、金属丝或金属网等几种形式。根据屏蔽方式的不同，屏蔽双绞线又分为 STP（Shielded Twicted Pair）和 FTP（Foil Twisted Pair）两类。STP 是指每个线对都有各自屏蔽层的屏蔽双绞线，而 FTP 则是屏蔽全部线对的屏蔽双绞线。另外每个双绞线对单独屏蔽后再整体加裹金属屏蔽层。图 2-5 是每个线对都有各自屏蔽层的屏蔽双绞线，图 2-6 是屏蔽全部线对的屏蔽双绞线。

图 2-5　每个线对都有各自屏蔽层的屏蔽双绞线（STP）

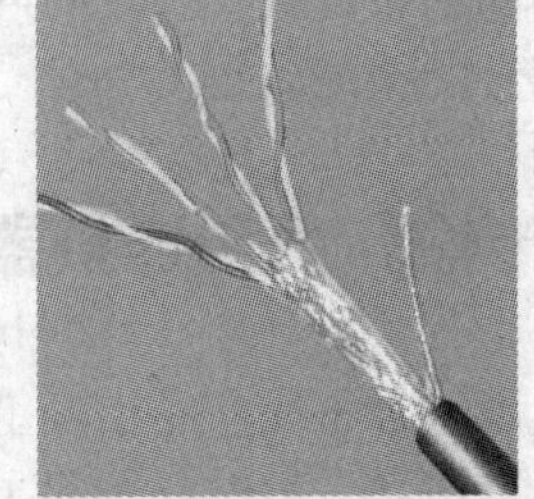

图 2-6　屏蔽全部线对的屏蔽双绞线（FTP）

在双绞线中增加屏蔽层是为了提高双绞线的物理性能和电气性能，减少信号传输过程中的电磁干扰。屏蔽层能将噪声转变成直流电。屏蔽层上的噪声电流与双绞线上的噪声电流相反，因而两者可相互抵消。屏蔽双绞线可以减小辐射，但并不能完全消除辐射。

在某些安装环境中，如果电磁干扰过强，则不能使用非屏蔽双绞线，而使用屏蔽双绞线可以屏蔽这些干扰，保证信号传输的完整性。屏蔽双绞线价格相对较高，安装过程要比非屏蔽双绞线困难。

3. 常用的几类双绞线的特点

(1) 3类 (Category 3) 线

3类线是ANSI/EIA/TIA－568A和ISO 3类/B级标准中指定的非屏蔽双绞线，专用于10Base－T，传输频率为16 MHz，传输速率可达10 Mbit/s。

(2) 5类 (Category 5) 线

5类线是ANSI/EIA/TIA－568A和ISO 5类/D级标准中用于运行CDDI (CDDI是基于双绞铜线的FDDI网络) 和快速以太网的非屏蔽双绞线，传输频率为100 MHz，传输速率达100 Mbit/s。

(3) 超5类 (Category Excess 5) 线

超5类线是ANSI/EIA/TIA－568B.1和ISO 5类/D级标准中用于运行快速以太网的非屏蔽双绞线，传输频率为100 MHz，传输速率可达到100 Mbit/s。与5类线缆相比，超5类线在近端串扰、串扰总和、衰减和信噪比4个主要指标方面都有较大的改进。

(4) 6类 (Category 6) 线

6类线是ANSI/EIA/TIA－568B.2和ISO 6类/E级标准中规定的一种双绞线，它主要应用于百兆（快速）以太网和千兆以太网中。因为它的传输频率可达200～250 MHz，是超5类线的2倍，最大速率可达到1000 Mbit/s，可以满足千兆以太网的需求。

6类线既有UTP，也有STP。6类双绞线在外形和结构上与5类或超5类双绞线有一定的差别，它不仅增加了绝缘的一字骨架或十字骨架，其中一字骨架将双绞线的4对线中的每两对分别置于一字骨架两侧，十字骨架将双绞线的4对线分别置于十字骨架的4个凹槽内，而且它的直径也更大。图2-7所示的是两种不同的6类双绞线。

6类线与超5类线在性能上的不同点在于：6类线改善了在串扰以及回波损耗方面的性能，对于全双工的高速网络应用而言，优良的回波损耗性能是极重要的。

图2-7　6类线
a) 6类屏蔽双绞线　b) 6类非屏蔽双绞线

(5) 7类 (Category 7) 线

7类/F级标准定义的传输媒介是全屏蔽线缆，全屏蔽线缆是在传统护套内加裹金属屏蔽层的基础上又增加了每个双绞线对的单独屏蔽。它的传输频率可达600 MHz，传输速率可达10 Gbit/s。它主要是为了适应万兆以太网技术的应用和发展，且只有屏蔽双绞线。从物理结构上看，额外的屏蔽层使得7类线有一个较大的线径。

4. 大对数电缆

大对数电缆通常用于语音通信的布线系统的干线子系统中。

大对数电缆有25对、50对和100对等几种。从外观上看，大对数电缆为直径更大的单根电缆，如图2-8和图2-9所示。大对数电缆同样采用颜色编码进行管理，每个线对束都有不同的颜色编码，同一束内的每个线对又有不同的颜色编码。

国际布线标准色谱如下。

主色：白——红——黑——黄——紫；副色：蓝——橙——绿——棕——灰。

主副色按顺序两两搭配既可，例如，白蓝、白橙、白绿、白棕、白灰、红蓝……可以此类推。如25对电缆色标的排列是：

白蓝、白橙、白绿、白棕、白灰、红兰、红橙、红绿、红棕、红灰、黑蓝、黑橙、黑绿、黑棕、黑灰、黄蓝、黄橙、黄绿、黄棕、黄灰、紫蓝、紫橙、紫绿、紫棕、紫灰。

大对数电缆是将25个全色谱线对先绞合成10对或25对基本单位，再将若干个基本单位（或子单位）绞合成50对或100对的超单位，然后由若干个单位总绞合成缆芯，构成大对数电缆。大对数电缆接续采用的模块为25对，也是基于以上原则。

图2-8　3类25对非屏蔽双绞线

图2-9　3类100对非屏蔽双绞线

2.2.2　RJ-45连接器与信息模块

1. RJ-45连接器

RJ在FCC（美国联邦通信委员会标准和规章）中的定义是公用电信网络的接口，常用的有RJ-11和RJ-45。RJ-45是标准8位模块化接口的俗称，而RJ-11用于连接电话线。

RJ-45连接器俗称“水晶头”。之所以把它称为“水晶头”，是因为它的外表晶莹透亮。双绞线的两端必须都安装这种RJ-45连接器，以便插接到网卡（NIC）、交换机（Switch）、路由器（Router）等网络设备的接口上，进行网络通信。

RJ-45连接器只能沿固定方向插入并有弹片防止脱落。常用的RJ-45连接器有4位、8位、超5类、6类、屏蔽、非屏蔽之分。图2-10所示的是超5类非屏蔽“水晶头”，图2-11所示的是6类屏蔽“水晶头”。

在所有的网络产品中，“水晶头”应该是最小的设备，但却起着十分重要的作用。

2. 信息模块

信息模块是工作区缆线与配线缆线的连接处。信息模块分为免打线式信息模块和打线式信息模块。免打线式信息模块和打线式信息模块的外面都印有符合EIA/TIA 568A/B的线位色标，用以指示正确地放入线对。图 2-12 所示的是 RJ-45 的免打线式信息模块。

图 2-10　超 5 类非屏蔽“水晶头”

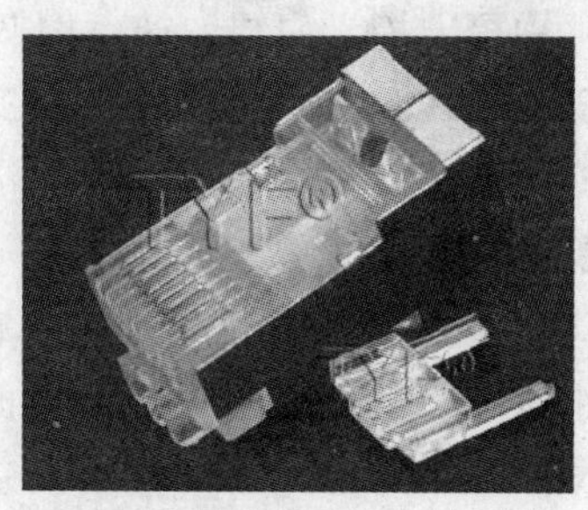

图 2-11　6 类屏蔽“水晶头”

图 2-12　RJ-45 的免打线式信息模块

将双绞线接入打线式信息模块需要专门的打线工具。先将各线对正确放入信息模块的线槽上，然后用打线器将各线对压入线槽中。将双绞线接入免打线式信息模块不需要打线器。接入时，只要将双绞线中的线对按色标指示放进相应的槽位，再将压线盖用力合上即可。免打线式信息模块的安装更方便、更省时，现在这种产品已成为主流。

3. T568A 或 T568B 两种线序标准

综合布线中，4 对 8 芯双绞线可以与 RJ-45 连接器、8 位信息模块端接，端接有 T568A 或 T568B 两种线序标准。按如图 2-13a 所示的 RJ-45 插头引针编号，并依照 T568A 和 T568B 的芯线顺序从引针 1 至引针 8 分别对应为

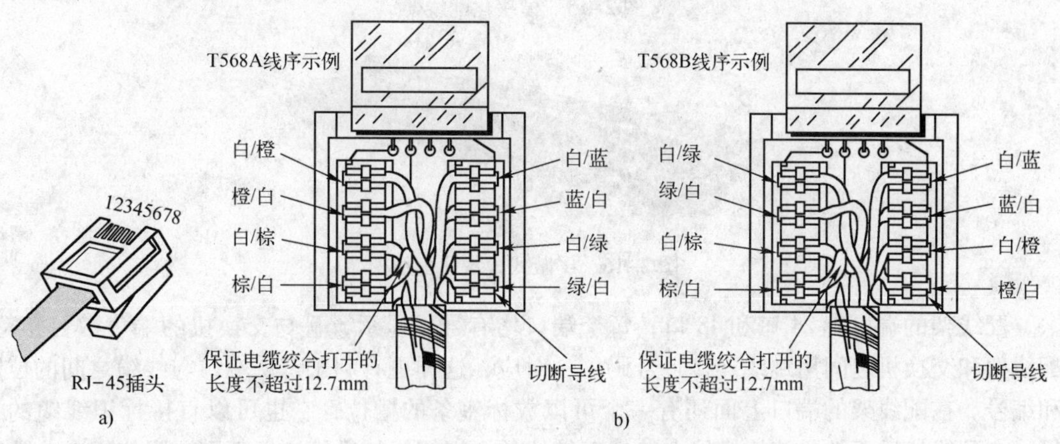

图 2-13　RJ-45 及其接线示意图

a）RJ-45 插头引针编号　b）RJ-45 的信息模块按 T568A/B 标准接线图

T568A：白绿、绿、白橙、蓝、白蓝、橙、白棕、棕。

T568B：白橙、橙、白绿、蓝、白蓝、绿、白棕、棕。

图 2-13b 是 RJ-45 的信息模块按 T568A/B 标准接线示意图。

4. 信息模块面板

信息模块面板用于安装信息模块，它也是暗装底盒的盒盖。图 2-14 所示的是常用的双口信息面板，其中一口是信息接口，另一口是电话接口。

图 2-14　超 5 类双口信息面板

2.2.3　配线架

在综合布线系统中，建筑物或建筑群主干缆线的终接配线设备，以及水平电缆、水平光缆和其他布线子系统缆线的终接配线设备一般都使用配线架。配线架安装在电信间、设备间和进线间。本节介绍的是铜缆配线架和光纤配线架。

铜缆配线架分为 110 型配线架和模块化配线架，市场上最常见的有 AMP、Avaya 和 IBDN 等品牌。

1. 模块化配线架

图 2-15 和图 2-16 所示的分别是模块化配线架和屏蔽式模块化配线架。

配线架的作用是使凌乱的缆线分类标识，然后配线架再通过跳线架与交换设备连接，这样可以使得每根网络连线更有规则，便于以后的维护管理。

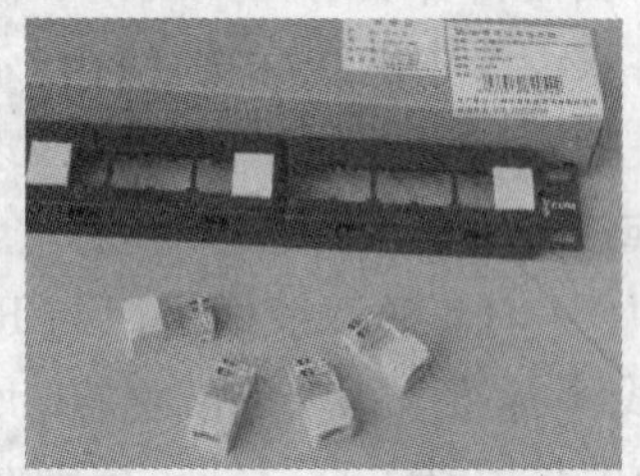
图 2-15　模块化配线架

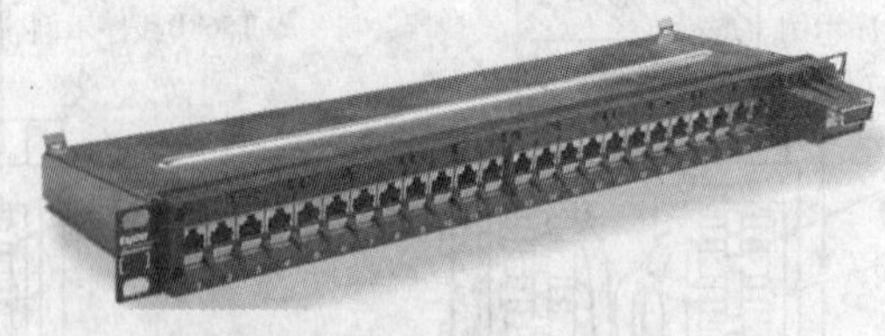
图 2-16　屏蔽式模块化配线架

配线架的端口有 24 口和 48 口，每个端口均有号码显示，且与交换机的端口数目相符。配线架和交换机之间用跳线连接且号码一一对应，这样更有利于辨认端口与线缆之间的位置和编号。在配线架的端口上面还有一个可以放标签条的槽位，它也可以直接标识线缆的编号。在配线架后面的是接线模块，若把双绞线的 8 根铜线打进模块里面则需要使用专业的工具——打线器。

2. 110 型配线架

110 型连接管理系统由 AT&T 公司于 1988 年首先推出，该系统后来成为相关工业标准的蓝本。110 型连接管理系统的基本部件是配线架、连接块、跳线和标签。图 2-17 所示的是 110 型配线架和连接块。110 型配线架是由阻燃、注模塑料做成的基本器件，布线系统中的线缆就端接在其上。110 型配线架主要用于语音配线。

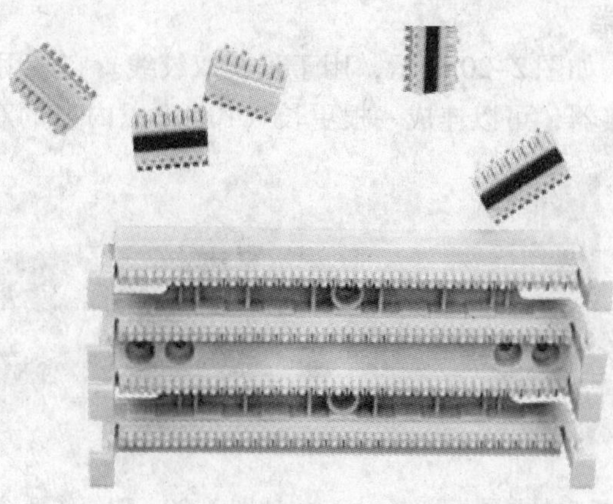

图 2-17　110 型配线架和连接块（语音配线）

110 型配线架上装有若干齿形条，并且配线架正面从左到右均有色标，用来区别各条接入线。

110 型配线架系统中都要用到连接块，被称为 110C，其中有 3 对线（110C－3）、4 对线（110C－4）和 5 对线（110C－5）3 种规格的连接块。

光纤配线架是用于外线光缆与光通信设备的连接，并具有外线光缆的固定、分纤缓冲、接地保护以及光纤的分配、组合、调度等功能。光纤配线架具有多种规格，可按用户需求提供不同容量。图 2-18 所示的是光纤配线架。

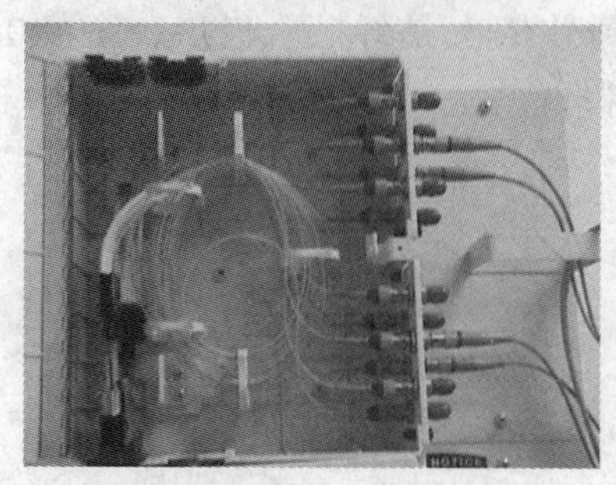

图 2-18　光纤配线架

光纤配线架的特征如下。

1）提供光缆与配线尾纤的保护性连接。

2）使光缆金属构件与光缆端壳体绝缘，并能方便地引出接地。

3）提供光缆终端的安放和余端光纤存储的空间，方便安装操作。

4）具有足够的抗冲击强度的盒体固定，方便不同场合的使用安装。

5）可选择挂墙或直接放置于槽道等多种安装方式。

2.2.4 双绞线连接跳线与转接器

1. 双绞线连接跳线

主要用于配线架模块接口与网络通信设备（如交换机）的连接等，如图2-19所示。

2. 双绞线延长转接器

双绞线延长转接器，如图2-20所示，用于延长双绞线。它采用RJ-45接口，其中2根较短的双绞线通过该转接器，可以连成一根更长（100 m以内）的双绞线网线。

图2-19 超5类非屏蔽跳线

图2-20 双绞线延长转接器

2.2.5 光缆

1. 光纤

光纤是光导纤维（Optic Fiber）的简称。人们采用光导纤维材料以特别的工艺拉制成比头发丝直径还小的光纤芯并制成通信光纤，利用光的全反射原理把光信号封闭在其中单向传播。光纤可以像一般铜缆线一样传输电话语音或电脑数据等信息，所不同的是，光纤传输的是光信号而非电信号。

（1）单根通信光纤的结构

单根通信光纤的外观呈圆柱形，从内到外依次是纤芯、包层、涂覆层、外套，如图2-21所示。除去外套部分的光纤通常称为裸纤。

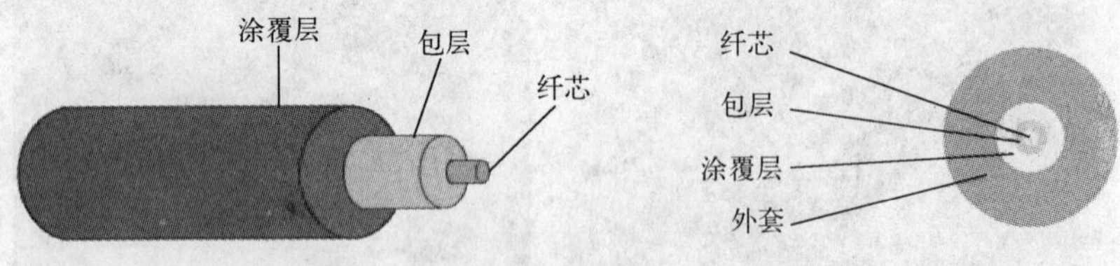

图2-21 光纤的结构

1）纤芯：纤芯位于光纤的中心部位。通信光纤的纤芯大多数是用石英玻璃（主要成分二氧化硅）材料制成的。生产过程中，在纤芯主材料（高纯度二氧化硅）中掺入少量的掺杂剂（如二氧化锗），以提高纤芯的光折射率。

2）包层：包层位于纤芯的外围。通信光纤的包层材料也是石英玻璃。生产过程中，在包层主材料（高纯度二氧化硅）中加入一些掺杂剂，以降低包层的光折射率。这样，纤芯与包层的界面处就像一面镜子，能使纤芯内射向包层的光信号全反射回纤芯内，最大限度地减小光信号能量的损失。

常用的单模光纤和多模光纤（包括纤芯和包层）的直径是 125 μm。综合布线常用的光纤纤芯有 62.5 μm 多模和 50 μm 多模以及小于 10 μm 单模等几种。

3）涂覆层：涂覆层在包层的外围，一般有 5～40 μm，其中包括一次涂覆层，缓冲层和二次涂覆层，它通常采用丙烯酸酯、硅橡胶、尼龙等材料，以增加机械强度和可弯曲性能。

（2）光纤的分类

光纤的种类很多，可以从不同的角度对光纤进行分类。光纤的分类通常是从原材料和制造方法、传输模式、折射率分布等几方面进行。

1）按光纤组成材料的不同可分为：石英玻璃、多成分玻璃、塑料、复合材料（如塑料包层、液体纤芯等）、红外材料等。光纤的纤芯与包层都用石英玻璃材料时叫做石英玻璃光纤。目前，塑料光纤主要用于短距离低速率通信，如常见的短距离计算机网络链路、车辆船舶内通信控制等。

2）按光在光纤中的传输模式可分为单模光纤（Single Mode Fiber）和多模光纤（Multi Mode Fiber）。

2. 光缆

（1）光缆的结构

通信光缆是用一定数量的光纤芯按照一定方式制作而成的。制作过程中可根据需要置入加强构件（金属的或非金属的），以防止光纤因受拉力、压力而产生形变；也可置入填充物（膏、剂），以便防潮、阻水；同时也可采用阻燃、环保或耐高温的包覆材料作为外护层。

（2）光缆的种类

图 2-22 所示的是一些常见光缆。光缆通常按光缆结构、敷设方式和用途等分类。

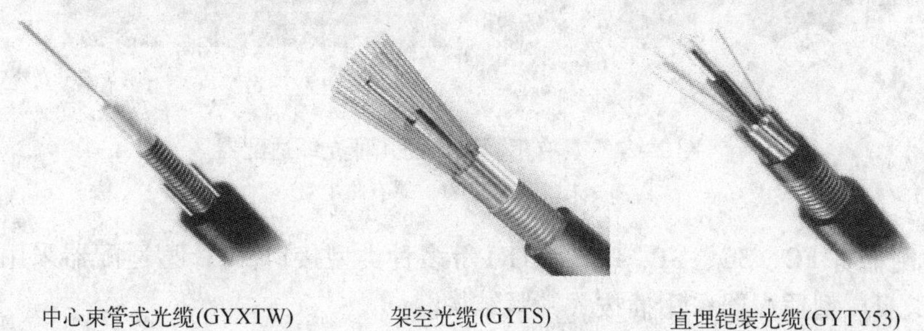

中心束管式光缆(GYXTW)　　架空光缆(GYTS)　　直埋铠装光缆(GYTY53)

图 2-22　常见光缆

按光缆结构可分为：束管式光缆，层绞式光缆，紧抱式光缆，带式光缆，非金属光缆和可分支光缆。

按敷设方式可分为：自承重架空光缆，管道光缆，直埋铠装光缆和海底光缆。

按用途可分为：长途通信光缆、室外光缆、室内光缆和混合光缆。

3. 光纤跳线

光纤跳线是两端带有光纤连接器的、有较厚保护层的光纤软线。光纤跳线主要用于光纤配线架到交换设备或光纤信息插座到计算机的连接。图 2-23 所示的是常用的光纤跳线。

光纤跳线有单芯和双芯之分、多模和单模之分，其长度一般在 5 m 以内。根据需要，光纤跳线两端的连接器可以是同类型的也可以是不同类型的。

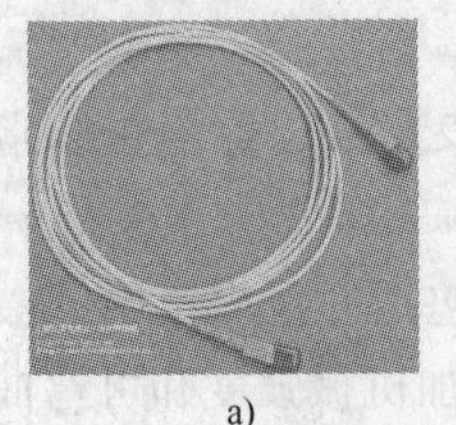

a)

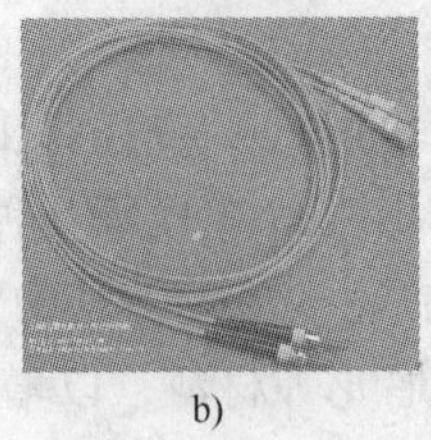

b)

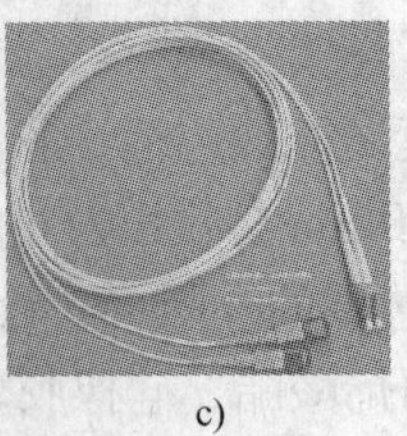

c)

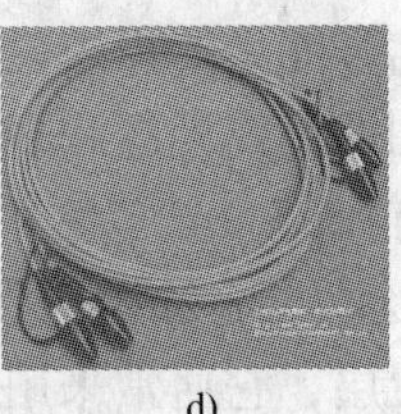

d)

图 2-23 常用光纤跳线

a）SC－SC 光纤跳线 b）SC－ST 光纤跳线 c）SC－LC 光纤跳线 d）SC－FC 光纤跳线

单模光纤跳线：一般光纤跳线用黄色表示，接头和保护套为蓝色；传输距离较长。

多模光纤跳线：一般光纤跳线用橙色表示，也有的用灰色表示，接头和保护套为米色或者黑色；传输距离较短。

光纤跳线使用后一定要用保护套将光纤接头保护起来，否则灰尘和油污会破坏光纤的耦合。

4. 光纤适配器

光纤适配器又称为光纤耦合器，是光纤活动连接器实现对接的部件。如图 2-24 所示。光纤适配器固定在光纤配线架（ODF）、光纤通信设备、光纤仪器等设备的面板上。

a) b)

图 2-24 具有不同接口的几种光纤适配器

a）未罩防尘盖 b）罩有防尘盖

光纤适配器有 FC、SC、ST、LC、MTRJ 等多种类型接口。FC 型适配器采用金属螺纹连接结构；SC、LC 型适配器采用插拔式锁紧结构。

光纤适配器外部是一个用金属材料或聚合材料制成的底座，内部有一个加固型磷青铜对准套管，或精密氧化锆陶瓷对准套管，或经济型聚合材料对准套管，如图 2-25 所示。光纤

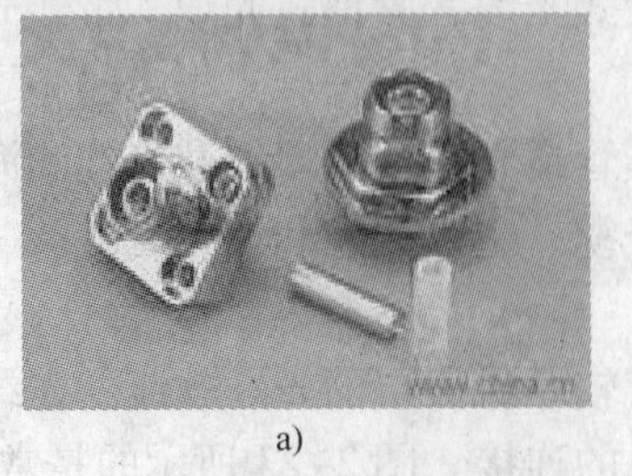

a)

b)

图 2-25 光纤适配器

a）底座、磷青铜或氧化锆陶瓷对准套管 b）外观、防尘罩

连接器的陶瓷插芯就是用插入适配器内部的开口磷青铜或氧化锆陶瓷对准套管连接起来的，通过对准套管能使光纤连接器对中精度高，以保证光纤跳线之间的最高连接性能。

2.3 综合布线系统配置设计规范

2.3.1 工作区

1. 工作区适配器的选用

1）设备的连接插座应与连接电缆的插头匹配，不同的插座与插头之间应加装适配器。

2）在连接使用信号的数模转换，光电转换，数据传输速率转换等相应的装置时，采用适配器。

3）对于网络规程的兼容，采用协议转换适配器。

4）各种不同的终端设备或适配器均安装在工作区的适当位置，并应考虑现场的电源与接地。

2. 工作区的服务面积

目前建筑物所具有的功能类型较多，大体上可以分为商业、文化、媒体、体育、医院、学校、交通、住宅、通用工业等，因此，对工作区的服务面积应根据应用的场合以及不同的应用功能并进行具体的分析后确定。

2.3.2 配线子系统

1）根据工程提出的终端设备的近期和远期的设置要求，同时考虑用户性质、网络构成及实际需求确定建筑物各层需要安装的信息插座模块的数量及其位置，其中配线应留有扩展余地。

2）配线子系统缆线应采用非屏蔽或屏蔽 4 对对绞电缆，在需要时也可采用室内多模或单模光缆。

表 2-2 给出了综合布线系统各个子系统的等级与类别的选用要求。

表 2-2 综合布线系统各个子系统的等级与类别的选用

业务种类	配线子系统		干线子系统		建筑群子系统	
	等级	类别	等级	类别	等级	类别
语音	D/E	5E/6	C	3（大对数）	C	3（室外大对数）
数据	D/E/F	5E/6/7	D/E/F	5E/6/7（4 对）		
	光纤	62.5 μm 多模/50 μm 多模/ <10 μm 单模	光纤	62.5 μm 多模/50 μm 多模/ <10 μm 单模	光纤	62.5 μm 多模/50 μm 多模/ <10 μm 单模
其他应用	可采用 5E/6 类 4 对对绞电缆和 62.5 μm 多模/50 μm 多模/ <10 μm 多模、单模光缆					

注：1. 其他应用指数字监控摄像头、楼宇自控现场控制器（DDC）、门禁系统等采用网络端口传送数字信息时的应用。
2. 其他应用一栏应根据系统中网络的构成、传输缆线的规格、传输距离等要求选用相应等级的综合布线产品。

表 2-3 给出了综合布线各个配线模块产品的选用要求。电信间和设备间安装的配线设备应与所连接的缆线相适应，也可参照此表。

表 2-3　配线模块产品的选用

类别	产品类型	配线模块安装场地和连接缆线类型			
	配线设备类型	容量与规格	FD（电信间）	BD（设备间）	CD（设备间/进线间）
电缆配线设备	大对数卡接模块	采用 4 对卡接模块	4 对水平电缆/ 4 对主干电缆	4 对主干电缆	4 对主干电缆
		采用 5 对卡接模块	大对数主干电缆	大对数主干电缆	大对数主干电缆
	25 对数卡接模块	25 对	4 对水平电缆/ 4 对主干电缆/ 大对数主干电缆	4 对主干电缆/ 大对数主干电缆	4 对主干电缆/ 大对数主干电缆
	回线型卡接模块	8 回线	4 对水平电缆/ 4 对主干电缆	大对数主干电缆	大对数主干电缆
		10 回线	大对数主干电缆	大对数主干电缆	大对数主干电缆
	RJ-45 配线模块	一般为 24 口或 48 口	4 对水平电缆/ 4 对主干电缆	4 对主干电缆	4 对主干电缆
光缆配线设备	ST 光纤连接盘	单工/双工， 一般为 24 口	水平/主干光缆	主干光缆	主干光缆
	SC 光纤连接盘	单工/双工， 一般为 24 口	水平/主干光缆	主干光缆	主干光缆
	SFF 小型光纤连接盘	单工/双工， 一般为 24 口、48 口	水平/主干光缆	主干光缆	主干光缆

2.3.3　缆线长度划分

综合布线系统对各个子系统的缆线长度有严格的要求，不符合要求的缆线长度是不能通过验收的。

1）由综合布线系统水平缆线与建筑物主干缆线及建筑群主干缆线长度之和所构成的信道的总长度不应大于 2000 m。

2）建筑物或建筑群配线设备之间（FD 与 BD、FD 与 CD、BD 与 BD、BD 与 CD 之间）组成的信道出现 4 个连接器件时，主干缆线的长度不应小于 15 m。

3）配线子系统各缆线长度应符合图 2-26 所示的划分方式并应符合下列要求。

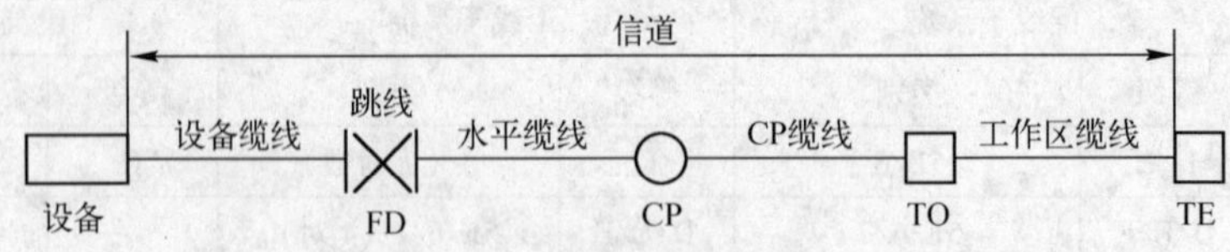

图 2-26　配线子系统缆线划分

① 配线子系统信道的最大长度不应大于 100 m。

② 工作区设备缆线、电信间配线设备的跳线和缆线的长度之和不应大于 10 m，当大于 10 m 时，水平缆线长度（90 m）应适当减少。

③ 楼层配线设备（FD）跳线、设备缆线及工作区设备缆线各自的长度不应大于 5 m。

表 2-4 给出的是 100Mbit/s 和 1Gbit/s 以太网中光纤的应用传输距离规范。

表 2-4　100Mbit/s、1Gbit/s 以太网中光纤的应用传输距离

光纤类型	应用网络	光纤直径/μm	波长/nm	带宽/MHz	应用距离/m
多模	100Base－FX	62.5	850		2000
	1000Base－SX			160	220
	1000Base－LX			200	275
				500	550
	1000Base－SX	50	850	400	500
				500	550
	1000Base－LX		1300	400	550
				500	550
单模	1000Base－LX	<10	1310		5000

注：表中数据可参见 IEEE 802.3－2002。

在我国综合布线新规范中引用的是 ISO/IEC 11801 2002－09 版中对水平缆线与主干缆线长度之和的规定。为了使读者了解布线系统各部分缆线长度的关系及要求，特依据 TIA/EIA 568 B.1 标准给出图 2-27 和表 2-5，以供读者在设计中参考。

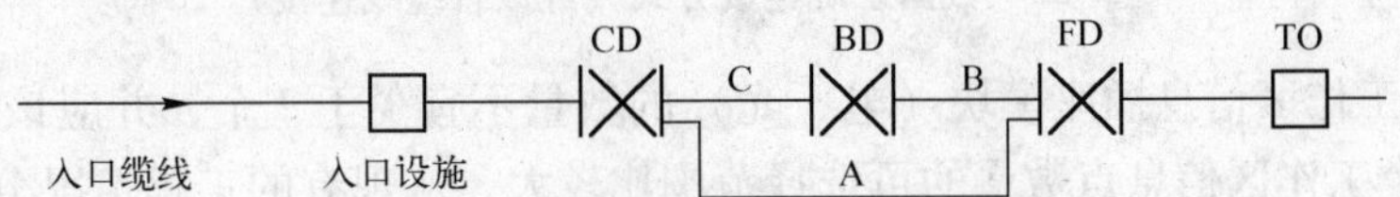

图 2-27　综合布线系统主干缆线组成

表 2-5　10Gbit/s 以太网中光纤的应用传输距离

缆 线 类 型	各线段长度限值/m		
	A	B	C
100Ω 对绞电缆	800	300	500
62.5 μm 多模光缆	2000	300	1700
50 μm 多模光缆	2000	300	1700
单模光缆	3000	300	2700

注：1. 如 B 距离小于限值时，C 为对绞电缆时，其距离可相应增加，但 A 的总长度不能大于 800 m。
2. 表中 100Ω 对绞电缆作为语音的传输介质。
3. 单模光纤的传输距离在主干链路时允许达 60km，但被认定为本规定范围以外的内容。
4. 对于电信业务经营者在主干链路中接入电信设施能满足的传输距离不在本规定之内。
5. 在总距离中可以包括入口设施至 CD 之间的缆线长度。
6. 建筑群与建筑物配线设备之间所设置的跳线长度不应大于 20 m，如超过 20 m，主干长度应相应减少。
7. 建筑群与建筑物配线设备连至网络或语音通信设备的缆线不应大于 30 m，如超过 30 m 时主干长度应相应减少。

4）电信间（FD）与电话交换配线及计算机网络设备之间的连接方式应符合以下要求。

① 电话交换配线的连接方式应符合图 2-28 所示的要求。

② 计算机网络设备连接方式可分为经跳线连接和经设备缆线连接两种。

- 经跳线连接应符合图 2-29 所示的要求。
- 经设备缆线连接应符合图 2-30 所示的要求。

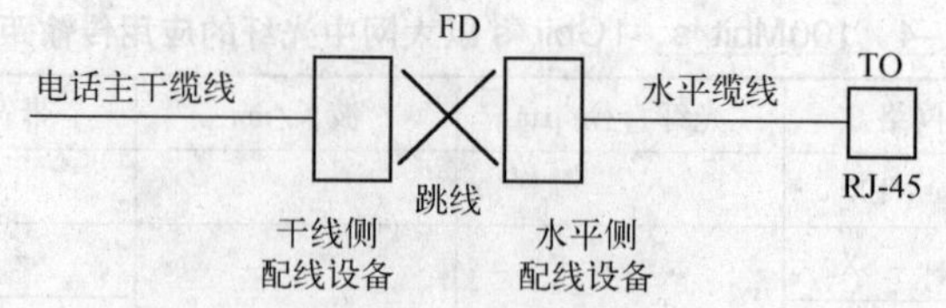

图 2-28　电话交换配线的连接方式

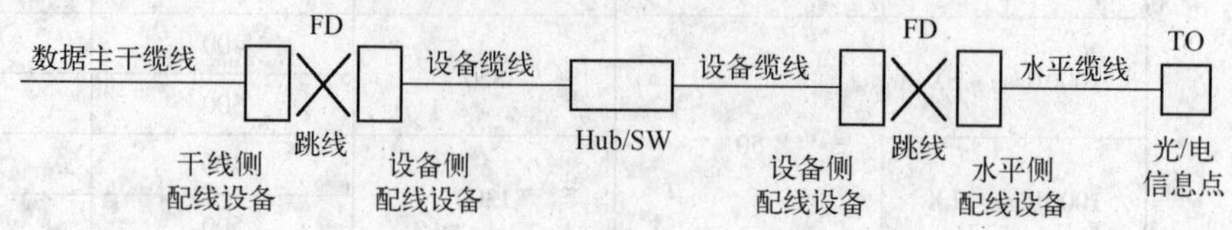

图 2-29　数据系统连接方式（经跳线连接）

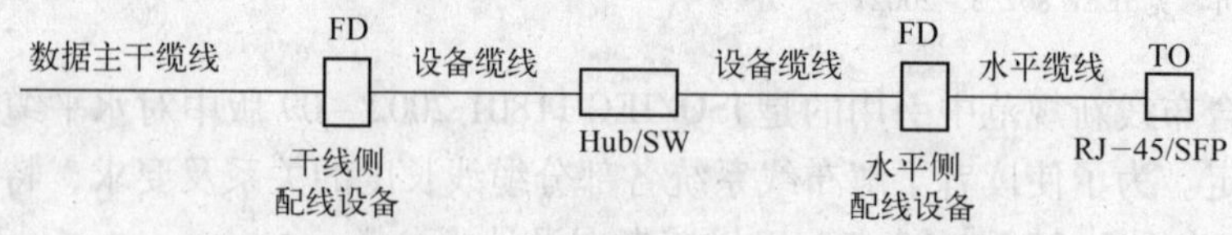

图 2-30　数据系统连接方式（经设备缆线连接）

5）每一个工作区信息插座模块（电、光）的数量不宜少于 2 个，并应该满足各种业务的需求。每一个工作区信息点数量的可选择范围比较大，从现有的工程情况分析，从设置 1 个至 10 个信息点的现象都存在，并为电缆和光缆预留了备份的信息插座模块。每个工作区信息点的数量可按用户的性质、网络构成和需求来确定。

6）底盒数量应根据插座盒面板设置的开口数确定，每一个底盒支持安装的信息点数量不宜大于 2 个。

7）光纤信息插座模块要安装的底盒大小应充分考虑到水平光缆（2 芯或 4 芯）终接处的光缆盘留空间，同时要满足光缆对弯曲半径的要求。

8）工作区的信息插座模块应支持不同的终端设备接入，每一个 8 位模块通用插座应连接 t 根 4 对对绞电缆，每一个双工或 2 个单工光纤连接器件及适配器连接 1 根 2 芯光缆。

1 根 4 对对绞电缆应全部固定终接在 1 个 8 位模块通用插座上，不允许将 1 根 4 对对绞电缆终接在 2 个或 2 个以上 8 位模块通用插座上。

9）电信间至每一个工作区的水平光缆宜按 2 芯光缆配置。光纤至工作区域要满足用户群或大客户使用时，光纤芯数至少应有 2 芯备份，并按 4 芯水平光缆配置。

10）连接至电信间的每根水平电缆或光缆应终接于相应的配线模块中，且配线模块要与缆线容量相适应。

11）电信间（FD）主干侧各类配线模块应按电话交换机和计算机网络的构成、主干电缆或光缆所需的容量要求以及模块类型和规格的选用进行配置。

根据现有产品情况，配线模块可按以下原则进行选择。

① 多线对端子配线模块可以选用 4 对或 5 对卡接模块，每个卡接模块应卡接 1 根 4 对对绞电缆。一般 100 对卡接端子容量的模块可卡接 24 根（采用 4 对卡接模块）或卡接 20 根（采用 5 对卡接模块）4 对对绞电缆。

② 25 对端子配线模块可卡接 1 根 25 对大对数电缆或 6 根 4 对对绞电缆。

③ 回线式配线模块（8 回线或 10 回线）可卡接 2 根 4 对对绞电缆或 8/10 回线。回线式配线模块的每一回线可以卡接 1 对进线和 1 对出线。回线式配线模块的卡接端子可以分为连通型、断开型和可插入型。一般在 CP 处可选用连通型；在需要加装过压过流保护器时采用断开型；可插入型主要用于断开电路做检修的情况下，布线工程中无此种应用。

④ RJ－45 配线模块（由 24 或 48 个 8 位模块通用插座组成）中的每 1 个 RJ－45 插座应可卡接 1 根 4 对对绞电缆。

⑤ 光纤连接器件每个单工端口应支持 1 芯光纤的连接，双工端口则应支持 2 芯光纤的连接。

12）电信间（FD）采用的设备缆线和各类跳线宜按计算机网络设备的使用端口容量和电话交换机的实装容量、业务的实际需求或信息点总数的比例进行配置，比例范围为 25% ~50%。

各配线设备跳线可按以下原则进行选择与配置。

① 电话跳线宜按每根 1 对或 2 对对绞电缆的容量进行配置，跳线两端连接插头采用 IDC 或 RJ－45。

② 数据跳线宜按每根 4 对对绞电缆进行配置，跳线两端连接插头采用 IDC 或 RJ－45。

③ 光纤跳线宜按每根 1 芯或 2 芯光纤进行配置，光纤跳线连接器件采用 ST、SC 或 SFF 型。

2.3.4 干线子系统

1）干线子系统所需要的电缆总对数和光纤总芯数，应满足工程的实际需求，并留有适当的备份容量。主干缆线宜设置电缆与光缆，并互相作为备份路由。

2）干线子系统中的主干缆线应选择较短且安全的路由。主干电缆宜采用点对点端接，也可采用分支递减终接。

点对点端接是最简单、最直接的配线方法，电信间的每根干线电缆直接从设备间延伸到指定的楼层电信间。分支递减终接是用 1 根大对数干线电缆来支持若干个电信间的通信容量，经过电缆接头保护箱分出若干根小电缆，它们分别延伸到相应的电信间，并终接于目的地的配线设备。

3）如果电话交换机和计算机主机设置在建筑物内不同的设备间，宜采用不同的主干缆线来分别满足语音和数据的需要。

4）在同一层若干电信间之间宜设置干线路由。

5）主干电缆和光缆所需的容量及其配置应符合以下规定。

① 对于语音业务，大对数主干电缆的对数应按每一个电话 8 位模块通用插座配置 1 对线，并在总需求线对的基础上至少预留约 10% 的备用线对。

② 对于数据业务，应以集线器（Hub）或交换机（SW）群（按 4 个 Hub 或 SW 组成 1 群）或以每个 Hub 或 SW 设备设置 1 个主干端口来进行配置。每 1 群网络设备或每 4 个网络设备宜考虑预留 1 个备份端口。主干端口为电端口时，应为 4 对线容量；为光端口时，则为 2 芯光纤容量。

③ 当工作区至电信间的水平光缆延伸至设备间的光配线设备（BD/CD）时，主干光缆

的容量应包括所延伸的水平光缆的容量。

④ 建筑物与建筑群配线设备处的各类设备缆线和跳线的配备应符合规定。如语音信息点 8 位模块通用插座连接 ISDN 用户终端设备，并采用 S 接口（4 线接口）时，相应的主干电缆则应按 2 对线进行配置。

2.3.5 建筑群子系统

1）CD 宜安装在进线间或设备间，并可与入口设施或 BD 合用场地。

2）CD 中的配线设备内、外侧的容量应与建筑物内连接 BD 中的配线设备的建筑群主干缆线容量及建筑物外部引入的建筑群主干缆线容量相一致。

2.3.6 设备间

1）在设备间内安装的 BD 中的配线设备干线侧容量应与主干缆线的容量相一致。设备的侧容量应与设备端口容量或干线侧配线设备容量相同。

2）BD 中的配线设备与电话交换机及计算机网络设备的连接方式亦应符合相关的规定。

2.3.7 进线间

综合布线系统作为建筑的公共电信配套设施在建设期应考虑一次性投资建设，使其能满足多家电信业务经营者提供的通信与信息业务服务的需求，以保证电信业务在建筑区域内的接入、开通和使用。用户可以根据自己的需要，通过对入口设施的管理选择不同的电信业务经营者，避免将来造成建筑物内管线的重复建设，不仅造成投资的浪费，也可能影响到建筑物的安全与环境。因此，在管道与其他设施安装等方面，工程设计中应充分考虑电信市场竞争的机制。

进线间一般提供给多家电信业务经营者使用，通常设于地下一层。进线间主要作为室外电缆和光缆引入楼内的成端与分支及光缆的盘长空间位置。光缆至大楼（FTTB）、光缆至用户（FTTH）、光缆至桌面（FTTO）的应用及容量日益增多，进线间就显得尤为重要。由于许多的商用建筑物地下一层的环境条件已大大改善，在那里也可以安装配线架设备及其他通信设施。在不具备设置单独进线间或入楼电缆和光缆数量及入口设施容量较小时，建筑物也可以在入口处采用挖地沟或使用较小的空间来完成缆线的成端与盘长，入口设施则可安装在设备间，但应单独地设置场地，以便按功能分区。

1）建筑群主干电缆和光缆，以及公用网和专用网电缆、光缆及天线馈线等室外缆线进入建筑物时，应在进线间成端转换成室内电缆、光缆，并可在缆线的终端处由多家电信业务经营者设置入口设施，入口设施中的配线设备应按引入的电缆或光缆容量配置。

2）电信业务经营者在进线间设置安装的入口配线设备应与 BD 或 CD 敷设相应的连接电缆或光缆，以实现路由互通，其中缆线类型和容量应与配线设备相一致，同时按接入业务及不同电信业务经营者缆线接入的需求，留有 2 ~ 4 孔的余量。

2.3.8 管理

管理是针对设备间、电信间和工作区的配线设备、缆线等设施，按一定的模式进行标识和记录的规定。内容包括：管理方式、标识、色标、连接等。这些内容的实施，将给以后的维护和管理带来很大的方便，有利于提高管理水平和工作效率，特别是较为复杂的综合布线系统，如采用计算机进行管理，其效果将十分明显。

目前，市场上已有商用的管理软件可供选用。

综合布线的各种配线设备，应用色标区分干线电缆、配线电缆或设备端点，同时，还应采用标签表明端接区域、物理位置、编号、容量、规格等，以便维护人员在现场能一目了然地加以识别。

1）对设备间、电信间、进线间和工作区的配线设备、缆线和信息点等设施应按一定的模式进行标识和记录，并应符合下列规定。

① 综合布线系统工程宜采用计算机进行文档记录与保存，简单且规模较小的综合布线系统工程也可按图纸资料等纸质文档进行管理，并做到记录准确、及时更新、便于查阅，同时文档资料应实现汉化。

② 综合布线过程中的每一电缆、光缆、配线设备、端接点、接地装置、敷设管线等均应给定唯一的标识符，并设置标签。标识符应采用相同数量的字母和数字等。

③ 电缆和光缆的两端均应标明相同的标识符。

④ 设备间、电信间、进线间的配线设备宜采用统一的色标来区分各类业务与不同用途的配线区。

2）所有标签应保持清晰、完整，并满足使用环境要求。

在每个配线区实现线路管理的方式是在各色标区域之间按应用的要求，采用跳线连接。色标用来区分配线设备的性质，分别由按性质划分的配线模块组成，且按垂直或水平结构进行排列。

综合布线系统使用的标签可分为粘贴型和插入型。

电缆和光缆的两端应采用不易脱落和磨损的不干胶条并在其上标明相同的编号。

目前，市场上已有配套的打印机和标签纸供应。

3）对于规模较大的布线工程，为提高布线工程以后的维护水平与网络安全，宜采用电子配线设备对信息点或配线设备进行管理，以显示与记录配线设备的连接、使用及变更状况。

电子配线设备目前应用的技术有多种，在工程设计中应考虑电子配线设备的不同功能，在管理范围、组网方式、管理软件、工程投资等方面，合理地进行选用。

4）综合布线系统相关设施的工作状态信息应包括：设备和缆线的用途、使用部门、组成局域网的拓扑结构、传输信息速率、终端设备配置状况、占用器件编号、色标、链路与信道的功能和各项主要指标参数及设备的完好状况、故障记录等，还应包括设备位置和缆线走向等内容。

综合布线系统在进行系统配置设计时，应充分考虑用户近期与远期的实际需要与发展，使之具有通用性和灵活性，尽量避免布线系统投入正常使用以后，较短的时间又要进行扩建与改建，这样会造成资金浪费。一般来说，布线系统的水平配线应以远期需要为主，垂直干线应以近期实用为主。

2.4 任务一 用户需求分析

【任务目标】

在综合布线系统工程规划及设计之前，必须首先了解用户的需求，并对用户需求进行分析，分析的结果是综合布线系统工程设计的基础数据，它的准确和完善程度将会直接影响综合布线系统的网络结构、线缆规格、设备配置、布线路由和工程投资等几个重大问题。

【核心知识】

1）用户需求分析的内容。

2）现场勘察。

2.4.1 用户需求分析的内容

【实现过程】

（1）了解综合布线系统工程的建筑环境

综合布线系统工程的范围大小不一，但可以简单分为单幢智能建筑和由多幢智能建筑组成的建筑群体，后者也称为智能小区。

单幢智能建筑有以下几种：办公楼（又称写字楼，专门用于向公司出租的大型建筑）、住宅楼、商住楼（一、二层用于商业，以上的多层是住宅）、教学楼。

智能小区可有以下几种：办公智能小区、住宅智能小区、商住智能小区和校园智能小区。

通过需求分析，可以了解需要进行综合布线的建筑，了解建筑自身的功用、环境、规模、结构、布局等情况。

（2）了解用户的应用需求

应用需求就是用户对智能建筑或智能小区的功能需求。智能建筑设计标准（GB 50314-2006）中对办公建筑、商业建筑、文化建筑、媒体建筑、体育建筑、医院建筑、学校建筑、交通建筑、住宅建筑和通用工业建筑等各类智能建筑的功能提出了基本要求。了解用户的应用需求，可以参照该标准，同时引导用户根据建筑的主要功能在语音、数据、图像、视频、控制等方面做出应用需求选择。

建筑物内的所有信息流、数据流均可接入综合布线系统。用户的应用需求越多，建筑物的智能化程度越高，容入到综合布线系统中的信息子系统也将越多。

在确定建筑物或建筑群的功能需求以后，规划能适应智能化发展要求的相应的综合布线系统设施和预埋管线，并设计综合布线系统，这样可以防止今后增设或改造时造成工程的复杂和资金的浪费。

（3）了解用户单位对信息点的要求

每一个工作区信息点数量的确定范围比较大，从现有的工程情况分析，设置 1 个至 10 个信息点的现象都存在。同时需要预留电缆和光缆备份的信息插座模块，因为建筑物用户性质不一样，功能要求和实际需求也不一样，所以信息点数量不能仅按办公楼的模式确定，尤其是对于专用建筑（如电信、金融、体育场馆、博物馆等建筑）及计算机网络存在内、外网等多个网络时，更应加强需求分析，做出合理的配置。

在一些用户方，数据点可能会存在内网、外网、专网、政务网，语音点可能包括普通电话、红色电话等多个截然不同而又不能混淆的网络，同时可能有一些无线接入点以及光纤信息点的接入要求，再加上触摸查询机、外接大屏幕等特殊的点位。这就要求设计人员在设计之初就必须和用户方深入沟通，详细了解用户方的要求，以确定用户方对信息点数量的具体要求。

(4) 了解用户方对性能的需求

性能需求是指各应用子系统对服务效率、服务质量、网络吞吐率、网络响应时间、数据传输速度、资源利用率、可靠性、性能和价格比等的要求。

(5) 了解各种约束对用户需求的影响

这里所说的约束是泛指对综合布线系统工程的各种制约因素。应注意分析技术、资金、时间、应用、环境等制约因素与用户需求的矛盾，找出符合实际的结合点，以便满足用户需求。用户需求分析主要考虑近期需求，兼顾长远发展，同时要多方征求意见。

2.4.2 现场勘察

现在，综合布线系统设施（如进线间、设备间、电信间、缆线竖井等）和预埋管线等是随着建筑物（群）的建设一起施工建设的。通过到综合布线系统工程现场实地查看或调查了解，才能对建筑的环境、规模、结构、布局和已建成的综合布线系统设施及预埋管线有一定的了解，进而通过认真细致的分析，设计出切实可行的综合布线方案。

【实现过程】

现场勘察的着眼点主要应放在以下几个方面。

1）了解各建筑物之间的距离及建筑工程中综合布线系统的进线间、设备间、电信间（如果综合布线系统与弱电系统设备合设于同一场地，从建筑的角度出发，称为弱电间）和工作区的位置，考虑建筑物之间的布线路由。

2）了解电信间内或其紧邻处是否设置了缆线竖井，若没有可用的电缆竖井，则要和建筑方技术负责人商定垂直槽道的位置，并选择垂直槽道的种类。考虑建筑物垂直干线的布线路由。

3）了解进线间、设备间和电信间的空间，考虑机柜的安放位置和到机柜的主干线槽的铺设方式。

4）了解楼层数量及空间，包括各楼层的走廊和房间、电梯厅、大厅等的地面、墙壁、吊顶的情况，考虑楼层中的布线路由。

5）了解用户群的组织特点，确定工作区数量和性质以及对信息点的需求（类型、数量、位置）。

6）了解综合布线区域是否存在可能产生高电平电磁干扰的电动机、电力变压器、射频应用等电器设备，是否存在布线的禁区或有特殊的限制等。

2.5 任务二 某办公园区综合布线系统工程方案

【任务目标】

根据某办公园区对安全性要求较高的需求，对该办公园区综合布线系统工程进行设计并建设。为此，我们将以先进、可靠、经济、实用为宗旨，本着合理运用建设单位资金的原则，进行办公园区综合布线系统工程的设计。我们的目标是尽力利用和发挥在综合布线系统建设方面的资源和优势，包括人才、技术、资金、经验等，使设计充分体现出以人为本、合理美观、实用价廉又便于维护、服务等特点。

【核心知识】

综合布线系统工程设计应遵循如下的设计原则。

1）综合布线系统设施及管线的建设，应纳入建筑与建筑群相应的规划设计之中。工程设计时，应根据工程项目的性质、功能、环境条件和近、远期用户需求进行设计，并应考虑施工和维护方便，在确保综合布线系统工程质量和安全的同时，做到技术先进、经济合理。

2）综合布线系统应与信息设施系统、信息化应用系统、公共安全系统、建筑设备管理系统等统筹规划、相互协调，并按照各系统信息的传输要求优化设计。

3）综合布线系统作为建筑物的公用通信配套设施，在工程设计中应满足为多家电信业务经营者提供业务的需求。

4）综合布线系统的设备应选用经过国家认可的产品质量检验机构鉴定合格的、符合国家有关技术标准的定型产品。

5）综合布线系统的工程设计应符合国家现行有关标准的规定。

2.5.1 某办公园区综合布线系统实现过程

【实现过程】

1. 办公园区建筑概况

某办公园区建筑占地面积5000m^2，建筑总面积6800万m^2。办公园区共有A栋、B栋、C栋、D栋、E栋5栋结构相同的建筑楼，A栋、C栋与B栋、D栋平行相距60m；A栋与C栋、C栋与E栋及B栋与D栋之间都平行相距110m，具体的布局如图2-31所示。各栋楼均有5层，各楼平面长60m、宽15m，楼层高度是3m。每层楼的平面布局相同，中间是2m宽的通道，两边各有13间办公室，每间办公室长5.8m、宽4.0m，隔墙厚度平均为0.2m。各层设置有电信间，电信间内有竖井与各层相通。楼层通道顶上是天花板，天花板内靠两边墙架设了布线槽道，布线槽道通向每层的电信间内，如图2-32所示。从通道上的布线槽道的各个房间出口处到各个房间内已经暗埋了PVC布线管道，PVC布线管道到每个房间设置了3个信息插座底盒（两个用于数据，一个用于语音）。中心机房设置在E栋的电信间处。A、B、C、D栋室外有电缆沟直通E栋的电信间，距离都在550m以内。

2. 用户需求

用户要求在该办公区5栋建筑之间和每个建筑内进行综合布线，每个房间均布设2个数据信息点和1个语音信息点，为办公区内部语音信号、数据信号、图像信号与监控信号提供传输通道，支持多种应用系统的使用，并能实现与外部信号传输通道的连接。网络骨干采用千兆以太网，千兆光纤到大楼，百兆双绞线到用户桌面。本工程只考虑网络布线和语音布线。

3. 信息点种类和数量

表2-6是某栋楼各层设置信息点的统计，表2-7是各个建筑信息点的统计。每个房间设2个数据信息点和1个语音信息点，不再预留冗余信息点。总计网络数据信息点1300个

和电话语音信息点 650 个。

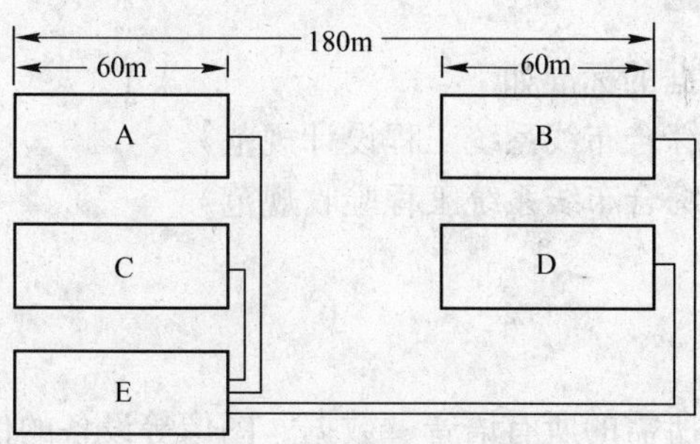

图 2-31　办公园区建筑布局

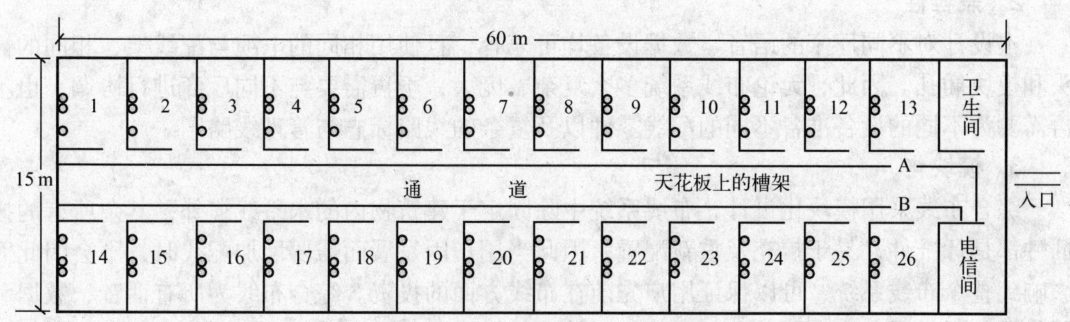

图 2-32　楼层布局图

表 2-6　某栋楼的信息点

楼层	房间数	每间设置数据信息点/个	每层的数据信息点/个	每间设置语音信息点/个	每层的语音信息点/个
01	26	2	52	1	26
02	26	2	52	1	26
03	26	2	52	1	26
04	26	2	52	1	26
05	26	2	52	1	26
合计	130		260		130

表 2-7　各个建筑信息点分布表

建筑物名称	楼层数	数据信息点/个	语音信息点/个
A 栋	5	260	130
B 栋	5	260	130
C 栋	5	260	130
D 栋	5	260	130
E 栋	5	260	130
合计		1300	650

2.5.2 设计与验收依据

本方案设计与验收依据的标准如下。

① GB50311—2007《综合布线系统工程设计规范》

② GB50312—2007《综合布线系统工程验收规范》

2.5.3 设计原则

1. 标准化

本设计实现综合楼内所需的所有语音、数据、图像等设备的信息的传输，并将多种设备终端插头插入标准的信息插座或配线架上。

2. 兼容性

本设计对不同厂家的语音、数据设备均可兼容，且使用相同的电缆与配线架、相同的插头和模块插孔。因此，无论布线系统多么复杂、庞大，不再需要与不同厂商进行协调，也不再需要为不同的设备准备不同的配线零件以及复杂的线路标志与管理线路图。

3. 模块化

综合布线采用模块化设计，布线系统中除固定于建筑物内的水平线缆外，其余所有的接插件都是标准件，易于扩充及重新配置，因此当用户因发展而需要增加配线时，不会因此而影响到整个布线系统，可以保证用户先前在布线方面的投资。综合布线为所有话音、数据和图像设备提供了一套实用的、灵活的、可扩展的模块化的介质通路。

4. 先进性

本设计将采用美国 AMP 的综合布线产品构筑楼内的高速数据通信通道，能在当前和未来相当长一段时间内很方便地将语音、数据、网路、互连设备以及监控设备扩展进去。

2.5.4 布线产品的选型

本设计方案中的综合布线系统选择 AMP 产品。

2.5.5 系统设计

1）系统采用的三级星形拓扑结构。图 2-33 ~ 图 2-35 给出了电信间的设备布局。

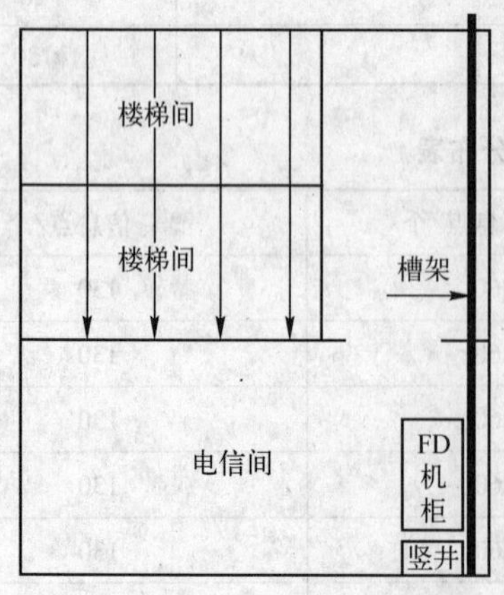

图 2-33　各栋楼 2 ~5 层电信间布局

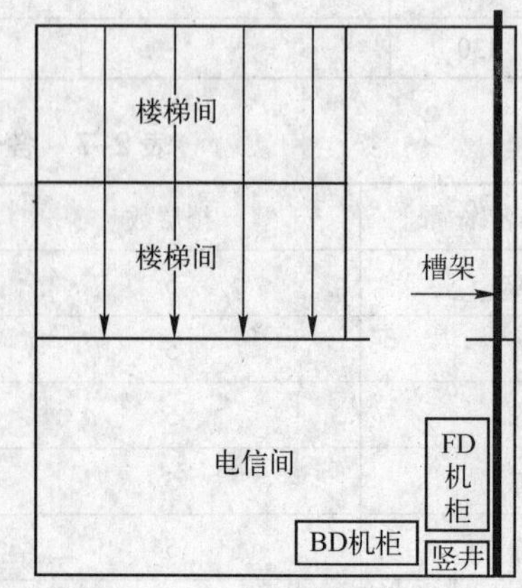

图 2-34　A、B、C、D 4 栋楼第 1 层电信间布局

① 将 E 栋中的电信间作为进线间（建筑物外部通信和信息管线的入口部位，并可作为入口设施和建筑群配线设备的安装场地）和网络中心机房，安放立式机柜，分别放置网络和电话通信总配线架 CD（建筑群配线架）和核心层交换机，同时根据网络的情况，放置路由器、防火墙、入侵检测设备和各种服务器等。这是拓扑结构的第一级。

② 设备间是在每幢建筑物进行网络管理和信息交换的场地。根据建筑物的结构，将各栋大楼 1 层的电信间兼做设备间使用，安置立式机柜，放置 BD（建筑物配线架）和各栋楼的汇聚层交换机。这是拓扑结构的第二级。

③ 在各栋楼每层的电信间安置立式机柜，放置 FD（楼层配线架）和接入层交换机。这是拓扑结构的第三级。

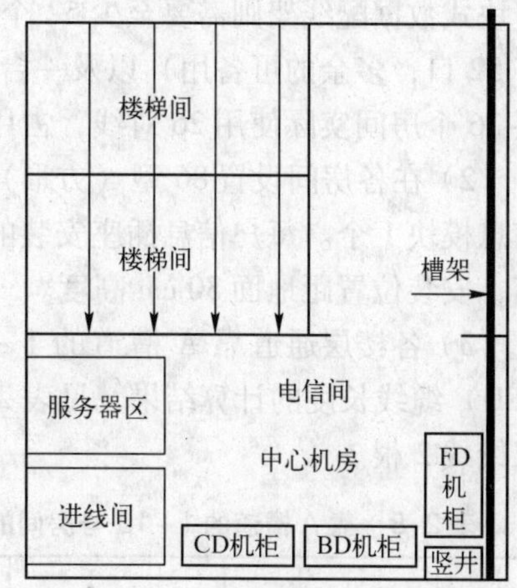

图 2-35　E 栋楼第 1 层电信间布局

2）缆线选用。由于从 E 栋的电信间（网络中心）到其他各栋楼的距离在 550 m 以内，因此，建筑群子系统数据主干线（从 CD 至 BD）可选用 AMP 室外 6 芯（50/125 μm）多模光缆连接。垂直干线子系统只是各栋楼中的垂直连接，距离相对较近（在 100 m 以内），因此，干线子系统数据线（从 BD 至 FD）可选用 AMP 超 5 类 4 对非屏蔽双绞线（UTP）。配线子系统数据线和语音线（从 FD 到各房间内的数据信息点，距离也在 100 m 以内）也选用 AMP 超 5 类 4 对非屏蔽双绞线（UTP）。

所有语音垂直干线采用 AMP 3 类 100 对大对数电缆，不仅连接电信运营商也接入设备和各配线架。

3）配线架选用。FD 和 BD 数据采用 AMP 超 5 类标准 24 口机架式模块化配线架；FD 和 BD 语音采用 AMP 110 型 50 对或 100 对机架式跳线架；CD 和 BD 语音采用 AMP 110 型 100 对机架式跳线架和 AMP 110 型 200 对机架式跳线架。CD 和 BD 数据配线架选用 24/12 口光纤配线架。

将来连接网络时要用 1000Mbit/s 光纤收发器的光口连接到光纤配线架 BD，光纤收发器的电口连接至带有 1000Mbit/s 光口的交换机的上连接口，交换机的其余 1000Mbit/s 电口再连接至一台 AMP 超 5 类标准 24 口机架式模块化配线架 BD。

4）全部配线架安装在 19in（1in = 0.0254m）标准机柜里。

5）采用模块化的 RJ－45 插座组成各房间的双口信息插座。

2.5.6　各子系统设计

1. 工作区

配线子系统的信息插座模块（TO）延伸到终端设备处的连接缆线及适配器由用户自备，本设计不考虑。在连接计算机和电话机时，缆线和缆线连接器要注意与信息插座匹配。信息插座到终端设备连线不超过 5m。

2. 配线子系统

1）在每一楼层的电信间放置一个立式机柜，内置 2 台 AMP 24 口和 1 台 AMP 16 口的模块式数据配线架（每楼层的数据信息点是52个，要接入25根双绞线，双绞线的另一端接入模块式数据配线架则需要至少52个模块，1个模块对应1个口，所以至少需要数据配线架有52口，多余的可备用）以及一台AMP 50对语音配线架（每个房间1对语音线，整个楼层26个房间实际使用26对线，占用语音配线架26对接线位，多余的可备用）。

2）在各房间设置86型（方形）信息插座底盒3个，分别安装数据信息模块2个和语音信息模块1个。每户信息插座安装的位置结合房间的布局，原则上与强电插座保持一定的距离，安装位置距地面30 cm高度。

3）各楼层通道靠A槽道的1~13号房间的数据信息点到楼层电信间的语音配线架（FD）缆线长度的计算结果，见表2-8。每个房间需用信息插座底盒至电信间配线架长度的双绞线2根。

表2-8　靠A槽道的1~13号房间的数据信息点到楼层电信间的语音配线架FD缆线长度计算表

房间号	室内垂直数据双绞线长度/m	室内水平数据双绞线长度/m	通道中双绞线的长度（含墙的厚度）/m	楼层通道宽度/m	电信间槽道到配线架位置的双绞线长度/m	各个房间信息插座底盒至电信间配线架的总长度/m
1	3	5	54.6	2	5+3.5=8.5	73.1
2	3	5	50.4	2	5+3.5=8.5	68.9
3	3	5	46.2	2	5+3.5=8.5	64.7
4	3	5	42.0	2	5+3.5=8.5	60.5
5	3	5	37.8	2	5+3.5=8.5	56.3
6	3	5	33.6	2	5+3.5=8.5	52.1
7	3	5	29.4	2	5+3.5=8.5	48.9
8	3	5	25.2	2	5+3.5=8.5	43.7
9	3	5	21.0	2	5+3.5=8.5	39.5
10	3	5	16.8	2	5+3.5=8.5	35.3
11	3	5	12.6	2	8.5	31.1
12	3	5	8.4	2	8.5	26.9
13	3	5	4.2	2	8.5	22.7

4）各楼层通道靠B槽道的14~26号房间的数据信息点到楼层电信间的语音配线架（FD）缆线长度的计算结果，见表2-9。

表2-9　靠B槽道的14~26号房间的数据信息点到楼层电信间的语音配线架FD缆线长度计算表

房间号	室内垂直数据双绞线长度/m	室内水平数据双绞线长度/m	通道中双绞线的长度（含墙的厚度）/m	电信间槽道到配线架位置的双绞线长度/m	各房间信息插座底盒至电信间配线架的总长度/m
14	3	5	54.6	5+3.5=8.5	71.1
15	3	5	50.4	8.5	66.9
16	3	5	46.2	8.5	62.7
17	3	5	42.0	8.5	58.5
18	3	5	37.8	8.5	54.3

（续）

房间号	室内垂直数据双绞线长度/m	室内水平数据双绞线长度/m	通道中双绞线的长度（含墙的厚度）/m	电信间槽道到配线架位置的双绞线长度/m	各房间信息插座底盒至电信间配线架的总长度/m
19	3	5	33.6	8.5	50.1
20	3	5	29.4	8.5	46.9
21	3	5	25.2	8.5	41.7
22	3	5	21.0	8.5	37.5
23	3	5	16.8	8.5	33.3
24	3	5	12.6	8.5	29.1
25	3	5	8.4	8.5	24.9
26	3	5	4.2	8.5	20.7

5）每个房间用二芯电话线连接语音信息模块和楼层电信间的语音配线架（FD），长度可以与房间所用的数据缆线长度相同。

本系统水平主干线槽设计为金属线槽，线槽均采用沿楼层过道、天花板内、靠过道墙壁安装。线槽的材料为冷轧合金板，表面进行了镀锌处理。线槽可以根据情况选用不同规格。为保证线缆的弯曲半径，线槽须配以相应规格的分支辅件，以使线路路由弯转自如。为了确保线路的安全，安装时应使槽体有良好的接地。金属线槽、金属软管、电缆桥架及各配线架机柜均需整体连接，然后接地。

强电线路可以与线路平等配置，但需隔离在不同的线槽中，且线槽之间需相隔 30cm 以上的距离。

3. 干线子系统

（1）机柜与配线架数量

在每栋楼的第一层的电信间放置 1 台 19in 标准立式机柜，内置 1 台 12 口的光纤配线架作为 BD 光纤数据配线架；内置 1 台 AMP 16 口超 5 类的模块式数据配线架作为双绞线电缆 BD（因每栋楼只有 5 层，每层通过一根干线接入 BD，所以至少需要 5 个接口，多余的接口作为备用）；内置 1 台 AMP 110 型 100 对机架式配线架和 1 台 AMP 110 型 50 对机架式配线架作为语音 BD（因为每栋楼的语音信息点是 130 个，所以至少需要占用配线架 130 对接线位，多余的接线位作为备用）。

（2）干线长度

1）数据干线。在每层楼用 2 根 AMP 超 5 类 4 对非屏蔽双绞线（UTP）（支持传输速率为 1000 Mbit/s）从楼层模块式数据配线架（FD）连接至该栋楼一层电信间的 16 口超 5 类的模块式数据配线架（BD），每层楼的数据干线长度见表 2-10。有一根是作为备用的。

表 2-10　数据干线长度计算表

楼层	A 栋各楼层数据干线长度	B 栋各楼层数据干线长度	C 栋各楼层数据干线长度	D 栋各楼层数据干线长度	E 栋各楼层数据干线长度	5 栋楼各层数据干线总长度/m
1	3m×2	3m×2	3m×2	3m×2	3m×2	30
2	6m×2	6m×2	6m×2	6m×2	6m×2	60

（续）

楼层	A 栋各楼层数据干线长度	B 栋各楼层数据干线长度	C 栋各楼层数据干线长度	D 栋各楼层数据干线长度	E 栋各楼层数据干线长度	5 栋楼各层数据干线总长度/m
3	9m×2	9m×2	9m×2	9m×2	9m×2	90
4	12m×2	12m×2	12m×2	12m×2	12m×2	120
5	15m×2	15m×2	15m×2	15m×2	15m×2	150

2）语音干线。语音干线采用参数纠错 3 类 50 对大对数电缆（支持 10Base－TX）。语音干线每层楼需要 26 对线从楼层电信间的语音 FD 上连接至 1 层电信间的语音 BD 上。5 层楼需要用 26×5＝130 对语音干线，分别从各楼层电信间的语音 FD 上连接至该栋楼 1 层电信间的语音 BD 上（1 台 AMP 110 型 100 对机架式配线架和 1 台 AMP 110 型 50 对机架式配线架），先接满 100 对机架式配线架，再接 50 对机架式配线架，多余的接线位作为备用。表 2-11 给出了语音干线长度计算结果。

表 2-11　语音干线长度计算表

楼层	A 栋各楼层语音干线长度	B 栋各楼层语音干线长度	C 栋各楼层语音干线长度	D 栋各楼层语音干线长度	E 栋各楼层语音干线长度	5 栋楼各层语音干线总长度/m
1	3m×1	3m×1	3m×1	3m×1	3m×1	15
2	6m×1	6m×1	6m×1	6m×1	6m×1	30
3	9m×1	9m×1	9m×1	9m×1	9m×1	45
4	12m×1	12m×1	12m×1	12m×1	12m×1	60
5	15m×1	15m×1	15m×1	15m×1	15m×1	75

注：50 对大对数电缆以根为单位，每层只使用 1 根中的 26 对，其余的 24 对冗余。5 栋楼共需要 225 m 长的 50 对大对数电缆。

3）干线线缆的敷设都沿竖井。

4. 建筑群子系统

办公园区中的 5 栋楼构成一个建筑群。在 E 栋中心机房设置 19in 标准立式机柜 1 台，放置一个 16 口的光纤配线架作为数据配线架（CD）和放置 3 个 AMP110 型 200 对配线架、1 个 AMP110 型 100 对配线架作为语音 CD。

（1）建筑群数据干线

建筑群子系统数据干线采用室外 4 芯光缆（多模光纤，50/125 μm，1000m/轴）。按办公园区的建筑布局，从 E 栋中心机房（电信间，也作设备间）中的 24 口光纤配线架 CD 连接至各栋楼的光纤收发器上。

根据布线路由，经实地测量：从 E 栋楼到 A 栋楼需要使用的室外 4 芯多模光缆长度为 270m；从 E 栋楼到 B 栋楼需要使用的室外 4 芯多模光缆长度为 390m；从 E 栋楼到 C 栋楼需要使用的室外 4 芯多模光缆长度为 145m；E 栋到 D 栋楼需要使用的室外 4 芯多模光缆长度为 265m。从 E 栋建筑群数据配线架到 E 栋建筑物数据配线架之间需要使用的室内 4 芯多模光缆长度为 10m。这些长度已留有端接余量。

（2）建筑群语音干线

建筑群子系统语音干线采用 AMP 3 类 50 对和 100 对大对数电缆。每栋楼分别用一根

AMP 3 类 50 对和 100 对大对数电缆，从各栋楼的语音配线架（1 台 AMP 110 型 100 对机架式配线架和 1 台 AMP 110 型 50 对机架式配线架）连接至 E 栋楼中心机房 200 对或 100 对语音配线架（CD）上。

根据布线路由，经实地测量：从 E 栋楼到 A 栋楼语音干线需要使用长度为 270m 的 AMP 3 类 50 对和 100 对大对数电缆各一根；从 E 栋楼到 B 栋楼需要使用长度为 390m 的 AMP 3 类 50 对和 100 对大对数电缆各一根；从 E 栋楼到 C 栋楼需要使用长度为 145m 的 AMP 3 类 50 对和 100 对大对数电缆各一根；从 E 栋到 D 栋楼需要使用长度为 265m 的 AMP 3 类 50 对和 100 对大对数电缆各一根。从 E 栋建筑群配线架到 E 栋建筑物配线架之间需要使用长度为 10m 的 AMP 3 类 50 对和 100 对大对数电缆各一根。这些长度已留有端接余量。

从 E 栋中心机房到各栋楼一层的电信间之间使用的干线光缆和干线大对数电缆沿电缆沟敷设。

5. 中心机房

综合布线系统入口设施及引入缆线构成应符合图 2-36 所示的要求。对设置了设备间的建筑物，设备间所在楼层的 FD 可以和设备中的 BD/CD 及入口设施安装在同一场地。

本方案中，中心机房设置在 E 栋 1 层的电信间（设备间），也兼做进线间。多家电信业务经营者的电信缆线已接入进线间，并都在进线间设置了各自的入口配线设备。

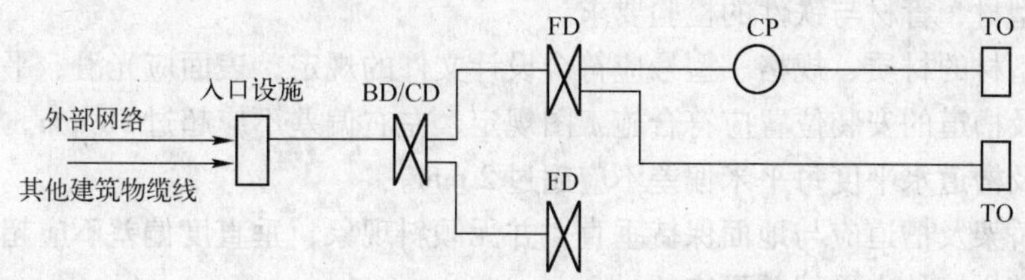

图 2-36　综合布线系统引入部分构成

中心机房采用 3 类 100 对和 200 对大对数电缆，其中一端连接电信业务经营者的接入配线架，另一端连接语音 CD。在数据 CD 上铺设相应的连接光缆以实现和电信业务经营者在进线间设置安装的入口配线设备互通，容量应与配线设备相一致，并应各留有 2 ~ 4 孔的余量。

6. 管理

管理应对工作区、电信间、设备间、进线间的配线设备、缆线、信息插座模块等设施按一定的模式进行标识和记录。

2.5.7　综合布线系统的工程实施

本节提到的工程实施主要介绍系统施工的步骤和注意事项，侧重工程技术，而在工程实施方案书中更多地介绍项目管理模式和措施，侧重组织和协调。

1. 施工步骤

综合布线系统是一个实用性很强的技术，要保证布线系统完工后达到标准中规定的性能指标，必须保证按规范施工，做好工程管理。

本综合布线系统工程的施工按以下步骤进行。

（1）施工前的准备

施工前认真进行环境检查及器材检验，发现不符合条件的应向用户方提出并会同有关施工单位协调处理。

（2）施工前的环境检查

在安装工程开始以前应对交接间、设备间、电信间的建筑和环境条件进行检查，具备下列条件方可开工。

1）交接间、设备间、电信间和工作区的土建工程已全部竣工。房屋地面平整、光洁，门的高度和宽度应不妨碍设备和器材的搬运，门锁和钥匙齐全。

2）房屋预留地槽、暗管、孔洞的位置、数量、尺寸均应符合设计要求。

3）对设备间铺设的活动地板应专门检查，地板板块铺设是否严密坚固。每平方米允许偏差不应大于 2 mm，地板支柱是否牢固，活动地板防静电措施的接地应符合设计和产品说明要求。

4）交接间、设备间、电信间应提供可靠的电源和接地装置

5）交接间、设备间、电信间的面积以及环境温度和湿度均应符合设计要求和相关规定。

（3）施工前的器材检验

器材检验的一般要求如下。

1）经检验的器材应做好记录，对不合格的器材应单独存放，以备检查和处理。

2）符合型材、管材与铁件的检验要求。

3）各种型材的材质、规格、型号应符合设计文件的规定，表面应光滑、平整。

4）桥架及槽道的安装位置应符合施工图规定，左右偏差不应超过 50 mm。

5）桥架及槽道水平度每平米偏差不应超过 2 mm。

6）垂直桥架及槽道应与地面保持垂直，并无倾斜现象，垂直度偏差不应超过 3 mm。

7）两槽道拼接处水平偏差不应超过 2 mm。

8）吊顶安装应保持垂直，整齐牢固，无歪斜现象。

9）金属桥架及槽道节与节间应接触良好，安装牢固。

10）敷设管道的两端应有标志表示出房号、序号和长度等。

11）管道内应无阻挡，管道口应无毛刺，并安置牵引线或拉线。

12）安装机架、配线设备及金属钢管、槽道接地体应符合设计要求，并保持良好的电气连接。

（4）放线

1）缆线布放前应核对规格、程序、路由及位置，使之与设计规定相符。

2）缆线的布放应平直，不得产生扭绞、打圈等现象，不应受到外力的挤压和损伤。

3）缆线布放前两端应贴有标签，以表明起始和终端位置，标签书写应清晰、端正和正确。

4）电源线、信号电缆、对绞电缆、光缆及建筑物内其他弱电系统的线缆应分离布放。各缆线间的最小净距应符合设计要求。

5）缆线布放时应有冗余，在交接间、设备间中对绞电缆预留长度一般为 3 ~ 6 m，工作区为 0.3 ~ 0.6 m；光缆在设备端预留长度一般为 5 ~ 10 m。有特殊要求的应按设计要求预留长度。

（5）缆线的弯曲半径应符合的规定

1）非屏蔽4对对绞电缆的弯曲半径应至少为电缆外径的4倍，在施工过程中应至少为8倍。

2）屏蔽对绞电缆的弯曲半径应至少为电缆外径的6～10倍。

3）主干对绞电缆的弯曲半径应至少为电缆外径的10倍。

（6）在进行信息端口的连接时应满足的要求

1）在进行端接前先检查线缆终端的标签是否完整，如有损坏一定要按顺序端接。

2）在打线或压接线头时认准线号、线位色标，不得颠倒和错接。

3）在端接时，每对双绞线尽量保持扭绞原状。

4）拔除保护套均不能刮伤绝缘层，必须使用专用工具剥除。

5）双绞线在与信息插座和配线架模块连接时必须符合568A或568B的要求。

6）在信息插座和配线架端接完毕后，必须设置标志，并记录入档。

2. 施工质量管理

施工的质量对保证综合布线系统的整体性能至关重要，所以必须严格进行施工质量管理。

要保证施工的质量，主要从以下几个方面进行：一是要有一个完善的组织体制；二是要严格按施工工序实施；三是要符合施工规范，四是认真进行现场记录，发现问题及时解决。

现场施工队除了综合布线系统施工队之外，还有空调、水电、土建装修等施工单位，综合布线施工的空间安排、工序安排都要与这些施工单位协调后才不会产生矛盾，这样才能保证工期如期完成，同时必须对工程实施制定详尽的施工流程，以便于对工程施工的管理。

2.5.8 工程测试验收及维护

1. 测试要求及工具

综合布线系统安装完毕后，按《综合布线系统工程验收规范》（GB50312—2007）提出的技术规范要求进行全面的系统测试。

测试文档分两类：一是测试数据记录，含铜缆及系统接地等各项目的测试；二是测试报告，含所用测试仪器、测试方法、所测点数及测试结论。

2. 验收要求

验收是工程实施中的重要环节，必须认真进行。验收按《综合布线系统工程验收规范》（GB50312—2007）进行。

验收的内容包括线槽、线管的安装位置是否正确，安装是否符合工艺要求，接地是否良好；缆线的布放是否按设计路由及位置，是否符合工艺要求；机架的安装是否牢固，位置是否便于以后维护管理，接地是否良好；信息插座的位置及外观，标志是否齐全，螺丝是否拧紧，是否符合工艺要求；各类跳线是否整齐美观。验收还包括测试文档及竣工技术文件的验收。

竣工技术文件包括：安装工程图、工程说明、设备器材明细表、竣工图、工程变更检查记录、施工过程中更改设计或采取相关措施的记录以及由建设、设计、施工等单位之间的双方洽商记录、随工验收记录、隐蔽工程签证等。

习题

1. 结构化布线系统包括哪几个子系统?

2. 综合布线系统中，如何选择传输介质并简要说明理由（需综合考虑，以拥有最佳的性价比）。

3. 简述双绞线的制作方法（通过颜色编码，按直通线和交叉线两种方式回答，其中以568A、568B 为标准）。

4. 在某一楼层中共有 48 个工作区，每个工作区内有 2 个信息插座，楼层配线架在该楼层中部，其中信息插座距楼层配线架最近的距离为 28m，最远的为 69m，端接容差为 6m。请计算该楼层布线过程中使用的线缆长度。

5. 某公司现需要建设网络，信息端口分布如下：楼 1 西侧（4 层楼共 47 个信息点）、楼 2 西侧（3 层楼共 23 个信息点）、楼 2 东侧（两层共 5 个信息点）、采购部（1 层共 5 个信息点）信息端口分布，见表 2-12。公司建筑结构，如图 2-37 所示。

表 2-12 信息端口分布

楼　号	楼　层　号	房间数/间	每间房信息点数/个	信息点总数/个
楼 1 西侧	4	11	1	11
	3	6	3	18
	2	2	4	8
	1	2	5	10
楼 2 西侧	3	14	1	14
	2	3	2	6
	1	1	4	4
楼 2 东侧	2	3	1	3
	1	1	2	2
采购部	1	5	1	5

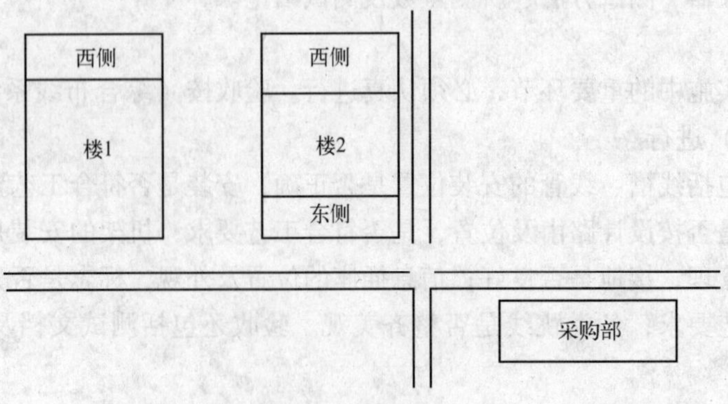

图 2-37 公司建筑结构

要求：

1）既能满足用户当前的业务需要，又能满足计算机网络技术未来 10 ~ 15 年发展的需要。

2）未来用户网络系统升级或扩充时，不需要对布线基础设施进行更改及增加投资，便可平滑过度、升级或扩充。

3）在目前可行的技术条件下，实现高质量的数据、图像传输。

4）指出网管中心的位置、需要使用的电信间的个数及位置、采用的传输介质类型及敷设地点、各个电信间需要的交换机个数。

请根据要求设计一个综合布线方案。

第 3 章　交换机的配置与管理

在早期的计算机网络中，集线器（Hub）作为第一类被广泛应用的网络集线设备，在局域网中应用非常广泛。集线器是一种共享介质传输的硬件设备，采用单工数据操作和广播数据发送方式来解决网络数据的传输问题，能够满足当时数据单一、网络结构小、用户数量少的需求环境，如图 3-1 所示。但随着网络传输媒体类型的日益丰富，图形、图像及各种流媒体等多媒体内容的出现，人们对高网络数据的传输速度、传输性能、信息安全的要求日益提高。在这样的需求的推动及全球各大网络设备开发商的努力下，一种更新、更实用的网络设备被研发及推出，这种设备就是交换机。交换机弥补了集线器的不足，所以在短时间内得到了业界广泛的认可和应用。交换机技术也得到了飞速发展，数据传输的速度也在不断地加快。目前最快的以太网交换机端口带宽可达到 10 Gbit/s，其中千兆（G 位）级的交换机在各企业骨干网络中早已被广泛应用。

图 3-1　集线器

3.1　交换机和集线器

交换机是集线器的升级换代产品，从实物外观上来看，它与集线器基本上没有多大区别，都是带有多个端口的长方形盒状体。交换机是按照通信两端传输信息的需要，用人工或设备自动完成的方法把要传输的信息送到符合要求的相应目的上的技术统称。广义的交换机就是一种在通信系统中完成信息交换功能的设备，如图 3-2 所示。

图 3-2　交换机

在计算机网络系统中，交换概念的提出是相对于共享工作模式的改进。集线器是一种共享介质的网络设备，其本身不能识别目的地址，是采用广播方式，即当同一局域网内的 A 主机给 B 主机传输数据时，数据包在以集线器为架构的网络上是以广播方式传输的，对网络上所有结点同时发送同一信息，然后再由网络上的每一台终端通过验证数据包头的地址信息来确定是否接收。这种方式很容易造成网络堵塞，因为其实接收数据的一般来说只有一个终端结点，而现在对所有结点都发送，那么绝大部分数据流量是无效的，这样就造成整个网络数据传输效率相当低。另一方面由于所发送的数据包每个结点都能侦听到，容易出现一些不安全因素。

3.2　交换机的结构和特点

交换机内拥有一条具有很高带宽的背部总线和内部交换矩阵，所有的端口都通过这条总线连接在一起，除了这条总线外，交换机和计算机一样都有内存，内存里存储所有连接设备的物理（MAC）地址表项，然后通过控制电路来进行数据处理。在数据交换过程中，控制电路收到数据包以后，处理端口会查找内存中的物理地址表项，确定目的MAC的NIC（网卡）挂接在哪个端口上，然后通过内部交换矩阵直接将数据包迅速传送到目的结点，而不是传输到所有结点，目的物理地址若不存在才广播到其他所有的端口。这种方式一方面效率高，不会浪费网络资源，只对目的地址发送数据，一般来说不易产生网络堵塞；另一个方面数据传输的安全性也得到了提高，因为它不是对所有结点都同时发送，所以发送数据时其他结点很难侦听到所发送的信息。

交换机的另一个重要特点就是不是所有端口都共享带宽，而是每一端口都独享交换机的一部分总带宽，这样在速率上对于每个端口来说有了根本的保障。同时使用交换机也可以把网络“分段”，通过不同的策略，可以只允许必要的网络流量通过交换机，这将在后面介绍。通过交换机的过滤和转发，可以有效地隔离广播风暴，减少误包和错包的出现，避免共享冲突。这样交换机就可以在同一时刻进行多个结点对之间的数据传输，每一结点都可视为独立的网段，连接在其上的网络设备独自享有固定的一部分带宽，无须同其他设备竞争使用。

由于交换技术的发展，目前交换机的基本功能包括物理编址、网络拓扑结构、错误校验、帧序列以及流量控制等，一些高档交换机还具备了一些新的功能，如对虚拟局域网的支持、对链路汇聚的支持，甚至有的还具有路由和防火墙的功能。

交换机的基本用途和集线器一样，都是直观上构建网络的设备，但除了能够像集线器一样连接同种类型的网络之外，还可以在不同类型的网络（如以太网和快速以太网）之间起到互连作用。目前许多交换机都能够提供支持快速以太网等的高速连接端口，用于连接网络中的其他交换机或者为带宽占用量大的关键服务器提供附加带宽。

总之，交换机是一种基于物理地址识别，能完成封装转发数据包功能的网络设备。交换机对于因第一次发送到目的地址不成功的数据包会再次对所有结点同时发送，企图找到这个目的物理地址，找到后就会把这个地址重新加入到自己的物理地址列表中，这样下次再发送到这个结点时就不会发错。交换机的这种功能就称之为“物理地址学习”功能。

3.3 交换机的种类

交换机是数据链路层设备，它可将多个物理LAN网段连接到一个大型网络上，与网络中其他二层设备类似，交换机传输和溢出也是基于MAC地址的传输。由于交换机的传输是用硬件实现的，因此，传输速度很快。目前网络交换机可以分为以太网交换机、令牌环交换机、FDDI网络交换机、ATM交换机等。以太网交换机目前占局域网交换机的绝大多数，几乎成为局域网的标准交换设备。因此，除特别说明之外，本书中提到的局域网交换机一般均指以太网交换机。

3.4 交换机的交换方式

目前交换机在传送源和目的端口的数据包时通常采用直通交换、存储转发和碎片隔离等

3 种数据包交换方式。

1. 直通交换方式

采用直通交换方式的以太网交换机在输入端口检测到一个数据包时，检查该包的包头，获取包的目的地址，启动并利用内部的动态查找表转换成相应的输出端口，在输入与输出交叉处接通，把数据包直通到相应的端口，实现交换功能。由于它只检查数据包的包头，不需要存储，所以切入方式具有延迟时间小、交换速度快的优点，所谓延迟时间（Latency）是指数据包进入一个网络设备到离开该设备所花的时间。

它的缺点主要有3个方面：第一，因为数据包内容并没有被以太网交换机保存下来，所以无法检查所传送的数据包是否有误，不能提供错误检测功能；第二，由于没有缓存，不能将具有不同速率的输入与输出端口直接接通，而且容易丢包。如果要连到高速网络上，如提供快速以太网（100Base－T）、FDDI 或 ATM 连接，就不能简单地将输入与输出端口“接通”，因为输入与输出端口间有速度上的差异，必须提供缓存；第三，当以太网交换机的端口增加时，交换矩阵变得越来越复杂，实现起来就越困难。

2. 存储转发方式

存储转发（Store and Forward）是计算机网络领域使用最为广泛的技术之一，以太网交换机的控制器先将输入端口到来的数据包缓存起来，先检查数据包是否正确，并过滤掉冲突包错误。确定包正确后，取出目的地址，通过查找表找到想要发送的输出端口地址，然后将该包发送出去。正因如此，存储转发方式在数据处理时延时大，但是它可以对进入交换机的数据包进行错误检测，并且能支持不同速度的输入与输出端口间的交换，可有效地改善网络性能。它的另一优点就是这种交换方式支持不同速度端口间的转换，保持高速端口和低速端口间协同工作。实现的办法是将 10 Mbit/s 低速包存储起来，再通过100 Mbit/s 速率转发到端口上。

3. 碎片隔离方式

碎片隔离式是介于直通交换方式和存储转发方式之间的一种解决方案。它在转发前先检查数据包的长度是否达到 64 B，如果小于 64 B，说明是假包（或称残帧），则丢弃该包；如果大于 64 B，则发送该包。该方式的数据处理速度比存储转发方式快，但比直通方式慢，由于这种方式能够避免残帧的转发，所以被广泛应用于低档交换机中。

使用这类交换技术的交换机一般是使用了一种特殊的缓存。这种缓存是先进先出 FIFO（First In First Out）的，即数据从一端进入然后再以同样的顺序从另一端出来。当帧被接收时，它被保存在缓存中。如果帧以小于 512 bit 的长度结束，那么缓存中的内容（残帧）就会被丢弃。因此，不存在普通直通转发交换机中存在的残帧转发问题，是一个非常好的解决方案。数据包在转发之前将被缓存保存下来，从而确保碰撞碎片不会通过网络传播，能够在很大程度上提高网络传输效率。

3.5 交换机的参数

1. 转发方式

数据包的转发方式在前面已经介绍过，主要分为直通交换方式（现为准直通交换方式）和存储转发方式。由于不同的转发方式适用于不同的网络环境，因此，应当根据自己的需要做出相应的选择。直通交换方式由于只检查数据包的包头，不需要存储，所以这种方式具有延迟小、交换速度快的优点。

存储转发方式在数据处理时延时大，但它可以对进入交换机的数据包进行错误检测，并且能支持不同速度的输入与输出端口间的交换，有效地改善网络性能。同时这种交换方式支持不同速度端口间的转换，保持高速端口和低速端口间协同工作。

低端交换机通常只拥有一种转发模式，或是存储转发模式，或是直通交换模式，往往只有中高端产品才兼具两种转发模式，并具有智能转换功能，同时可根据通信状况自动切换转发模式。通常情况下，如果网络对数据的传输速率要求不是太高，可选择存储转发式交换机；如果网络对数据的传输速率要求较高，可选择直通转发式交换机。

2. 延时

交换机的延时（也称延迟时间）是指从交换机接收到数据包到开始向目的端口发送数据包之间的时间间隔。这主要受所采用的转发技术等因素的影响，延时越小，数据的传输速率越快，网络的效率也就越高。特别是对于多媒体网络而言，较大的数据延时，往往导致多媒体的短暂中断，所以交换机的延时越小越好。

3. 管理功能

交换机的管理功能是指交换机如何控制用户访问交换机，以及系统管理人员通过软件对交换机的可管理程度。交换机一般分为网管型交换机和非网管型交换机。目前几乎所有中、高档交换机都是可网管的，一般来说，所有的厂商都会随机提供一份本公司开发的交换机管理软件，所有的交换机都能被第三方管理软件所管理。低档的交换机通常不具有网管功能，属“傻瓜”型的，只需接上电源、插好网线即可正常工作。

4. MAC 地址数

交换机之所以能够直接对目的结点发送数据包，而不是像集线器一样以广播方式对所有结点发送数据包，最关键的技术就是交换机可以识别连在网络上不同结点的 MAC 地址，并形成一个 MAC 地址表。这个 MAC 地址表存放于交换机的缓存中，并被记住，这样一来当需要向目的地址发送数据时，交换机就可在 MAC 地址表中查找具有这个 MAC 地址的结点位置，然后直接向这个结点发送。

但是不同档次的交换机每个端口所能够支持的 MAC 地址数量不同。在交换机的每个端口，都需要足够的缓存来记忆这些 MAC 地址，所以缓存容量的大小就决定了相应交换机所能记忆的 MAC 地址的数量。通常交换机能够记忆 1024 个 MAC 地址，而高端的交换机能记住的 MAC 地址数更多。

5. 背板带宽

背板带宽也称背板吞吐量，类似于计算机主板上的总线，是交换机接口处理器或接口卡和数据总线间所能吞吐的最大数据量。一台交换机的背板带宽越高，处理数据的能力就越强，现在越来越多的 100 Mbit/s 交换到桌面方案是以实现视频点播为目的，需要在高负荷下提供高速交换。由于所有端口间的通信都需要通过背板完成，所以背板所能够提供的带宽就成为端口间并发通信时的总带宽。带宽越大，能够给各通信端口提供的可用带宽就越大，数据交换速度就越快；带宽越小，则能够给各通信端口提供的可用带宽就越小，数据交换速度也就越慢。因此，在端口带宽、延迟时间相同的情况下，背板带宽越大，交换机的传输速率就越快。

6. 端口

交换机与集线器一样，也有端口带宽之分，交换机所指的带宽与集线器的端口带宽不一样，因为这里交换机上所指的端口带宽是独享的，而集线器上端口的带宽是共享的。交换机的端口带宽目前主要包括 10 Mbit/s、100 Mbit/s 和 1000 Mbit/s 3 种，但就这 3 种带宽又有不同的组合形式，以满足不同类型网络的需要。最常见的组合形式包括 $n \times 100$ Mbit/s + $m \times$ 10 Mbit/s、$n \times 10$ Mbit/s 或 $n \times 100$ Mbit/s、$n \times 1000$ Mbit/s + $m \times 100$ Mbit/s 和 $n \times 1000$ Mbit/s 4 种。

$n \times 100$ Mbit/s + $m \times 10$ Mbit/s 就是在一个交换机上同时有 n 个 100 Mbit/s 带宽的端口和 m 个 10 Mbit/s 带宽的端口，这 $n+m$ 就是交换机的端口总和。当然这 n 与 m 可以是相同的，也可以是不同的，一般来说这 n 要远比 m 小。这种组合的交换机既可以作为小型廉价网络的中心结点，也可以用于大、中型网络中的工作组交换机。因为它也具有 100 Mbit/s 带宽的端口，适合于大型网络的连接。100 Mbit/s 端口一般用于服务器或主干网段的连接，或者用于级联至另一台交换机，10 Mbit/s 端口则用于直接连接工作站，从而实现不同交换机端口之间的高速连接，并满足网络内所有计算机对服务器高速连接的需求。

$n \times 10$ Mbit/s 或 $n \times 100$ Mbit/s，这种组合的交换机相比前面那种又要先进一些，因为它的每个端口都可以自适应地达到 10 Mbit/s 或 100 Mbit/s 的带宽，这比固定几个 100 Mbit/s 带宽的交换机当然是方便许多，在性能方面也肯定要好许多。目前这种组合方式的交换机能够自动适应 10 Mbit/s 或 100 Mbit/s 的速率，可以无缝连接以太网和快速以太网。该类型的交换机既可以作为工作组交换机直接连接客户机，实现 100 Mbit/s 到桌面的高速交换，也可以作为小型网络中心结点。当直接连接至计算机时，在全双工状态下收发各占 100 Mbit/s 带宽，从而能够实现 200 Mbit/s 的带宽。当与 $n \times 100$ Mbit/s + $m \times$ 10 Mbit/s 类型的交换机连接时，可以为连接至不同端口的交换机提供较快链路，满足多个端口间同时传输数据的需要。

$n \times 1000$ Mbit/s + $m \times 100$ Mbit/s 与上面所介绍的"$n \times 100$ Mbit/s + $m \times 10$ Mbit/s"组合形式类似，只不过这里所指的带宽是 1000 Mbit/s 与 100 Mbit/s 带宽，而不是 10 Mbit/s 与 100 Mbit/s。这种端口配置的含义也就是这种交换机同时具有 n 个 1000 Mbit/s 带宽的端口和 m 个 100 Mbit/s 带宽的端口，这里的"$n+m$"也一般是交换机的端口总数，但一般来说，n 要远小于 m。目前这种配置的交换机已经逐渐由中心交换机和骨干交换机，慢慢地向大中型网络普及，也可作为小型网络中的中心交换机或骨干交换机，对上可直接连接至服务器，对下可连接各组交换机。千兆的带宽不仅能够很好地解决多用户对服务器突发性地访问问题，消除了服务器的瓶颈问题，而且还能够很好地解决高速交换机之间的互连问题，消除了级联端口的带宽瓶颈。

$n \times 1000$ Mbit/s，这种交换机是目前很先进的一种，因为它提供了全部都是 1000 Mbit/s 的端口带宽，这种交换机目前一般是充当大中型网络中心交换机或骨干交换机的角色。

7. 交换机在网络中的位置

按照网络的层次设计标准，虽然交换机的作用都是进行数据的转发传输，但他们在网络结构中位置不同，即交换机在不同的网络结构层次中起到的作用不尽相同，所以配置内容也不完全相同。网络层次划分为：核心层、汇聚层、接入层，如图 3-3 所示。

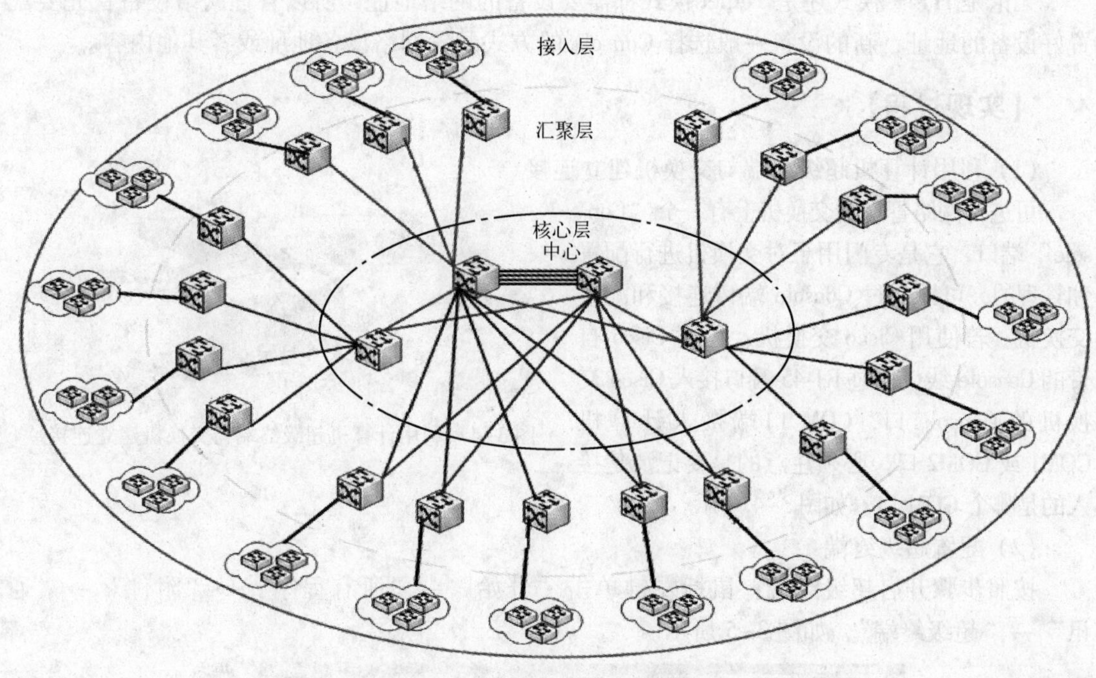

图 3-3　网络层次划分

3.6　任务一　接入交换机的配置

【任务目标】

掌握接入交换机的基本配置方法和常用参数配置。

【核心知识】

接入交换机，也通常称为桌面交换机，主要功能是与终端计算机的接入使用，是本地终端用户被许可接入网络的点，工作在 OSI 模型的第二层。它可能使用访问列表或者过滤器来满足一组特定用户的需求，如满足那些经常参加视频会议的用户的需求。接入层中通常使用二层交换机，在这一层中，交换机被称为边缘设备，因为它们位于网络的边界上，接入层交换机有共享接入带宽、交换带宽以及 MAC 过滤、微分段等功能。所以接入交换机的配置按需求一般可以包含以下内容：交换机的管理地址配置、端口的配置、PVLAN 的配置、Trunk 的配置、生成树的配置、VTP 的配置。

3.6.1　交换机的管理地址配置

对交换机的管理一般有以下 3 种方式。

HTTP 模式：通过 Web 方式，在地址栏中输入设备地址从而进入设备进行操作管理。

Telnet 模式：远程机器通过 Telnet 的方式连接到设备上进行管理和配置。

Console 模式：通过全反线与设备相连接，用超级终端连接设备进行管理配置。

无论是 HTTP 模式还是 Telnet 模式都需要设备的网络地址，所以管理网络设备首先要配置好设备的地址，新的设备一般选择 Console 的方式配置网络设备地址或者其他内容。

【实现过程】

（1）利用计算机超级终端与交换机建立连接

可进行网络管理的交换机上有一个“Console”端口，它是专门用于对交换机进行配置和管理的，可以通过 Console 端口连接和配置交换机。若使用 Cisco 交换机，可用 Cisco 自带的 Console 线，通过 RJ-45 端口接入 Cisco 交换机的 Console 口，COM 口端接入计算机 COM1 或 COM2 口，必须注意的是要记清楚接入的是哪个 COM 口，如图 3-4 所示。

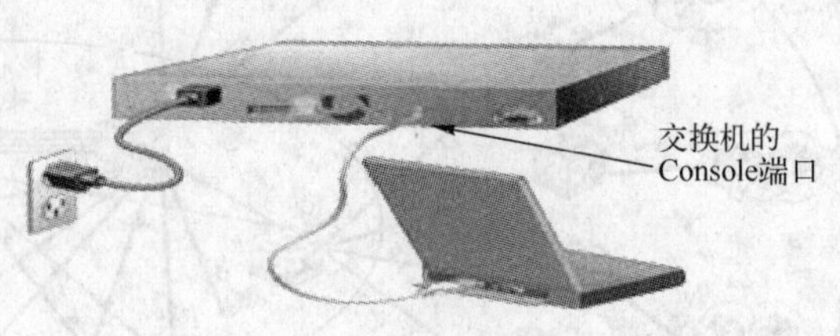

图 3-4　利用计算机超级终端与交换机建立连接

（2）配置超级终端

按照步骤开启超级终端：鼠标左键单击“开始”→“所有程序”→“附件”→“通讯”→“超级终端”，如图 3-5 所示。

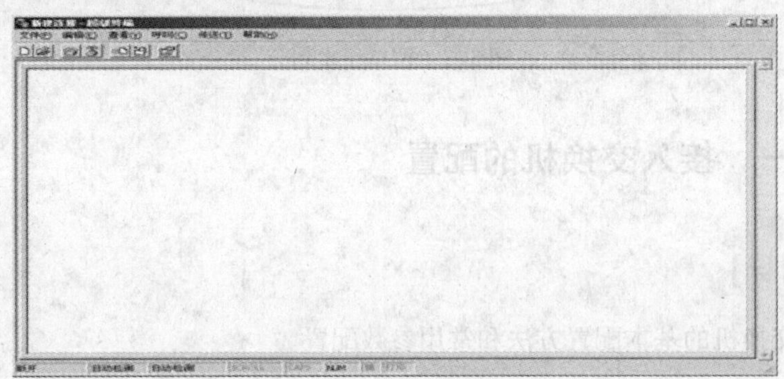

图 3-5　启动超级终端

单击“文件”→“新建连接”，出现如图 3-6 所示的对话框。

输入超级终端名称，单击“确定”按钮，出现如图 3-7 所示的对话框。选择数据线所连端口（注意选择 COM 口时要对应 Console 线接入计算机的 COM 口）然后单击“确定”按钮。

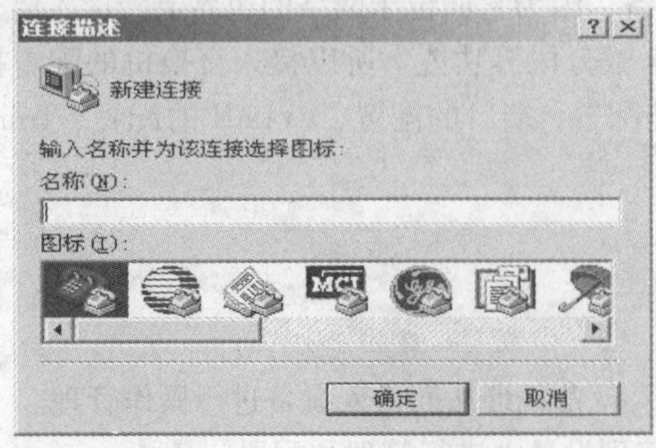

图 3-6　新建连接

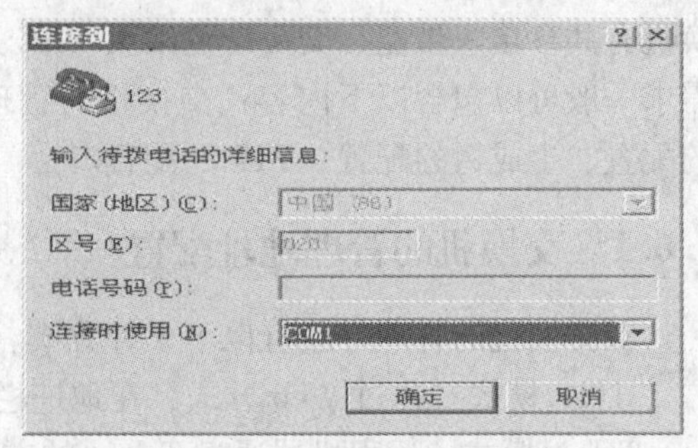

图 3-7　选择数据线所连端口

单击“还原为默认值”按钮，即可恢复为默认值，如图 3-8 所示。

(3) 交换机加电

单击“确定”按钮后开启交换机，此时交换机开始载入互联网操作系统（Internetwork Operting System，IOS），可以从载入 IOS 界面上看到诸如 IOS 版本号、交换机型号、内存大小等数据。

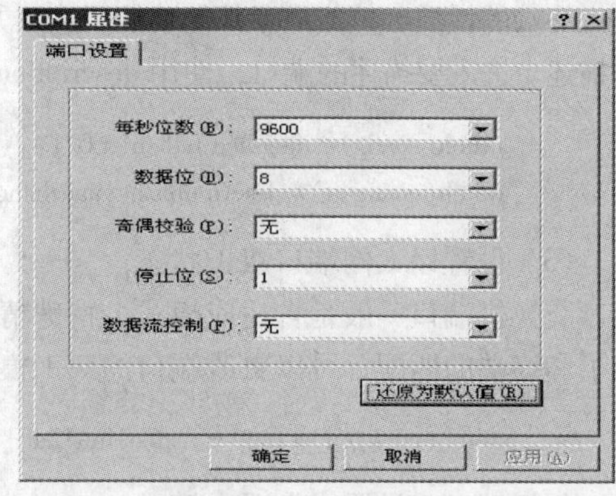

图 3-8　COM1 端口设置

当屏幕显示“Press RETURN to get started”的时候按〈Enter〉键就能直接进入交换机。首先我们要知道 Cisco 配置界面分两种，一种是基于命令行界面（Command-line Interface，CLI），一种是基于 IOS。

基于 IOS 的交换机有 3 种模式，“>”表示用户模式，“#”表示特权模式，“(CONFIG)#”表示全局模式。在用户模式下输入“enable”进入特权模式；在特权模式下输入“exit”回到用户模式；在特权模式下输入“configure terminal”进入全局模式；在全局模式下输入“exit”回到特权模式下。

对于一个刚出厂未配置的交换机来说，根据需要可以对一些命名、密码和远程连接等进行设置，这样可以方便以后维护。

使用 hostname 命令设置交换机名，使用 password 命令设置密码，示例如下。

```
switch(config)#hostname switch
switch(config)#enable password level 1 cisco
```

需要注意的是在设计拓扑图的时候要对相关交换机设定容易让管理人员识别的交换机名称，设置的密码是区分大小写的。level 1 代表登录密码。

3.6.2 端口的配置

交换机的端口是终端设备的最直接接入点，所以端口参数配置是网络应用中比较重要的内容。其内容包括打开或关闭端口、对端口的描述、端口的双工状态、端口的速率、广播风暴控制、链路类型、端口模式、端口镜像等。

【实现过程】

(1) 打开或关闭端口

进入需要打开或者关闭的端口，在这个端口下用 no shutdown 或者 shutdown 命令打开或者关闭端口。

```
switch(config)# interface fathernet 0/1
switch(config-if)#no shutdown
switch(config-if)#shutdown
```

(2) 端口描述

对于一个交换机上的很多端口，每个端口可能接入的终端不同，为了便于明确各个端口接入终端的性质、单位或者其他功能用途，方便管理员管理维护，所以根据需求可以对端口进行描述。进入要描述的端口，使用 description 命令进行描述，description 后面是描述的内容。

```
switch(config)# interface fathernet 0/1
switch(config-if)# description li-yuanzhang
```

（3）设置以太网端口双工状态

交换机端口一般是自适应模式，特殊情况下，可能是指定全双工模式或者半双工模式，为了和终端的匹配，可以更改端口的双工模式。使用命令：duplex {auto | full | half}。

```
switch(config-if)# duplex {auto|full|half}
```

如把端口 1 设置成自适应模式

```
switch(config)# interface fathernet 0/1
switch(config-if)# duplex auto
```

（4）设置以太网端口速率

交换机端口的速率一般是自适应 10 Mbit/s、100 Mbit/s，特殊时候根据终端的情况可以更改为确定的速率。使用命令 speed {10 | 100 | auto}。

如把端口 1 设置成 100 Mbit/s 的速率

```
switch(config)# interface fathernet 0/1
switch(config-if)# speed 100
```

（5）设置以太网端口广播风暴控制

在网络中，广播数据包是一把双刃剑。一方面广播数据包是进行正常网络连接所必须的一种数据包，因为某些必备的协议，如地址解析协议（Address Resolution Protocol，ARP）以及动态主机配置协议（Dynamic Host Configuration Protocol，DHCP）需要用到广播，所以不能简单地把广播直接扔掉；另一方面其又很容易被病毒或者黑客所利用，如通过 DoS 攻击等手段导致网络拥塞，因此必须要对广播数据包进行合理的控制。有不少的措施可以用来减少网络中不必要的广播数据包，如可以将网络设计成多个网段，以减少广播域内设备的数量，从而实现减少广播包的目的。不过这些传统的方案，都需要增加一些额外的设备，而且实施起来也不是很方便，所以一般在接入层交换机中可以利用交换机本身就提供的配置来进行广播抑制，即可以利用“storm-control broadcast level”命令语句来进行这样的控制。

```
switch(config)# interface fathernet 0/1
switch(config-if)# storm-control broadcast level 50
```

（6）设置以太网端口的链路类型

交换机端口的 3 种链路类型分别为：Access、Trunk、Hybird。Access 类型的端口只能属于 1 个 VLAN，一般用于连接计算机的端口；Trunk 类型的端口可以允许多个 VLAN 通过，可以接收和发送多个 VLAN 的报文，一般用于交换机之间连接的端口；Hybrid 类型的端口可以允许多个 VLAN 通过，可以接收和发送多个 VLAN 的报文，可以用于交换机之间连接，也可以用于连接用户的计算机。Hybrid 端口和 Trunk 端口在接收数据时，处理方法是一样的，唯一不同之处在于发送数据时：Hybrid 端口可以允许多个 VLAN 的报文发送时不打标签，而

Trunk 端口只允许默认 VLAN 的报文发送时不打标签。根据需求，使用“switchport [access | trunk | hybird]”命令语句进行配置。

如把端口 1 设置成 access、trunk、hybird 等模式。

```
switch(config)# interface fathernet 0/1
switch(config-if)#switchport mode access
switch(config-if)#switchport mode trunk
switch(config-if)#switchport mode hybrid
```

(7) 创建 VLAN

VLAN（虚拟局域网）是由位于不同物理局域网段的设备所组成的。虽然 VLAN 所连接的设备来自不同的网段，但是相互之间可以进行直接通信，好像处于同一网段中一样，由此得名虚拟局域网。相比较传统的局域网布局，VLAN 技术更加灵活。为了创建虚拟网络，需要对已有的网络拓扑结构进行相应的调整。使用 vlandatabase 、vlan 命令可以创建 VLAN。

```
switch(config)#vlandatabase
switch(vlan)# vlan 100 name 100
```

注意：name 后面是给这个 VLAN 取的别名，也可以不取。

(8) 把以太网端口加入到指定的 VLAN

只创建一个 VLAN，这个 VLAN 里面若不添加任何端口就没有实际意义，也不起任何作用。所以创建 VLAN 后要按需要向 VLAN 中添加端口，也可以称为把端口放到 VLAN 中。可以使用“switchport access”命令语句把端口放到 VLAN 中去。

```
switch(config)# interface fathernet 0/1
switch(config-if)#switchport access vlan 100
```

也可以同时把一组端口一次放到一个 VLAN 中去。

```
switch(config)# interface range fathernet 0/1-10
switch(config-if)#switchport access vlan 100
```

(9) 设置以太网端口镜像

简单地说，端口镜像就是把交换机一个或者多个端口（源端口）的流量完全复制一份，从另外一个端口（目的端口）发出去，以便网络管理人员从目的端口通过分析源端口的流量来查找网络存在问题的原因。

首先确定镜像的端口，一般是管理人员分析和接入的端口，然后确定被镜像端口，一般把需要监测的端口作为被镜像的端口，例如，把端口 22 镜像到端口 1 上。

```
switch(config)# interface fathernet 0/1
switch(config-if)#port monitor fathernet 0/22
```

3.6.3 PVLAN 的配置

随着网络技术的迅速发展，用户对于网络数据通信的安全性提出了更高的要求，如防范黑客攻击、控制病毒传播等，都要求保证网络用户通信的相对安全。传统的解决方法是给每个客户分配一个 VLAN 和相关的 IP 子网，通过使用 VLAN，每个客户被从第 2 层隔离开，可以防止任何恶意的行为和 Ethernet 的信息探听。然而由于交换机固有的 VLAN 数目、复杂的 STP 管理、IP 地址的紧缺、路由等方面的限制，从而就产生了 PVLAN。PVLAN 的应用对于保证接入网络的数据通信的安全是非常有效的，用户只需与自己的默认网关连接。一个 PVLAN 不需要多个 VLAN 和 IP 子网就提供了具备第 2 层数据通信安全性的连接，所有的用户都可接入 PVLAN，从而实现了所有用户与默认网关的连接，而与 PVLAN 内的其他用户没有任何访问。PVLAN 功能可以保证同一个 VLAN 中的各个端口相互之间不能通信，但可以穿过 Trunk 端口。这样即使同一 VLAN 中的用户，相互之间也不会受到广播的影响。PVLAN 技术不但可以解决通信安全、广播风暴和浪费 IP 地址等方面的问题，而且还有助于网络的优化，再加上 PVLAN 在交换机上的配置也相对简单，所以 PVLAN 技术越来越得到网络管理人员的青睐。使用“switchport protected”命令语句配置 PVLAN。

【实现过程】

先进入要进行隔离的端口，然后使用“switchport protected”命令语句配置 PVLAN。

```
switch(config)# interface fathernet 0/1
switch(config-if)#switchport access vlan 100
switch(config)# switchport protected
switch(config)# interface fathernet 0/2
switch(config-if)#switchport access vlan 100
switch(config)# switchport protected
```

这样交换机上的端口虽然都属于同一个 VLAN，但这些端口之间不能相互访问。这些端口能同时与上联端口通信。

3.6.4 Trunk 的配置

Trunk 是在二层交换机的性能参数中常用的一个重要指标，就是通过对软件的设置，将 2 个或多个物理端口组合在一起成为一个逻辑端口，称为多端口负载均衡组（Load Sharing Group）或端口汇聚（Trunk）。Trunk 一般用于交换机之间的连接，目的在于增加交换机和网络结点之间的带宽，将属于这几个端口的带宽合并，给逻辑端口提供一个几倍于独立端口的独享的高带宽。Trunk 是一种封装技术，是一条点到点的链路。

交换机通过两个或多个端口并行连接并同时传输以提供更高的带宽、更大的吞吐量，从而大幅度提高整个网络的传输能力。Trunk 的主要功能就是将多个物理端口（一般为 2 ~ 8 个）绑定为一个逻辑的通道，使其工作起来就像一个通道一样。将多个物理链路捆绑在一起后，不但提升了整个网络的带宽，而且数据还可以同时经由被绑定的多个物理链路传输，具有链路冗余的作用，在网络出现故障或由于其他原因断开其中一条或多条链路时，剩下的链路还可以工作。在 Trunk 中，数据总是从一个特定的源端到目的端，一条单一的链路被设计去处理广播数据包或不知目的地的包。在配置 Trunk 时，必须遵循下列规则：正确选择 Trunk 的端口数目，数目必须是 2 的倍数；交换机上的端口被分成了几个组，Trunk 的所有端口必须来自同一组；Trunk 上的端口必须连续，如可以使用端口 4、5、6 和 7 组合成一个 Trunk；一组端口只产生一个 Trunk。

Trunk 的功能比较适合于以下方面具体应用。

1）利用增加带宽的特点，Trunk 用于与服务器相联，给服务器提供独享的高带宽。Trunk 还可以用于交换机之间的级联，通过牺牲端口数来给交换机之间的数据交换提供捆绑的高带宽，这样可提高网络速度，突破网络瓶颈，进而大幅度提高网络性能。

2）Trunk 可以提供负载均衡以及系统容错。由于 Trunk 实时平衡各个交换机端口和服务器接口的流量，一旦某个端口出现故障，它会自动把故障端口从 Trunk 组中撤消，进而重新分配各个 Trunk 端口的流量，从而实现系统容错。

【实现过程】

设置 Trunk 时需要指定一个端口作为主干的端口，如把某个端口设置成 Trunk 方式，命令如下：set trunk mod/port [on | off | desirable | auto | nonegotiate] [vlan_range] [isl | dot1q | lane | negotiate]或者 switchport mode trunk。

1）首先指定用户想要运行 Trunk 的端口，如把 24 口作为 Trunk 端口。

```
switch(config)# interface fathernet 0/24
```

2）再配置 Trunk 的运行模式，分别有：on、off、desirable、auto、nonegotiate。

```
switch(config-if)#switchport mode trunk
```

3.7 任务二 汇聚交换机的配置

【任务目标】

掌握汇聚层交换机在网络中的作用、基本配置和配置方法，其内容包括 VLAN、子网、生成树、DHCP、VTP、访问列表等。

【核心知识】

在网络中，汇聚层主要实现网络接入层的汇聚功能，实现路由和基于策略的数据传输，同时保障传输的可靠稳定。汇聚层是核心层和接入层之间的分界点，对网络边界进行定义，对数据包/帧进行处理。其主要功能包括：对资源的控制访问；可以配置为 VLAN 之间连接的路由；汇总接入层的路由、地址；区域的汇聚；广播/组播域的定义；介质转换；安全策略。数据包的处理和过滤、路由总结、路由过滤、路由重新分配、VLAN 间路由选择、策略路由和安全策略是汇聚层的主要功能。保障用户通过汇聚层高效地接入网络，增加终端业务（如多点广播、语音和视频应用、ERP 应用等），而不影响网络性能。汇聚层交换机和接入层交换机之间可以利用全双工技术和高传输率网络互连，从而保证分支主干无带宽瓶颈。汇聚层的设计要满足核心层、汇聚层交换机和服务器集合环境对千兆端口密度、可扩展性、高可用性以及多层交换不断增长的需求，同时要支持大用户量、多媒体信息传输等应用。所以在汇聚层交换机中通常可以进行如下配置：子网、VLAN、生成树的配置。

3.7.1 VLAN 的配置

虚拟局域网（Virtual Local Area Network，VLAN）是一种将局域网设备从逻辑上划分成一个个网段，从而实现虚拟工作组的新兴数据交换技术。这一新兴技术主要应用于交换机和路由器中，但主要应用还是在交换机之中。把同一物理局域网内的不同用户逻辑地划分成不同的广播域，每一个 VLAN 都包含一组有着相同需求的计算机工作站，与物理上形成的 LAN 有着相同的属性。由于它是从逻辑上划分，而不是从物理上划分，所以同一个 VLAN 内的各个工作站没有被限制在同一个物理范围中，即这些工作站可以在不同物理 LAN 网段。由 VLAN 的特点可知，VLAN 内部的广播和单播流量都不会被转发到其他 VLAN 中，从而有助于控制流量、减少设备投资、简化网络管理、提高网络的安全性。网络划分为 VLAN 网段，可以强化网络管理和网络安全，控制不必要的数据广播。这种基于工作流的分组模式，大大增强了网络规划和重组的管理功能。同时，若没有路由的话，不同 VLAN 之间不能相互通信，这样增加了企业网络中不同部门之间的安全性。VLAN 除了能将网络划分为多个广播域，从而有效地控制广播风暴的发生，以及使网络的拓扑结构变得非常灵活的优点外，还可以用于控制网络中不同部门、不同站点之间的互相访问。

VLAN 的划分方法，VLAN 的划分通常包括以下几个方面，常用的是基于端口、基于 MAC 地址和基于网络层协议的划分。

1. 基于端口划分 VLAN

这是最常应用的一种 VLAN 划分方法，也是最有效的，目前绝大多数具有 VLAN 协议的交换机都提供这种 VLAN 配置方法。这种划分 VLAN 的方法是根据以太网交换机的交换端口来划分的，它是将 VLAN 交换机上的物理端口和 VLAN 交换机内部的 PVC（永久虚电路）端口分成若干个组，每个组构成一个虚拟网，相当于一个独立的 VLAN。这种划分方法的优点是定义 VLAN 成员时非常简单，只要将所有的端口都定义为相应的 VLAN 组即可，适合于任何大小的网络。缺点是一个用户移动了地方后要重新定义其端口。

2. 基于 MAC 地址划分 VLAN

这种划分 VLAN 的方法是根据每个主机的 MAC 地址来划分，即对每个拥有不同 MAC 地址的主机都配置它属于哪个组，它实现的机制就是每一块网卡都对应唯一的 MAC 地址，VLAN 交换机跟踪属于 VLAN MAC 的地址。这种划分方式的 VLAN 允许网络用户从一个物理位置移动到另一个物理位置时，自动保留其所属 VLAN 的成员身份。优点就是当用户物理位置移动时，VLAN 不用重新配置。缺点是初始化时，所有的用户都必须进行配置，如果有几百个甚至上千个用户的话，配置是非常不方便的，所以这种划分方法通常适用于小型局域网。而且这种划分的方法也导致了交换机执行效率的降低，因为在每一个交换机的端口都可能存在很多个 VLAN 组的成员，保存了许多用户的 MAC 地址，查询起来相当不容易。

3. 基于网络层协议划分 VLAN

VLAN 按网络层协议来划分，可分为 IP、IPX、DECnet、AppleTalk、Banyan 等。这种按网络层协议来划分的 VLAN，可使广播域跨越多个 VLAN 交换机，这对于希望针对具体应用和服务来组织用户的网络管理员来说是非常具有吸引力的。用户可以在网络内部自由移动，但其 VLAN 成员身份保持不变。这种方法的优点是用户的物理位置改变后，不需要重新配置所属的 VLAN，而且可以根据协议类型来划分 VLAN，这对网络管理者来说很重要。这种方法不需要附加的帧标签来识别 VLAN，可以减少网络的通信量。这种方法的缺点是效率低，因为检查每一个数据包的网络层地址是需要消耗处理时间的（相对于前面两种方法），一般的交换机芯片都可以自动检查网络上数据包的以太网帧头，但要让芯片能检查 IP 帧头，需要更高的技术，同时也更费时。

4. 根据 IP 组播划分 VLAN

IP 组播实际上也是一种 VLAN，即认为一个 IP 组播就是一个 VLAN。这种划分的方法将 VLAN 扩大到了广域网，因此这种方法具有更大的灵活性，而且也很容易通过路由器进行扩展，主要适合于不在同一地理范围的局域网用户组成一个 VLAN。这种方法的缺点是效率不高，所以不适合局域网使用。

5. 按策略划分 VLAN

基于策略组成的 VLAN 能实现多种分配方法，包括 VLAN 交换机端口、MAC 地址、IP 地址、网络层协议等。网络管理人员可根据自己的管理模式和本单位的需求来决定选择哪种类型的 VLAN 。

6. 按用户定义、非用户授权划分 VLAN

按用户定义、非用户授权来划分 VLAN，是指为了适应特别的 VLAN，根据具体的网络用户的特别要求来定义和设计 VLAN，而且可以让非 VLAN 群体用户访问 VLAN，但是需要提供用户密码，在得到 VLAN 管理的认证后才可以加入一个 VLAN。

【实现过程】

1）基于端口的 VLAN 配置，先创建 VLAN，然后把端口放入 VLAN 中。

```
switch(config)#vlan 100 name caiwu
switch(config)#interface fastethernet 0/1
switch(config-if)#switchport access vlan 100
```

2）基于 MAC 地址的 VLAN 的配置。

```
switch(config)#vlan 100 name caiwu
switch(config)# mac-address-table static 0009.6bb7.7cf3 vlan 100
```

3.7.2 子网的配置

在网络中通过合理的子网划分，可以从物理上对网络进行划分，以提高网络的安全性，缩小网络的广播域。通过改变子网掩码的方式，网络划分成多个相对独立的网络，然后把特殊或者相同或相近部门放在一个独立的子网中，以限制其他部门人员对这个网络的访问。因此在给企业部署网络基础架构的时候，通常利用子网来对企业的重要部门进行隔离。另外，还可以利用子网对一些应用服务器进行隔离，防止客户端网络因为中毒而对服务器产生不利的影响。配置可以从以下几个方面来实施。

【实现过程】

1. 创建 VLAN

可以利用“vlan database”或者 vlan 命令来创建（name 后面是 VLAN 的别名，也可以不用）。

```
switch(config)# vlan 100 name bangongshi
switch(config)#vlan 200 name caiwu
```

2. 给 VLAN 配置接口地址和子网掩码

```
switch(config)#interface vlan 100
switch(config-if)#ip address 192.168.1.1 255.255.255.0
switch(config)#interface vlan 200
switch(config-if)#ip address 192.168.2.1 255.255.255.0
```

3.7.3 生成树的配置

在实际的网络环境中，物理环路可以提高网络的可靠性，当一条物理线路断掉的时候，另外一条线路仍然可以传输数据。但是，在交换的网络中，当交换机接收到一个目的地址未知的数据帧时，交换机会将这个数据帧广播出去，这样，在存在物理环路的交换网络中，就会产生双向的广播环，甚至产生广播风暴，导致交换机资源耗尽而宕机（死机）。这样就产生了一个矛盾，需要物理环路来提高网络的可靠性，而环路又有可能产生广播风暴，为了解决这个问题，产生了生成树协议（Spanning Tree Protocol，STP）。STP 是一个二层管理协议。在一个扩展的局域网中，参与 STP 的所有交换机之间通过网桥协议数据单元（Bridge Protocol Data Unit，BPDU）来实现；为稳定的生成树拓扑结构选择一个根桥；为每个交换网段选择一台指定交换机；将冗余路径上的交换机置“blocking”，来消除网络中的环路。IEEE 802.1d 是最早关于 STP 的标准，它提供了网络的动态冗余切换机制。STP 能在网络设计中部署备份线路，并且保证：在主线路正常工作时，备份线路是关闭的，当主线路出现故障时自动启用备份线路，切换数据流。STP 在逻辑上断开网络的环路，防止广播风暴的产生，而一旦正在使用的线路出现故障，被逻辑上断开的线路又会恢复畅通，继续传输数据。

生成树配置涉及下面一些任务：选举和维护一个根网桥，通过配置一些生成树的参数（如端口优先级、端口成本）来优化生成树，通过配置上行链路来减少生成树的收敛时间。

【实现过程】

1. 启用生成树

```
switch#config terminal
switch(config)# spanning-tree vlan 10
```

2. 人为建立根网桥

交换机可以自己根据一定的原则来选择根网桥以及备份或从（Secondary）根网桥，也可使用命令人为指定根网桥。一般不要将接入层的交换机配置为根网桥。STP 根网桥通常是汇聚层或者核心层的交换机。

使用命令语句“spanning-tree vlan vlan-id root primary”（网桥优先级被置为 24576）为 VLAN 配置根网桥、网络直径以及 HELLO 间隔。

```
switch#config terminal
switch(config)#spanning-tree vlan vlan-id root primary diameter net-diameter hello-time sec
```

修改网桥优先级。

```
spanning-tree vlan vlan-id priority bridge-priority
```

3. 确定到根网桥的路径

生成树协议依次用 BPDU 中的这些不同域来确定根网桥的最佳路径：根路径成本（Root Path Cost）、发送网桥 ID（Bridge ID）、发送端口 ID（Port ID）。从端口发出 BPDU 时，它会被施加一个端口成本，所有端口成本的总和就是根路径成本。生成树首先查看根路径成本，以确定哪些端口应该转发，哪些端口应该阻塞。报告最低路径成本的端口被选为转发端口。如果对多个端口来说，其根路径成本相同，那么，生成树将查看网桥 ID。报告有最低网桥 ID 的 BPDU 端口被允许进行转发，而其他所有端口被阻塞。如果路径成本和发送网桥 ID 都相同（如在平行链路中），生成树将查看发送端口 ID. 端口 ID 值小的优先级高，将作为转发端口。

4. 修改端口成本

如果想要改变某台交换机和根网桥之间的数据通路，就要仔细计算当前的路径成本，改变所希望路径的端口成本。可以更改交换机端口的成本，端口成本更低的端口更容易被选为转发帧的端口。可以使用命令“spanning-tree vlan vlan-id cost cost”来修改端口成本。

```
switch#config terminal
switch(config)# interface fastethernet0/1
switch(config-if)spanning-tree cost 5
```

5. 修改端口优先级

在根路径成本和发送网桥 ID 都相同的情况下，有最低优先级的端口将为 VLAN 转发数据帧。对应基于 CLI 的交换机，可能的端口优先级别范围为 0 ~ 63，默认为 32。基于 IOS 的交换机端口的优先级范围是 0 ~ 255，默认为 128。使用命令“spanning-tree vlan vlan-id port-priority priority”进行配置。

```
switch#config terminal
switch(config)# interface fastethernet0/1
switch(config-if)spanning-tree port-priority 10
```

6. 修改生成树计时器

使用默认的 STP 计时器配置，从一条链路失效到另一条接替，中间需要花费 50 s。这可能使网络存取被耽误，从而引起超时，不能阻止桥接回路的产生，还会对某些协议的应用产生不良影响，会引起连接、会话或数据的丢失。还有一种情况就是使用热备份路由选择协议（HSRP），即将两台路由器连接到一台交换机上。某些情况下，默认的 STP 计时器值对于 HSRP 而言过长，会引起“活动”路由器的选择错误。这些参数里面包括修改 HELLO 时间（1 ~ 10 s）、修改转发延迟计时器（转发延迟计时器确定一个端口在转换到学习状态之前处于侦听状态的时间，以及在学习状态转换到转发状态之前处于学习状态的时间。转发时间过长，会导致生成树的收敛过慢，转发时间过短，可能会在拓扑改变的时候，引入暂时的路径回环，一般为 4 ~ 30 s）、修改最大老化时间（最大老化时间规定了从一个具有指定端口的邻接交换机上所收到的 BPDU 报文的生存时间。如果非指定端口在最大老化时间内没有收到 BPDU 报文，该端口将进入“Listening”状态，并接收交换机产生的配置 BPDU 报文，一般为6 ~ 40 s）等。

```
switch#config terminal
```

```
switch(config)# spanning-tree hello-time 5
switch(config)# spanning-tree forward-time 4
switch(config)#spanning-tree max-age 10
```

7. 速端口的配置

通过速端口，可以大大减少处于侦听和学习状态的时间，速端口几乎可以立刻进入转发状态。速端口可将工作站或者服务器连接到网络的时间减至最短。需确定一个端口下面接的是终端的时候，方可启用速端口设置。

```
switch#config terminal
switch(config)#interface fastethernet 0/1
switch(config-if)#spanning-tree portfast
```

8. 上行速链路的配置

当检测到转发链路发生失效时，上行链路可使交换机上一个阻塞的端口马上开始进行转发。交换机可以分为3级：核心层交换机、汇聚层交换机、接入层交换机。汇聚层和接入层的交换机上各自都至少有一条冗余链路被STP阻塞，以避免环路。使用STP上行速链路，在链路、交换机失效或者STP重新配置时，加速新的根端口的选择过程，同时被阻塞端口会立即转换到转发状态。上行速链路还可以通过减少参数最大更新速率来限制突发的组播通信。这些参数的默认值是150包/秒。在网络边缘的接入层上，上行速链路是一项最有用的功能，但它不适合用在骨干设备上。上行速链路能在直连链路失效时实现快速收敛，并能通过上行链路组（Uplink Group），在多个冗余链路之间实现负载平衡。上行链路组是一组接口（属于各个VLAN），上行链路组由一个根端口（处于转发状态）和一组阻塞状态的端口组成。要在配置了网桥优先级的VLAN上启动上行速链路，必须首先将VLAN上的交换机优先级恢复到默认值。使用命令：no spanning-tree vlan vlan-id priority。

要配置上行速链路，需要使用如下命令。

```
spanning-tree uplinkfast [ max-uplink-rate pkts-per-second]
```

pkts-per-second的取值范围是每秒0～32000个数据包。默认值是150，通常这个值就足够了。

3.7.4 动态主机配置协议（DHCP）的配置

动态主机配置协议（Dynamic Host Configuration Protocol，DHCP）就是利用DHCP服务器自动给每个用户分配IP地址，从而保证正常使用。在常见的小型网络中，IP地址的分配一般都采用静态方式，但在大中型网络中，为每一台计算机分配一个静态IP地址的工作量非常巨大且容易出错。因此在大中型网络中使用DHCP服务是很有效率的。

在大中型网络中经常使用DHCP。首先我们就要知道三层交换的原理，假设两个使用IP的站点A、B通过三层交换机进行通信，发送站点A在开始发送时，把自己的IP地址与站点B的IP地址进行比较，判断站点B是否与自己在同一子网内。若目的站点B与发送站点A在同一子网内，则进行二层的转发。若两个站点不在同一子网内，如发送站点A要与目的站点B通信，发送站点A要向“默认网关”发出地址解析封包，而“默认网关”的IP地址其实是三层交换机的三层交换模块。当发送站点A对“默认网关”的IP地址广播出一个ARP请求时，如果三层交换模块在以前的通信过程中已经知道站点B的MAC地址，则向发送站点 A 回复 B 的 MAC 地址，否则三层交换模块根据路由信息向站点 B 广播一个 ARP 请求，站点 B 得到此 ARP 请求后向三层交换模块回复其 MAC 地址，三层交换模块保存此地址并回复给发送站点 A，同时将 B 站的 MAC 地址发送到二层交换引擎的 MAC 地址表中。从这以后，从 A 向 B 发送的数据包便全部交给二层交换处理，信息得以高速交换。从 DHCP 的工作原理可以看出，在客户机和服务器之间进行联系的消息以广播的形式进行，这在一个基于共享或没有划分 VLAN 的交换网络中是很容易实现的。当网络划分了多个 VLAN 后，广播信息只限于客户机所在的 VLAN。如果客户机和 DHCP 服务器不在同一个 VLAN 中，请求信息将不能传送到 DHCP 服务器，也就不能自动地获得 IP 地址及相关配置参数。针对这个问题，可以在每个 VLAN 中都设置一台 DHCP 服务器，客户机通过位于同一个 VLAN 的 DHCP 服务器获得 IP 地址、子网掩码、默认网关和 DNS 服务器地址等信息。但这种解决方式需要设置多台计算机作为 DHCP 服务器，不仅需要较多的资金投入而且服务器的维护工作量也比较大。三层交换机中的 DHCP 中继功能很好地解决了这些问题。通过启动每个 VLAN 及三层交换机中相关端口的 DHCP 中继功能，VLAN 的接口地址（默认网关）收到该 VLAN 中客户机发出的 DHCP 请求广播信息后，由该默认网关充当 DHCP 代理的角色将请求信息转发给 DHCP 服务器。在 DHCP 中继中，每个 VLAN 的接口地址都作为该 VLAN 的 DHCP 代理。利用 DHCP 中继功能只需要在网络中设置一台 DHCP 服务器即可，并且 DHCP 服务器可以位于任何一个 VLAN 中，只需要在设置 DHCP 中继参数的时候，指定 DHCP 服务器的地址就可以了。

【实现过程】

1. 创建 VLAN

```
CISCO#vlan database
CISCO(Vlan)#vlan 2 name server
CISCO(Vlan)#vlan 3 name renshi
```

2. 启用 DHCP 中继代理

```
CISCO(Config)#service dhcp
CISCO(Config)#ip dhcp relay information option
```

3. 设置 VLAN IP 地址

```
CISCO(Config)#interface vlan 2
CISCO(Config-if)#ip address 210.28.182.1 255.255.255.0
```

4. 设置端口全局参数

```
CISCO (Config)#interface range fastethernet 0/1-24
CISCO (Config-if-range)#switchport mode access
CISCO (Config-if-range)#spanning-tree portfast
```

5. 划分端口

```
CISCO (Config)#interface range fastethernet 0/1-8
CISCO (Config-if-range)#switchport access vlan 2
```

6. 配置 DHCP 服务器地址

```
CISCO (Config)#interface vlan 3
CISCO (Config-if)#ip helper-address 210.28.182.10
CISCO (Config)#interface vlan 4
CISCO (Config-if)#ip helper-address 210.28.182.10
```

3.7.5 VLAN 中继协议（VTP）的配置

VLAN 中继协议（VLAN Trunking Protocol，VTP）也被称为虚拟局域网干道协议。它是一个 OSI 参考模型第二层的通信协议，主要用于管理在同一个域范围内的 VLANs 的建立、删除和重命名。在一台 VTP Server 上配置一个新的 VLAN 时，该 VLAN 的配置信息将自动传播到本域内的其他所有交换机。这些交换机会自动地接收这些配置信息，使其 VLAN 的配置与 VTP Server 保持一致，从而减少在多台设备上配置同一个 VLAN 信息的工作量，而且保持了 VLAN 配置的统一性。VTP 在系统级上管理增加、删除、调整 VLAN，自动地将信息向网络中其他的交换机广播。此外，VTP 减少了那些可能导致安全问题的配置。VIP 便于管理，只要在 VTP Server 进行相应设置，VTP Client 会自动学习 VTP Server 上的 VLAN 信息。默认情况下，交换机处于 VTP 服务器模式，并且不属于任何管理域，直到交换机通过中继链路接收了关于一个域的通告，或者在交换机上配置了一个 VLAN 管理域，交换机才能在 VTP 服务器上把创建或者更改 VLAN 的消息通告给本管理域内的其他交换机。默认情况下，交换机不能传播 VLAN 信息，必须配置 VTP 域，用来跨中继链路传播 VLAN 信息。为了在交换机间共享 VLAN 信息，必须使所有交换机具有相同 VTP 域名，其中至少一台必须被设置为 VTP 服务器，其他交换机应当设置为 VTP 客户机。一台交换机可以属于也只能属于一个 VTP 域。

VTP 的有 4 种操作模式：服务器模式、客户机模式、透明模式和关闭模式。

服务器（Server）模式：VTP 服务器上维护着 VTP 域内所有 VLAN 的完整列表。在 VTP 服务器模式下，可以创建、修改和删除 VLAN，并能为整个 VTP 域指定其他的配置参数（如 VTP 版本和 VTP 修剪）。VTP 服务器会将自己的 VLAN 配置通告给相同 VTP 域内的其他交换机，并根据从 Trunk 链路上接收到的通告来实现与其他交换机之间 VLAN 配置的同步。VTP 服务器一般是交换机的默认模式，该信息存放在 NVRAM 中。

客户端（Client）模式：VTP 客户端上也维护着 VTP 域内所有 VLAN 的列表，一般不会将该信息存放到 NVRAM 中。VTP 客户端与 VTP 服务器的工作方式相同，但不支持创建、更改或者删除 VLAN，任何更改都必须通过 VTP 服务器通告实现。

透明（Transparent）模式：VTP 透明模式下的交换机忽略所有接收到的 VTP 信息，但能够将接收到的 VTP 报文转发出去，它只拥有本设备上的 VLAN 信息。VTP 透明交换机和 VTP 客户交换机不同，VLAN 可以在这些交换机上手工配置。如果配置为 VTP 域的一部分，它们可以从 VTP 服务器接收 VLAN 配置信息，然而，它们不会通知 VTP 域本地配置的 VLAN。配置成透明模式的交换机还是会收到 VTP 配置帧并传递这些帧到所有的骨干端口，这就允许 VTP 客户交换机可以连接到一个 VTP 透明交换机。客户交换机还是可以通过透明交换机和 VTP 服务器交换 VLAN 配置信息的。

关闭（Off）模式：在 VTP Off 模式下，交换机的工作方式与 VTP 透明模式类似，只是不转发 VTP 通告。

【实现过程】

1. 配置 VTP Server

```
sw_server#vlan database                  (进入 VLAN 配置模式)
sw_server(vlan)#vtp domain school        (设置 VTP 管理域名称 school)
sw_server(vlan)#vtp server               (设置交换机为服务器模式)
```

一般在核心交换机上配置 Server 模式，并允许在该交换机上创建、修改、删除 VLAN 及其他一些关于整个 VTP 域的配置参数，同时可同步本 VTP 域中其他交换机传递来的最新的 VLAN 信息。

在另一台交换机上配置 VTP Client。

```
sw_client1#vlan database
sw_client1(vlan)#vtp domain school       (加入 school 域)
sw_client1(vlan)#vtp client              (设置交换机为客户端模式)
```

Client 模式是指本交换机不能创建、删除、修改 VLAN 配置，也不能在 NVRAM 中存储 VLAN 配置，但可同步由本 VTP 域中其他交换机传递来的 VLAN 信息。

2. 更新版本

到目前为止，VTP 具有 3 种版本。其中 VTP v2 与 VTP v1 区别不大，主要不同在于：VTP v2 支持令牌环 VLANs，而 VTP v1 不支持。通常只有在使用令牌环 VLANs 时，才会使用到 VTP v2，否则一般情况下并不使用 VTP v2。如果一个 VTP 域内的所有交换机都支持 VTP v2，只需要在一台交换机上启用，这个版本号会传播给域内的所有交换机。需要注意的是，不能同时使用 2 个版本的 VTP。配置 VTP v2 的命令如下。

1）启用 VTP v2：vtp version 2。

2）禁用 VTP v2：no vtp version 2。

由于 VTP v3 不能直接处理 VLAN 事务，它只负责管理域（Administrative Domain）内不透明数据库的分配任务，这里不再进行深入分析。

3. VTP 密码安全

如果不希望新交换机自动加入到管理域中，就需要设置密码。如果设置了密码，除非输入了正确的密码，否则新交换机不能加入到已存在的管理域中。这使得配置新交换机需要耗费更长的时间。为了增加管理域的安全性，域中每个交换机都需要配置域名和密码。例如，将 vtptest 管理域设置为安全管理域。

```
sw_server#vlan database
sw_server(vlan)#vtp domain vtptest
sw_server(vlan)#vtp server
sw_server(vlan)#vtp password mypassword
```

4. VTP 修剪

VTP 修剪是 VTP 的一个功能，它能减少中继链路上不必要的信息流量。默认情况下，发给某个 VLAN 的广播会送到每一个在中继上承载该 VLAN 的交换机，即使该交换机没有位于那个 VLAN 的端口。通过 VTP 修剪能减少那些没有必要扩散的通信量，从而提高中继的带宽利用率。仅当中继链路接收端上的交换机在那个 VLAN 中有端口时，才会将该 VLAN 的广播和未知单播转发到该中继链路上。配置 VTP 修剪的命令如下。

```
sw_server#vlan database
sw_server(vlan)#vtp domain vtptest
sw_server(vlan)#vtp server
sw_server(vlan)# vtp pruning
```

从可修剪列表中去除某 VLAN：switchport trunk pruning vlan remove vlan-id。

检查 VTP 修剪的配置：show vtp status 和 show interface interface-id switchport。

用逗号分隔不连续的 VLAN ID，其间不要有空格，用短线表明一个 ID 范围。如去除 VLAN2、3、4、6 和 8，命令为：switchport trunk pruning vlan remove 2-4，6，8。

3.7.6 访问控制列表

访问控制是网络安全防范和保护的主要策略，它的主要任务是保证网络资源不被非法使用和访问，是保证网络安全最重要的核心策略之一。访问控制涉及的技术也比较广，包括入网访问控制、网络权限控制、目录级控制以及属性控制等多种手段。访问控制列表（Access Control List，ACL）是应用在设备或者 VLAN 接口的指令列表，这些指令列表用来告诉设备哪些数据包可以接收、哪些数据包需要拒绝。至于数据包是被接收还是拒绝，可以由类似于源地址、目的地址、端口号等的特定指示条件来决定。

Access-list（访问列表）最基本的有两种，分别是标准访问列表和扩展访问列表，二者的区别主要是前者是基于目标地址的数据包过滤，而后者是基于目标地址、源地址和网络协议及其端口的数据包过滤。

1. 标准 IP 访问控制列表

标准 IP 访问控制列表匹配 IP 包中的源地址或源地址中的一部分，对匹配的包采取拒绝或允许操作。标准型 IP 访问列表的配置格式如下：access-list [list number] [permit | deny] [source address] [wildcard mask] [log]。

标准型 IP 访问列表键字和参数，在 access-list 命令后面的 list number 的范围在 0 ~ 99 之间，这表明该 access-list 是一个普通的标准型 IP 访问列表语句。在 0 ~ 99 之间的数字指示出该访问列表和 IP 有关，所以 list number 参数具有双重功能：定义访问列表的操作协议；允许/拒绝数据包通过，使用 permit 语句可以使得和访问列表项目匹配的数据包通过接口，而 deny 语句可以在接口过滤掉和访问列表项目不匹配的数据包。source address 代表主机的 IP 地址，利用不同通配符掩码的组合可以指定主机。通配符掩码是子网掩码的补充，一般情况先确定子网掩码，然后把它转换成可应用的通配符掩码。如果指定一个特定的主机，那么通配符掩码为 0.0.0.0。访问列表中，除了使用上述的通配符掩码 0.0.0.0 来指定特定的主机外，还可以使用“host”这一关键字。

标准型 IP 访问列表的参数“log”具有日志的作用。一旦访问列表作用于某个接口，那么包括关键字“log”的语句将记录那些满足访问列表中“permit”和“deny”条件的数据包。第一个通过接口并且和访问列表语句匹配的数据包将立即产生一个日志信息，后续的数据包根据记录日志的方式，或者在控制台上显示日志，或者在内存中记录日志。通过 Cisco IOS 的控制台命令可以选择记录日志的方式。

2. 扩展型 IP 访问列表

扩展型 IP 访问列表在数据包的过滤方面增加了不少功能和灵活性。除了可以基于源地址和目标地址进行过滤外，还可以根据协议、源端口和目的端口进行过滤，甚至可以利用各种选项进行过滤，这些选项能够对数据包中某些域的信息进行读取和比较。扩展型 IP 访问列表的通用格式如下：access-list ［list number］［permit | deny］［protocol | protocol key word］［source address source-wildcard mask］ ［source port］ ［destination address destination-wildcard mask］［destination port］［log options］。

和标准型 IP 访问列表类似，"list number" 为访问列表的类型。数字 100 ~ 199 用于确定 100 个唯一的扩展型 IP 访问列表。protocol 确定需要过滤的协议，其中包括 IP、TCP、UDP 和 ICMP 等。应用数据通常有一个在传输层增加的前缀，它可以是 TCP 或 UDP 的头部，这样就增加了一个指示应用的端口标志。当数据流入协议栈之后，网络层再加上一个包含地址信息的 IP 的头部。由于 IP 头部传送 TCP、UDP、路由协议和 ICMP，所以在访问列表的语句中，IP 比其他协议更为重要。但在有些应用中，可能需要改变这种情况，就需要基于某个非 IP 进行过滤，如可以阻止 TCP 的流量访问，但允许其他协议的流量访问。

在实际应用当中，还会经常出现反向访问列表和时间访问控制列表。反向控制列表是在一定特殊环境中，让一个子网或者部门访问其他的网络，但不允许其他的部门访问本网络，也常称为单向访问；时间访问控制列表就是针对时间进行控制，如一个部门在某一段时间能访问一些特定的资源，其他时间不允许访问这些资源。

访问列表的 "in" 和 "out"，不管在哪个端口使用，就在哪个端口下使用 "ip access-group x in/out" 进行配置。所谓 "in"，就是在数据包进入接口之前与访问表进行对照，如果是 "out"，数据可以先进入路由器，然后在出路由器时检查访问列表，默认是 "in"。Cisco 的访问列表中，最后默认为 "deny any"，所以一般都要在列表最后一项加 "access-list xxx permit ip any any"。从 IOS 12.0 开始，Cisco 路由器新增加了一种基于时间的访问列表。通过它，可以根据一天中的不同时间，或者根据一星期中的不同日期，或者二者结合起来，控制对网络数据包的转发。

当端口配置为 "in" 时，可以判断源地址是 VLAN 内的地址，配置为 "out" 时，可以判断源地址是非本 VLAN 内的地址。

【实现过程】

1）用 access-list 命令配置标准访问列表，如配置 "VLAN 100" 就只容许来自 192.168.0.13 这个 IP 地址的数据包传输出去，而来自其他 IP 地址的数据包都无法通过 "VLAN 100" 传输。

```
switch(config)#access-list 1 permit host 192.168.0.13
switch(config)# access-list 1 deny any
switch(config)#interface vlan 100
switch(config-if)#ip access-group 1 in
```

2）利用 access-list 命令配置扩展访问列表。如设置 "ACL 108"，允许源地址为任意 IP，目的地址为 192.168.0.13 主机的 80 端口即 WWW 服务。

```
switch(config)#access-list 108 permit tcp any 192.168.0.13 0.0.0.0 eq www
switch(config)#interface vlan 100
switch(config-if)#ip access-group 108 out
```

3）利用 access-list 和 time-range 配置基于时间的访问列表。例如，202.111.170.0 子网在工作时间不能进行 Web 浏览，即从 2009 年 12 月 1 日 1 点到 2009 年 12 月 31 日晚 24 点这一个月的时间内，只有在周六早 7 点到周日晚 10 点才可以通过公司的网络访问 Internet，可以通过基于时间的访问控制列表来实现这样的功能。

```
switch(config)# interface vlan 100
switch(config-if)#ip access-group 108 in
switch(config-if)#time-range http
switch(config-if)#absolute start 1:00 1 December 2009 end 24:00 31 December 2009 periodic Saturday
7:00 to Sunday 22:00
switch(config-if)#ip access-list 108 permit tcp any any eq 80 http
```

注意：在默认情况下，除非明确规定允许通过，否则访问列表总是阻止或拒绝一切数据包的通过，即在每个访问列表的最后，都隐含有一条“deny any”语句。

3.8 任务三 核心交换机配置

【任务目标】

核心层是一个高速的交换骨干，在网络中可使交换分组所耗费的时间延迟最小，同时可以快速高效地转发数据。在这一层不应该对数据包/帧进行任何处理，如访问控制列表等策略，因为这会降低包交换的速度，一般完全采用第三层交换环境，所以这标志着 VLAN 和 VLAN Trunks 在这层里不会出现，同时也可以避免生成树环路的出现。这一层的主要功能是为网络的各个汇聚层设备提供高速连接。

【核心知识】

核心层的功能主要是实现骨干网络之间的优化传输，负责整个网络的网内数据交换。网络的功能控制最好尽量少在这一层上实施，核心层设计任务的重点通常是冗余能力、可靠性和高速的传输。核心层一直被认为是流量的最终承受者和汇聚者，所以要求核心交换机拥有较高的可靠性及其他性能。

网络核心层设计的最根本准则是提供最快、最可靠的数据传输，以满足网络各部分之间的信息交换的需求。核心层由一个高速的骨干网组成，其任务是为其他两层提供优化的数据传输功能，其作用是尽可能快地交换数据包，所以应具有高可靠性，并且能快速适应网络的变化。由于核心层对网络互连是至关重要的，因此一般要采用冗余组件来设计核心层，这样当交换机之间的线路出现故障时，传输的数据会快速自动切换到另外一线路上进行传输，不影响网络系统的正常工作。核心层的主干交换机一般采用最快速率的链路连接技术，在与汇聚层交换机相连时要考虑采用建立在生成树基础上的多链路冗余连接，以保证它们之间存在备份连接和负载均衡，从而完成高带宽、大容量网络层路由交换功能。核心层配置一般包括以下内容：链路聚合的配置、HSRP 的配置、VRRP 的配置等。

3.8.1 链路聚合的配置

链路聚合是将两个或更多数据信道结合成一个信道，该信道以一个更高带宽的逻辑链路出现。链路聚合一般用来连接一个或多个带宽需求大的设备，如连接骨干网络的服务器或服务器群。如果聚合的每个链路都遵循不同的物理路径，则聚合链路也提供冗余和容错。链路聚合也可用于企业网络，以便在千兆以太网交换机之间构建多吉比特的主干链路。链路聚合技术就是将多条物理链路聚合成一条带宽更高的逻辑链路，采用链路聚合后，逻辑链路的带宽增加了大约（$n-1$）倍，n 为聚合的路数。另外，聚合后的可靠性大大提高，因为 n 条链路中只要有一条可以正常工作，则这个网络就可以工作。除此之外，通过链路聚合连接在一起的两个（或多个）交换机（或其他网络设备），通过内部控制可以合理地将数据分配在被聚合连接的设备上，实现负载均衡。链路聚合技术亦称主干技术（Trunking）或捆绑技术（Bonding），其实质是将两台设备间的数条物理链路"组合"成逻辑上的一条数据通路，称为一条聚合链路，如图 3-9 所示，交换机之间的物理链路 Link1、Link2 和 Link3 组成一条聚合链路。该链路在逻辑上是一个整体，内部的组成和传输数据的细节对上层服务来说是透明的，逻辑链路带宽是单独一条链路的 3 倍。

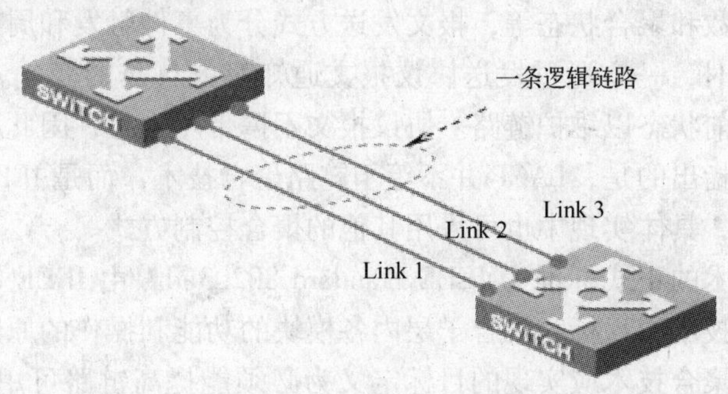

图 3-9　链路聚合示意图

聚合内部的物理链路共同完成数据的收发任务并相互备份。只要聚合内部还存在能正常工作的成员，整个传输链路就不会失效。以图 3-9 中的链路聚合为例，如果 Link1 和 Link2 先后发生故障，它们的数据传输任务会迅速地转移到 Link3 上，因而两台交换机间的连接不会中断，如图 3-10 所示。

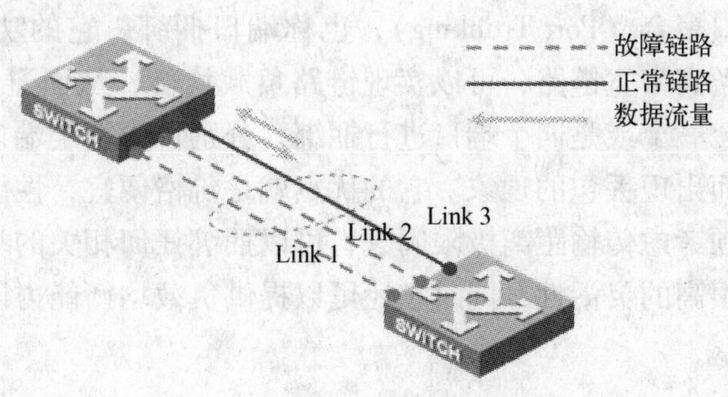

图 3-10　链路聚合成员相互备份

从以上介绍可以看出，链路聚合具有一些显著的优点。

1）提高链路可用性：在链路聚合中，成员互相动态备份。当某一链路中断时，其他成员能够迅速接替其工作。与生成树协议不同，链路聚合启用备份的过程对聚合之外是不可见的，而且启用备份过程只在聚合链路内，与其他链路无关，切换可在数毫秒内完成。

2）增加链路容量：聚合技术的另一个明显的优点是为用户提供一种经济地提高链路传输率的方法。通过捆绑多条物理链路，用户不必升级现有设备就能获得更大带宽的数据链路，其容量等于各物理链路容量之和。聚合模块按照一定算法将业务流量分配给不同的成员，实现链路级的负载均衡。某些情况下，链路聚合甚至是提高链路容量的唯一方法。例如，当市场上的设备都不能提供高于10 Gbit/s 的链路时，用户可以将两条10 Gbit/s 链路聚合，从而获得带宽大于10 Gbit/s 的传输线路。此外，特定组网环境下需要限制传输线路的容量，既不能太低而影响传输速度，也不能太高超过网络的处理能力。但现有技术都只支持链路带宽以10 为数量级增长，如10 Mbit/s、100 Mbit/s、1000 Mbit/s 等，而通过聚合将 n 条物理链路捆绑起来，就能得到更适宜的、具有 n 倍带宽的链路。

链路聚合控制协议（Link Aggregation Control Protocol，LACP）是 IEEE 802. 3ad 标准的主要内容之一，定义了一种标准的聚合控制方式。聚合的双方设备通过协议交互聚合信息，根据双方的参数和状态，自动将匹配的链路聚合在一起收发数据。聚合形成后，交换设备维护聚合链路状态，当双方配置变化时，自动调整或解散聚合链路。LACP 报文中的聚合信息包括本设备的配置参数和聚合状态等，报文发送方式分为事件触发和周期发送。当聚合状态或配置变化事件发生时，一方通过发送协议报文通知对方自身的变化。聚合链路稳定工作时，系统定时交换当前状态以维护链路。协议报文不携带序列号，因此双方不检测和重发丢失的协议报文。需要指出的是，LACP 并不等于链路聚合技术，而是 IEEE 802. 3ad 提供的一种链路聚合控制方式，具体实现中也可采用其他的聚合控制方式。

目前链路聚合技术的正式标准为 IEEE Standard 802. 3ad，由 IEEE 802 委员会制定。标准中定义了链路聚合技术的目标、聚合子层内各模块的功能和操作的原则，以及链路聚合控制的内容等。其中，聚合技术应实现的目标定义为必须能提高链路可用性、线性增加带宽、分担负载（负载均衡）、实现自动配置、快速收敛、保证传输质量、对上层用户透明、向下兼容等。IEEE 802. 3ad 工作组正在开发一个链路聚合协议，该协议提供一种标准聚合技术，能够用于创建可互用的聚合产品。IEEE 802. 3ad 使用 LACP 管理链路配置并在链路间分布负载（负载均衡）。管理功能包括添加新链路、拆除链路以及某链路失效时转移通信。该标准提供链路标识、状态监测和链路间的同步。

链路聚合中的端口聚合（Port Trunking），也称端口捆绑，它的功能是将交换机的多个低带宽端口捆绑成一条高带宽链路，可以实现链路负载均衡，从而避免链路出现拥塞现象。通过配置，可将两个、三个或是四个端口进行捆绑，分别负责特定端口的数据转发，防止单条链路转发速率过低而出现丢包的现象。它的优点就是价格便宜，性能接近千兆以太网；不需要重新布线，也无须考虑传输距离极限问题；可以捆绑任何相关的端口，也可以随时取消设置，这样就提供了很高的灵活性，同时它还可以提供负载均衡能力以及系统容错。

【实现过程】

使用如下命令。

```
port-group <port-group-number> mode {active|passive|on}
no port-group <port-group-number>
```

功能：将物理端口加入 Port Channel，其中 <port-group-number> 为 Port Channel 的组号，范围为 1～16；active（0）启动端口的 LACP，并设置为 Active 模式；passive（1）启动端口的 LACP，并且设置为 Passive 模式；on（2）强制端口加入 Port Channel，不启动 LACP。交换机 Switch1 上的 1、2、3 端口都是 access 口，并且都属于 VLAN 1，将这 3 个端口以 active 方式加入 group 1；Switch2 上的 7、8、9 端口为 trunk 口，并且是"allow all"，将这 3 个端口以 passive 方式加入 group 2，同时将以上对应端口分别用网线相连。

方法 1 配置步骤如下。

```
Switch1#config terminal
Switch1 (Config)#interface range ethernet 0/0/1-3
Switch1 (Config-Port-Range)#port-group 1 mode active
Switch1 (Config)#interface port-channel 1
Switch1 (Config-If-Port-Channel1)#
Switch2#config terminal
Switch2 (Config)#port-group 2
Switch2 (Config)#interface range ethernet 0/0/7-9
Switch2 (Config-Ethernet0/0/6)#port-group 2 mode passive
Switch2(Config)#interface port-channel 2
Switch2 (Config-If-Port-Channel2)#
```

此时，Switch1 的端口 1、2、3 聚合成一个汇聚端口，名为 Port-Channel1；Switch2 的端口 7、8、9 聚合成一个汇聚端口，名为 Port-Channel2，并且都可以进入汇聚接口配置模式进行配置。

方法 2：以 on 方式配置 Port Channel。

配置步骤如下。

```
Switch1 (Config)#interface ethernet 0/0/1-3
Switch1 (Config-Ethernet0/0/1)# port-group 1 mode on
Switch2 (Config)#port-group 2
Switch2 (Config)#interface ethernet 0/0/7
Switch2 (Config-Ethernet0/0/6)#port-group 2 mode on
Switch2 (Config)# interface ethernet 0/0/8-9
Switch2 (Config-Port-Range)#port-group 2 mode on
```

3.8.2 热备份路由器协议（HSRP）

随着网络应用的丰富和普及，人们对网络的依赖性也越来越强，同时对网络的稳定性提出了更高的要求。可以使用基于设备的备份结构，就像在服务器中为提高数据的安全性而采用双硬盘结构一样。核心层是整个网络的核心和心脏，如果核心骨干发生致命性的故障，将导致本地网络的瘫痪，所造成的损失也是难以估计的，所以对核心设备采用热备份是提高网络健壮性的必然选择。在一个核心设备完全不能工作的情况下，它的全部功能便被系统中的另一个设备完全接管，直至出现问题的路由器恢复正常，这就是 Cisco 的热备份路由器协议（Hot Standby Router Protocal，HSRP）要解决的问题。

1. 协议概述

实现 HSRP 的条件是系统中有多台路由器，它们组成一个“热备份组”，这个组形成一个虚拟路由器。在任一时刻，一个组内只有一个路由器是活动的，并由它来转发数据包，如果活动路由器发生了故障，将选择一个备份路由器来替代活动路由器，在本网络内的主机看来，虚拟路由器没有改变，主机仍然保持连接，没有受到故障的影响，这样就较好地解决了路由器设备切换的问题。为了减少网络的数据流量，在设置完活动路由器和备份路由器之后，只有活动路由器和备份路由器定时发送 HSRP 报文。如果活动路由器失效，备份路由器将接替并成为活动路由器。如果备份路由器失效或者变成了活动路由器，另外的路由器将被选为备份路由器。在实际的一个特定的局域网中，可能有多个热备份组并存或重叠。每个热备份组模仿一个虚拟路由器工作，它有一个 Well-known-MAC 地址和一个 IP 地址。该 IP 地址、组内路由器的接口地址、主机 IP 地址在同一个子网内，但是不能一样。当在一个局域网上有多个热备份组存在时，可以把主机分布到不同的热备份组，可以使负载得到分担。

2. 工作原理

热备份路由器协议（HSRP）的设计目标是支持在特定环境下 IP 流量中断后的无损故障转移，并允许主机使用单路由器，以及即使在实际的第一跳路由器死机的情形下仍能保持网络连接，也就是说，当主机不能动态习得第一跳路由器的 IP 地址时，HSRP 能够保护第一跳路由不失败。该协议有多个路由器参与，并共同创建了一个虚拟路由器。HSRP 确保有且只有一个路由器代表虚拟路由器实现数据包转发过程。终端主机将它们各自的数据包转发到该虚拟路由器上。HSRP 本身是路由器使用的协议，因为在网络中的核心层是第三层交换机，具备路由功能，所以在网络中为了保障网络的正常运行也通常使用 HSRP。

3. HSRP 中路由器的状态及状态转换

在热备份组中，每个路由器运行着一个简单的状态机，通过当前的状态和事件的触发而转换成不同的状态。其中包括以下状态。

1）初始状态：HSRP 启动时的状态，且 HSRP 还没有运行，一般是在改变配置或端口刚刚启动时进入该状态。

2）学习状态：在该状态下，路由器还没有决定虚拟 IP 地址，也没有看到认证的、来自活动路由器的 HELLO 报文。路由器仍在等待活动路由器发来的 HELLO 报文。

3）监听状态：路由器已经得到了虚拟 IP 地址，但是它既不是活动路由器也不是备份路由器。它一直监听从活动路由器和备份路由器发来的 HELLO 报文。

4）说话状态：在该状态下，路由器定期发送 HELLO 报文，并且积极参加活动路由器或备份路由器的竞选。

5）等待状态：处于该状态的路由器是下一个候选的活动路由器，它定时发送 HELLO 报文。

6）活动状态：处于活动状态的路由器承担转发数据包的任务，这些数据包是发给该组的虚拟 MAC 地址的。它定时发出 HELLO 报文。

另外，每一个路由器都有 3 个计时器，即活动计时器、等待计时器和呼叫计时器。状态的变化都是由事件引起的，不同的事件作用于不同的状态就会产生不同的动作，如启动计时器、发送报文等。

【实现过程】

配置 HSRP 一般包括以下几个方面。

1）在端口配置下，用“ip address”命令语句设置接口 IP 地址和子网掩码。

2）在接口配置下，启用 HSRP 功能，并利用 standby 命令设置虚拟组号和 IP 地址，其中有相同组号的属于同一个 HSRP 组，所有属于同一个 HSRP 组的虚拟地址必须一致。

3）在端口设置状态下设置 HSRP，抢占 standby 组号 preempt。该设置允许权值高于该 HSRP 组中的其他路由器的路由器成为主路由器（活动路由器）。所有路由器都应该设置此项，以便每台路由器都可以成为其他路由器的备份路由器。如果不设置该项，即使该路由器权值再高，也不会成为主路由器。

4）设置路由器的 HSRP 权值、在 standby 组号后设置 priority 权值。如果不设置该项，默认权值为 100，其中权值数越大，则抢占为主路由器的优先权越高。

5）设置 HSRP 组路由器身份验证字符串，其中在 standby 组号后有 authentication 字符串。该项设置为可选设置。如果设置该项，则该 HSRP 组的所有路由器都必须进行该项设置，且只有有相同字符串的该组中的路由器才能进行 HSRP 设置。

6）设置 HSRP 切换时间，其中在 standby 组号后面有时间参数 1 和时间参数 2。其中时间参数 1 表示路由器每间隔多长时间交换一次 HELLO 信息，以表明路由器出现故障或工作正常。时间参数 2 表示同组的其他路由器在多长时间内没有收到主路由器的信息，则宣布主路由器瘫痪。该设置的默认值分别为 3 s 和 10 s。如果要更改默认值，所有同 HSRP 组的路由器的该项设置也必须一致。

7）端口跟踪设置，可以在 standby 组号后面的 track 后加端口号。该项设置为可选设置。该设置表示如果所监测的端口出现故障，也进行路由器的切换。可以跟踪多个端口。

举例如下：如图 3-11 所示，图中 2 台三层交换机 S3A 和 S3B 的 fa0/1、fa0/2、fa0/3 分别与 S2A、S2B、S2C 的 fa0/1、fa0/2 口相连接，S3A 和 S3B 的 fa0/0 分别接到上一个设备，S3A 和 S3B 分别创建 VLAN1、VLAN2、VLAN3、VLAN4，且地址分别为 192. 192. 1. 1/24、192. 192. 2. 1/24、192. 192. 3. 1/24 和 192. 192. 4. 1/24；S3A 的 fa0/0 地址为 1. 1. 1. 254/24，S3B 的 fa0/0 地址为 2. 2. 2. 254/24。配置 HSRP 以实现 S3A 和 S3B 备份。

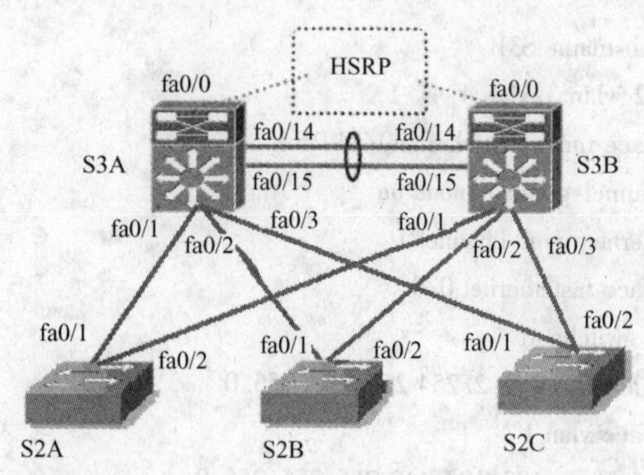

图 3-11　HSRP 实例图

三层交换机 S3A 的配置如下。

```
Switch1 (Config)#hostname S3A
S3A(Config)# vlan 2、vlan 3、vlan 4
S3A(Config)#interface range fastethernet0/14-15
S3A(Config-if)#channel-group 1 mode on
S3A(Config-if)#interface port-channel 1
S3A(Config)#interface fastethernet 0/0
S3A(Config-if)#no switchport
S3A(Config-if)#ip address 1. 1. 1. 254 255. 255. 255. 0
S3A(Config)#interface vlan 1
S3A(Config-if)#ip address 192. 192. 1. 1 255. 255. 255. 0
S3A(Config-if)#standby 1 ip 192. 192. 1. 254
S3A(Config-if)#standby 1 priority 150
S3A(Config)#interface vlan 2
S3A(Config-if)#ip add 192. 192. 2. 1 255. 255. 255. 0
S3A(Config-if)#standby 2 ip 192. 192. 2. 254
S3A(Config-if)#standby 2 priority 180
S3A(Config-if)#standby 2 preempt
S3A(Config-if)#standby 2 track fastethernet0/0 50
S3A(Config-if)#interface vlan 3
S3A(Config-if)#ip address 192. 192. 3. 1 255. 255. 255. 0
S3A(Config-if)#standby 3 ip 192. 192. 3. 254
S3A(Config-if)#standby 3 priority 150
S3A(Config-if)#interface vlan 4
S3A(Config-if)#ip address 192. 192. 4. 1 255. 255. 255. 0
S3A(Config-if)#standby 4 ip 192. 192. 4. 254
S3A(Config-if)#standby 4 priority 180
S3A(Config-if)#standby 4 preempt
S3A(Config-if)#standby 4 track fastethernet0/0 50
```

三层交换机 S3B 的配置如下。

```
Switch2 (Config)#hostname S3B
S3B(Config)#vlan 2、vlan 3、vlan 4
S3B(Config)#interface range fastethernet0/14-15
S3B(Config-if)#channel-group 1 mode on
S3B(Config-if)#interface port-channel 1
S3B(Config)#interface fastethernet 0/0
S3B(Config-if)#no switchport
S3B(Config-if)#ip address 2. 2. 2. 254 255. 255. 255. 0
S3B(Config)#interface vlan 1
S3B(Config-if)#ip address 192. 192. 1. 2 255. 255. 255. 0
S3B(Config-if)#standby 1 ip 192. 192. 1. 254
```

```
S3B(Config-if)#standby 1 priority 150
S3B(Config)#interface vlan 2
S3B(Config-if)#ip address 192.192.2.2 255.255.255.0
S3B(Config-if)#standby 2 ip 192.192.2.254
S3B(Config-if)#standby 2 priority 180
S3B(Config-if)#standby 2 preempt
S3B(Config-if)#standby 2 track fastethernet0/0 50
S3B(Config)#interface vlan 3
S3B(Config-if)#ip address 192.192.3.2 255.255.255.0
S3B(Config-if)#standby 3 ip 192.192.3.254
S3B(Config-if)#standby 3 priority 150
S3B(Config)#interface vlan 4
S3B(Config-if)#ip address 192.192.4.2 255.255.255.0
S3B(Config-if)#standby 4 ip 192.192.4.254
S3B(Config-if)#standby 4 priority 180
S3B(Config-if)#standby 4 preempt
S3B(Config-if)#standby 4 track fastethernet0/0 50
```

3.8.3 虚拟路由器冗余协议（VRRP）的配置

随着 Internet 的迅猛发展，基于网络的应用也逐渐增多，这就对网络的可靠性提出了越来越高的要求。对所有网络设备进行更新当然是一种很好的解决方案，但从保护现有投资的角度考虑，可以采用廉价冗余的思路，在可靠性和经济性方面找到平衡点。虚拟路由器冗余协议（Virtual Router Redundancy Protocol，VRRP）就是一种很好的解决方案。在该协议中，对共享多存取访问介质（如以太网）上终端 IP 设备的默认网关（Default Gateway）进行冗余备份，从而在其中一台路由设备不可用时，备份路由设备及时接管转发工作，向用户提供透明的切换，提高了网络服务质量。

1. 协议概述

在基于 TCP/IP 的网络中，为了保证物理上不直接连接的设备之间的通信，必须指定路由。目前常用的指定路由的方法有两种：一种是通过路由协议（如 RIP 和 OSPF）动态学习；另一种是静态配置。在每一个终端都运行动态路由协议是不现实的，大多数客户端的操作系统平台都不支持动态路由协议，即使支持也受到管理开销、收敛度、安全性等许多问题的限制。因此普遍采用对终端 IP 设备进行静态路由配置，一般是给终端设备指定一个或者多个默认网关。静态路由的方法简小了网络管理的复杂度并减轻了终端设备的通信开销，但是它仍然有一个缺点：如果作为默认网关的路由器损坏，所有使用该网关为下一跳主机的通信必然要中断。即便配置了多个默认网关，如不重新启动终端设备，也不能切换到新的网关。采用虚拟路由器冗余协议可以很好地避免静态指定网关的缺陷。

在 VRRP 中，VRRP 路由器是指运行 VRRP 的路由器，是物理实体；虚拟路由器是由 VRRP 创建的，是个逻辑概念。一组 VRRP 路由器协同工作，共同构成一台虚拟路由器。该虚拟路由器对外表现为一个具有唯一固定 IP 地址和 MAC 地址的逻辑路由器。处于同一个 VRRP 组中的路由器可以具有两种互斥的角色：主控路由器和备份路由器，一个 VRRP 组中有且只有一台处于主控角色的路由器，可以有一个或者多个处于备份角色的路由器。VRRP使用选择策略从路由器组中选出一台作为主控，负责ARP响应和转发IP数据包，组中的其他路由器作为备份的角色处于待命状态。当由于某种原因主控路由器发生故障时，备份路由器能在几秒钟的时延后升级为主控路由器。由于此切换非常迅速而且不用改变IP地址和MAC地址，故对终端设备来说是透明的。

2. 工作原理

VRRP路由器有唯一的标识VRID，范围为0～255。该路由器对外表现为唯一的虚拟MAC地址，地址的格式为00-00-5E-00-01-[VRID]。主控路由器负责对ARP请求用该MAC地址进行应答。这样，无论如何切换，始终保证给终端设备的是唯一且一致的IP和MAC地址，减少了切换对终端设备的影响。

VRRP控制报文只有一种：VRRP通告（Advertisement）。它使用IP多播数据包进行封装，组地址为224.0.0.18，发布范围只限于同一局域网内，这保证了VRID在不同网络中可以重复使用。为了减少网络带宽消耗，只有主控路由器才可以周期性地发送VRRP通告。备份路由器在连续3个通告间隔内收不到VRRP通告或收到优先级为0的通告后启动新一轮的VRRP选举。

在VRRP路由器组中，按优先级选举主控路由器，优先级范围是0～255。若VRRP路由器的IP地址和虚拟路由器的接口IP地址相同，则称该虚拟路由器为VRRP组中的IP地址所有者；IP地址所有者自动具有最高优先级：255。优先级0一般用在IP地址所有者主动放弃主控者角色时使用，可配置的优先级范围为1～254。优先级的配置原则是依据链路的速度和成本、路由器性能和可靠性以及其他管理策略来进行设定。主控路由器的选举过程中，高优先级的虚拟路由器获胜，因此，如果在VRRP组中有IP地址所有者，则它总是作为主控路由器的角色出现。对于相同优先级的候选路由器，按照IP地址大小顺序选举。VRRP还提供了优先级抢占策略，如果配置了该策略，高优先级的备份路由器便会剥夺当前低优先级的主控路由器而成为新的主控路由器。

为了保证VRRP的安全性，提供了两种安全认证措施：明文认证和IP头认证。明文认证方式要求：在加入一个VRRP路由器组时，必须同时提供相同的VRID和明文密码。这适合于避免在局域网内的配置错误，但不能防止通过网络监听方式获得密码。IP头认证的方式提供了更高的安全性，能够防止报文重放和修改等攻击。

3. 应用实例

最典型的VRRP应用：路由器RTA、RTB组成一个VRRP路由器组，假设RTB的处理能力高于RTA，则将RTB配置成IP地址所有者，主机H1、H2、H3的默认网关设定为RTB。则RTB成为主控路由器，负责ICMP重定向、ARP应答和IP报文的转发；一旦RTB失败，RTA立即启动切换，成为主控，从而保证了对客户透明的安全切换。

在VRRP应用中，RTA在线时RTB只是作为后备，不参与转发工作，这样就闲置了路由器RTB和某些链路。通过合理的网络设计，可以达到备份和负载均衡的双重效果。让RTA、RTB同时属于互为备份的两个VRRP组：在组1中RTA为IP地址所有者；组2中RTB为IP地址所有者。将H1的默认网关设定为RTA；H2、H3的默认网关设定为RTB。这样，既分担了设备负载和网络流量，又提高了网络可靠性。

VRRP的工作机理与Cisco的HSRP有许多相似之处。但二者主要的区别是在HSRP中，需要单独配置一个 IP 地址作为虚拟路由器对外体现的地址，这个地址不能是组中任何一个成员的接口地址。

使用 VRRP，不用改造目前的网络结构，可以最大限度地保护当前投资，因此只需少量费用，却大大提升了网络性能，具有重大的应用价值。

【实现过程】

1）进入接口模式，配置 VRRP 组和虚拟路由器的 IP 地址（可选）。格式为：vrrp 组号 ip 地址。

2）配置优先级。格式为：vrrp 组号 priority 优先级别。

3）配置抢占。格式为：vrrp 组号 preempt。

4）配置 vrrp 通告时间。格式为：vrrp 组号 timer advertise［msec］（秒数默认为 1 s）。

5）配置认证。①md5 认证：vrrp 组号 authentication md5 key-string［0 | 7］密码 timeout 秒数。0 表示不以加密方式显示密码；7 表示以加密的方式显示密码（使用“service password-encryption”语句命令配置）。②md5 钥匙串认证：vrrp 组号 authentication md5 key-chain key 串名称。必须事先定义了 key 串。③明文认证：vrrp 组号 authentication text 密码。

6）跟踪端口。定义跟踪，在全局模式下：

track 编号 interface 接口［line-protocol | ip-routing］

vrrp 组号 track 编号 decrement 优先级

其中 decrement 优先级为减少的优先级。

举例如图 3-12 所示。

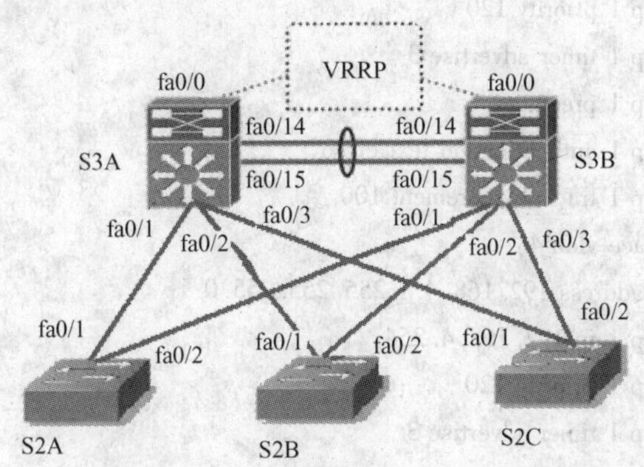

图 3-12　VRRP 网络拓扑图

图中两台三层交换机 S3A 和 S3B 的 fa0/1、fa0/2、fa0/3 分别与 S2A、S2B、S2C 的 fa0/1、fa0/2 口相连接，S3A 和 S3B 的 fa0/0 分别接到上一个设备，S3A 和 S3B 分别创建 VLAN1、2、3、4，且地址分别为：192. 168. 1. 1/24、192. 168. 2. 1/24、192. 168. 3. 1/24 和 192. 168. 4. 1/24 。S3A 的端口 fa0/14、faA0/15 与 S3B 的端口 fa0/14、fa0/15 之间采用端口聚合。配置 VRRP 进行冗余备份。

三层交换机 S3A 的配置如下。

```
Switch(config)#hosetname S3A
S3A(config)#vlan 2、vlan 3、vlan 4
```

```
S3A(config)#interface range fastethemet0/14-15
S3A(config-if)#channel-group 1 mode on
S3A(config-if)#interface port-channel 1
S3A(config)#interface vlan 1
S3A(config-if)#ip address 192.168.1.1 255.255.255.0
S3A(config-if)#vrrp 1 ip 192.168.1.254
S3A(config-if)#vrrp 1 priority 120
S3A(config-if)#vrrp 1 timer advertise 3
S3A(config-if)#vrrp 1 preempt
S3A(config-if)#vrrp 1 authentication text cisco
S3A(config-if)#vrrp 1 track 1 decrement 100
S3A(config)#interface vlan 2
S3A(config-if)#ip address 192.168.2.1 255.255.255.0
S3A(config-if)#vrrp 1 ip 192.168.2.254
S3A(config-if)#vrrp 1 priority 120
S3A(config-if)#vrrp 1 timer advertise 3
S3A(config-if)#vrrp 1 preempt
S3A(config-if)#vrrp 1 authentication text cisco
S3A(config-if)#vrrp 1 track 1 decrement 100
S3A(config)#interface vlan 3
S3A(config-if)#ip address 192.168.3.1 255.255.255.0
S3A(config-if)#vrrp 1 ip 192.168.3.254
S3A(config-if)#vrrp 1 priority 120
S3A(config-if)#vrrp 1 timer advertise 3
S3A(config-if)#vrrp 1 preempt
S3A(config-if)#vrrp 1 authentication text cisco
S3A(config-if)#vrrp 1 track 1 decrement 100
S3A(config)#interface vlan 4
S3A(config-if)#ip address 192.168.4.1 255.255.255.0
S3A(config-if)#vrrp 1 ip 192.168.4.254
S3A(config-if)#vrrp 1 priority 120
S3A(config-if)#vrrp 1 timer advertise 3
S3A(config-if)#vrrp 1 preempt
S3A(config-if)#vrrp 1 authentication text cisco
S3A(config-if)#vrrp 1 track 1 decrement 100
```

三层交换机 S3B 的配置如下。

```
Switch(config)#hostname S3B
S3B(config)#vlan 2、vlan 3、vlan 4
S3B(config)#interface range fastethernet0/14-15
S3B(config-if)#channel-group 1 mode on
S3B(config-if)#interface port-channel 1
S3B(config)#interface vlan 1
```

```
S3B(config-if)#ip address 192.168.1.2 255.255.255.0
S3B(config-if)#vrrp 1 ip 192.168.1.254
S3B(config-if)#vrrp 1 priority 100
S3B(config-if)#vrrp 1 timer advertise 3
S3B(config-if)#vrrp 1 authentication text cisco
S3B(config-if)#vrrp 1 track 1 decrement 100
S3B(config)#interface vlan 2
S3B(config-if)#ip address 192.168.2.2 255.255.255.0
S3B(config-if)#vrrp 1 ip 192.168.2.254
S3B(config-if)#vrrp 1 priority 100
S3B(config-if)#vrrp 1 timer advertise 3
S3B(config-if)#vrrp 1 authentication text cisco
S3B(config-if)#vrrp 1 track 1 decrement 100
S3B(config)#interface vlan 3
S3B(config-if)#ip address 192.168.3.2 255.255.255.0
S3B(config-if)#vrrp 1 ip 192.168.3.254
S3B(config-if)#vrrp 1 priority 100
S3B(config-if)#vrrp 1 timer advertise 3
S3B(config-if)#vrrp 1 authentication text cisco
S3B(config-if)#vrrp 1 track 1 decrement 100
S3B(config)#interface vlan 4
S3B(config-if)#ip address 192.168.4.2 255.255.255.0
S3B(config-if)#vrrp 1 ip 192.168.4.254
S3B(config-if)#vrrp 1 priority 100
S3B(config-if)#vrrp 1 timer advertise 3
S3B(config-if)#vrrp 1 authentication text cisco
S3B(config-if)#vrrp 1 track 1 decrement 100
```

3.9 交换机的安全配置

在网络技术快速发展的今天，网络安全不再单纯依赖单一设备和技术来实现，交换机作为网络骨干设备，自然也肩负着构筑网络安全防线的重任。安全交换机，就是当交换机作为网络结点加入到网络中时，网络的脆弱性不会增加。相比之下，传统的非安全交换机加入到网络中时，除了进行数据转发外，往往还成为病毒等网络不安全因素的主要传播工具。在遭受攻击时，还会因为自身的脆弱而影响网络的正常运行。运营商在规划和改造网络时，希望加入的任何一个结点都是安全的，并要求在交换机等汇聚层设备上（当然最好在接入层设备上，越靠近用户越好）有一层安全屏障。而对于企业网，很多病毒和攻击都是从内部发起和传播的，这时候防火墙往往无能为力。这就需要企业内部网的交换机能够提供一定程度的安全防护。在这种需求驱动下，安全性成为新一代交换机的必备属性，具有这种属性的交换机通常被人们称做安全交换机。

目前，以太网交换机提供了多种用户登录、访问设备的方式，主要有通过 Console 口、

SNMP、Telnet、SSH 和 HTTP 访问等方式。以太网交换机提供对这几种访问方式进行安全控制的特性，防止非法用户登录、访问交换机设备。

1. 密码设置

安全控制首先通过用户密码认证实现，连接到设备的用户必须通过密码认证才能真正登录到设备。为防止未授权用户的非法侵入，必须在不同登录和访问的用户界面（AUX 用户界面用于通过 Console 口对以太网交换机进行访问，VTY 用户界面用于通过 Telnet 对以太网交换机进行访问）设置密码，包括容易忽略的 SNMP 的访问密码（一定不要用“public”的默认密码）和 Boot Menu 密码，同时设置登录和访问的默认级别和切换密码。

2. 交换机端口的安全配置

常见的对端口安全的理解就是可根据 MAC 地址来对网络流量进行控制和管理，如 MAC 地址与具体的端口绑定，限制具体端口通过的 MAC 地址的数量，或者在具体的端口不允许某些 MAC 地址的帧流量通过。端口安全，就是可以根据 802.1X 来控制网络的访问流量。MAC 地址与端口绑定，当发现主机的 MAC 地址与交换机上指定的 MAC 地址不同时，交换机相应的端口将处于“down”。当给端口指定 MAC 地址时，端口模式必须为 access 或者 Trunk 状态。802.1X 身份验证协议最初使用于无线网络，后来才在普通交换机和路由器等网络设备上使用。它可基于端口来对用户身份进行认证，即当用户的数据流量企图通过配置过 802.1X 协议的端口时，必须进行身份的验证，合法则允许其访问网络。这样的好处就是可以对内网的用户进行认证，并且简化了配置，在一定程度上可以取代 Windows 的 AD。

配置 802.1X 身份验证协议，首先得全局启用 AAA 认证，这个和在网络边界上使用 AAA 认证没有太多的区别，只不过认证的协议是 802.1X；其次则需要在相应的接口上启用 802.1X 身份验证（建议在所有的端口上启用 802.1X 身份验证，并且使用 RADIUS 服务器来管理用户名和密码）。通过 MAC 地址来控制网络的流量既可以通过上面的配置来实现，也可以通过访问控制列表来实现，如在 Catalyst 3550 上可通过 700 ~ 799 号的访问控制列表实现 MAC 地址过滤。但是利用访问控制列表来控制流量比较麻烦，用的也比较少，这里就不多介绍了。通过 MAC 地址绑定虽然在一定程度上可保证内网安全，但效果并不是很好，建议使用 802.1X 身份验证协议。在可控性、可管理性上，802.1X 都是不错的选择。

3. 通过访问控制列表（ACL）来控制用户访问

通过配置 ACL 可对登录用户进行过滤控制，同时可以在进行密码认证之前将一些恶意或者不合法的连接请求过滤掉，以保证设备的安全。通过配置 ACL 对登录用户进行过滤控制需要定义访问控制列表和引用访问控制列表。

【实现过程】

1. 设置密码

在不同登录和访问的用户界面，使用如下命令设置密码。

```
switch#authentication-mode password
switch#set authentication password { cipher | simple } password
```

2. MAC 地址与端口绑定和 802.1X 身份验证协议

```
switch(config)#interface fastethernet0/1
switch(config-if)#switchport mode access
switch(config-if)#switchport port-security mac-address 00-90-F5-10-79-C1
switch(config-if)#switchport port-security maximum 1
switch(config-if)#switchport port-security violation shutdown
```

通过 MAC 地址来限制端口流量，此配置允许一个 Trunk 口最多可以通过 100 个 MAC 地址，超过 100 时，来自新的主机的数据帧将丢失。

```
switch(config-if)#switchport trunk encapsulation dot1q
switch(config-if)#switchport mode trunk
switch(config-if)#switchport port-security maximum 100
switch(config-if)#switchport port-security violation protect
```

上面的配置根据 MAC 地址来允许流量通过，下面的配置则是根据 MAC 地址来拒绝流量通过。

```
switch(config)#mac-address-table static 00-90-F5-10-79-C1 vlan 2 drop
switch(config)#mac-address-table static 00-90-F5-10-79-C1 vlan 2 interface fastethernet0/1
```

首先配置 AAA 认证所使用的本地的用户名和密码。

```
switch(config)#aaa new-model
switch(config)#aaa authentication dot1x default local
switch(config)#interface range fastethernet 0/1-24
switch(config-if-range)#dot1x port-control auto
```

3. 通过访问控制列表（ACL）来控制用户访问

仅允许来自 172.30.1.45 的 Telnet 用户访问交换机。

```
switch(config) #ip access-list 90 permit 172.30.1.45 255.255.255.0
switch(config) #line vty 0 4
switch(config) #interface vlan 1000
switch(config) #ip access-class 90 in
```

为了保护交换机的安全设置，也可以限制其 telnet 访问的权限，如通过分配管理密码来限制一个用户只能使用 show 命令的配置如下：

```
switch(config) # enable secret level 6 000000
switch(config) # privilege exec 6 show
```

给其分配的密码为“000000”，用户 telnet 进交换机后，只能用 show 命令，其他任何设置权限全部被限制。另外，也可以通过访问时间来限制所有端口的登录访问，在超时的情况下，将自动断开。所有端口的访问活动时间为 3 分 30 秒的设置为：exec-timeout 3 30。

习题

按照图 3-13 所示的拓扑图中的核心交换机、汇聚交换机、接入交换机的相关内容，完成全网连通。

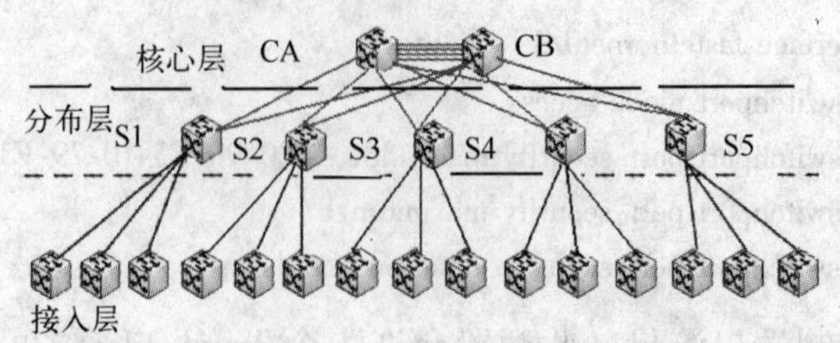

图 3-13　习题 1 的拓扑图

要求：（S1、S2、S3、S4、S5 的业务地址分别为 192. 192. 0. 1/24、192. 192. 1. 1/24、192. 192. 2. 1/24、192. 192. 3. 1/24、192. 192. 4. 1/24）

1）所有交换机的管理地址使用统一的管理 VLAN1 中的地址，分别为 1. 1. 1. 1 ~ 1. 1. 1. 254，子网掩码为 255. 255. 255. 0，同时配置远程管理用户和密码。

2）核心层交换机 CA 和 CB 配置 HSRP、STP，并配置链路聚合。

3）汇聚交换机分别配置 VTP、VLAN、子网、Trunk、STP 和对一些病毒进行控制的 ACL。

4）接入层交换机配置相应的 VLAN、802. 1X 认证，并进行端口隔离和广播包控制。

5）对所有接入层设备连接端口强制设置成 100 Mbit/s，汇聚层设备设置成 1000 Mbit/s。

6）所有设备控制只允许管理地址段的地址使用 Telnet 权限。

7）全网连通。

第 4 章　路由器的配置

路由器是网络中进行网间连接的关键设备。作为不同网络之间互相连接的枢纽，路由器系统构成了基于 TCP/IP 的 Internet 的主体脉络，也可以说，路由器构成了 Internet 的骨架。它的处理速度是网络通信的主要瓶颈之一，它的可靠性则直接影响着网络互连的质量。因此，在园区网、地区网、乃至整个 Internet 研究领域中，路由器技术始终处于核心地位 。路由器之所以在互联网络中处于关键地位，是因为它处于网络层，一方面能够跨越不同的物理网络类型（DDN、FDDI、以太网等），另一方面它将整个互联网络分割成逻辑上独立的网络单位，使网络具有一定的逻辑结构。

4.1　路由器基础知识

4.1.1　路由器的功能

路由器的基本功能是把数据（IP 报文）传送到正确的网络，具体包括：IP 数据报的转发，包括数据报的寻径和传送；子网隔离，抑制广播风暴；维护路由表，并与其他路由器交换路由信息，这是 IP 报文转发的基础；IP 数据报的差错处理及简单的拥塞控制；实现对 IP 数据报的过滤和记账等功能。路由器外观如图 4-1 所示。简单地讲，路由器主要有以下几种功能。

1）网络互连。路由器支持各种局域网和广域网接口，主要用于互连局域网和广域网，实现不同网络间的互相通信。

2）数据处理。提供包括分组过滤、分组转发、优先级、复用、加密、压缩和防火墙等功能。

3）网络管理。路由器提供包括配置管理、性能管理、容错管理和流量控制等功能。

路由器中保存着各种传输路径的相关数据——路由表（Routing Table），供路由选择时使用。路由表中保存着子网的标志信息、路由器的个数和下一跳路由器的名字等内容。路由表可以是由系统管理员手动设置好，也可以由系统动态修改，即可以由路由器自动调整，也可以由主机控制。由系统管理员事先设置好的固定的路由表称为静态（Static）路由表，一般是在系统安装时就根据网络的配置情况预先设定的，它不会随未来网络结构的改变而改变。动态（Dynamic）路由表是路由器根据网络系统的运行情况而自动调整的路由表。路由器根据路由选择协议（Routing Protocol）提供的功能，自动学习和记忆网络运行情况，在需要时自动计算数据传输的最佳路径。

图 4-1　路由器外观

4.1.2 路由的组成

路由包含两个基本的动作：确定最佳路径和通过网络传输信息。在路由的过程中，后者也称为交换。交换相对来说比较简单，而选择路径却很复杂。

1. 路径选择

跃点数是路由算法用以确定到达目的地的最佳路径的计量标准，如路径长度。为了帮助选择路径，路由算法初始化并维护包含路径信息的路由表，路径信息根据使用的路由算法不同而不同。

路由算法根据许多信息来填充路由表。目的/下一跳地址是明确告知路由器在数据传输的路由选择过程中应该把数据传输给代表“下一跳”的路由器，当路由器收到一个分组，它就检查其目标地址，尝试将此地址与其“下一跳”相联系。

路由表还可以包括其他信息。路由表通过比较跃点数以确定最佳路径，这些跃点数根据所用的路由算法的不同而不同。路由器彼此通信，通过交换路由信息维护其路由表，路由更新信息通常包含全部或部分路由表，通过分析来自其他路由器的路由更新信息，该路由器可以建立网络拓扑图。路由器间发送的另一个信息是链接状态广播信息，它通知其他路由器的链接状态。链接信息用于建立完整的拓扑图，以便路由器可以确定最佳路径。

2. 交换

交换算法相对而言较简单，且对大多数路由协议而言是相同的。多数情况下，某主机决定向另一个主机发送数据，通过某些方法获得路由器的地址后，源主机发送指向该路由器的物理（MAC）地址的数据包，其协议地址是指向目的主机的。路由器查看了数据包的目的协议地址后，确定是否知道如何转发该包，如果路由器不知道如何转发，通常就将之丢弃。如果路由器知道如何转发，就把目的物理地址变成下一跳的物理地址并发送。下一跳可能就是最终的目的主机，如果不是，通常为另一个路由器，它将执行同样的步骤。它的物理地址在改变，但其协议地址始终不变。

4.1.3 路由算法

路由算法可以根据多个特性来加以区分。首先，算法设计者的特定目标影响了该路由协议的操作；其次，存在着多种路由算法，每种算法对网络和路由器资源的影响都不同；最后，路由算法使用多种跃点数，影响到最佳路径的计算。下面介绍这些路由算法的特性。

1. 设计目标

路由算法通常具有下列设计目标中的一个或多个：优化 、简单、低耗 、健壮、稳定 、快速聚合 、灵活性。

优化是指路由算法选择最佳路径的能力，根据跃点数的值和权值来计算，路由算法可以设计得尽量简单。换句话说，路由协议必须高效地提供其功能，尽量减少软件和应用的开销。路由算法必须健壮，即在出现不正常或不可预见事件的情况下必须仍能正常处理，如硬件故障、高负载和不正确的实现。因为路由器位于网络的连接点，当它们失效时会产生重大的问题。最好的路由算法通常是那些经过了时间考验，证实在各种网络条件下都很稳定的算法。

此外，路由算法必须能快速聚合，聚合是所有路由器对最佳路径达成一致的过程。当某网络事件使路径断掉或不可用时，路由器通过网络分发路由更新信息，促使最佳路径的重新计算，最终使所有路由器达成一致。聚合很慢的路由算法可能会产生路由环或网路中断。

路由算法还应该是灵活的，即它们应该迅速、准确地适应各种网络环境。例如，假定某网段断掉了，路由器就会根据路由算法选择出这个网络中同时还在使用的其他最佳路径来转发数据，以保障数据正常传输。路由算法可以设计得能适应网络带宽、路由器队列大小和网络延迟。

2. 算法类型

各路由算法的区别包括：静态与动态、单路径与多路径、平坦与分层、主机智能与路由器智能、域内与域间、链接状态与距离向量。

（1）静态与动态

静态路由算法很难算得上是算法，只不过是开始路由前由网络管理员建立的表映射。这些映射自身并不改变，除非网络管理员去改动。使用静态路由的算法较容易设计，在网络通信可预测及简单的网络中工作得很好。由于静态路由系统不能对网络改变作出反应，通常被认为不适用于现在的大型、易变的网络。20 世纪 90 年代主要的路由算法都是动态路由算法，通过分析收到的路由更新信息来适应网络环境的改变。如果信息表示网络发生了变化，路由软件就重新计算路由并发出新的路由更新信息。这些信息渗入网络，促使路由器重新计算并对路由表进行更新。动态路由算法可以在适当的地方以静态路由作为补充，作为所有不可路由分组的去路，保证了所有的数据都有方法处理。

（2）单路径与多路径

一些复杂的路由协议支持到同一目的的多条路径。与单路径算法不同，这些多路径算法允许数据在多条线路上复用。多路径算法的优点很明显：它们可以提供更好的吞吐量和可靠性。

（3）平坦与分层

一些路由协议在平坦的空间里运作，其他的则有路由的层次。在平坦的路由系统中，每个路由器与其他所有路由器是对等的；在分层次的路由系统中，一些路由器构成了路由主干，数据从非主干路由器流向主干路由器，然后在主干上传输直到它们到达目标所在区域。在这里，它们从最后的主干路由器通过一个或多个非主干路由器到达终点。路由系统通常设计有逻辑节点组，称为域、自治系统或区间。在分层的系统中，一些路由器可以与其他域中的路由器通信，其他的则只能与域内的路由器通信。

分层路由的主要优点是它模拟了多数公司的结构，从而能很好地支持其通信。多数的网络通信发生在小组（域）中，因为域内路由器只需要知道本域内的其他路由器。它们的路由算法可以简化，根据所使用的路由算法，路由更新的通信量也可以相应地减少。

（4）主机智能与路由器智能

一些路由算法假定源结点来决定整个路径，这通常称为源路由。在源路由系统中，路由器只作为存储转发设备，无意识地把分组发向下一跳。其他路由算法假定主机对路径一无所知，在这些算法中，路由器基于自己的计算决定通过网络的路径。

主机智能和路由器智能的折中实际是最佳路由与额外开销的平衡。主机智能系统通常能选择更佳的路径，因为它们在发送数据前探索了所有可能的路径，然后基于特定系统对“优化”的定义来选择最佳路径。然而确定所有路径的行为通常需要很多的探索通信量和很长的时间。

(5) 域内与域间

一些路由算法只在域内工作，其他的则既在域内也在域间工作。这两种算法的本质是不同的，其遵循的理由是优化的域内路由算法没有必要也成为优化的域间路由算法。

(6) 链接状态与距离向量

链接状态算法（也称短路径优先算法）把路由信息散布到网络的每个结点，不过其中每个路由器只发送路由表中描述其自身链接状态的部分。距离向量算法（也称 Bellman - Ford 算法）中每个路由器发送路由表的全部或部分，但只发给其邻居。也就是说，链接状态算法到处发送较少的更新信息，而距离向量算法只向其相邻的路由器发送较多的更新信息。由于链接状态算法聚合得较快，它相对于距离算法产生路由环的倾向较小。在另一方面，链接状态算法需要更多的 CPU 和内存资源，因此链接状态算法的实现和支持较昂贵。虽然有差异，但这两种算法类型在多数环境中都可以工作得很好。

3. 路由的跃点数

路由表中含有交换软件用以选择最佳路径的信息。但是路由表是怎样建立的呢？它们包含信息的本质是什么？路由算法怎样根据这些信息决定哪条路径更好呢？路由算法使用了许多不同的跃点数以确定最佳路径。复杂的路由算法可以基于多个 metric 选择路由，并把它们结合成一个复合的跃点数。常用的跃点数如下：路径长度、可靠性、延迟、带宽、负载、通信代价。

路径长度是最常用的路由跃点数。一些路由协议允许网络管理员给每个网络链接人工赋以代价值，这种情况下，路由长度是所经过各个链接的代价总和。其他路由协议定义了跳数，即分组在从源到目的的路途中必须经过的网络产品及数量，如路由器的个数。

可靠性指在路由算法中网络链接的可依赖性（通常以位误率描述），有些网络链接可能比其他的失效更多，网路失效后，一些网络链接可能比其他的更易或更快修复。任何可靠性因素都可以在给可靠率赋值时计算在内，通常是由网络管理员给网络链接赋以跃点数值。

路由延迟指分组从源通过网络到达目的所花的时间。影响延迟的因素很多，包括中间的网络链接的带宽、经过的每个路由器的端口队列、所有中间网络链接的拥塞程度以及物理距离。因为延迟是多个重要变量的混合体，所以它是个比较常用且有效的跃点数。

带宽指链接可用的流通容量。虽然带宽是链接可获得的最大吞吐量，但是通过具有较大带宽的链接路由不一定比经过较慢链接路由更好。例如，如果一条快速链路很忙，分组到达目的所花时间可能要更长。

负载指网络资源，如路由器的繁忙程度。负载可以通过很多方式进行计算，包括 CPU 使用情况和每秒处理分组数。持续地监视这些参数本身也是很耗费资源的。

通信代价是另一种重要的跃点数，尤其是有一些公司可能关心运作费用甚于性能。即使线路延迟可能较长，他们也宁愿通过自己的线路发送数据而不采用昂贵的公用线路。

4.1.4 路由器的工作原理

路由器利用网络寻址功能使路由器能够在网络中确定一条最佳的路径，同时利用 IP 地址的网络部分确定分组的目标网络，并通过 IP 地址的主机部分和设备的 MAC 地址确定到目标结点的连接。路由器的某一个接口接收到一个数据包时，会查看包中的目标网络地址以判断该包的目的地址在当前的路由表中是否存在（即路由器是否知道到达目标网络的路径），如果发现包的目标地址与本路由器的某个接口所连接的网络地址相同，那么数据马上转发到相应接口；如果发现包的目标地址不是自己的直连网段，路由器会查看自己的路由表，查找包的目的网络所对应的接口，并从相应的接口转发出去。如果路由表中记录的网络地址与包的目标地址不匹配，则根据路由器配置转发到默认接口，在没有配置默认接口的情况下会给用户返回目标地址不可达的 ICMP 信息。根据路由器包含的路由选择和交换功能，可以知道路由器在工作中要经历的以下几个过程。

1）路由发现：学习路由的过程。动态路由通常由路由器自己完成，静态路由需要手工配置 。

2）路由转发：路由学习之后会按照学习更新后的路由表进行数据转发。

3）路由维护：路由器通过定期与网络中其他路由器进行通信来了解网络拓扑的变化，以便及时更新路由表。路由器记录了接口所直连的网络 ID，称为直连路由，路由器可以自动学习到直连路由而不需要配置 ，路由器所识别的逻辑地址的协议必须被路由器所支持 。

4.1.5 路由的类型和特点

路由分为静态路由、默认路由和动态路由。

静态路由是由管理员在路由器进行手工配置的固定的路由，静态路由允许对路由的行为进行精确的控制以便减少网络流量，同时让配置变得简单，因为其管理距离最短，所以通常情况下的静态路由的优先级最高。

静态路由的配置方法如下。

```
Router(config)#ip route network [mask] {address | interface} [distance] [permantet]
```

默认路由是静态路由的一种，是指当路由表中没有与包的目标地址匹配的表项时路由器能够作出的选择，其配置方法如下。

```
Router(config)#ip route 0.0.0.0 0.0.0.0          (下一跳路由器的接口地址 )
Router(config)#ip classless
```

其中“0.0.0.0 0.0.0.0”代表将发往任何网络的包都转发到下一个路由器接口地址；ip classless 指路由器接收到不能转发的包的时候会将其匹配给默认路由，并且返回目标地址不可达的 ICMP 消息。

动态路由是网络中的路由器之间根据实时网络拓扑变化，相互通信以传递路由信息，利用收到的路由信息，然后通过路由选择协议计算更新路由表的过程。动态路由减少了管理任务。常见的动态路由包括距离矢量路由选择协议和链路状态路由选择协议。

4.2 路由器基本配置

路由器作为网络的互连设备，接口种类十分丰富，是网络中进行网间连接的关键设备。作为不同网络之间互相连接的枢纽，路由器系统构成了基于 TCP/IP 的 Internet 的主体脉络，也可以说，路由器构成了 Internet 的骨架。路由器之所以在互联网络中处于关键地位，是因为它处于网络层，一方面能够跨越不同的物理网络类型（DDN、FDDI、以太网等），另一方面在逻辑上将整个互联网络分割成逻辑上独立的网络单位，使网络具有一定的逻辑结构。一个没有经过任何配置的路由器在网络上是没有任何作用的，必须按网络规划要求配置相关内容，这个路由器才能在网络上起到相应的作用。路由器的基本配置一般包括：配置路由器的接口 IP 地址及接口描述、静态路由、默认路由、NAT 等。

4.2.1 路由器基本配置和查看内容

路由器的基本配置和查看信息的步骤如下。

1）利用超级终端控制台登录到路由器上，用 password 命令设置密码，用 password - encryption 命令给密码加密。

```
Route(config)#enable password route
Route(config)#enable password route encryption
```

2）进入需要配置地址的端口，用“ip address”命令语句设置接口 IP 地址。如果用 REV. 35 CABLE 连接路由器的串口，标有 Serial V. 35 DTE 的一端为 DTE 接口，标有 Serial V. 35 DCE 的一端为 DCE 接口，DCE 的接口为串行链路提供时钟速率。串行接口之间必须有 DCE 设备提供时钟速率才能进行数据传输，所以连接路由器时要注意哪个接口连接的是 DCE 接头，并在这个接口设置好适当的时钟速率。设置 DCE 接口时钟速率为56000 bit/s。

```
Route(config)#interface fastethernet 0
Route(config - if)#ip address 221. 192. 0. 1 255. 255. 255. 0
```

Serial 口的一般配置方法如下。

```
Router(config)#interface serial 0
Router(config - if)#clock rate rate_in_bits_per_second
```

3）利用 description 命令设置接口描述。

```
Route(config)#interface fastethernet 0
Router(config - if)#description dianxin
```

4）查看路由器的接口信息和其他状态信息。用“show interface”或者“show ip interface”查看接口信息；用状态命令语句“show processes、show protocols、show memory、show stacks、show buffers、show flash”查看路由器状态。

```
Router#show ip interface ethernet 0
Router#show ip interface brief              （每个接口输出一行显示 IP 概要信息）
Rouer#show processes cpu
Router#show protocols
Router#show memory
Router#show stacks
Router#show buffers
Rouer#show flash
```

5）配置 CDP 来访问其他路由器。首先配置 CDP，在每个接口上用“cdp enable”命令语句启动 CDP，可以用“show cdp neighbors”查看相邻设备的信息；用“show cdp interface”查看用于传播帧和发现帧传输的信息；用“show cdp entry”查看某个设备的 CDP 信息；用“CDP neighbors detail”查看本地路由器收到的 CDP 更新信息，然后停止 CDP。

```
Router(config)#interface ethernet 0
Router(config - if)#cdp enable
Router#show cdp neighbors
Router#show cdp neighbors detail
Router#show cdp entry hostname          （例如,show cdp entry routerA）
```

6）用“copy running – config startup – config”命令语句保存配置。

```
Router#copy running – config startup – config
```

7）确定 TFTP 服务器的位置，备份配置文件和 IOS 到 TFTP 服务器。

```
Router#copy startup – config tftp
Address or name of remote host [ ]?          （在这里输入 TFTP 服务器的 IP 地址或名字）
Destination filename [router – config]?      （在这里指定目标文件名）
```

4.2.2 静态路由

路由协议分为静态路由和动态路由，动态路由将在后面介绍。静态路由是一种特殊的路由，是指手工配置的路由信息。当网络的拓扑结构或链路的状态发生变化时，静态路由不会自动发生变化，需要手工去修改路由表中相关的静态路由信息，所以存在一定的局限性。静态路由信息在默认情况下是私有的，不会传递给其他的路由器，可以通过对路由器进行设置使之成为共享的。静态路由一般适用于比较简单的网络环境，在这样的环境中，容易清楚地了解网络的拓扑结构，便于设置正确的路由信息。使用静态路由的另一个好处是网络安全保密性高。一般在稳固的网络中使用，以减少路由选择问题和路由选择数据流的过载，或者构建非常大型的网络，各大区域通过 1 ~2 条主链路连接。静态路由的隔离特征有助于减少整个网络中路由选择协议的开销，限制路由选择发生改变和出现问题的范围。动态路由因为需要路由器之间频繁地交换各自的路由表，而对路由表的分析可以揭示网络的拓扑结构和网络地址等信息。因此，网络出于安全方面的考虑也可以采用静态路由，复杂的网络环境通常不宜采用静态路由，一方面，网络管理员难以全面地了解整个网络的拓扑结构；另一方面，当网络的拓扑结构和链路状态发生变化时，路由器中的静态路由信息需要大范围地调整，这一工作的难度和复杂程度非常高，但是并非常说的不要使用静态路由。

一条静态路由有以下几个要素。

1）目的地址：标识 IP 包的目标地址或者目标网络（网段）。

2）网络掩码：与目标地址一起标识目标网络。

3）接口：IP 包从哪个接口出去。

4）下一跳地址：IP 包所经路由的下一个 IP 地址。

5）静态路由中加入 IP 核心路由表的优先级。

使用命令“ip route < ip_address > [< mask > | < masklen >] < interface_name > | < gateway_address > [preference < preference_value > |reject|blackhole]”进行配置。

```
Route(config)#ip route 192.192.0.0 255.255.255.0 221.192.0.1
Route(config)#ip route 192.192.0.0 255.255.255.0 fastethernet 0
```

4.2.3 默认路由

默认路由是一种特殊的静态路由，指的是当路由表中与包的目的地址之间没有匹配的表项时路由器能够做出的选择。如果没有默认路由器，那么目的地址在路由表中没有匹配表项的包将被丢弃。默认路由在某些时候非常有效，当存在末梢网络时，默认路由会大大简化路由器的配置，减轻管理员的工作负担，提高网络性能。

默认路由（Default Route）是对IP数据包中的目的地址找不到存在的其他路由时，路由器所选择的路由。目的地址不在路由器的路由表里的所有数据包都会使用默认路由。这条路由一般会连接另一个路由器，而这个路由器也同样处理数据包：如果知道应该怎么路由这个数据包，则数据包会被转发到已知的路由；否则，数据包会被转发到默认路由，从而到达另一个路由器。每次转发，路由都增加了一跳的距离。

当到达了一个知道如何到达目的地址的路由器时，这个路由器就会根据最长前缀匹配来选择有效的路由。子网掩码匹配目的IP地址而且有最长的网络会被选择。用无类别域间路由标记表示的IPv4默认路由是0.0.0.0/0。因为子网掩码是/0，所以它是最短的可能匹配。当查找不到匹配的路由时，自然而然就会使用这条路由。当那些数据包到了外网，如果该路由器不知道如何路由它们，它就会把它们发到它自己的默认路由里，而这又会是另一个连接到更大的网络的路由器。同样地，如果仍然不知道该如何路由那些数据包，它们会到互联网的主干线路上。这样，目的地址会被认为不存在，数据包就会被丢弃。

默认路由的配置和静态路由的配置一样，都使用“ip route”命令语句进行配置。

```
Route(config)#ip route 0.0.0.0 0.0.0.0 222.192.0.1
Route(config)#ip route 0.0.0.0 0.0.0.0 fastethernet 0
```

4.2.4 网络地址转换

网络地址转换（Network Address Translation，NAT）属于接入广域网（WAN）技术，是一种将私有（保留）地址转化为合法IP地址的转换技术，它被广泛应用于各种类型Internet接入方式和其他各种类型的网络中。原因很简单，NAT不仅完美地解决了IP地址不足的问题，而且还能够有效地避免来自网络外部的攻击，隐藏并保护网络内部的计算机。

随着接入Internet的计算机数量的不断增加，IP地址资源也就愈加显得紧张。事实上，除了中国教育和科研计算机网（CERNET）外，一般用户几乎申请不到整段的C类IP地址。在其他ISP那里，即使是拥有几百、几千台计算机的大型局域网用户，当他们申请IP地址时，所分配的地址也不过只有几个或十几个。显然，这样少的IP地址根本无法满足网络用户的需求，于是也就产生了NAT技术。借助于NAT，私有（保留）地址的“内部”网络通过路由器发送数据包时，私有地址被转换成合法的IP地址，一个局域网只需使用少量 IP 地址（甚至是 1 个）即可实现私有地址网络内所有计算机与 Internet 的通信需求。

NAT 的实现方式有 3 种，即静态转换（Static NAT）、动态转换（Dynamic NAT）和端口多路复用。

静态转换是指将内部网络的私有 IP 地址转换为公有 IP 地址，IP 地址对是一对一的，是一成不变的，某个私有 IP 地址只转换为某个公有 IP 地址。借助于静态转换，可以实现外部网络对内部网络中某些特定设备（如服务器）的访问。

动态转换是指将内部网络的私有 IP 地址转换为公用 IP 地址时，IP 地址是不确定的，是随机的，所有被授权访问 Internet 的私有 IP 地址可随机转换为任何指定的合法 IP 地址。动态转换可以使用多个合法外部地址集。当 ISP 提供的合法 IP 地址略少于网络内部的计算机数量时，可以采用动态转换的方式。

端口多路复用是指改变外出数据包的源端口并进行端口转换，即端口地址转换（Port Address Translation，PAT）。采用端口多路复用方式，内部网络的所有主机均可共享一个合法外部 IP 地址来实现对 Internet 的访问，从而可以最大限度地节约 IP 地址资源。同时又可隐藏网络内部的所有主机，有效避免来自 Internet 的攻击。因此，目前网络中应用最多的就是端口多路复用方式。

在进行网络地址转换之前，首先必须搞清楚内部接口和外部接口，以及在哪个外部接口上启用 NAT。通常情况下，连接到用户内部网络的接口是 NAT 内部接口，而连接到外部网络的接口是 NAT 外部接口。

（1）静态地址转换的实现

内部局域网使用的 lP 地址段为 192. 168. 0. 1 ~ 192. 168. 0. 254，路由器局域网端（即默认网关）的 IP 地址为 192. 168. 0. 1，子网掩码为 255. 255. 255. 0。网络分配的合法 IP 地址范围为 1. 1. 1. 1 ~ 1. 1. 1. 7，要求将内部网址 192. 168. 0. 2 和 192. 168. 0. 3 分别转换为合法 IP 地址 1. 1. 1. 2 和 1. 1. 1. 3。

1）分别设置内外部端口并启用 NAT。

```
Route(config)#interface ethernet 0
Route(config - if)#ip address 192. 168. 0. 1 255. 255. 255. 0
Route(config - if)#ip nat inside
Route(config)#interface serial 0
Route(config - if)#ip address 1. 1. 1. 1 255. 255. 255. 0
Route(config - if)#ip nat outside
```

2）用“ip nat inside source static”命令语句把内部本地地址转换为合法地址。

```
Route(config)#ip nat inside source static 192. 168. 0. 2 1. 1. 1. 2
Route(config)#ip nat inside source static 192. 168. 0. 3 1. 1. 1. 3
Route(config)#ip nat inside source static tcp 192. 168. 1. 11 80 1. 1. 1. 1
```

（2）动态地址转换的实现

将内部网址 172. 16. 100. 1 ~ 172. 16. 100. 254 动态转换为合法 IP 地址 61. 159. 62. 130 ~ 61. 159. 62. 190。

1）设置内、外部端口，启用 NAT。

```
Route(config)#interface ethernet 0　　（进入以太网端口 ethernet 0）
Route(config)#ip address 172.16.100.1 255.255.255.0　　（将其 IP 地址指定为 172.16.100.1，子网掩码指令为 255.255.255.0）
Route(config-if)#ip nat inside　　（将 ethernet 0 设置为内网端口）
Route(config-if)#interface serial 0　　（进入串行端口 serial 0）
Route(config-if)#ip address 61.159.62.129 255.255.255.248
Route(config-if)#ip nat outside
Route(config)#interface ethernet 0
Route(config-if)#ip address 172.16.100.1 255.255.255.0
Route(config-if)#ip nat inside
```

2）定义合法 IP 地址池，使用如下格式。

```
Route(config)#ip nat pool 地址池名称 起始 IP 地址 终止 IP 地址子网掩码
Route(config)#ip nat pool net　61.159.62.130　61.159.62.190 netmask 255.255.255.192
```

3）定义内部网络中允许访问 Internet 的访问列表，使用如下格式。

```
access-list 标号 permit 源地址 通配符（其中标号为 1～99 之间的整数）
Route(config)#access-list 1 permit 172.16.100.0　0.0.0.255
```

如果想将多个 IP 地址段转换为合法 IP 地址，可以添加多个访问列表。例如，欲将 172.16.98.0～172.16.98.255 和 172.16.99.0～172.16.99.255 转换为合法 IP 地址时，应当添加下述命令。

```
Route(config)#access-list 2 permit 172.16.98.0 0.0.0.255
Route(config)#access-list 2 permit 172.16.99.0 0.0.0.255
```

4）实现网络地址转换。

在全局设置模式下，将由 access-list 指定的内部本地地址与指定的内部合法地址池内的地址进行地址转换，使用的命令格式如下。

```
Route(config)#ip nat inside source list 访问列表标号 pool 内部合法地址池名字
Route(config)#ip nat inside source list 1 pool chinanet
```

如果有多个内部访问列表，可以一一添加，以实现网络地址转换。

如果有多个地址池，也可以一一添加，以增加合法的地址池范围。

（3）端口复用动态地址转换

内部网络使用的 IP 地址段为 10.100.100.1～10.100.100.254，路由器局域网端口（即默认网关）的 IP 地址为 10.100.100.1，子网掩码为 255.255.255.0。网络分配的合法 IP 地址范围为 202.99.160.0～202.99.160.3，路由器广域网中的 IP 地址为 202.99.160.1，子网掩码为 255.255.255.252，可用于转换的 IP 地址为 202.99.160.2。要求将内部网址 10.100.100.1～10.100.100.254 转换为合法 IP 地址 202.99.160.2。

1）设置内外部端口。

```
Route(config)#interface serial 0
Route(config - if)#ip address 202.99.160.1 255.255.255.252
Route(config)#in nat outside
Route(config)#interface ethernet 0
Route(config - if)#ip address 10.100.100.1 255.255.255.0
Route(config - if)#ip nat inside
```

2）定义合法 IP 地址池和内部访问控制列表。

```
Route(config)#in nat pool onlyone 202.99.160.2 202.99.160.2 netmask 255.255.255.252
Route(config)#access - list 1 permit 10.100.100.0 0.0.0.255
```

允许访问 Internet 的网段为 10.100.100.0 ~ 10.100.100.255，子网掩码为 255.255.255.0。需要注意的是，在这里子网掩码的顺序跟平常所写的顺序相反，即 0.255.255.255。

3）设置复用动态地址转换。

在全局设置模式下，设置在内部的本地地址与内部合法 IP 地址间建立复用动态地址转换。使用的命令格式如下。

```
ip nat inside source list  访问列表号  pool  内部合法地址池名字  overload
Route(config)#ip nat inside source list1 pool onlyone overload
```

4.3 动态路由

动态路由是网络中的路由器之间相互通信，传递路由信息，利用收到的路由信息更新路由器表的过程。它能实时地适应网络结构的变化。如果路由更新信息表明发生了网络变化，路由选择软件就会重新计算路由，并发出新的路由更新信息。这些信息通过各个网络，引起各路由器重新启动其路由算法，并更新各自的路由表以动态地反映网络拓扑变化。动态路由适用于网络规模大、网络拓扑复杂的网络。当然，各种动态路由协议会不同程度地占用网络带宽和 CPU 资源。静态路由和动态路由有各自的特点和适用范围，因此在网络中动态路由通常作为静态路由的补充。当一个分组在路由器中进行寻径时，路由器首先查找静态路由，如果查到则根据相应的静态路由转发分组；否则再查找动态路由。根据是否在一个自治域内部使用，动态路由协议分为内部网关协议（IGP）和外部网关协议（EGP）。这里的自治域指一个具有统一管理机构、统一路由策略的网络。自治域内部采用的路由选择协议称为内部网关协议，常用的有 RIP、OSPF、IGRP、EIGRP 等；外部网关协议主要用于多个自治域之间的路由选择，常用的是 BGP、BGP -4。

4.3.1 路由信息协议（RIP）

路由信息协议（Routing Information Protocol，RIP）是 Internet 中常用的路由协议。RIP 采用距离向量算法，即路由器根据距离选择路由，所以也称为距离向量协议。路由器收集所有可到达目的地的不同路径，并且保存有关到达每个目的地的最少站点数的路径信息，除到达目的地的最佳路径外，任何其他信息均予以丢弃。同时路由器也把所收集的路由信息用

RIP 通知相邻的其他路由器。这样，正确的路由信息逐渐扩散到了全网。RIP 使用非常广泛，它简单、可靠，便于配置。但是 RIP 只适用于小型的同构网络，因为它允许的最大站点数为 15，任何超过 15 个站点的目的地均被标记为不可达。而且 RIP 每隔 30 s 一次的路由信息广播也是造成网络广播风暴的重要原因之一。

【任务目标】

掌握 RIP 的配置方法和使用范围，网络拓扑如图 4-2 所示。

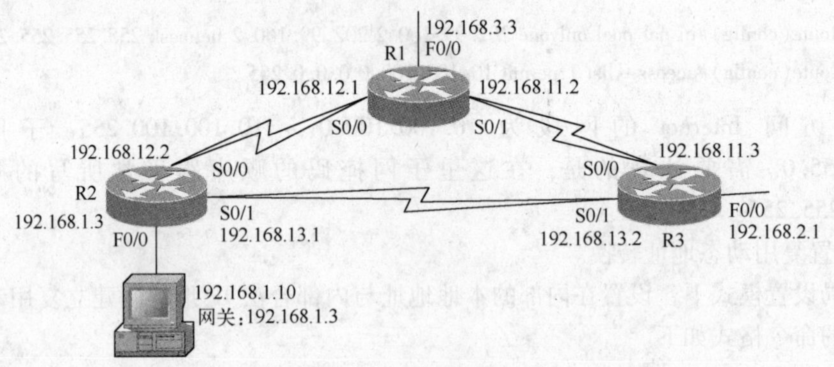

图 4-2　配置 RIP 的拓扑图

【实现过程】

利用"router rip"命令语句和 network 参数配置 RIP，启用 RIP 进程，配置 RIP 通告。

R1 的配置过程如下。

```
R1(config)#router rip
R1(config-router)#network 192.168.11.0
R1(config-router)#network 192.168.12.0
R1(config-router)#network 192.168.3.0
```

R2 的配置过程如下。

```
R2(config)#router rip
R2(config-router)#network 192.168.12.0
R2(config-router)#network 192.168.13.0
R2(config-router)#network 192.168.1.0
```

R3 的配置过程如下。

```
R3(config)#router rip
R3(config-router)#network 192.168.11.0
R3(config-router)#network 192.168.13.0
R3(config-router)#network 192.168.2.0
```

4.3.2　开放式最短路径优先（OSPF）

随着网络技术的发展和网络规模的扩大，RIP 已不能适应大规模异构网络的互连，

OSPF 随之产生。

开放式最短路径优先（Open Shortest Path First，OSPF）是一种基于链路状态的路由协议，需要每个路由器向其同一管理域的所有其他路由器发送链路状态广播信息。OSPF 的链路状态广播包括所有接口信息、所有的量度和其他一些变量。利用 OSPF 的路由器首先必须收集有关的链路状态信息，并根据一定的算法，计算出到每个结点的最短路径。而基于距离向量的路由协议仅向其邻接路由器发送有关路由更新信息。与 RIP 不同，OSPF 将一个自治域再划分为区，相应地即有两种类型的路由选择方式：当源和目的地在同一区时，采用区内路由选择；当源和目的地在不同区时，则采用区间路由选择。这种划分方式大大减少了网络开销，并增加了网络的稳定性。当一个区内的路由器出了故障时并不影响自治域内其他区路由器的正常工作，这也给网络的管理、维护带来了方便。

【任务目标】

掌握 OSPF 协议的配置内容，网络拓扑如图 4-3 所示。

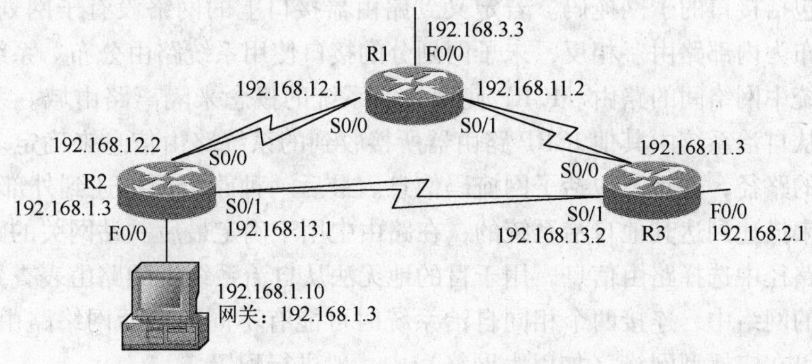

图 4-3　OSPF 协议的配置拓扑图

【实现过程】

利用“router ospf”命令语句和 network、area 参数配置 OSPF 协议，启用 OSPF 进程，配置通告。

R1 的配置过程如下。

```
R1(config)#router ospf 100
R1(config - router)#network 192. 168. 11. 0 0. 0. 0. 255 area 0
R1(config - router)#network 192. 168. 12. 0 0. 0. 0. 255 area 1
R1(config - router)#network 192. 168. 3. 0 0. 0. 0. 255 area 2
```

R2 的配置过程如下。

```
R2(config)#router ospf 200
R2(config - router)#network 192. 168. 12. 0 0. 0. 0. 255 area 1
R2(config - router)#network 192. 168. 13. 0 0. 0. 0. 255 area 3
R2(config - router)#network 192. 168. 1. 0 0. 0. 0. 255 area 4
```

R3 的配置过程如下。

```
R3(config)#router ospf 300
R3(config-router)#network 192.168.11.0 0.0.0.255 area 0
R3(config-router)#network 192.168.13.0 0.0.0.255 area 3
R3(config-router)#network 192.168.2.0 0.0.0.255 area 4
```

4.3.3 内部网关路由协议（IGRP）

内部网关路由协议（Interior Gateway Routing Protocol，IGRP）是 Cisco 所有的基于距离向量的路由协议。IGRP 使用度量来确定到达一个网络的最佳路由，使用延迟、带宽、可靠性和负载来确定计算的最优路由。IGRP 可以使用这些等开销路径并按报文或按目的地的轮转法进行负载均衡。在一个双等带宽配置中，如果一条链接不起作用，IGRP 可以自动切换到剩下的链接。另外，IGRP 提供路由器间开销不等的多条路径机制以改善性能。在这种情况下，低开销路径比高开销路径使用得更多。IGRP 在其路由表中有 3 种路由项：内部路由、外部路由和系统路由。外部路由是描述附接到一个路由器接口上的子网之间的路径的公布，而内部路由项包括接口的子网掩码。若定义到路由器接口上的网络没有子网划分，则 IGRP 不把此路由公布为内部路由。相反，未子网划分的接口使用系统路由公布。系统路由公布描述了同自治系统中网络间的路由。IGRP 使用自治系统的概念来隔离路由域。系统路由通过接口的定义和从自治系统中其他 IGRP 路由器所接收到的系统路由信息来确定。系统路由描述网络边界上的路径，并且不包括子网掩码信息。最后一种路由项描述到外部路由的路径。外部路由是用来描述到达其他自治系统的，在路由中用于确定最后一站网关的路径。最后一站网关从外部路径中选择路由信息，用于目的地无法从自治系统内的路由表查到的报文。在有多个路由器的网络中，连接两个相同自治系统时可能有不同的最后网络路由。IGRP 是广播型协议，所以在广播型网络（如以太网络）中一般进行配置。

【任务目标】

掌握 IGRP 的配置，网络拓扑如图 4-4 所示。

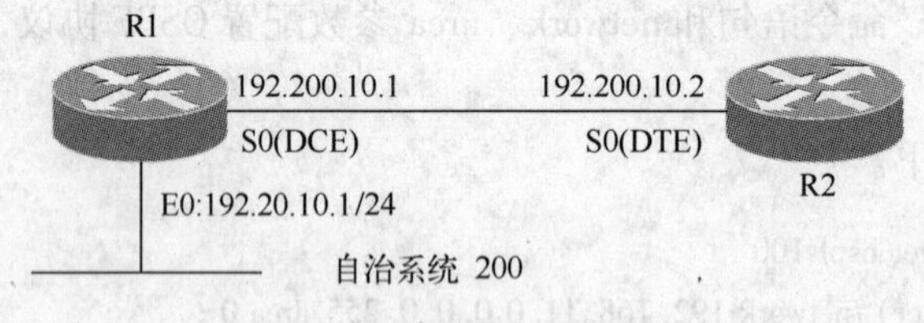

图 4-4　配置 IGRP 的拓扑图

【实现过程】

使用“router igrp、network”命令进行配置，启用 IGRP 进程，使用 IGRP 通告。

R1 的配置如下。

```
R1(config)#Router igrp 200
R1(config-router)#Network 192.200.10.0
R1(config-router)#Network 192.20.10.0
```

4.3.4 增强的内部网关路由协议（EIGRP）

增强的内部网关路由协议（Enhanced Interior Gateway Routing Protocol，EIGRP）是 Cisco 的私有路由协议，只能在 Cisco 设备上使用。它是一个混合路由协议，综合了距离矢量和链路状态两者的优点，其特点包括：通过发送和接收 HELLO 包来建立和维系邻居关系，并交换路由信息；触发更新、快速收敛、减少带宽占用；对多个网络层协议的支持；增强的距离矢量能力；100% 无环路；部分更新且支持手动路由汇总；对可变长子网掩码（VLSM）、不连续网络和无类别路由（CIDR）的支持；EIGRP 最多支持 6 条（默认 4 条）负载均衡；使用可靠的传输协议 RTP 来保证路由信息传输的可靠性；对每一种协议都维持独立的邻居表、拓扑表和路由表，存储整个网络的拓扑结构信息，以便快速地适应网络变化；与 IGRP 兼容，即采用组播 224.0.0.10 或单播进行路由更新，管理距离值为 90 或 170 等。

【任务目标】

掌握 EIGRP 的配置，网络拓扑如图 4-5 所示。

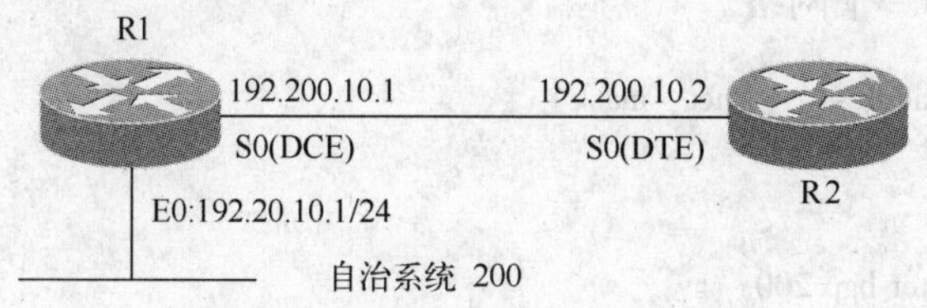

图 4-5　配置 EIGRP 的拓扑图

【实现过程】

利用“router eigrp”命令语句配置 EIGRP，启用 EIGRP 进程，使用 EIGRP 通告。

R1 的配置如下。

```
R1(confing)#Router eigrp 200
R1(config-router)#Network 192.200.10.0
R1(config-router)#Network 192.20.10.0
```

4.3.5 边界网关协议（BGP）

BGP 是为基于 TCP/IP 的互联网设计的外部网关协议，用于多个自治域之间。它既不是基于纯粹的链路状态算法，也不是基于纯粹的距离向量算法。它的主要功能是与其他自治域的 BGP 交换网络可达信息。各个自治域可以运行不同的内部网关协议。BGP 更新信息包括网络号/自治域路径的成对信息。自治域路径包括到达某个特定网络须经过的自治域串，这些更新信息通过 TCP 传送出去，以保证传输的可靠性。为了满足 Internet 日益扩大的需求，BGP 还在不断地发展。在最新的 BGP-4 中，还可以将相似路由合并为一条路由。

【任务目标】

掌握 BGP 的配置，网络拓扑如图 4-6 所示。

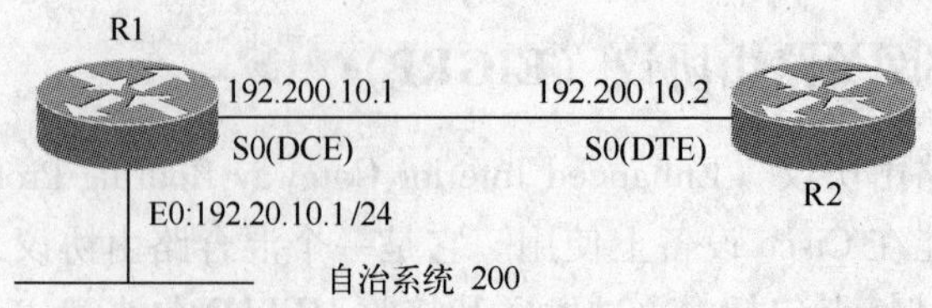

图 4-6　配置 BGP 的拓扑图

【实现过程】

在一台路由器上启用 BGP 通常有下面 3 个步骤。

1）启动 BGP 进程。

```
router bgp ［as - number］
```

2）配置 BGP 邻居。

```
neighbor ［ip - address］ remote - as ［number］
```

3）使用 BGP 通告一个网络。

```
network ［ip - address］ ［net - mask］
```

R1 的配置如下。

```
R1(config)#router bgp 200
R1(config - router)#neighbor 192. 200. 10. 2 remote - as 200
R1(config - router)#network 192. 20. 10. 0 255. 255. 255. 0
```

4.4　广域网协议配置

广域网（WAN）协议是根据网络的远程连接方式确定的。WAN 是覆盖地理范围相对较广阔的数据通信网络，一般是利用公共载体（如电信公司）提供的设备进行传输。WAN 技术运行在 OSI 的最下面 3 层。其连接方式一般分为：租用线路、电路交换和包交换等，如图 4-17 所示。

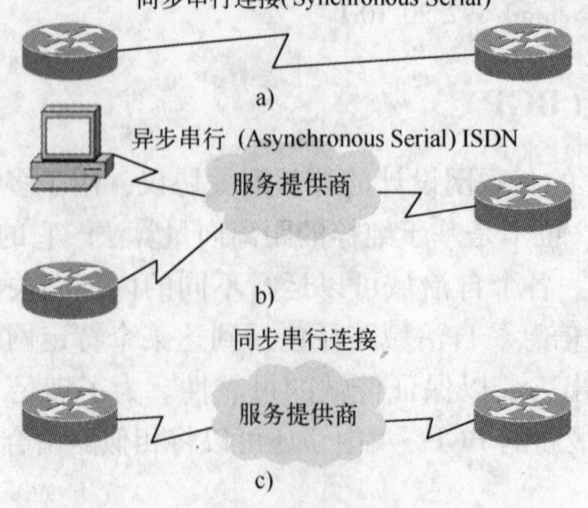

图 4-7　广域网连接方式

a）专线（Dedicated Lines）或租用线路（Leased Lines）　b）电路交换（Circuit - switched）　c）包交换（Packet - switched）

网络中所使用的协议都是严格遵守 OSI 七层模型标准的，如 TCP 工作在传输层，IP 工作在网络层，在网络传输数据时将根据不同协议层进行解析，并依次封装和解封装。而我们所要介绍的是广域网协议工作数据链路层，所以即使安装并正确设置了 TCP/IP 信息，但如果没有正确配置数据链路层的广域网协议的信息，数据将无法顺利完成传输。不过在实际的使用中，广域网协议经常被我们忽视，因为局域网中是不需要这些协议的，只有我们在进行传输的时候才需要，然而这些工作通常由 Internet 服务提供商（ISP）的工作人员去做。但配置不同的广域网协议后，网络的使用效果差距比较大，常用的广域网协议有 HDLC、PPP、Frame Relay、X. 25。

4.4.1 高级数据链路控制

高级数据链路控制（High - Level Data Link Control，HDLC）是一个在同步网络上传输数据、面向比特的数据链路层协议，促进传送到下一层的数据在传输过程中能够准确地被接收（也就是差错释放中没有任何损失并且序列正确）。HDLC 的另一个重要功能是流量控制，一旦接收端收到数据，便能立即进行传输。HDLC 具有两种不同的实现方式：高级数据链路控制正常响应模式（HDLC NRM，又称为 SDLC）和 HDLC 链路访问过程平衡（LAPB），其中第二种使用更为普遍。HDLC 是 X. 25 栈的一部分，是面向比特的同步通信协议，主要为全双工点对点操作提供完整的数据透明度，它支持对等链路，每个链路终端都不具有永久性管理站的功能。另一方面，HDLC NRM 具有一个永久基站以及一个或多个次站。HDLC LAPB 是一种高效协议，为确保网络的流量控制、差错监测和恢复，它要求的额外开销最小。如果数据在两个方向上（即全双工）相互传输，数据帧本身就会传送所需的信息从而确保数据的完整性。HDLC 是面向比特的数据链路控制协议的典型代表，该协议不依赖于任何一种字符编码集；数据报文可透明地传输，其中用于实现透明传输的“0 比特插入法”易于硬件实现；全双工通信有较高的数据链路传输效率；所有帧采用循环冗余校验（CRC），同时对信息帧进行顺序编号，以防止漏收或重分，提高传输可靠性；传输控制功能与处理功能分离，具有较大灵活性。

【任务目标】

掌握 HDIC 的配置。

【实现过程】

配置 HDLC 比较简单，一般包括端口设置、封装 HDLC、设置 DCE 线路速率等。网络拓扑如图 4-8 所示。

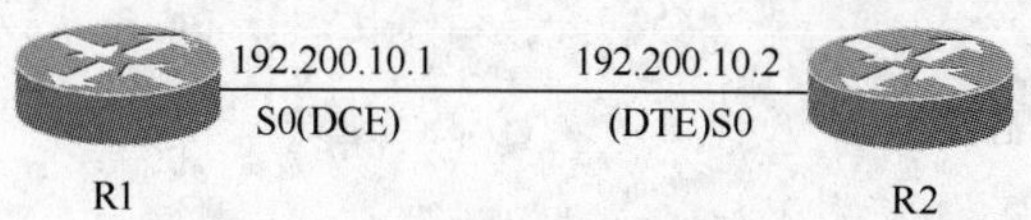

图 4-8　配置 HDLC 拓扑图

R1 的配置如下。

```
R1(config)#interface S0
```

```
R1(config-if)#ip address 192.200.10.1 255.255.255.0
R1(config-if)#Clockrate 1000000
```

R2 的配置如下。

```
R2(config)#interface S0
R2(config-if)#ip address 192.200.10.2 255.255.255.0
```

4.4.2 点到点协议（PPP）

点到点协议（Point-to-Point Protocol，PPP）是为在同等单元之间传输数据包这样的简单链路设计的链路层协议。这种链路提供全双工操作，并按照顺序传递数据包。PPP 主要是通过拨号或专线方式建立点对点连接发送数据，使其成为各种主机、网桥和路由器之间简单连接的一种共通的解决方案。PPP 中提供了一整套方案来解决链路建立、维护、拆除、上层协议协商、认证等问题。PPP 是目前广域网上应用最广泛的协议之一，它的优点在于简单、具备用户验证能力、可以解决 IP 分配等。PPP 包含这样几个部分：链路控制协议（Link Control Protocol，LCP）；网络控制协议（Network Control Protocol，NCP）；认证协议，最常用的包括密码验证协议（Password Authentication Protocol，PAP）和挑战握手验证协议（Challenge-Handshake Authentication Protocol，CHAP）。LCP 负责创建、维护或终止一次物理连接。NCP 是一组协议，负责解决物理连接上运行什么网络协议，以及解决上层网络协议发生的问题。一个典型的链路建立过程分为 3 个阶段：创建阶段、认证阶段和网络协商阶段。

PPP 认证方式包括 PAP 和 CHAP，其中 PAP 是一种简单的明文验证方式。网络接入服务器（Network Access Server，NAS）要求用户提供用户名和密码，PAP 以明文方式返回用户信息。很明显，这种验证方式的安全性较差，第三方可以很容易地获取被传送的用户名和密码，并利用这些信息与 NAS 建立连接来获取 NAS 提供的所有资源。所以，一旦用户密码被第三方窃取，PAP 将无法提供避免受到第三方攻击的保障措施。

CHAP 是一种加密的验证方式，能够避免建立连接时传送用户的真实密码。NAS 向远程用户发送一个挑战密码，其中包括会话 ID 和一个任意生成的挑战字串。而远程客户必须使用 MD5 单向哈希算法返回用户名、加密的挑战密码。

CHAP 对 PAP 进行了改进，不再直接通过链路发送明文密码，而是使用挑战密码以哈希算法对密码进行加密。因为服务器端存有客户的明文密码，所以服务器可以重复客户端进行的操作，并将结果与用户返回的密码进行对照。CHAP 验证每一次任意生成的挑战字串来防止受到再现攻击（Replay Attack）。在连接过程中，CHAP 将不定时地向客户端重复发送挑战密码，从而避免第三方冒充远程客户进行攻击。

【任务目标】

掌握 PPP 的封装和配置。

【实现过程】

配置 PPP 一般先创建认证用户，然后封装 PPP，最后配置认证。配置 PPP 的网络拓扑，如图 4-9 所示。

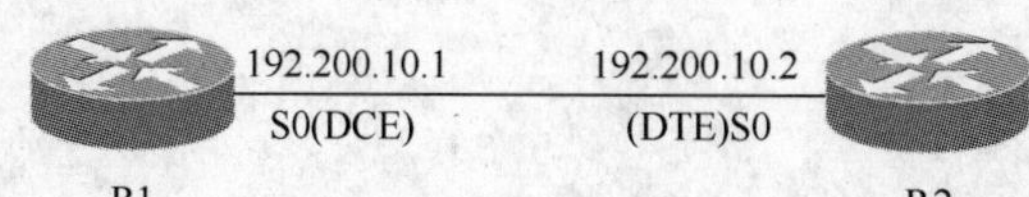

图 4-9 配置 PPP 拓扑图

路由器 R1 和 R2 的 S0 端口均封装 PPP，同时采用 CHAP 做认证，在 R1 中应建立一个用户，以对端路由器主机名作为用户名，即用户名应为 R2。同时在 R2 中应建立一个用户，以对端路由器主机名作为用户名，即用户名应为 R1。所建立的这两用户的密码必须相同。

R1 的配置如下。

```
R1(config)#hostname R1
R1(config)#username R2 password xxx
R1(config)#interface S0
R1(config-if)#ip address 192.200.10.1 255.255.255.0
R1(config-if)#clockrate 1000000
R1(config-if)#encapsulation ppp
R1(config-if)#ppp authentication chap(pap)
```

R2 的配置如下。

```
R2(config)#hostname R2
R2(config)#username R1 password xxx
R2(config)#interface S0
R2(config-if)#ip address 192.200.10.2 255.255.255.0
R2(config-if)#ppp authentication chap (pap)
```

4.4.3 帧中继

帧中继是一种高性能的广域网协议，它运行在 OSI 参考模型的物理层和数据链路层。它是一种数据包交换技术，是 X.25 的简化版本。它省略了 X.25 的一些功能，如窗口技术和数据重发技术，而是依靠高层协议提供的纠错功能，这是因为帧中继工作在更好的广域网设备上，这些设备较之 X.25 的广域网设备具有更可靠的连接服务和更高的可靠性，它严格地对应于 OSI 参考模型的最低二层，而 X.25 还提供第 3 层的服务，所以，帧中继比 X.25 具有更高的性能和传输效率。帧中继广域网的设备分为数据终端设备（DTE）和数据电路终端设备（DCE），路由器作为数据终端设备。

帧中继技术提供面向连接的数据链路层的通信，在每对设备之间都存在一条定义好的通信链路，且该链路有一个链路识别码。这种服务通过帧中继虚电路实现，每个帧中继虚电路都以数据链路识别码（DLCI）标识自己。帧中继本地管理接口（LMI）是对基本的帧中继标准的扩展，它是路由器和帧中继交换机之间的信令标准，提供帧中继管理机制。另外，它提供了许多管理复杂互联网络的功能，其中包括全局寻址、虚电路状态消息和多路发送等。

【任务目标】

掌握帧中继的封装和配置。

【实现过程】

配置帧中继一般有以下几个步骤。

1）协议封装。

```
encapsulation frame - relay[ietf]
```

2）设置 Frame - Relay LMI 类型。

```
frame - relay lmi - type{ansi|cisco|q933a}
```

3）设置子接口。

```
interface interface - type interface - number. subinterface - number  [multipoint|point - to - point]
```

4）设置映射协议地址与 DLCI。

```
frame - relay map protocol protocol - address dlci  [broadcast]
```

5）设置 Frame - Relay DLCI 编号。

```
frame - relay interface - dlci dlci  [broadcast]
```

帧中继点到点（Point - to - Point）配置的网络拓扑，如图 4-10 所示。

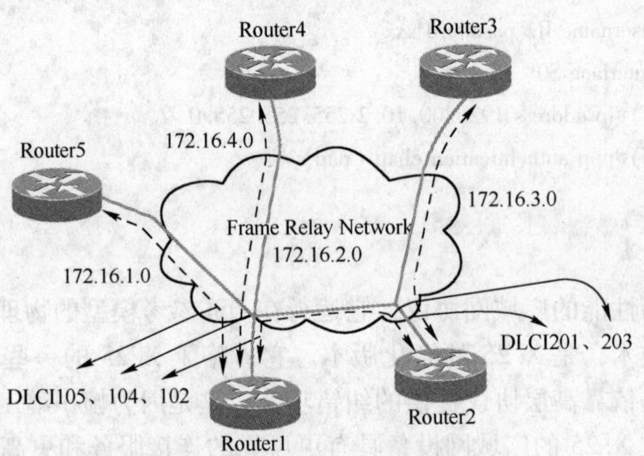

图 4-10　帧中继点到点配置拓扑图

Router1 的配置如下。

```
Router1(config)#interface serial 0
Router1(config - if)#encapsulation frame - relay
Router1(config - if)#interface serial 0. 1 point - to - point
Router1(config - if)#ip address 172. 16. 1. 1 255. 255. 255. 0
Router1(config - if)#frame - reply interface - dlci 105
Router1(config - if)#interface serial 0. 2 point - to - point
Router1(config - if)#ip address 172. 16. 2. 1 255. 255. 255. 0
Router1(config - if)#frame - reply interface - dlci 102
```

```
Router1(config-if)#interface serial 0.3 point-to-point
Router1(config-if)#ip address 172.16.4.1 255.255.255.0
Router1(config-if)#frame-reply interface-dlci 104
```

Router2 的配置如下。

```
Router2(config)#interface serial 0
Router2(config-if)#encapsulation frame-relay
Router2(config-if)#interface serial 0.1 point-to-point
Router2(config-if)#ip address 172.16.2.2 255.255.255.0
Router2(config-if)#frame-reply interface-dlci 201
Router2(config-if)#interface serial 0.2 point-to-point
Router2(config-if)#ip address 172.16.3.1 255.255.255.0
Router2(config-if)#frame-reply interface-dlci 203
```

4.4.4　X.25

X.25 协议定义计算机和其他终端到分组交换网络的连接。分组交换网络在一个网络上为数据分组选择到达目的地的路由。X.25 是一种很好实现的分组交换服务，传统上它是用于将远程终端连接到主机系统的。这种服务为同时使用的用户提供任意点对任意点的连接。来自一个网络的多个用户的信号，可以通过多路选择及 X.25 接口进入分组交换网络，并且被分发到不同的远程地点。一种被称为虚电路的通信信道在一条预定义的路径上连接端点站点的网络。X.25 接口可支持 2Mbit/s 的速率。信息分组通过散列网络的路由是根据这个分组头中的目的地址信息进行选择的。用户可以与多个不同的地点进行连接，而不像面向电路的网络那样在任何两点之间仅仅存在一条专用线路。由于分组可以通过路由器的共享端口进行传输，所以就存在一定的分发延迟。

X.25 的开销比帧中继要高许多。在一个分组的传输路径上的每个结点都必须完整地接收一个分组，并且在发送之前还必须完成错误检查。帧中继结点只是简单地查看分组头中的目的地址信息，并立即转发该分组，有时甚至在它完整地接收一个分组之前就开始转发。帧中继不像 X.25 中那样必须在每个中间结点中存在用于处理管理、流量控制和错误检查的状态表。X.25 结点还必须对丢失的帧进行检查，并请求重发。X.25 受到了低性能的影响，它不能适应许多实时 LAN 对 LAN 应用的要求。X.25 是在开放式系统互联（OSI）协议模型之前提出的，所以一些用来解释 X.25 的专用术语是不同的。这种标准在 3 个层定义协议，它和 OSI 协议栈的底下 3 层是紧密相关的，其中物理层被它称为 X.21 接口，定义从计算机/终端（数据终端设备）到 X.25 分组交换网络中的附件结点的物理/电气接口，RS-232-C 通常用于 X.21 接口；链路访问层定义像帧序列那样的数据传输，使用的协议是平衡式链路访问规程（LAP-B），它是高级数据链路控制（HDLC）协议的一部分。LAP-B 是为了点对点连接而设计的。LAP-B 为异步平衡模式会话提供帧结构、错误检查和流量控制机制。LAP-B 为确信一个分组已经抵达网络的每个链路提供了一条途径。分组层 定义通过分组交换网络的可靠虚电路。这样，X.25 就提供了点对点数据发送，而不是一点对多点发送。

在 X.25 中，一条虚电路在穿越分组交换网络的两个地点之间建立一条临时性或永久性的“逻辑”通信信道。使用一条电路可以保证分组是按照顺序抵达的，这是因为它们都按照同一条路径进行传输。虚电路为数据在网络上进行传输提供了可靠的方式。在 X. 25 中有两种类型的虚电路，其中临时性虚电路将建立基于呼叫的虚电路，然后在数据传输会话结束时拆除。永久虚电路在两个结点之间保持一种固定连接。

X. 25 网络易于安装和维护。它是根据发送的分组数据来收费的，在一些情况下，还会考虑连通的时间。不过其他一些服务也许更适合于高速局域网传输（如帧中继）或专用连接。它一般只用于要求的传输费用比较少，而远程传输速率要求又不高的广域网。

【任务目标】

掌握 X. 25 的配置内容和方法。

【实现过程】

X. 25 的配置一般包括以下步骤：设置端口、设置 X. 25 封装“encapsulation x25 [dce]”、设置 X. 121 地址“x25 address x. 121 - address”、设置远方站点的地址映射“x25 map ip IP address x. 121 - address”，其配置拓扑，如图 4-11 所示。

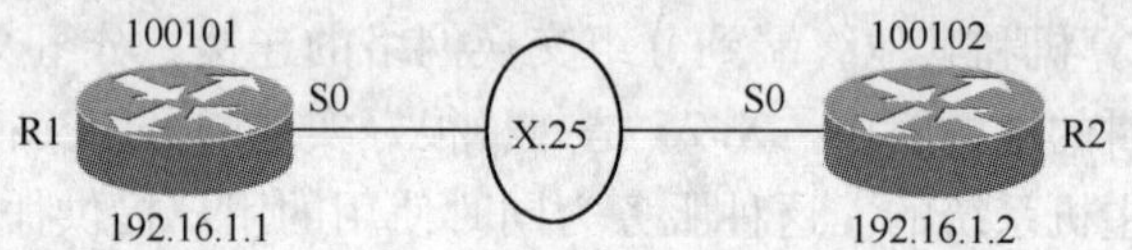

图 4-11 X. 25 配置拓扑图

R1 配置如下。

```
R1(config)#interface S0
R1(config - if)#encapsulation x25
R1(config - if)#ip address 192. 16. 1. 1 255. 255. 255. 0
R1(config - if)#x25 address 110101
R1(config - if)#x25 map ip 192. 16. 1. 2 110102
```

R2 的配置如下。

```
R2(config)#interface S0
R2(config - if)#encapsulation x25
R2(config - if)#ip address 192. 16. 1. 2 255. 255. 255. 0
R2(config - if)#x25 address 110102
R2(config - if)#x25 map ip 192. 16. 1. 1 110101
```

4.5 路由器的安全配置

4.5.1 保护路由器的密码

路由器最基本的保护方法是保护自己系统密码，一旦密码保护不好，被攻击也就变得非常简单了。路由器一般采取禁用“enable password”命令来保护，同时利用“enable secret”命令设置密码，该加密机制是 IOS 采用了 MD5 散列算法进行加密，具体格式是：enable secret ［level level］{password | encryption－type encrypted－password}。

```
Ro(config－if)#enable secret level 9  ~@ ~！ 79#^&^089^（设置一个级别为 9 级的 ~@ ~！ 79#^&^089^密码）
Ro(config－if)#service router－encryption（启动服务密码加密过程）
```

“enable secret” 命令允许管理员通过数字 0 ~ 15 来指定密码加密级别，其默认级别为 15。

4.5.2 访问控制

为了保护路由器访问控制权限，必须限制登录访问路由器的主机。针对 VTY （telnet）端口访问控制的方法，具体配置时要先建立一个访问控制列表，即建立一个标准的访问控制列表（编号从 1 ~99 任意选择），示例如下。

```
Router(config)#access－list 90 permit 172. 30. 1. 45
```

上面示例指出该访问列表仅允许具有示例中配置的 IP 地址的主机对路由器进行 telnet 访问。注意：创建该列表时必须指定到路由器某个端口上，具体指定方法如下。

```
Router(config)#line vty E0 4
Router(config－if)#access－class 90 in
```

以上配置是入站到 E0 端口的 telnet 示例，出站配置时采用 out，在这里将不再详细介绍。为了保护路由器的安全设置，也可以限制其 telnet 访问的权限，如通过分配管理密码来限制某一个管理员只能使用 show 命令的配置如下。

```
Router(config)#enable secret level 6 123456
Router(config)#privilege exec 6 show
```

给其分配的密码为 123456，telnet 路由器后，这个受限制的管理员只能用 show 命令，其他任何设置权限全部被限制。

4.5.3 禁止 Cisco 查找协议

Cisco 查找协议（Cisco Discovery Protocol，CDP）存在于 Cisco 11. 0 以后的 IOS 版本中，都是默认启动的。它有一个缺陷就是：对所有发出的设备请求都进行应答。这样会造成路由器的泄密，因此，必须禁止其运行。举例如下。

```
Router(config)#no cdp run
```

也可以禁止某端口的 CDP，如为了让路由器内部网络使用 CDP，而禁止路由器对外网的 CDP 应答，可以使用以下接口命令。

```
Router(config)#no cdp enable
```

4.5.4 HTTP 服务的配置

现在许多设备，都允许使用 Web 界面来进行控制配置了，这样可以为用户的管理提供方便，但是，在方便的背后，却隐藏了很大的危机，为了能够配置好 HTTP 服务，可以使用“ip http server”命令语句打开 HTTP 服务，使用“no ip http server”命令语句关闭 HTTP 服务。为了安全考虑，如果需要使用 HTTP 服务来管理路由器，最好配合访问控制列表和 AAA 认证，也可以使用“enable password”命令语句来控制登录路由器的密码。具体的配置是在全局模式下来完成的，下面介绍一个简单的与标准访问控制列表配合使用的 HTTP 服务的示例。

```
Router(config)#ip http server
Router(config)#ip http port 10248
Router(config)#access - list 80 permit host 10.0.0.1
Router(config)#ip http access - class 80
Router(config)#ip http authentication aaa tacacs
```

保护路由器并不是简单的事情，在很多实际应用中，还需要其他很多辅助配置。为了保护路由器，各种各样的配置方法和安全产品相继出现，如给路由器添加硬件防火墙、配置 AAA 服务认证、设置 IDS 入侵检测等。

习题

1. 网络拓扑如图 4-12 所示。

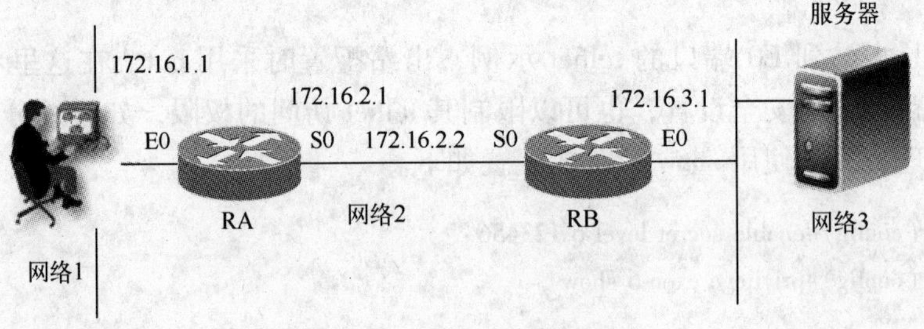

图 4-12　习题 1 的网络拓扑图

请按照下面的要求进行配置。

1）按照图 4-12 中的参数配置网络环境。

2）网络 2 中使用 EIGRP。

3）网络 3 中使用 RIP。

4）网络 1 中使用 OSPF 协议。

5）RA 进行 NAT 转换。

6）RA 上只允许 172.16.1.55 telnet。

7）在网络 1 中使用访问控制，只允许 POP3、SMTP、Telnet、HTTP 4 种服务访问网络 3 中的服务器（服务器的 IP 地址：172.16.3.254）。

2. 网络拓扑如图 4-13 所示，请分别配置图中的各路由器。

图中的 R2、R3、R4 组成了帧中继网络环境，R1 和 R2 之间采用 PPP 连接方式，R2、R4 与 R3 之间采用点到点的子接口方式进行连接，帧中继网络采用 64Kbit/s 的连接速率，PPP 连接采用 CHAP 认证。各路由器的 IP 地址如下。

R1：S0　　172.1.1.2

R2：S1　　172.1.1.1

　　S0.1　172.1.2.1

R4：S0.1　172.1.2.2

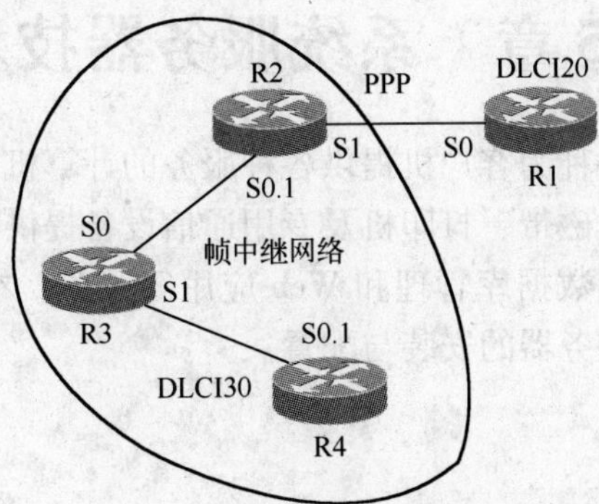

图 4-13　习题 2 的网络拓扑图

第5章　系统服务器技术

服务器是计算机网络中一种为客户机提供各种服务的计算机，在服务器操作系统的管理与控制下，与其相连的硬盘、磁带、打印机及专用通信设备提供给网络上的客户机共享，也能为网络用户提供集中计算、数据库管理和Web应用等服务，本章主要内容是介绍在网络安全系统集成与建设中常用服务器的安装与配置。

5.1　服务器基础知识

5.1.1　服务器的分类

服务器（Server）发展到今天，各种具有不同功能、适应不同环境的服务器不断地出现。其分类标准如下。

1）按应用层次划分为入门级服务器、工作组级服务器、部门级服务器和企业级服务器。

2）按服务器用途划分为通用型服务器和专用型服务器。

3）按服务器的机箱结构来划分，可以把服务器划分为台式服务器、机架式服务器、机柜式服务器和刀片式服务器。

5.1.2　服务器CPU

服务器CPU是在服务器上使用的CPU。服务器是网络中的重要设备，要接受少至几十人、多至成千上万人的访问，因此对服务器的大数据量的快速吞吐、超强的稳定性、长时间运行等有严格的要求。所以说，CPU是计算机的“大脑”，是衡量服务器性能的首要指标。

1. CPU的结构

目前，服务器的CPU仍按CPU的指令系统来区分，通常分为CISC型CPU和RISC型CPU两类，后来又出现了一种64位超长指令集架构（Very Long Instruction Word，VLIM）指令系统的CPU。

(1) CISC型CPU

复杂指令集（Complex Instruction Set Computer，CISC）是指Intel生产的x86系列CPU及其兼容CPU（如AMD，VIA等生产的CPU），它基于PC（个人电脑）体系结构。这种CPU一般都是32位的结构，所以我们也把它称为IA-32 CPU。CISC型CPU目前主要有Intel的服务器CPU和AMD的服务器CPU两类。

(2) RISC型CPU

精简指令集（Reduced Instruction Set Computing，RISC）是在CISC指令系统基础上发展起来的，相对于CISC型CPU，RISC型CPU精简了指令系统，采用的结构也被称做“超标量和超流水线结构”，这大大增加了并行处理能力（并行处理是指一台服务器有多个CPU同时进行处理）。也就是说，架构在同等频率下，采用RISC架构的CPU比CISC架构的CPU

性能高很多，这是由CPU的技术特征决定的。目前在中高档服务器中普遍采用这一指令系统的CPU，特别是较高档服务器全都采用RISC指令系统的CPU。RISC指令系统更加适合较高档服务器的操作系统（如UNIX）。

2. 标准配置处理器数量

标准配置处理器数量是指服务器在出厂时随机有多少个处理器（CPU），一般来讲，现在服务器出厂时都至少会带一颗CPU，有的会有2颗、4颗或更多。当然，标准配置处理器数量越多，价格肯定也就会越高。

3. 处理器缓存

缓存（Cache）是CPU的重要指标之一，其结构与大小对CPU速度的影响非常大。简单地讲，缓存就是用来存储一些常用或即将用到的数据或指令，当需要这些数据或指令的时候可直接从缓存中读取，这样比到内存甚至硬盘中读取要快得多，能够大幅度提升CPU的处理速度。

最后值得注意的一点是，虽然CPU是决定服务器性能最重要的因素之一，但是如果没有其他配件的支持和配合，CPU也不能发挥出它应有的性能。

5.1.3 服务器内存

服务器内存与普通PC内存在外观和结构上没有什么实质性的区别，主要是引入了一些新的特有的技术，如ECC、ChipKill、热插拔技术、内存保护（Memory Protection）技术、内存镜像（Memory Mirroring）技术等，具有极高的稳定性和纠错性能。

5.1.4 服务器硬盘

服务器硬盘是服务器上使用的硬盘（Hard Disk）。如果说服务器是网络数据的核心，那么服务器硬盘就是这个核心的数据仓库，所有的软件和用户数据都存储在这里。对用户来说，存储在服务器硬盘上的数据是最宝贵的，因此硬盘的可靠性是非常重要的。硬盘应能够适应大数据量、超长时间工作的环境。

现在的硬盘从接口方面划分，可以分为IDE硬盘、SCSI硬盘、SAS硬盘、SATA硬盘和SSD硬盘。

5.2 服务器操作系统的安装

5.2.1 服务器操作系统分类

服务器操作系统，一般指的是安装在服务器上的操作系统软件，是企业IT系统的基础架构平台，也是按应用领域划分的3类操作系统之一（另外两种分别是桌面操作系统和嵌入式操作系统）。同时，服务器操作系统也可以安装在个人电脑上。相比个人版操作系统，在一个具体的网络中，服务器操作系统要承担额外的管理、配置、稳定、安全等功能，处于每个网络中的“心脏”部位。

目前局域网中主要存在以下几类服务器操作系统。

1. Windows

这类操作系统是微软公司开发的。Windows系统不仅在个人操作系统中占有很大优势，它在服务器操作系统中也具有非常强劲的力量。在局域网中，微软的服务器操作系统主要包括 Windows NT 4.0 Server、Windows 2000 Server/Advance Server、Windows Server 2003/Advance Server、Windows Server 2008/Advance Server 等。

2. NetWare

NetWare 服务器操作系统主要应用在某些特定的行业中。NetWare 具有优秀的批处理能力和安全、稳定的系统性能。NetWare 目前常用的版本主要有 Novell 的 3.11、3.12、4.10、5.0 等。

3. UNIX

目前常用的 UNIX 服务器操作系统版本主要包括 UNIX SUR4.0、HP - UX 11.0、Sun 的 Solaris 8.0 等。这种服务器操作系统稳定性和安全性非常好，但由于它多数是以命令方式来进行操作的，不容易掌握，特别是对初级用户。正因为如此，小型局域网基本不使用 UNIX 作为服务器操作系统，UNIX 一般用于大型的网站或大型的企、事业单位的局域网。UNIX 服务器操作系统历史悠久，其良好的网络管理功能已为广大网络用户所接受，同时其拥有丰富的应用软件的支持。UNIX 是针对小型机环境开发的操作系统，是一种集中式分时多用户体系结构。

4. Linux

这是一种新型的服务器操作系统，是在 Posix 和 UNIX 基础上开发出来的，支持多用户、多任务、多线程、多 CPU。Linux 开放源代码政策，使得基于其平台的开发与使用无需向任何单位和个人支付版权费用，这成为目前国内外服务器操作系统使用率较高的一种。目前主流市场中使用较多的主要有 Novell 的 Suse Linux 9.0、小红帽系列、红旗 Linux 系列等。

5.2.2 Windows Server 2003 的安装

以下过程用于完成 Windows Server 2003 系统的安装与配置。

1）在启动计算机的时候进入 CMOS 设置，把系统启动选项改为光盘启动，保存配置后放入系统光盘，重新启动计算机，让计算机用系统光盘启动。启动时系统首先要读取必需的启动文件，并询问用户是否安装此操作系统，按〈Enter〉键确定安装，按〈R〉键进行修复，按〈F3〉键退出安装，如图 5-1 所示。

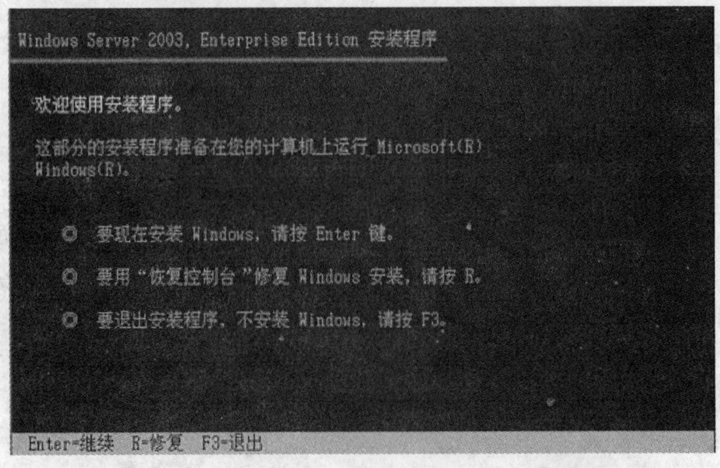

图 5-1 安装欢迎界面

2）按下〈Enter〉键确认安装，出现软件的授权协议，必须按〈F8〉键同意其协议方能继续进行，下面将搜索系统中已安装的操作系统，并询问用户将操作系统安装到系统的哪个分区中，如果是第一次安装系统，那么用光标键选定需要安装的分区。

3）进入磁盘格式选择，系统会询问用户把分区格式化成哪种分区格式，建议格式化为NTFS格式；对于已经格式化的磁盘，软件会询问用户是保持现有的分区还是重新将分区修改为NTFS或FAT格式。选定后按〈Enter〉键，系统将从光盘复制安装文件到硬盘中。当安装文件复制完毕后，第一次重新启动计算机。

4）系统重新启动后，即进入安装进度界面，如图5-2所示，开始正式安装。在安装过程中，由于系统要检测硬件设备，所以屏幕会抖动几次，这是正常的。

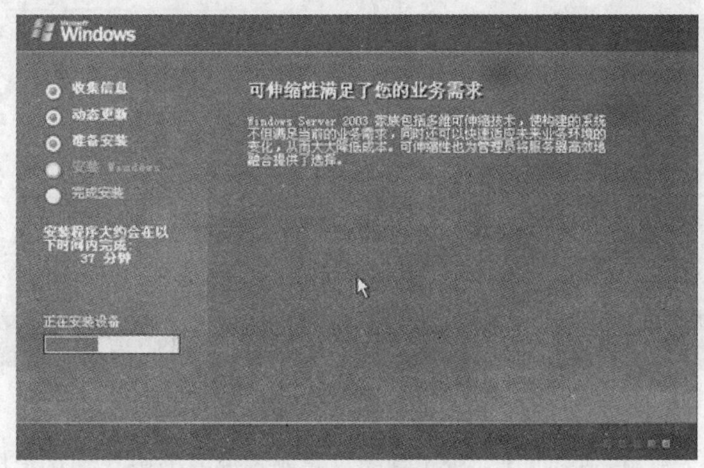

图5-2　安装进度界面

5）在安装过程中，有几步需要用户参与。首先是“区域和语言地址”的配置，如图5-3所示，一般说来，只要使用默认设置即可，直接单击“下一步”按钮即可继续。

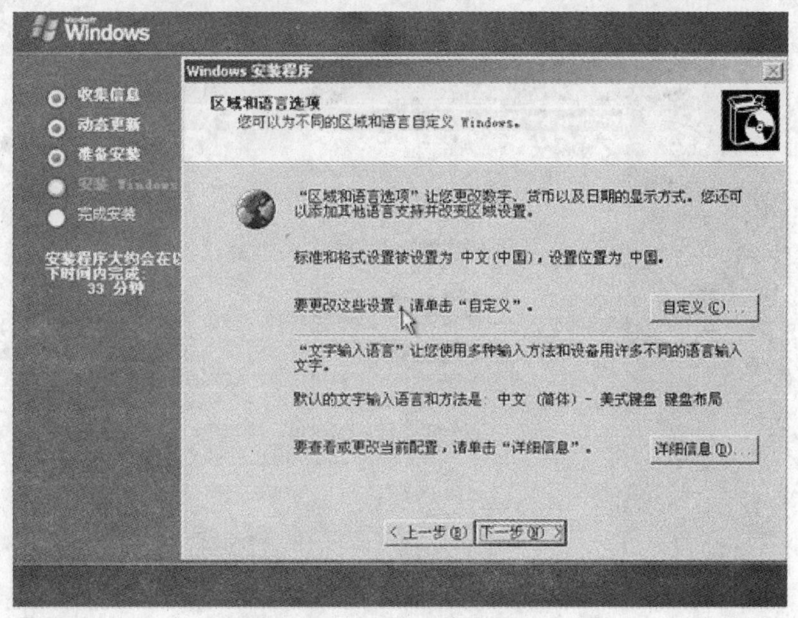

图5-3　区域和语言选项

6）然后是“自定义软件”（即提供用户信息）的配置，如图 5-4 所示，一般说来，只要使用默认设置即可，直接单击“下一步”按钮即可继续。

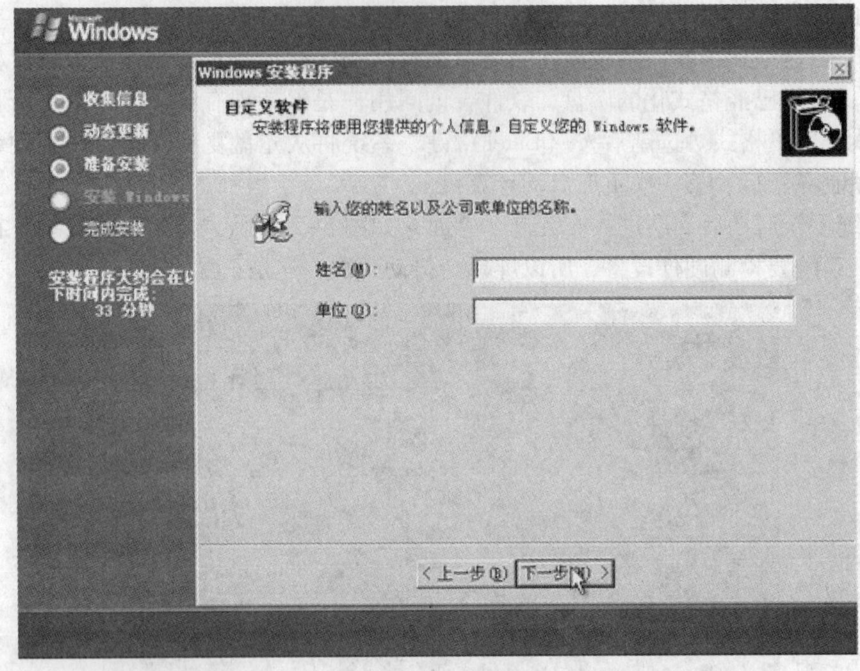

图 5-4　自定义软件

7）接下来输入软件的序列号，在光盘的封套或者说明书中找到这个序列号，输入到“产品密钥”文本框中，单击“下一步”按钮继续。网络方面的设置，尤其对于单机用户和局域网内客户端来说，直接单击“下一步”按钮继续，但对于服务器来说，要设置此服务器可供多少客户端使用，此时需要参考说明书的授权和局域网的实际情况，输入客户端数量，如图 5-5 所示。设置完毕后，单击“下一步”按钮继续。

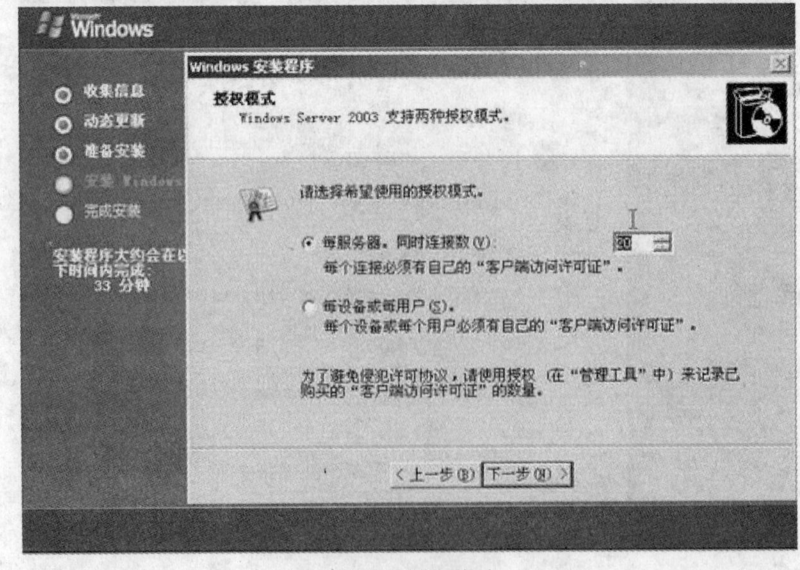

图 5-5　授权模式

8）接下来是设置计算机的名称和本机系统管理员的密码，如图5-6所示，计算机的名称不能与局域网内其他计算机的名称相同，管理员的密码设置要安全，最好是数字、大写字母、小写字母、特殊字符相结合，然后单击“下一步”按钮继续。

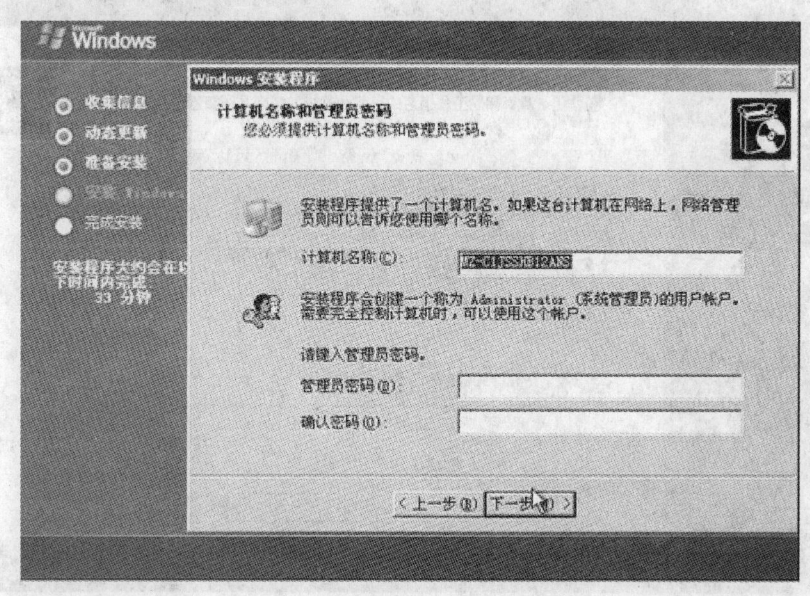

图5-6　计算名称和管理员密码

9）接下来是网络设置，如图5-7所示，在此对话框中选择网络设置的类型，可以单击“自定义设置”单选按钮，进而选择需要安装的网络协议和设置系统的IP地址，本示例单击“典型设置”单选按钮，即只安装TCP/IP并等系统安装完成后再进行IP地址的设置，然后单击“下一步”按钮继续。

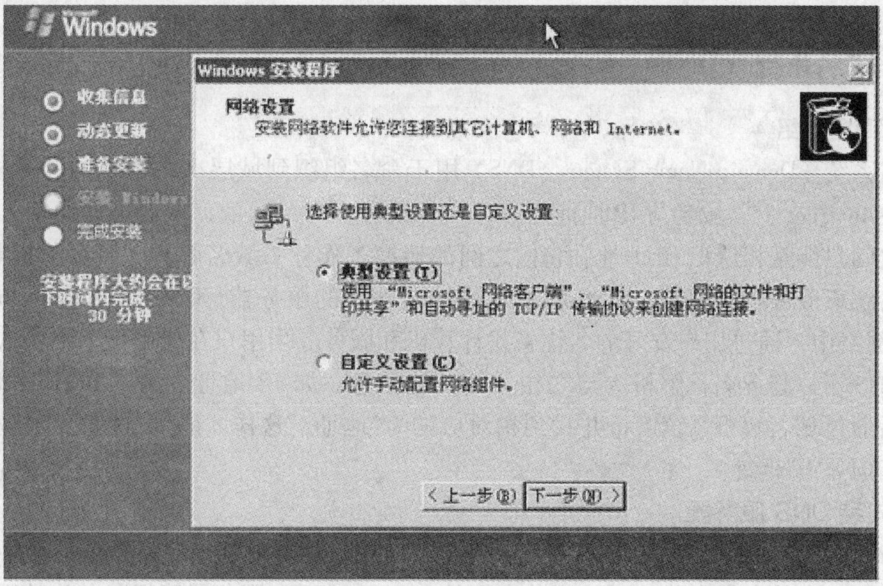

图5-7　网络设置

10）设置工作组或计算机域时，如图5-8所示，不论是单机还是局域网服务器，最好是选中第一项，即把系统安装完毕后再进行详细的设置，然后单击“下一步”按钮继续。

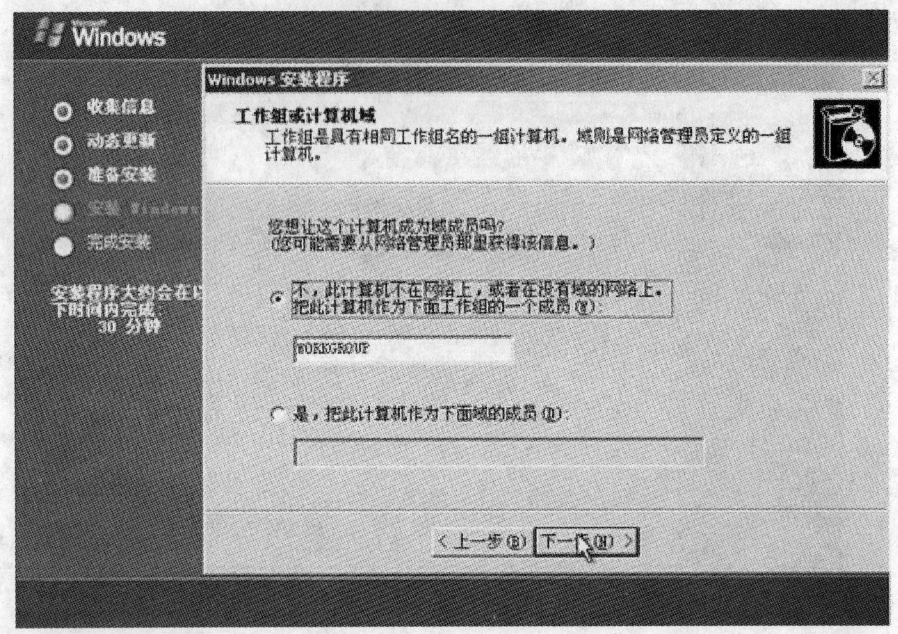

图5-8　工作组或计算机域

11）设置完毕后，系统将安装开始菜单项，并对组件进行注册等，这些都无须用户参与，所有的设置完毕并保存后，系统进行第二次启动，完成安装。

5.3　网络服务器的架设

5.3.1　域名系统（DNS）

1. DNS介绍

域名系统（Domain Name System，DNS）用于命名组织到域层次结构中的计算机和网络服务。在Internet上，域名与IP地址是一对一（或者多对一）的，域名虽然便于人们记忆，但机器之间只能互相认识IP地址，它们之间的转换工作称为域名解析。域名解析需要由专门的域名解析服务器来完成，DNS就是进行域名解析的服务器。DNS命名用于Internet等TCP/IP网络中，通过用户友好的名称查找计算机和服务。当用户在应用程序中输入DNS名称时，DNS可以将此名称解析为与之相关的其他信息，如IP地址。浏览Internet时输入网址，然后通过域名解析系统解析并找到相对应的IP地址，这样才能浏览网页。其实，域名的最终指向是IP地址。

2. 安装DNS服务器

Windows Server 2003的DNS不是默认安装组件，若要使用DNS，则需要先通过Windows Server 2003的组件向导安装（后面章节介绍的DHCP、WINS服务器等都存在此过程），具体步骤如下。

1）打开“管理您的服务器”窗口。选择菜单项“开始”→“程序”→“管理工具”→“管理您的服务器”，即出现“管理您的服务器”窗口，如图5-9所示。

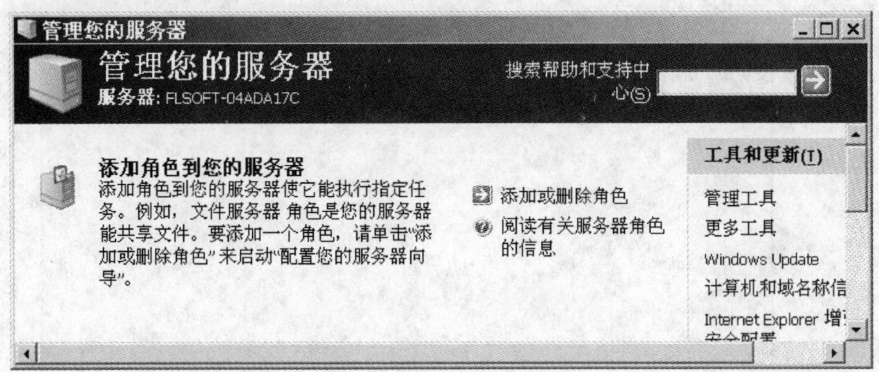

图5-9　管理您的服务器

2）单击“添加或删除角色”，即可出现如图5-10所示的“服务器角色”选项页，在此选择“DNS服务器”，单击“下一步”按钮开始DNS服务器安装操作。

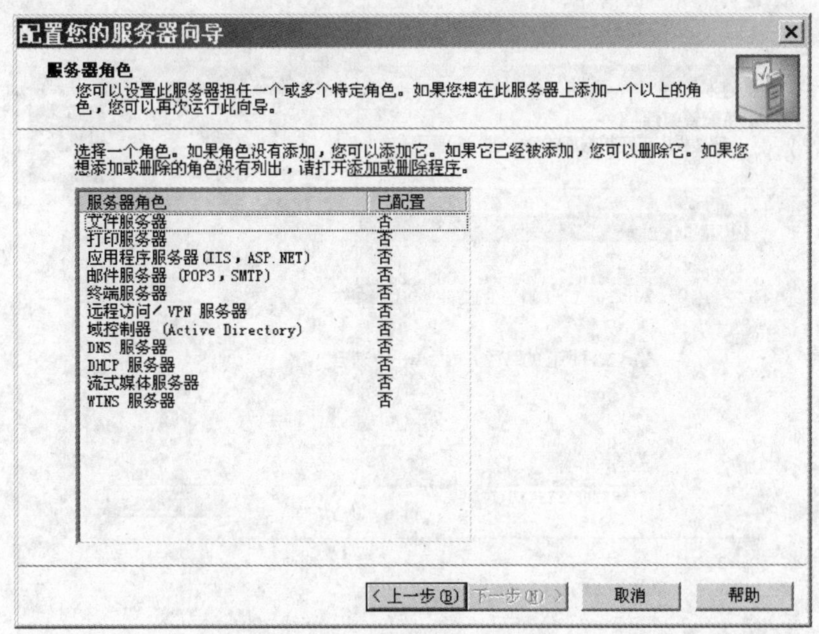

图5-10　服务器角色

3）在图5-11所示的“选择总结”选项页中可以查看到“安装DNS服务器”和“运行配置DNS服务器向导来配置DNS”信息，此时直接单击“下一步”按钮继续。

4）向导开始安装DNS服务器，并且可能会提示插入Windows Server 2003的安装光盘或指定安装源文件，如图5-12所示。

DNS服务器安装完成以后会自动打开“配置DNS服务器向导”对话框。用户可以在该向导的指引下创建区域。

5）在“配置DNS服务器向导”的欢迎页面中单击“下一步”按钮，打开“选择配置

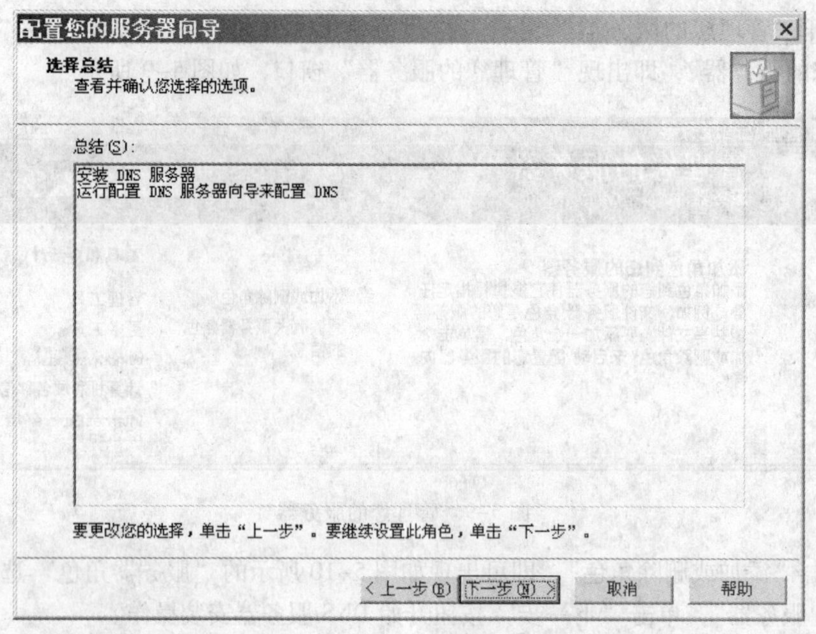

图 5-11　选择总结

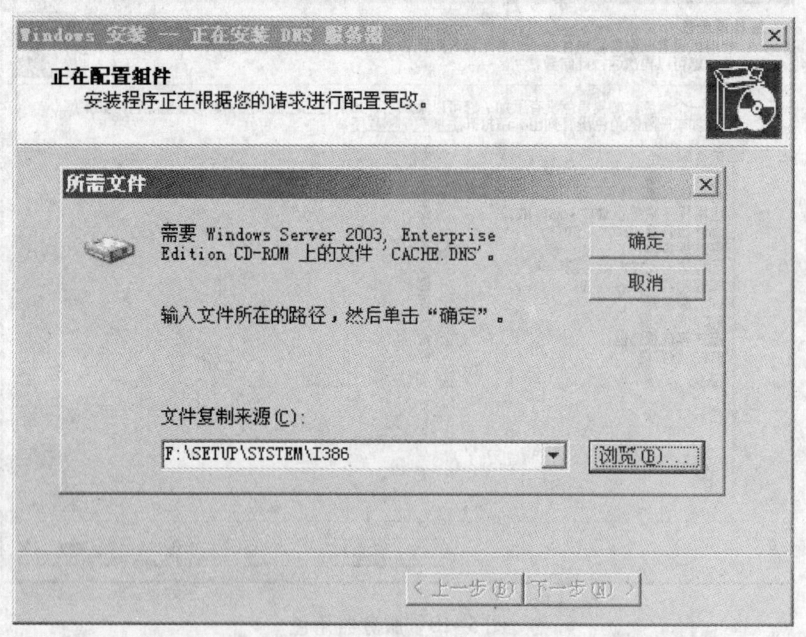

图 5-12　所需文件

操作”选项页。在默认情况下系统自动选择“创建正向查找区域”。如果用户所设置的网络也是小型网络，则可以保持默认选项并单击“下一步”按钮继续，如图 5-13 所示。

6）打开“主服务器位置”选项页，如果所部署的 DNS 服务器是网络中的第一台 DNS 服务器，则应该保持“这台服务器维护该区域”单选按钮的选中状态，并将该 DNS 服务器作为主 DNS 服务器使用，然后单击“下一步”按钮。

7）打开“区域名称”选项页，如图 5-14 所示，在“区域名称”文本框中输入一个区域名称（如“cqccet. com”），然后单击“下一步”按钮。

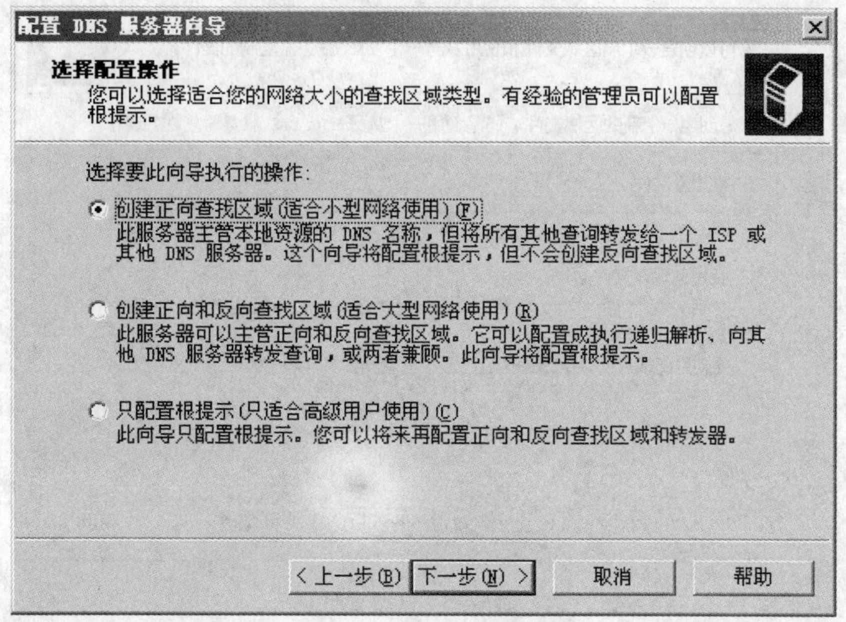

图 5-13　选择配置操作

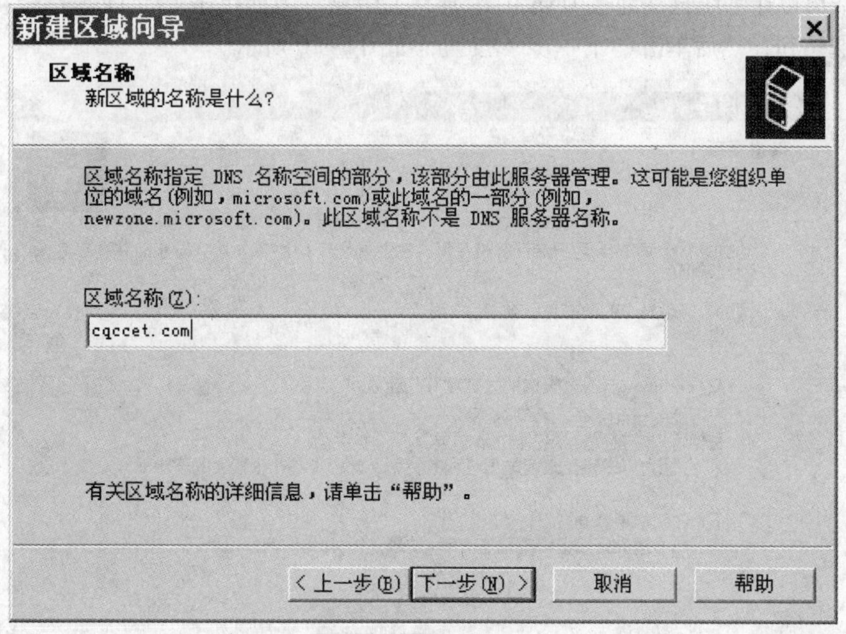

图 5-14　区域名称

8）设置完区域名称后，在打开的“区域文件”选项页中已经根据区域名称默认填入了一个文件名。该文件是一个 ASCII 文本文件，里面保存着该区域的信息，默认情况下保存在“windows \ system32 \ dns”文件夹中。保持默认值不变，然后单击“下一步”按钮，如图 5-15 所示。

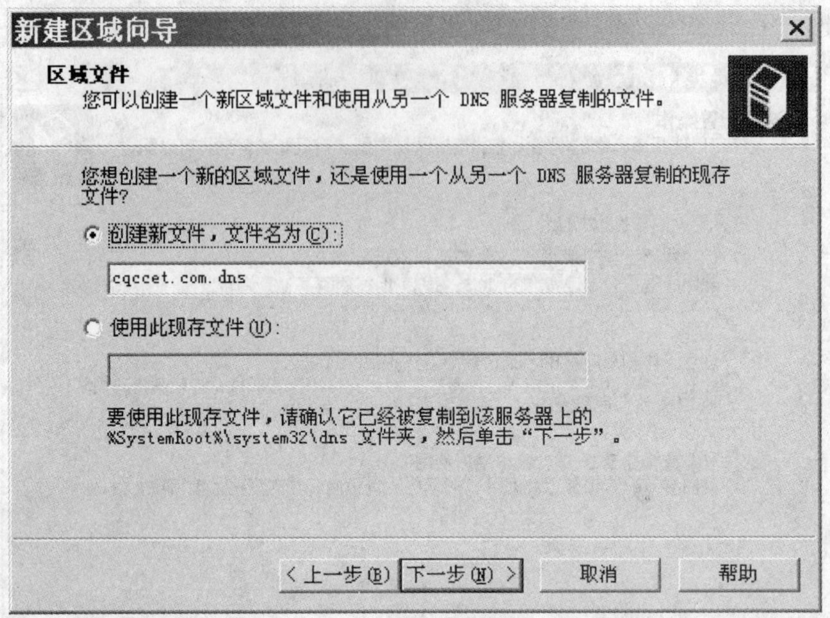

图 5-15　区域文件

9）在打开的“动态更新”选项页中指定该 DNS 区域能够接受的注册信息更新类型。允许动态更新可以让系统自动地在 DNS 中注册有关信息，因此单击“允许非安全和安全动态更新”单选按钮，然后单击“下一步”按钮，如图 5-16 所示。

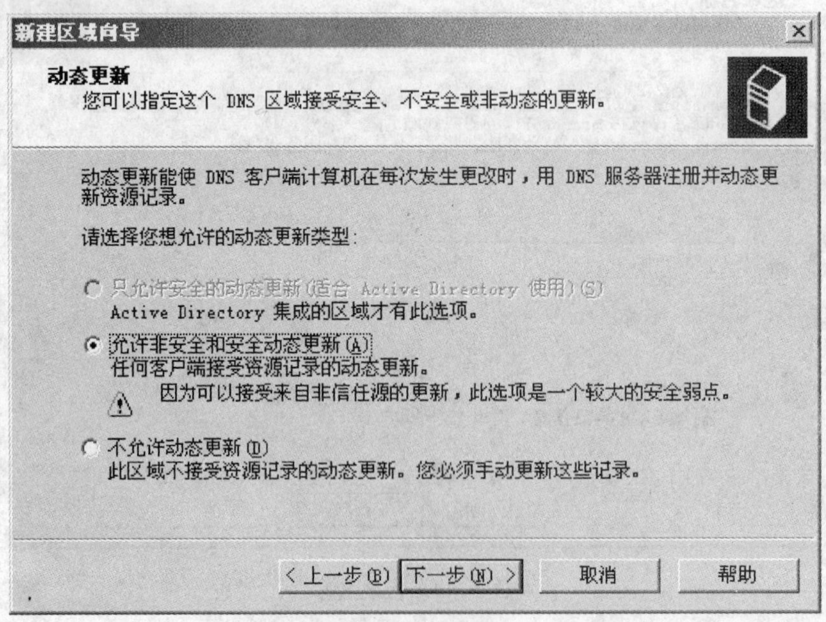

图 5-16　动态更新

10）打开“转发器”选项页，保持“是，应当将查询转发到有下列 IP 地址的 DNS 服务器上”单选按钮的选中状态。在 IP 地址文本框中输入 ISP（或上级 DNS 服务器）提供的 DNS 服务器 IP 地址，然后单击“下一步”按钮，如图 5-17 所示。

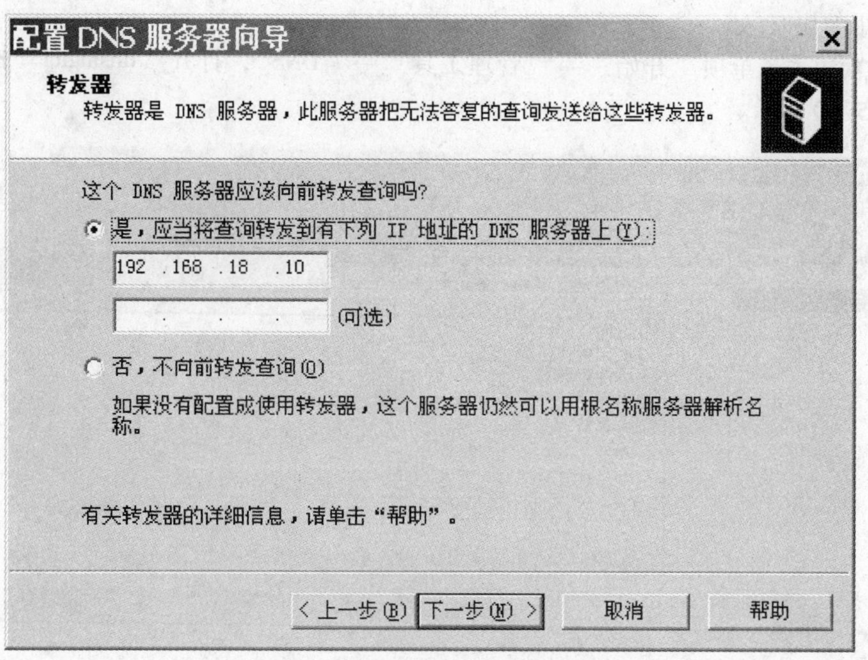

图 5-17　转发器

11）单击“完成”按钮结束“cqccet. com”区域的创建和 DNS 服务器的安装配置过程，如图 5-18 所示。

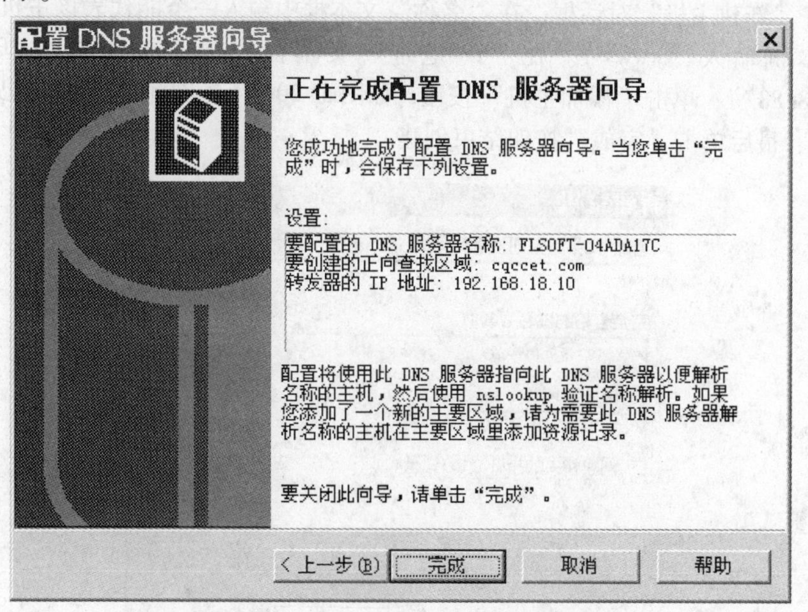

图 5-18　完成配置 DNS 服务器向导

3. 创建域名

现在已经成功创建了“cqccet. com”区域，可是内部用户还不能使用这个名称来访问内部站点，因为它还不是一个合格的域名。接下来还需要在其基础上创建指向不同主机的域名才能提供域名解析服务。同时还得创建一个用以访问 Web 站点的域名“www. cqccet. com”，具体操作步骤如下。

1）依次单击菜单项“开始”→“管理工具”→“DNS”，打开“dnsmgmt”控制台窗口，如图5-19所示。

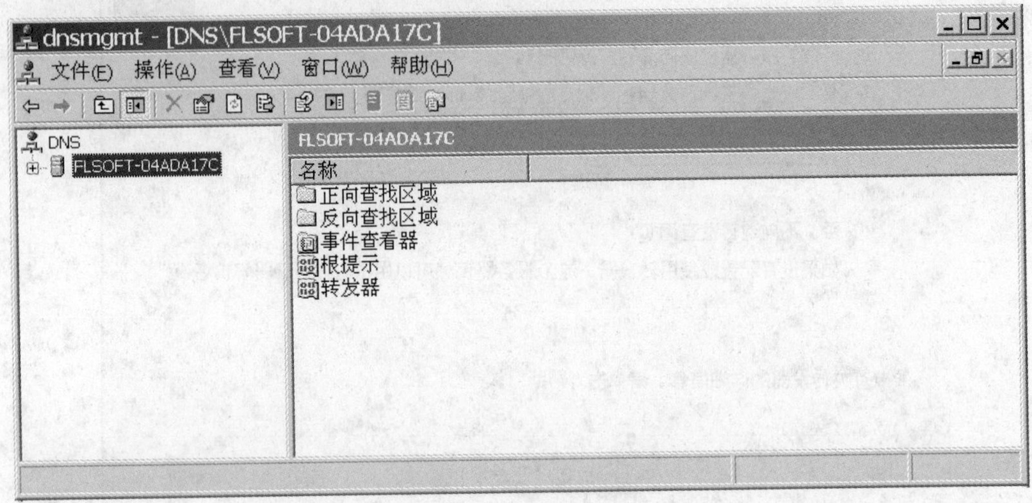

图5-19 “dnsmgmt”控制台

2）在左窗格中依次展开目录“ServerName”→“正向查找区域”。然后用鼠标右键单击“cqccet. com”区域，选择快捷菜单中的“新建主机”命令。

3）打开“新建主机”对话框，在“名称”文本框中输入一个能代表该主机所提供服务的名称（本例输入“www”）。在“IP 地址”文本框中输入该主机的 IP 地址（如“192. 168. 18. 88”），单击“添加主机”按钮，如图5-20所示。很快就会提示已经成功创建了主机记录，最后单击“完成”按钮结束创建。

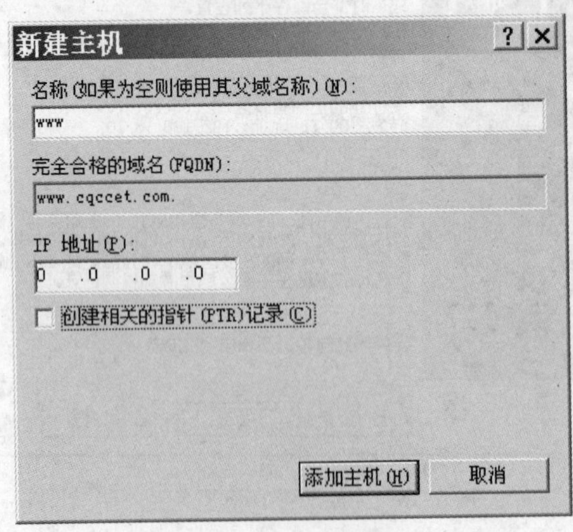

图5-20 新建主机

4. 设置 DNS 客户端

尽管 DNS 服务器已经创建成功，并且也创建了合适的域名，可是在客户机的浏览器中却无法使用“www. cqccet. com”这样的域名访问网站。这是因为虽然已经有了 DNS 服务器，但客户机并不知道 DNS 服务器在哪里，因此不能识别用户输入的域名。用户必须手动设置 DNS 服务器的 IP 地址才行。在客户机的“Internet 协议（TCP/IP）属性”对话框中的“首选 DNS 服务器”文本框中输入刚刚部署的 DNS 服务器的 IP 地址（本例为“192. 168. 18. 100”），如图 5-21 所示。

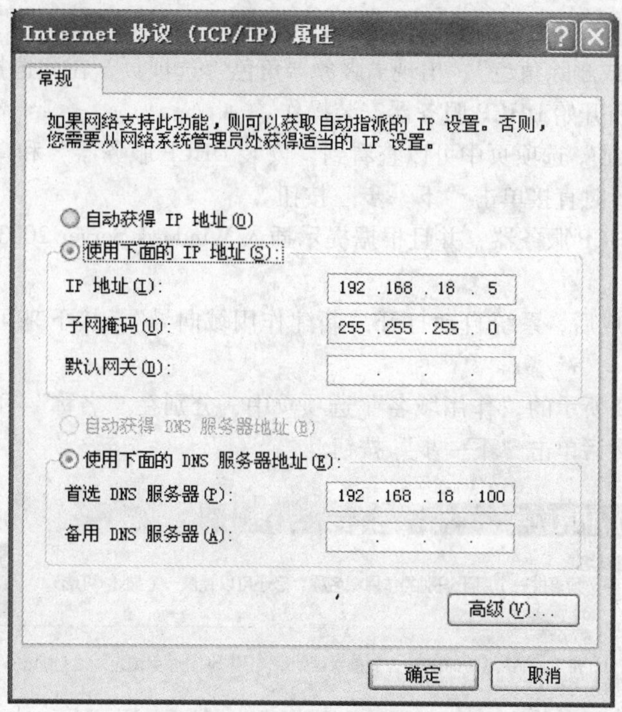

图 5-21　设置 IP

然后再次使用域名访问该网站，就会发现已经可以正常访问了。

5.3.2　动态主机配置协议（DHCP）

两台连接到互联网上的计算机相互之间进行通信，必须有各自的 IP 地址，但由于现在的 IP 地址资源有限，网络运营商不能做到给每个用户都分配一个固定的 IP 地址（所谓固定 IP 地址就是即使在某用户不上网的时候，别人也不能用这个 IP 地址，这个资源一直被这一个用户所独占），所以要采用 DHCP 方式对需要网络服务的用户进行临时的地址分配。也就是当用户需要时，DHCP 服务器才从地址池里临时分配一个 IP 地址给用户，每次分配的 IP 地址可能会不一样，这跟当时 IP 地址资源有关。当用户下线的时候，DHCP 服务器可能就会把这个地址分配给之后上线的其他用户。这样就可以有效地节约 IP 地址，既保证了用户的通信，又提高了 IP 地址的使用率。

在一个使用 TCP/IP 的网络中，每一台计算机都必须至少有一个 IP 地址，才能与其他计算机通信。为了便于统一规划和管理网络中的 IP 地址，动态主机配置协议（Dynamic Host Configure Protocol，DHCP）应运而生了。这种网络服务有利于对网络中的客户机 IP 地址进行有效管理，而不需要每一个都手动指定 IP 地址。

如果原服务器在域控制器安装时没有安装 DHCP 服务器，则可以在安装好域控制器后另外安装、配置 DHCP 服务器。在 Windows 服务器系统中配置 DHCP 服务器比较简单、直观，因为都是通过图形界面的方式进行，与其它服务器的配置方法一样，所以也很容易理解。本配置方法同样适用于 Windows 2000 Server 家庭系统的 DHCP 服务器配置。

1）打开“管理您的服务器”窗口。选择菜单项“开始”→“程序”→“管理工具”→“管理您的服务器”，出现“管理您的服务器”窗口。

2）单击“添加或删除角色”，出现“服务器角色”选项页，在此选择“DHCP 服务器”，单击“下一步”按钮开始 DHCP 服务器安装操作。

3）在“选择总结”选项页中可以查看到“安装 DHCP 服务器”和“运行新建作用域向导来配置”信息，此时直接单击“下一步”按钮。

4）开始安装 DHCP 服务器，并且根据提示插入 Windows Server 2003 的安装光盘或指定源文件。

5）组件安装完成后，系统自动打开“新建作用域向导”，接下来可在向导的帮助下创建新的作用域。

6）在如图 5-22 所示的“作用域名”选项页中，分别在“名称”和“描述”文本框中输入相应的内容，然后单击“下一步”按钮。

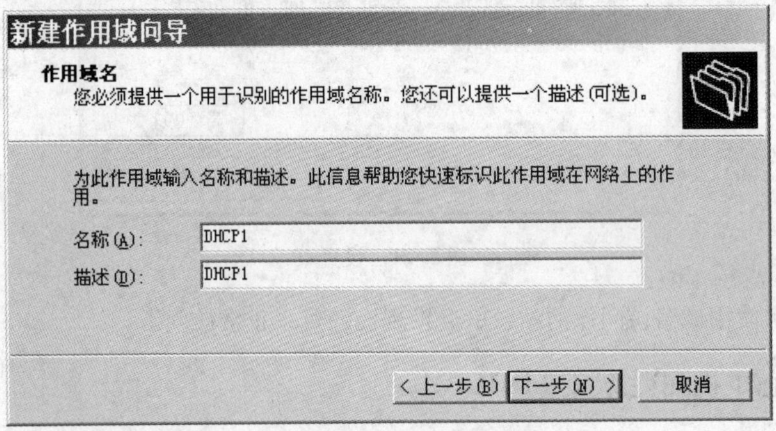

图 5-22　作用域名

7）打开如图 5-23 所示的“IP 地址范围”选项页，在“起始 IP 地址”文本框中输入“192. 168. 18. 88”，在“结束 IP 地址”文本框中输入“192. 168. 18. 158”。“长度”微调框用于设置子网使用的位数，例如，长度为 24 代表子网掩码为“255. 255. 255. 0”，长度为 16 代表子网掩码为“255. 255. 0. 0”。单击“下一步”按钮继续。

8）打开如图 5-24 所示的“添加排除”选项页。在这个选项页中要求指定要排除的 IP 地址。排除的 IP 地址就是不用于自动分配的 IP 地址。在一个子网中，通常域控制器的 IP 地址是静态配置的，而且通常采用子网中第一个可用 IP 地址，所以在本例中只排除第一个 IP 地址 192. 168. 18. 88（如果有其他服务器要采用静态 IP 地址，则也需排除在外，否则会引起 IP 地址冲突）。单击“下一步”按钮继续。

9）打开“租约期限”选项页，如图 5-25 所示。在这个选项页中要求指定这些 IP 地址

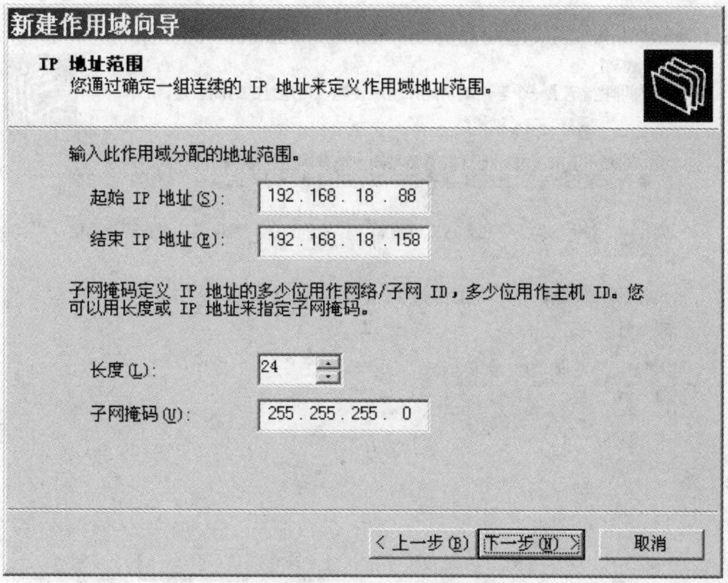

新建作用域向导

IP 地址范围
您通过确定一组连续的 IP 地址来定义作用域地址范围。

输入此作用域分配的地址范围。

起始 IP 地址(S): 192.168.18.88

结束 IP 地址(E): 192.168.18.158

子网掩码定义 IP 地址的多少位用作网络/子网 ID，多少位用作主机 ID。您可以用长度或 IP 地址来指定子网掩码。

长度(L): 24

子网掩码(U): 255.255.255.0

< 上一步(B)　下一步(N) >　取消

图 5-23　IP 地址范围

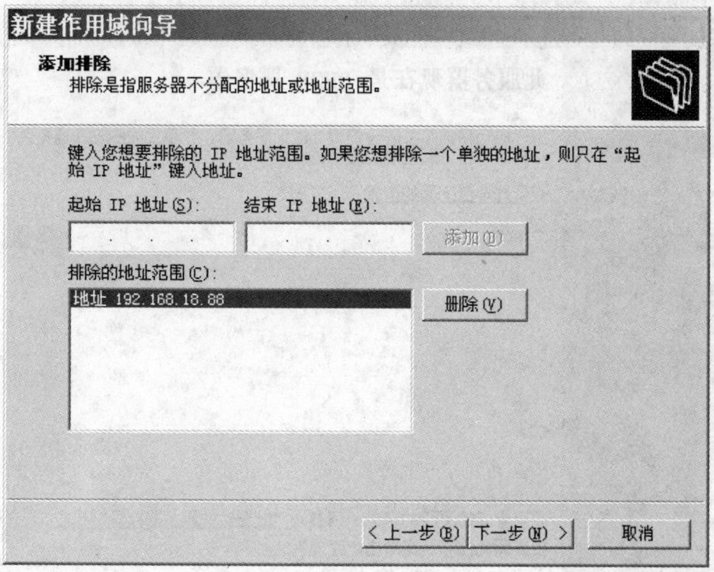

新建作用域向导

添加排除
排除是指服务器不分配的地址或地址范围。

键入您想要排除的 IP 地址范围。如果您想排除一个单独的地址，则只在“起始 IP 地址”键入地址。

起始 IP 地址(S):　结束 IP 地址(E):

添加(D)

排除的地址范围(C):

地址 192.168.18.88

删除(V)

< 上一步(B)　下一步(N) >　取消

图 5-24　添加排除

一次使用的期限。这通常不用配置，当然如果这台服务器是为那些临时用户而配置的，则可在此限制使用时间。单击“下一步”按钮继续。

10）打开“DHCP 配置选项”选项页。在这个选项页中要求选择是否现在就为 DHCP 配置选项。因为这些选项在 DHCP1 子网中基本无须配置，所以在此单击“否，我想稍后配置这些选项”单选按钮。单击“下一步”按钮继续。

11）打开“正在完成新建作用域向导”对话框，即完成“新建作用域”向导。单击“完成”按钮后返回到“管理您的服务器向导”对话框，随后系统会弹出如图 5-26 所示的完成向导对话框。单击“完成”按钮就完成 DHCP 服务器角色配置了。

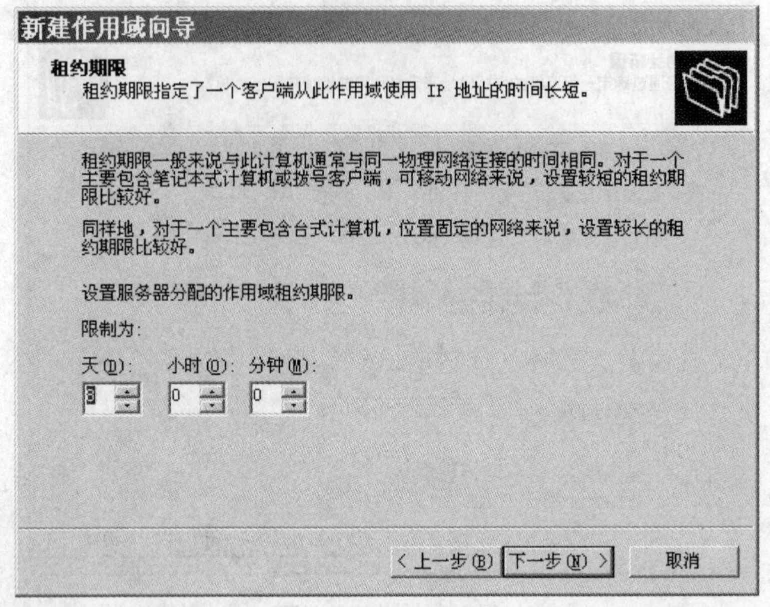

图 5-25　租约期限

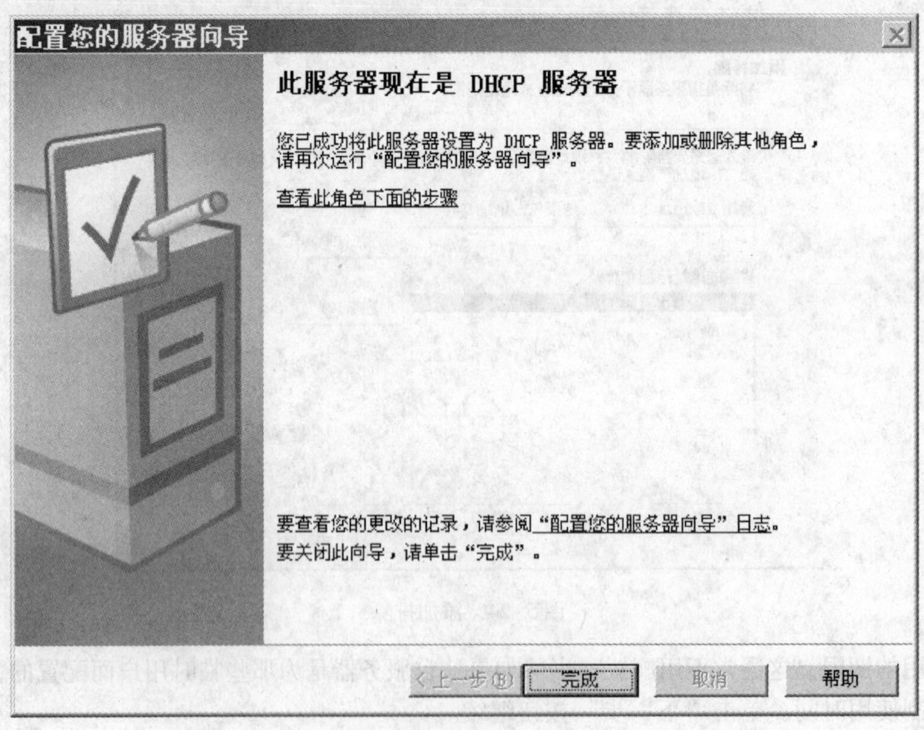

图 5-26　完成向导

5.3.3　Windows 网际名称服务（WINS）

Windows 网际名称服务（Windows Internet Name Service，WINS）为 NetBIOS 名称提供名称注册、更新、释放和转换服务，这些服务允许 WINS 服务器维护一个将 NetBIOS 名链接到 IP 地址的动态数据库，大大减轻了网络的负担。

在默认状态中，网络上的每一台计算机的 NetBIOS 名称是通过广播的方式来进行更新的，也就是说，假如网络上有 n 台计算机，那么每一台计算机就要广播 $n-1$ 次，对于小型网络来说，这似乎并不影响网络传输，但是对大型网络来说，这会加重网络的负担。因此，WINS 对大中型企业来说尤其重要。

1. WINS 的工作过程

WINS 服务器和客户机的交互运行分成 4 个步骤：名称注册、名称更新、名称释放、名称查询。

当一个客户机启动时，它向所配置的 WINS 服务器发送一个名称注册信息（包括了客户机的 IP 地址和计算机名），如果 WINS 服务器的数据库中没有其他客户机注册的相同的名称，服务器就向客户机返回一个成功注册的消息及名称注册的存活期限。如果名称已经被其他计算机注册了，WINS 服务器将会验证该名称是否正在使用，如果该名称正在使用则注册失败。

WINS 服务器对客户机的名称注册是临时的，有一定的使用期限。当使用期限到达之前，客户机必须向服务器发出请求进行更新。在客户机正常关机时，WINS 客户机向 WINS 服务器发送一个名称释放的请求，以请求释放其映射在 WINS 服务器数据库中的 IP 地址和 NetBIOS 名称。如果客户机没有正常关闭，WINS 服务器不知道其名称已经被释放，则该名称将不会失效，直到 WINS 名称注册记录过期。

客户机为了访问其他计算机的共享资源，可能需要 WINS 服务器解析对方计算机名。它会直接向 WINS 服务器发送名称查询解析请求，WINS 服务器收到请求后，查找数据库中 NetBIOS 名称和 IP 地址的对应关系，并把 IP 地址返回给客户机。

2. 安装 WINS

1）打开“管理您的服务器”窗口。选择菜单项“开始“→“程序”→“管理工具”→“管理您的服务器”，即出现“管理您的服务器”窗口。

2）单击“添加或删除角色”，即可出现“服务器角色”选项页，在此选择“WINS 服务器”，单击“下一步”按钮开始 WINS 服务器安装操作。

3）开始安装 WINS 服务器，并且根据提示插入 Windows Server 2003 的安装光盘或指定源文件。

4）WINS 服务器安装完成后自动弹出“此服务器现在是 WINS 服务器”的页面，表示 WINS 安装成功。

3. 配置和测试客户端

1）用鼠标右键单击“网上邻居”图标，在弹出的快捷菜单中选择“属性”命令。

2）在打开的“TCP/IP 属性”对话框中，单击“WINS 配置”选项卡。

3）在“WINS 配置”选项卡中，单击“启用 WINS 解析”单选按钮，然后在“WINS 服务器搜索顺序”文本框后单击“添加”按钮，此时就可以将 WINS 服务器的 IP 地址添加进去。单击“确定”按钮退出，然后重新启动计算机设置即可生效。

4）用鼠标右键单击“网上邻居”图标，在弹出的快捷菜单中选择“属性”命令。

5）在打开的“网络和拨号连接”窗口中，右击“本地连接”图标，在弹出的快捷菜单中选择“属性”命令。

6）双击“本地连接属性”对话框中的“Internet 协议（TCP/IP）”。

7）在弹出的“Internet 协议（TCP/IP）属性”对话框中，单击“高级”按钮。

8）在“高级 TCP/IP 设置”对话框中，单击“WINS”选项卡，然后单击“WINS 地址”列表框下面的“添加”按钮，就可以将 WINS 服务器的 IP 地址添加进去。单击“确定”按钮退出，无须重新启动计算机设置即可生效。

5.4 应用服务器的架设

5.4.1 Web 服务器的架设

Internet 信息服务（Internet Information Services，IIS），实际上是一组以 TCP/IP 为基础的服务，它们都运行在相同的系统上，但在功能上彼此还是不同的。IIS 具有不同的 Internet 的功能，以满足人们不同方面的需要。

1. 安装 IIS

安装 IIS 之前，需要先安装 TCP/IP 和连接工具，并且系统还应该包括以下几点内容。

1）静态 IP 地址（不是由 DHCP 动态分配的 IP 地址）。

2）部署一台 DNS 服务器，如果为站点注册了一个域名，用户就可以在浏览器中键入该站点的域名，然后就可以浏览该网站了。

3）为了 IIS 服务器具有更好的安全性配置，需要把驱动器格式化为 NTFS。

在 Windows 2003 中，安装 IIS 有 3 种途径：利用“管理您的服务器”向导、利用控制面板中“添加或删除程序”的“添加/删除 Windows 组件”功能和执行无人值守安装。

IIS 安装的具体步骤如下。

① 选择控制面板中的“添加/删除程序”→“添加/删除 Windows 组件”，系统弹出“Windows 组件向导”对话框。在组件列表中选择“应用程序服务器”，再单击“详细信息”，弹出如图 5-27 所示的“应用程序服务器”对话框，选中“Internet 信息服务（IIS）”子组件。

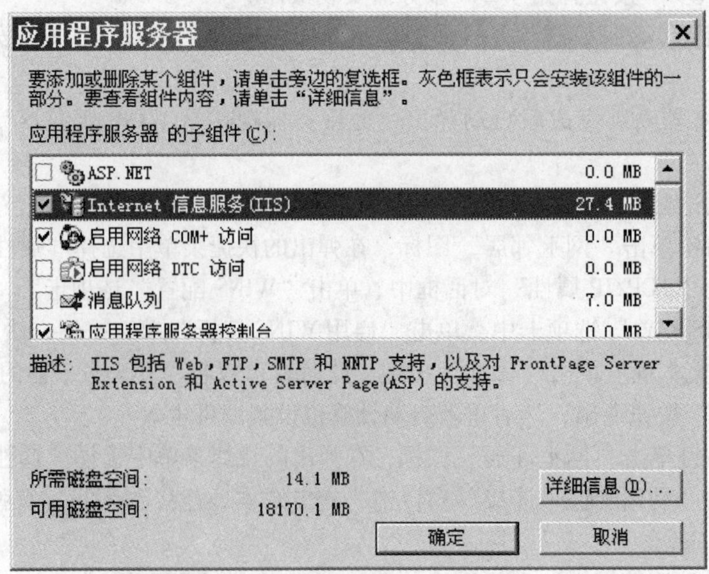

图 5-27 选择 Internet 信息服务

② 单击图5-27中的“详细信息”按钮，弹出如图5-28所示的“万维网服务”对话框，选择子组件“公用文件”、“万维网服务”和“文件传输协议服务”。

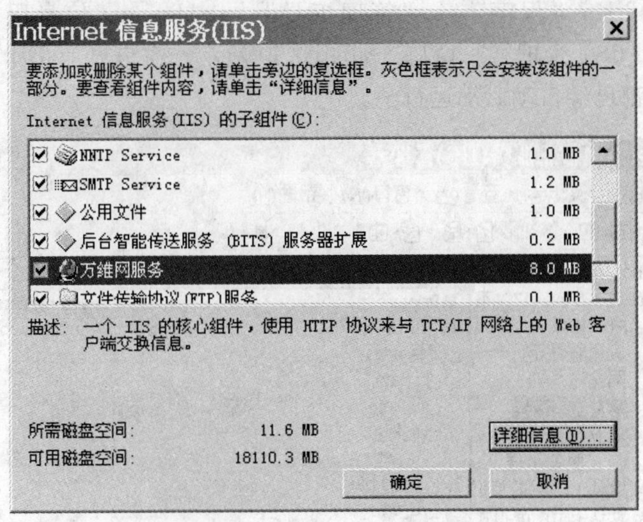

图5-28 选择万维网服务

③“万维网服务的子组件”中包括许多重要的子组件，如”Active Server Pages“和”远程管理（HTML）“，如图5-29所示。

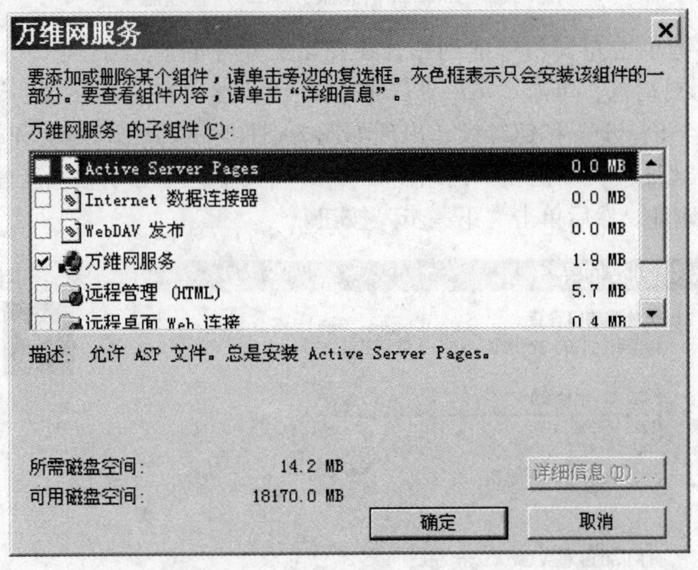

图5-29 选择 Active Server Pages

④ 选中需要的子组件后，单击“确定”按钮，然后单击“下一步”按钮，IIS 6.0即开始安装。安装结束后在“完成 Windows 组件向导”对话框中，单击“完成”按钮即可。完成安装后，系统在“开始”→“程序”→“管理工具”程序组中会添加“Internet 信息服务管理器”，此时服务器的WWW、FTP等服务会自动启动。

注意，有时设置好 Windows 2003 Server 的服务器之后，WWW、FTP等服务仍不可用，这是因为与系统自身的防火墙设置有关，注意，有时设置好 Windows 2003 Server 服务器之后，WWW、FTP 等服务仍不可用，这时要检系统防火墙是否设置正确。

2. 新建 Web 站点

1）选择“开始”→“程序”→“管理工具”→“Internet 信息服务管理器”，打开“Internet 信息服务（IIS）管理器”窗口，如图 5-30 所示，窗口显示此计算机已经安装好的 Internet 服务，而且都已经自动启动运行了。

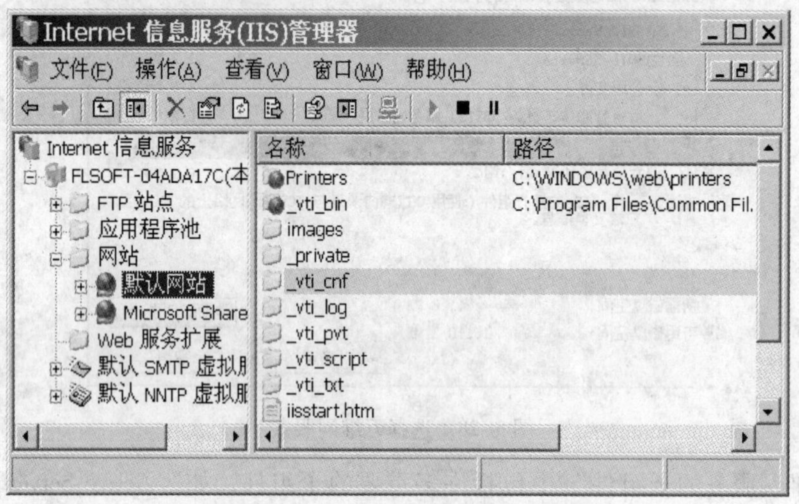

图 5-30 Internet 信息服务（IIS）管理器

2）用鼠标右键单击左窗格中的网站，在弹出菜单中选择“新建”→“网站”，出现“网站创建向导”对话框，单击“下一步”按钮继续。然后在“网站说明”文本框中输入说明文字，单击“下一步”按钮继续，出现如图 5-31 所示的“IP 地址和端口设置”选项页，在“网站 IP 地址”文本框和“网站 TCP 端口”文本框中分别输入新建 Web 站点的 IP 地址和 TCP 端口地址。然后单击“下一步”按钮。

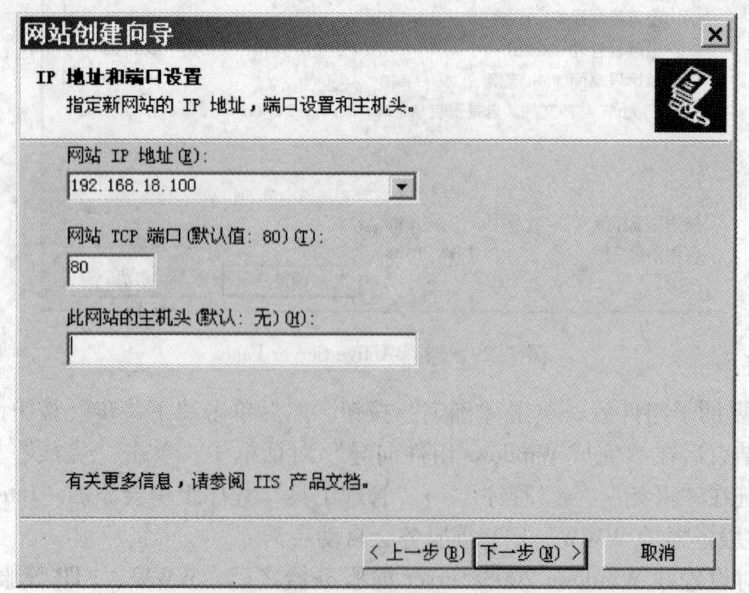

图 5-31 IP 地址和端口设置

3）在打开的对话框中输入站点的主目录路径（如c:\2010），然后单击“下一步”按钮。

4）在图5-32所示的“网站访问权限”选项页中设置Web站点的访问权限，一般要选择“读取”选项，但为了支持脚本语言（如ASP），还需选择“运行脚本”选项。同时为保证网站安全，建议不要选择“写入”选项。单击“下一步”按钮完成设置。

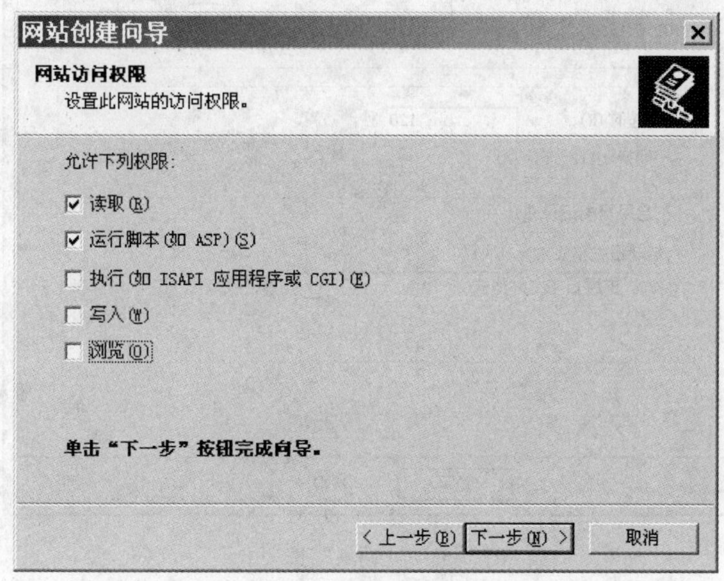

图5-32　网站访问权限

3. 配置Web站点

Web站点建立好之后，可以通过“Microsoft管理控制台”来进一步管理及设置Web站点，站点管理工作既可以在本地进行，也可以通过远程进行。选择“开始”→“程序”→“管理工具”→“Internet信息服务管理器”，打开“Internet信息服务（IIS）管理器”窗口，在所管理的网站上，用鼠标右键单击“属性”菜单项，进入该站点的“属性”（本例为“myapp属性”）对话框。

（1）“网站”选项卡

“网站”的选项卡上主要设置标识参数、连接和启用日志记录，如图5-33所示，主要有以下内容。

① 描述：在文本框中输入对该站点的说明文字，用它表示站点名称。这个名称会出现在IIS的树状目录中，通过它来识别站点。

② IP地址：设置此站点使用的IP地址，如果架构此站点的计算机中设置了多个IP地址，则可以选择对应的IP地址。若站点要使用多个IP地址或与其他站点共用一个IP地址，则可以通过“高级”按钮进行设置。

③ TCP端口：确定正在运行的服务的端口。

④ 连接：“连接超时”设置服务器断开未活动用户的时间；“保持HTTP连接”允许客户保持与服务器的开放连接，而不是使用新请求逐个重新打开客户连接，禁用则会降低服务器性能，默认为激活状态。

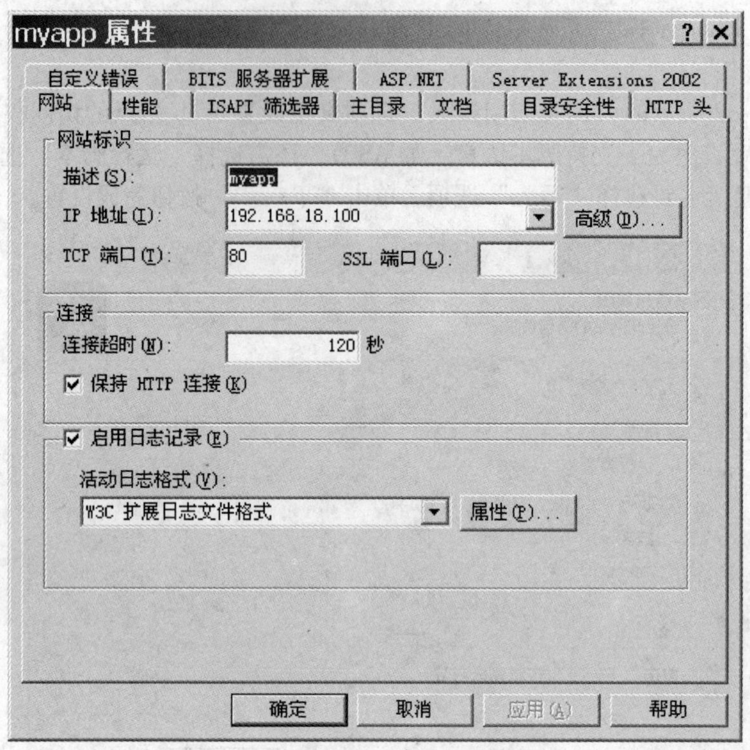

图 5-33 “网站”选项卡

⑤ 启用日志记录：表示要记录用户活动的细节，在“活动日志格式”下拉列表框中可选择日志文件使用的格式。单击“属性”按钮可进一步设置记录用户信息时所要包含的内容，如用户 IP 地址、访问时间、服务器名称等。默认的日志文件保存在\Windows\system32\LogFiles 子目录下。同时应注重日志功能的使用，通过日志可以监视访问本服务器的用户等，对不正常的连接和访问应加以监控和限制。

(2)“主目录”选项卡

“主目录”选项卡可以设置网站所提供的内容的来源、访问权限以及应用程序在此站点的执行许可，如图 5-34 所示。

网站的内容中包含各种给用户浏览的文件，如 HTML 文件、ASP 程序文件等，这些数据必须指定一个目录来存放。

① 本地计算机上的目录：表示站点内容来自本地计算机。

② 另一台计算机上的共享目录：站点的数据可以放在局域网上其他计算机中的共享目录中，注意要在“网络目录”文本框中输入其路径，并按“连接为”按钮，设置有权访问此资源的域用户帐号和密码。

③ 重定向到 URL（U）：表示将连接请求重新定向到其他的网络资源上，如某个文件、目录、虚拟目录或其他的站点等。选择此项后，在“重定向到”文本框中输入上述网络资源的 URL 地址。

④ 执行权限：设置对该站点或虚拟目录资源进行何种级别的程序执行。“无”只允许访问静态文件，如 HTML 或图像文件；“纯脚本”只允许运行脚本，如 ASP 脚本；“脚本和可

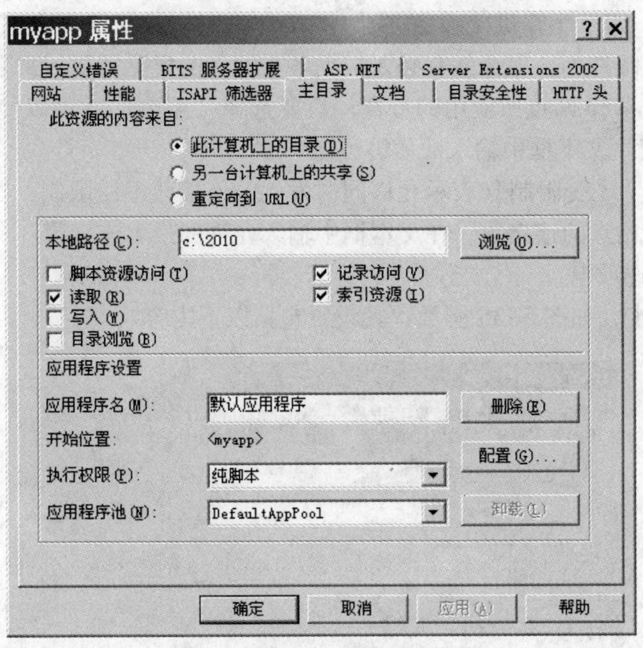

图 5-34　“主目录”选项卡

执行程序”可以访问或执行各种文件类型，如服务器端存储的 CGI 程序。

⑤ 应用程序池：选择运行应用程序的保护方式。可以与 Web 服务在同一进程中运行（低），也可以与其他应用程序在独立的共用进程中运行（中），或者在与其他进程不同的独立进程中运行（高）。

（3）“性能”选项卡

“性能”选项卡，如图 5-35 所示，其设置包括以下内容。

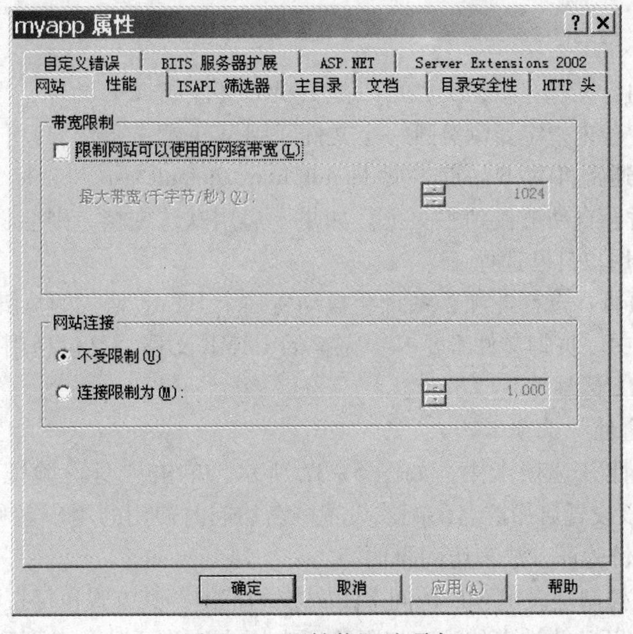

图 5-35　“性能”选项卡

① 带宽限制：如果计算机上设置了多个 Web 站点，或是还提供其他的 Internet 服务，如文件传输、电子邮件等，那么就有必要根据各个站点的实际需要，来限制每个站点可以使用的带宽。要限制 Web 站点所使用的带宽，只要选择“限制网站可以使用的网络带宽”选项，在“最大带宽”文本框中输入数值即可。

② 网站连接：“不受限制”表示允许同时发生的连接数不受限制；“连接限制为”表示限制同时连接到该站点的连接数，在文本框中输入允许的最大连接数。

(4)“文档”选项卡

“文档”选项卡，如图 5-36 所示，其设置包括以下内容。

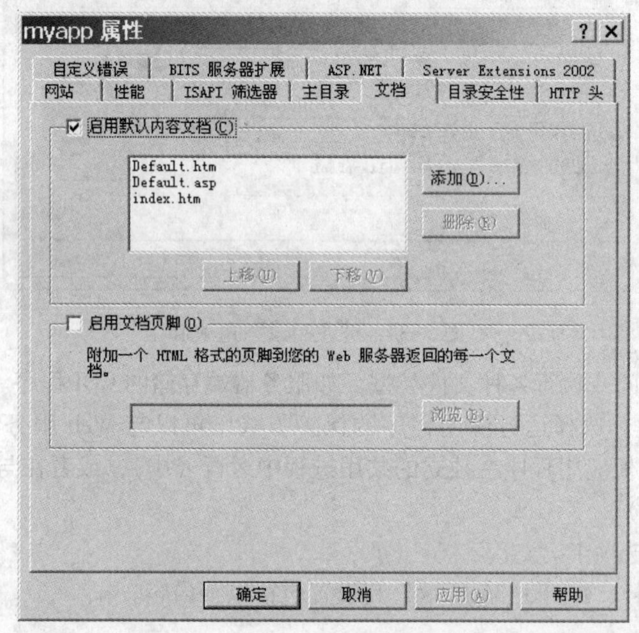

图 5-36 “文档”选项卡

① 启动默认内容文档：默认文档可以是 HTML 文件或 ASP 文件。当用户通过浏览器链接至 Web 站点时，若未指定要浏览哪一个文件，则 Web 服务器会自动传送该站点的默认文档供用户浏览，如通常将 Web 站点主页 default. htm、default. asp 和 index. htm 设为默认文档，当浏览 Web 站点时会自动链接到主页上。如果不启用默认文档，则会将整个站点内容以列表形式显示出来让用户自己选择。

② 启用文档页脚：选择此项，系统会自动将一个 HTML 格式的页脚附加到 Web 服务器所发送的每个文档中。页脚文件不是一个完整的 HTML 文档，只包括用于格式化页脚内容、外观和功能的 HTML 标签。

(5)“目录安全性”选项卡

在“目录安全性”选项卡中，如图 5-37 所示，单击“身份验证和访问控制”中的“编辑”按钮，可以设置启用匿名访问或设置匿名访问时使用的用户名和密码。另外还可以设置以什么样的身份验证方法来访问页面。

IP 地址和域名控制是设定客户访问 FTP 站点的范围，其方式包括授权访问和拒绝访问。

① 授权访问：开放此站点的访问权限给所有用户，并可以在“下列地址例外”列表框

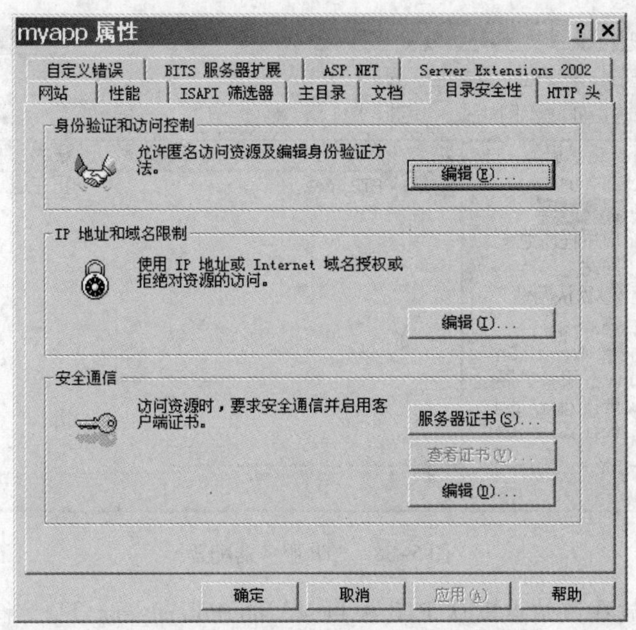

图 5-37 “目录安全性”选项卡

中加入不受欢迎的用户 IP 地址。

② 拒绝访问：不开放此站点的访问权限，默认所有人不能访问该站点，在“下列地址例外”列表框中加入允许访问此站点的用户 IP 地址，使它们具有访问权限。

合理地设置“授权访问”和“拒绝访问”可以有效地提高 WWW 服务器的安全，当服务器只供内部用户使用时，设置适当的“授权访问”IP 地址列表，可以保护服务器不受外部的攻击。

5.4.2 FTP

文件传输协议（File Transfer Protocol，FTP）是用来在客户机和服务器之间实现文件传输的标准协议，它使用客户/服务器模式，客户程序把客户的请求告诉服务器，并将服务器返回的结果显示出来。而服务器端进行真正的工作，如存储、发送文件等。

在组建 Intranet 时，如果打算提供文件传输功能，即网络用户可以从特定的服务器上下载文件，或者向该服务器上传数据，则需要配置支持文件传输的 FTP 服务器。Microsoft IIS 提供了架构 FTP 服务器所需的功能，因此在 Windows Server 2003 中配置 FTP 服务器同样需要安装 IIS。IIS 的安装过程可参见 5.4.1 节内容。

1. 设置 FTP 站点

FTP 服务器安装好后，在服务器上有专门的目录供网络用户访问，同时它可以存储下载文件、接收上传文件，合理设置站点有利于提供安全、方便的服务。

选择“开始”→“程序”→“管理工具”→“Internet 服务管理器”，打开“Internet 信息服务（IIS）管理器”窗口，如图 5-38 所示，此计算机已经安装好各种 Internet 服务，而且都已经自动启动运行，其中有一个是默认 FTP 站点。

2. 设置 IIS 默认的 FTP 站点

建立 FTP 站点最快的方法，就是直接利用 IIS 默认建立的 FTP 站点。把可供下载的相关

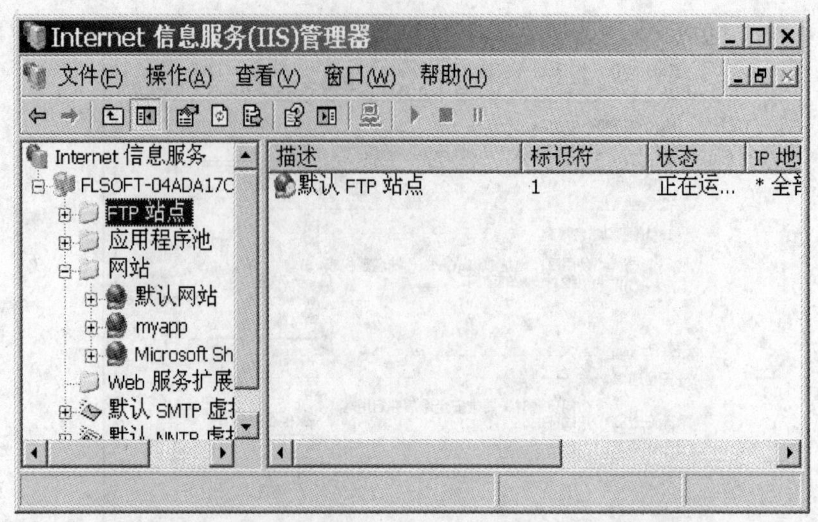

图 5-38 FTP 服务器配置

文件，分门别类地放在该站点默认 FTP 根目录\InterPub\ftproot 下。当然如果在安装时将 FTP 的默认根目录设置成其他的目录，需要将这些文件放到所设置的目录中。

例如，可以直接使用 IIS 默认建立的 FTP 站点，将可供下载的文件直接放在默认根目录下，完成这些操作后，打开客户机浏览器，在地址栏中输入 FTP 服务器的 IP 地址（如 192.168.18.100）或主机的名字（前提是 DNS 服务器中有该主机的记录），就可以以匿名的方式登录到 FTP 服务器，并可以根据权限的设置进行文件的上传或下载。

3. 添加及删除站点

IIS 允许在同一台计算机上同时架构多个 FTP 站点，添加站点时，先在图 5-36 中的左窗格中选择“FTP 站点”，再选择菜单项“操作”→“新建”→“FTP 站点”，便会运行 FTP 安装向导，向导会要求输入新站点的 IP 地址、TCP 端口、存放文件的主目录路径（即站点的根目录），还会要求设置访问权限。除了主目录路径一定要指定外，其余设置可保持默认设置。

删除 FTP 站点时，先选取要删除的站点，再执行“删除”命令即可。一个站点若被删除，只是该站点的设置被删除，而该站点下的文件还是存放在原先的目录中，并不会被删除。

FTP 站点建立好之后，可以通过“Microsoft 管理控制台”进一步来管理、设置 FTP 站点，站点管理工作既可以在本地进行，也可以通过远程管理进行。

4. FTP 配置

选择“开始”→“程序”→“管理工具”→“Internet 信息服务管理器”，打开“Internet 信息服务（IIS）管理器”窗口，用鼠标右键单击要管理的 FTP 站点，在弹出的快捷菜单中选择“属性”命令，出现如图 5-39 所示的“默认 FTP 站点属性”对话框。

（1）“FTP 站点”选项卡

① IP 地址：设置此站点的 IP 地址，即本服务器的 IP 地址。如果服务器设置了两个以上的 IP 地址，可以任选一个。FTP 站点可以与 Web 站点共用 IP 地址以及 DNS 名称，但不能设置使用相同的 TCP 端口。

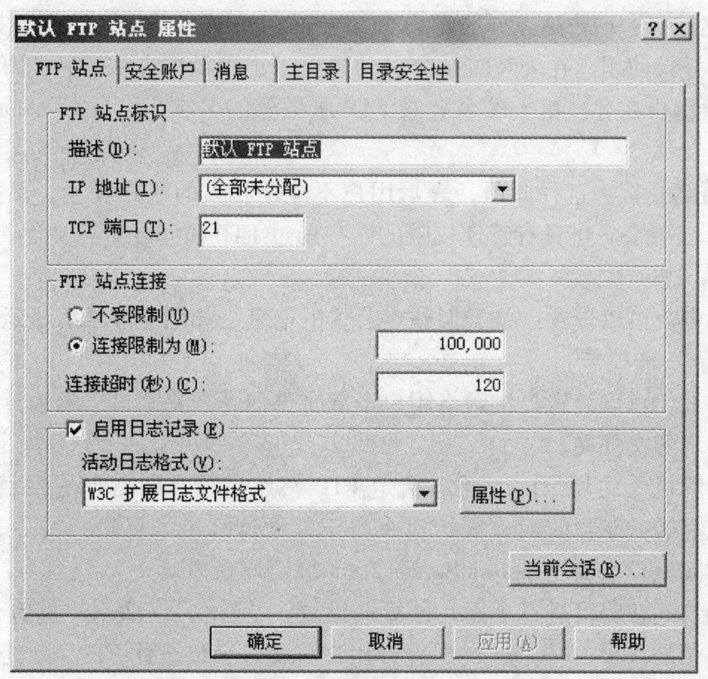

图 5-39　FTP 站点设置

② TCP 端口：FTP 服务器默认使用 TCP 的 21 端口，若更改此端口，则用户在链接到此站点时，必须输入站点所使用的端口，如使用命令“ftp 210. 202. 101. 3：8021”，表示链接到 FTP 服务器的 TCP 端口为 8021。连接限制、连接超时、启动日志等设置可参见 WWW 服务器配置。

（2）“安全账户”选项卡

单击“安全账户”选项卡，出现如图 5-40 所示的对话框。

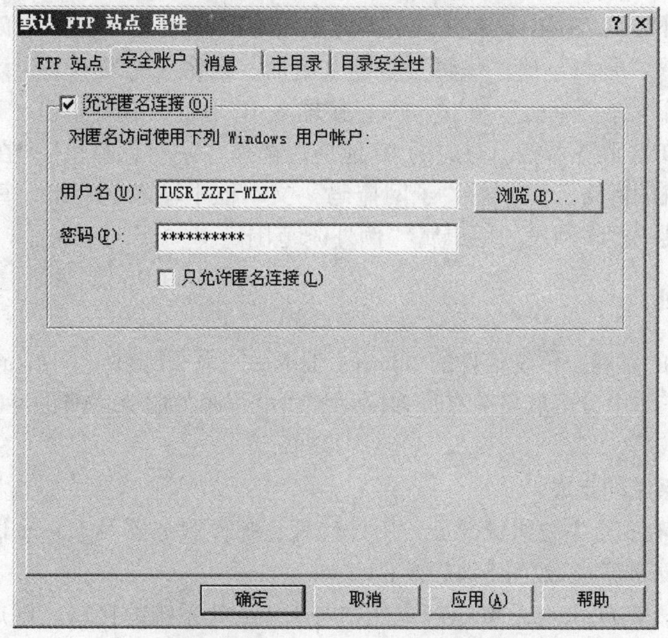

图 5-40　FTP 站点“安全账户”设置

① 允许匿名连接：FTP 站点一般都设置为允许用户匿名登录，除非想限制为只允许服务器的管理用户登录使用。在安装时系统自动建立一个默认匿名账户："IUSR_COMPUTER-NAME"。注意：用户在客户机上匿名登录 FTP 服务器的名字为 "anonymous"，并不是上面给出的名字。

② 只允许匿名连接：选择此项，表示用户不能用私人的账户登录，只能以匿名方式登录 FTP 站点，可以用来防止具有管理权限的账户通过 FTP 访问或更改文件。

(3) "消息" 选项卡

在此选项卡中，可以设置一些类似站点公告的信息，如用户登录后显示的欢迎信息。

(4) "主目录" 选项卡

在此选项卡上，可以设置提供网络用户下载文件的站点是来自于本地计算机，还是来自于其他计算机共享的文件夹。

选择本地计算机上的目录时，还需指定 FTP 站点目录，即站点的根目录所在的路径。选择其他计算机上的共享位置时，需指定来自于其他计算机的目录，按 "连接为" 按钮可设置一个有权访问该目录的 Windows Server 2003 域用户账户。

对于站点的访问权限可进行下面几种复选设置。"读取"，即用户拥有读取或下载此站点上的文件或目录的权限；"写入"，即允许用户将文件上传至此 FTP 站点目录中；"记录访问"，如果此 FTP 站点已经启用了日志访问功能，选择此项，则用户访问此站点文件的行为就会以记录的形式被记录到日志文件中。

(5) "目录安全性" 选项卡

设定客户访问 FTP 站点的范围，其方式为：授权访问和拒绝访问。

① 授权访问：对所有用户开放此站点的访问权限，并可以在 "下列地址例外" 列表框中加入不受欢迎的用户 IP 地址，将它们排除在外。

② 拒绝访问：关闭此站点的访问权限，默认所有用户不能访问该 FTP 站点，同样可以在 "下列地址例外" 列表框中加入允许访问此站点的用户 IP 地址，使它们具有访问权限。

单击 "添加"、"删除" 或 "编辑" 按钮来增加、删除或更改 "下列计算机例外" 列表框中的内容，也可选择 "单机" 模式，即直接输入 IP 地址，或者单击 "DNS 查找" 按钮，输入域名称，让 DNS 服务器找出对应的 IP 地址。选择 "一组计算机"，在 "网络标识" 栏中输入这些计算机的网络标识，在 "子网掩码" 文本框中输入这一组计算机所属子网的子网掩码，即确定某一逻辑网段的用户属 "例外" 范围。

5.4.3 E－mail

随着 Internet 的发展，传统信件的 Internet 版本——电子邮件（E－mail）已经融入到我们的日常生活与工作中，虽然目前有许多网站提供电子邮件服务，但也可以架设属于自已的邮件服务器。

1. E－mail 系统的组成

E－mail 系统有 3 个主要组成部分：用户代理、邮件服务器及 E－mail 使用的协议（如 SMTP、POP3、IMAP 等），如图 5-41 所示。

1) 用户代理（User Agent，UA）：是用户与 E－mail 系统的接口。用户代理使用户能够通过一个很友好的接口来发送和接收邮件。

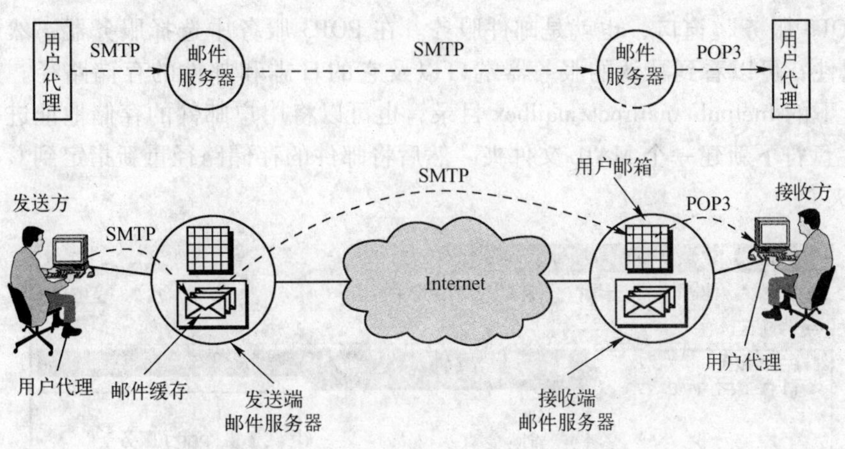

图 5-41　电子邮件（E－mail）系统组成图

2）邮件服务器：是 E－mail 系统的核心部件，邮件服务器的功能就是发送和接收邮件，同时还要向发信人报告邮件传送的情况。

3）E－mail 的协议：即让 Internet 上的不同的操作系统平台、不同的程序实现互通所使用的电子邮件通信的标准，包括 SMTP、POP3、IMAP 等。

2. E－mail 的收发过程

1）发送方调用用户代理来编辑要发送的邮件，用户代理用 SMTP 将邮件传送给发送端邮件服务器。

2）发送端邮件服务器将邮件放入邮件缓存队列中，等待发送。

3）SMTP 按照客户/服务器方式工作。运行在发送端邮件服务器的 SMTP 客户进程，发现在邮件缓存中有待发送的邮件，就向运行在接收端邮件服务器的 SMTP 服务器进程发起 TCP 连接。

4）当 TCP 连接建立后，SMTP 客户进程开始向远程的 SMTP 服务器发送邮件。如果有多个邮件在邮件缓存中，则 SMTP 客户一一将它们发送到远程的 SMTP 服务器。当所有的待发送邮件发送完毕，SMTP 就关闭所建立的 TCP 连接。

3. 安装 POP3 和 SMTP

安装 POP3 时可以通过控制面板中的“添加/删除应用程序组件”→“添加/删除 Windows 组件”来安装 E-mail 服务。在打开的“Windows 组件向导”对话框中的“组件”下的复选框中选择“电子邮件服务”项后，再单击“详细信息”按钮进入“电子邮件服务”对话框，在“电子邮件服务的子组件”复选框中，选择“POP3 服务”和“POP3 服务 WEB 管理”两个子组件，单击“确定”按钮返回“Windows 组件向导”对话框。还需要安装“SMTP”服务，因此在“Windows 组件向导”对话框中的“组件”下的复选框中选择“应用程序服务”和“IIS 信息服务”，单击“详细信息”按钮，在“Internet 信息服务（IIS）”对话框中选择“SMTP 服务”，然后单击“确定”按钮，再单击“下一步”按钮，开始安装相关的两个服务，即 POP 服务和 SMTP 服务。

4. 邮件服务器的配置

(1) 邮件的存储路径

选择“控制面板”→“性能和维护”→“管理工具”→“POP3 服务”，出现如图 5-42

所示的“POP3 服务”窗口，也就是邮件服务。在 POP3 服务中选择服务器，然后选择邮件服务器属性，可以看到默认的服务器端口以及它的日志和邮件的存储路径。其路径默认是系统盘下的 Inetpub/mailroot/mailbox 目录，也可以将用户邮件的存储地址进行重新设定。如在 C 盘符下新建一个 MAIL 文件夹。然后将邮件的存储路径重新指定到 C 盘符下的 MAIL 文件夹。

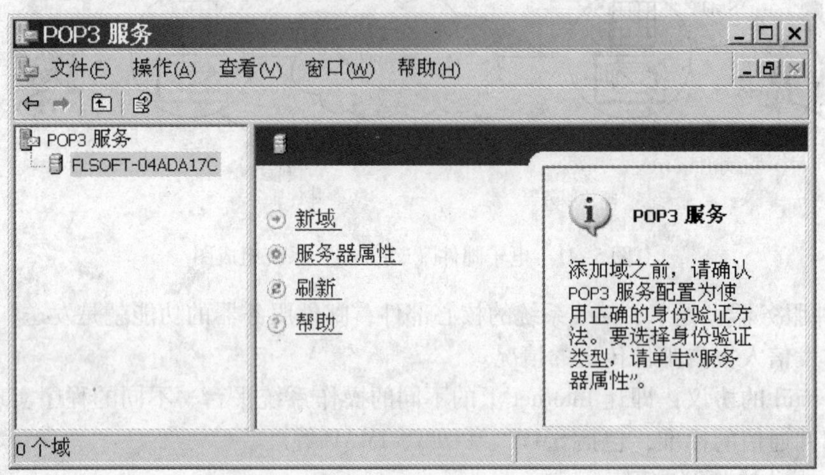

图 5-42 “POP3 服务”窗口

（2）添加邮件服务器的域名

在配置完用户的邮件的存储位置及其验证方式后，就可为这个邮件服务器添加一个域名（也就是邮件服务器的名称是什么）。单击“POP3 服务”窗口中左窗格中的邮件服务器计算机，再单击右窗格中的“新域”，进入“添加域”对话框，在“域名”下的文本框中输入域名，如“tt. com”（也就是邮箱地址的后半部分）。在同一个邮件服务器中还可以添加多个域名。

（3）在邮件服务器上创建邮箱

选择在其中一个邮件服务器上创建邮箱，如在“tt. com”上新建邮箱，同时也可以分别创建一些用户邮箱。用鼠标右键单击“POP3 服务”窗口中左窗格中的本地邮件服务器名下的“tt. com”，并选择快捷菜单中的“新建”→“邮箱…”命令，进入“添加邮箱”对话框，在“邮箱名”的文本框中输入名称（如“tt”），同时注意选择“为此邮箱创建相关联的用户”选项，并输入密码及确认密码。目前的邮件服务器在创建邮箱的同时会自动地为这个用户创建一个用户账号。可以使用此方法创建更多的邮箱，并且可将不同的用户指定到不同的虚拟的邮件服务器上去。

如果在邮件服务中希望创建的某个用户邮箱暂时不能使用，可以在“POP3 服务”窗口中，选择在某个服务器上已经创建的邮箱，然后用鼠标右键单击右窗格中的该邮箱名，然后在弹出的快捷菜单中选择“锁定”命令将此邮箱锁定。

（4）配置 SMTP 服务器

完成 POP3 服务器的配置后，就可以开始配置 SMTP 服务器。选择“开始”→“程序”→“管理工具”→“Internet 信息服务管理器”选项。在“IIS 管理器”对话框中用右键单击“默认 SMTP 虚拟服务器”选项，在弹出的快捷菜单中选择“属性”选项，进入“默认

SMTP 虚拟服务器属性”对话框，单击“常规”选项卡，在“IP 地址”下拉列表框中选择邮件服务器的 IP 地址即可。单击“确定”按钮，这样一个简单的邮件服务器就架设完成了。

完成以上设置后，就可以使用邮件客户端软件连接邮件服务器进行邮件收发工作了，只要在 POP3 和 SMTP 处输入邮件服务器的 IP 地址即可。

(5) 邮件的配置和邮箱是否已经开通的检测

在为用户创建邮箱完后，可以利用 Windows 中的 Outlook Express 6 来检查有关邮件的配置和邮箱是否已经开通。启动 Outlook Express 6，在 Outlook Express 6 中可以单击“工具”菜单下的“账户…”命令进入“Internet 账户”对话框中，通过“邮件”选项卡中的“添加”按钮，可以添加多个用户邮箱，如将 tt 邮箱也同时添加进来。方法是重复刚才配置有关邮件服务器的步骤，包括配置 POP3（接收服务器）和 SMTP（发送服务器）地址（邮件服务器的 IP 地址）、用户账户以及密码等，配置示例，如图 5-43 所示。

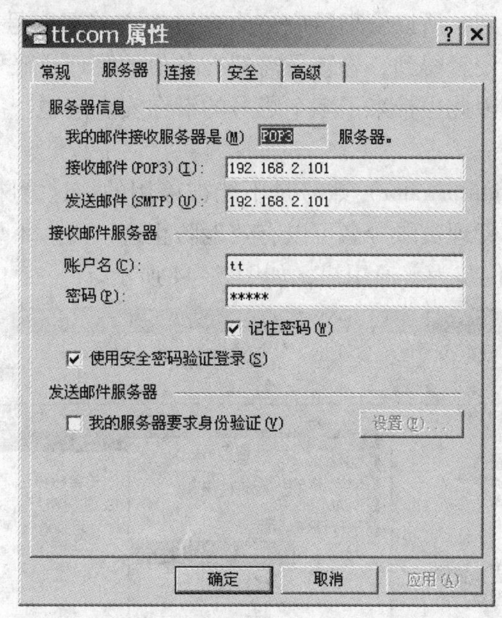

图 5-43 “tt. com 属性”设置

5.5 服务器的安全

操作系统是服务器的基础，虽然操作系统本身在不断完善，对攻击的抵抗能力日益提高，但是要提供完整的系统安全保证，仍然有许多安全配置和管理工作要做。下面以 Windows 2003 Server 为例，介绍操作系统所采取的安全措施。

5.5.1 加强操作系统的安全

(1) 物理安全

服务器应当放置在安装了监视器的隔离房间内，并且应当保留一定天数的监视器录像记录。另外，机箱、键盘、抽屉等要上锁，以保证其他人即使在无人值守时也无法使用此计算机，同时钥匙要妥善保存。

(2) 停止 Guest 账号

可以在“计算机管理”中将 Guest 账号停止掉，任何时候不允许 Guest 账号登录系统。为了保险起见，最好给 Guest 账号加上一个复杂的密码，并且修改 Guest 账号属性，设置成拒绝远程访问。

(3) 限制用户数量

删除所有的测试账号、共享账号和普通部门账号等。用户组策略设置相应权限，并且要经常检查系统的账号，删除已经不适用的账号。很多账号不利于管理员管理，同时容易受到攻击，所以要合理规划系统中的账号。如果系统账号超过 10 个，一般能找出一两个弱密码账号，所以建议账户数量不要大于 10 个。

(4) 多个管理员账号

管理员不应该经常使用一个管理者账号登录系统，这样有可能被一些能够察看 Winlogon 进程中密码的软件所窥探到，所以管理员应该为自己建立普通账号来进行日常工作。同时，为了防止管理员账号被入侵者得到，管理员需拥有备份的管理员账号，这样还可以有机会得到系统管理员权限，不过因此也带来了多个账号的潜在安全问题。

(5) 更改管理员账号

在系统中管理员（Administrator）账号是不能被停用的，这意味着攻击者可以一再尝试猜测此账号的密码。更改管理员账号名可以有效地防止这一点。不要将名称改为类似于 Admin 那样，而是尽量将其伪装为普通用户，如图 5-44 所示。

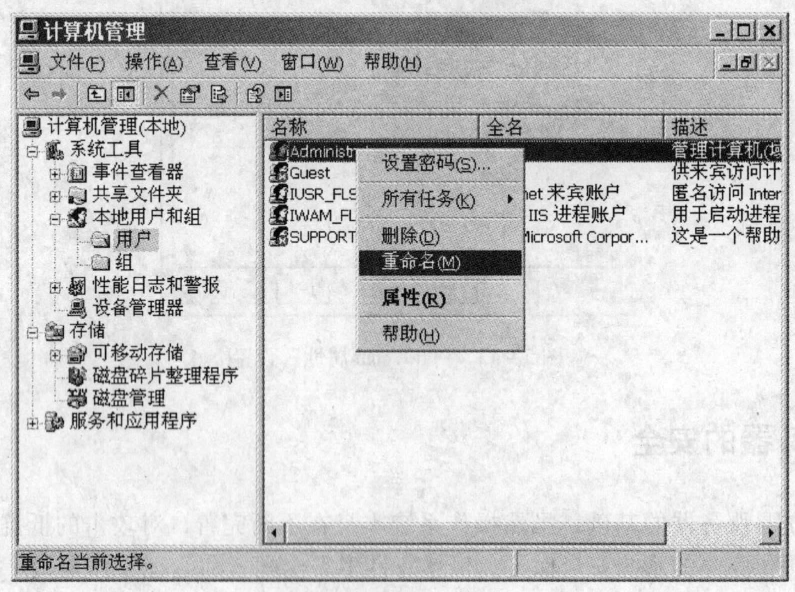

图 5-44　更改管理员账号名

(6) 陷阱账号

和（5）相对应，在更改了管理员的账号名后，可以建立一个名为”Administrator“的普通账号，将其权限设置为最低，并且加上一个 10 位以上的复杂密码，这样可以花费入侵者的大量时间，并且可以有机会发现其入侵企图。

(7) 更改文件共享的默认权限

将共享文件的权限从“Everyone”更改为“授权用户”，“Everyone”意味着任何有权进入网络的用户都能够访问这些共享文件。

(8) 安全密码

安全密码是指安全期内无法破解出来的密码，也就是说，就算获取到了密码文档，必须花费 42 天或者更长的时间才能破解出来（Windows 安全策略默认 42 天更改一次密码，如果设置了的话）。

(9) 屏幕保护或屏幕锁定

这样可以防止内部人员破坏服务器。在管理员离开时，保护或锁定自动加载。

(10) 使用 NTFS

与 FAT 文件系统相比，NTFS 可以提供权限设置、加密等更多的安全功能。

(11) 防病毒软件

Windows 操作系统没有附带的杀毒软件。安装一个好的杀毒软件不仅能够杀除一些病毒程序，还可以查杀大量的木马和黑客工具。同时一定要注意经常升级病毒库。

(12) 备份盘的安全

一旦系统资料被攻击者破坏，备份盘可能是恢复资料的唯一途径。备份完资料后，应该把备份盘放在安全的地方。

(13) 本地安全设置

利用系统的安全配置工具来配置安全策略，微软提供了一套基于管理控制台的安全配置和分析工具，可以用来配置服务器的安全策略。选择“控制面板”→“管理工具”→“本地安全策略”，出现如图 5-45 所示的“本地安全设置”窗口。可以配置 4 类安全策略：账户策略、本地策略、公钥策略和 IP 安全策略。在默认的情况下，这些策略都是没有开启的。

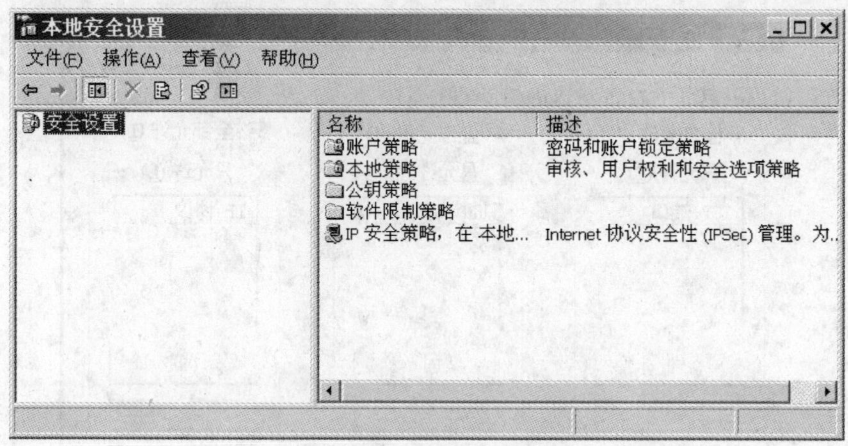

图 5-45　本地安全设置

(14) 关闭不必要的服务和端口

Windows 2003 Server 的 Terminal Services（终端服务）和 IIS（Internet 信息服务）等都可能给系统带来安全漏洞。为了能够远程管理服务器，很多计算机的终端服务始终是开启的，如果开启了，要确认已经正确配置了终端服务，因为有些恶意的程序能以服务方式悄悄地运行服务器上的终端服务。注意服务器上开启的所有服务并每天检查。

对于端口，可以用端口扫描器扫描系统所开放的端口，在 WINDOWS\system32\drivers\etc\services 文件中有知名端口和服务的对照表可供参考。

设置本机开放的端口和服务。用鼠标右键单击“本地连接”，在弹出的快捷菜单中选择“属性”，弹出“本地连接属性”对话框，双击“Internet 协议（TCP/IP）”，弹出“Internet 协议（TCP/IP）属性”对话框，单击“高级”按钮，出现如图 5-46 所示的“高级 TCP/IP 设置”对话框，单击“选项”选项卡，选中“TCP/IP 筛选”，单击“属性”按钮，弹出如图 5-47 所示的“TCP/IP 筛选”对话框，单击选中“启用 TCP/IP”筛选（所有适配器）”，其他默认即可，单击“确定”按钮。

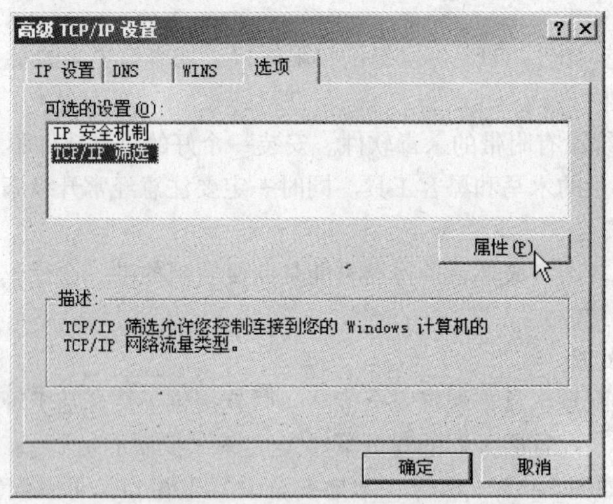

图 5-46　高级 TCP/IP 设置

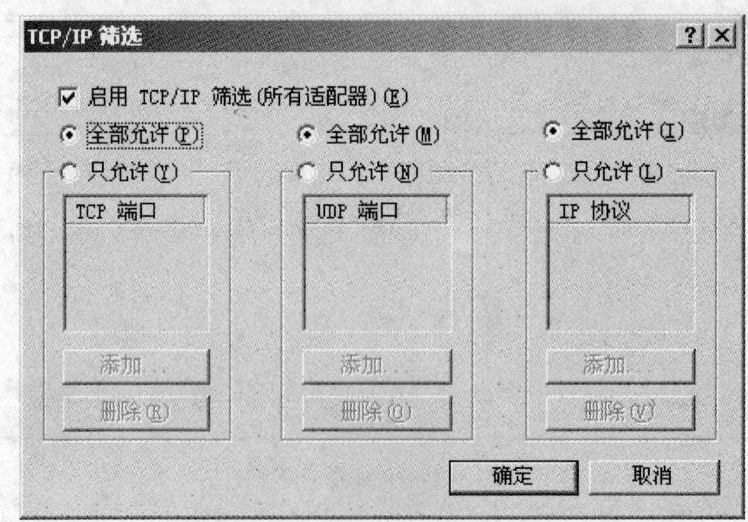

图 5-47　TCP/IP 筛选

5.5.2　Web 服务器的安全设置

为了使当前 IIS 服务器提供的 IIS 服务更加安全可靠，应当对它进行高级服务配置，从某种意义上讲，IIS服务器作为网络办公的平台，其中往往涉及一些非常重要的数据资料，事实上，黑客们攻击的对象也大都是Web站点和FTP站点，因此IIS服务器的安全显得越来越重要，所以IIS服务器需要配置包括对Web站点的访问账号验证及访问的IP地址授权以及对FTP站点的访问账号验证，还有上传文件权限配置以及对FTP站点提供的IP地址授权等。

1. IIS中IP地址和域名限制

对于一些重要的服务器，并不想让所有人都能访问，或者将一些总是攻击网站的用户屏蔽掉，这就需要添加限制访问网站的IP地址了。

选择“开始”→“程序”→“管理工具”→“Internet信息服务管理器”，打开“Internet信息服务（IIS）管理器”窗口，用鼠标右键单击要管理的FTP站点，在弹出的快捷菜单中选择“属性”命令，出现“默认FTP站点属性”对话框，单击“目录安全性”选项卡，单击“IP地址及域名限制”的“编辑”按钮，弹出如图5-48所示的“IP地址和域名限制”对话框，可以看到有两个选项：“授权访问”和“拒绝访问”。如果只想网站让少部分人浏览，可以选择“拒绝访问”，反之，可选择“授权访问”。

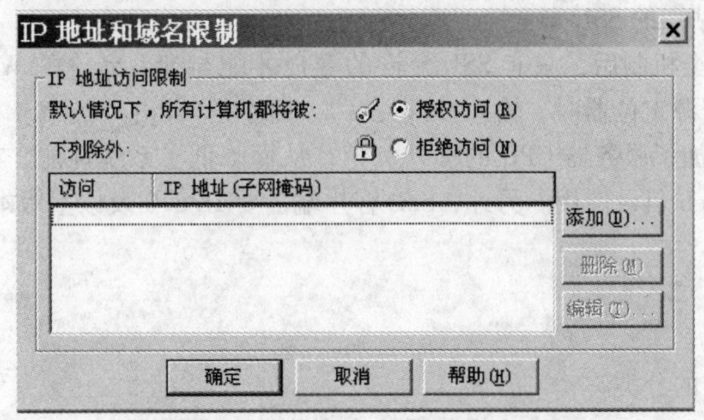

图5-48 设置IIS中的IP地址和域名限制

2. 设置Web服务器权限

可以针对整个站点、目录以及文件设置Web服务器的权限。如果禁用Web服务器的读取权限，将限制所有用户（包括拥有NTFS高级别权限的用户）访问站点。如果启用了读取权限，则允许所有的用户查看文件，除非通过NTFS权限设置来限制某些用户或组的访问权限。

在设置Web站点或虚拟目录的安全属性时，Web服务器将提示用户是否要重新设置单独的目录和文件属性的权限。如果选择重新设置这些属性，以前设置的安全属性将由新的设置替代。

设置Web服务器权限：在Internet信息服务器管理单元中，选择Web站点、虚拟目录或文件，并打开其属性设置对话框。在“主目录”、“虚拟目录”或“文件”属性设置对话框中，可以设置“读取”、“写入”、“脚本资源访问”、“目录浏览”、“日志访问”和“索引此资源”等多种访问权限。

3. SSL安全机制

IIS的身份认证除匿名访问、基本验证和Windows NT请求/响应方式外，还有一种安全性更高的认证：通过加密封套接字协议层（Security Socket Layer，SSL）安全机制使用数字证书。SSL 位于 HTTP 层和 TCP 层之间，建立客户端与服务器之间的加密通信，确保所传递信息的安全。SSL 是工作在公共密钥和私人密钥基础上的，任何用户都可以获得公共密钥来加密数据，但解密数据必须要通过相应的私人密钥。使用 SSL 安全机制时，首先客户端与服务器之间建立连接，服务器把它的数字证书与公共密钥一并发送给客户端，客户端随机生成会话密钥，然后用从服务器得到的公共密钥对会话密钥进行加密，并把会话密钥在网络上传递给服务器。而会话密钥只有在服务器端用私人密钥才能解密，这样，客户端和服务器端就建立了一个唯一的安全通道。具体步骤如下。

1）启动 ISM 并打开 Web 站点的属性对话框。

2）选择“目录安全性”选项卡。

3）单击“密钥管理器”按钮。

4）通过密钥管理器生成密钥对文件和请求文件。

5）从身份认证权限中申请一个证书。

6）通过密钥管理器在服务器上安装证书。

7）激活 Web 站点的 SSL 安全性。

建立了 SSL 安全机制后，只有 SSL 允许的客户才能与 SSL 允许的 Web 站点进行通信，并且在使用 URL 资源定位器时，输入“https://”，而不是“http://”。SSL 安全机制的实现将增大系统开销，增加了服务器 CPU 的额外负担，从而降低了系统性能，在规划时建议仅考虑为高敏感度的 Web 目录使用。另外，SSL 客户端需要 IE 3.0 及以上版本才能使用。

习题

1. 简述服务器的分类。
2. 如何在 Windows Server 2003 操作系统中安装 DNS 服务器？
3. 简述 Wins 和 PNS 的区别。
4. 简述电子邮件系统的组成及收发过程。
5. 加强操作系统安全有哪些措施及方法？
6. 如何设置 Web 服务器安全？

第6章　系统集成安全技术

本章介绍常见的网络安全设备的功能、工作原理、在集成系统中的部署方式，以及一些主流产品的配置。

6.1　任务一　代理服务器

【任务目标】

掌握代理服务的基础知识和基本配置操作。

【核心知识】

1）代理服务器的含义、工作原理及主要功能。

2）代理服务的服务器端配置。

3）代理服务的客户端配置。

6.1.1　代理服务器基础知识

企业中如果每台计算机都要上网，那么可以在每台计算机上都安装Modem，然后通过电话线接入Internet，但更普遍的是通过企业的宽带来共享上网。无论采用何种方式都不是绝对安全的，因为黑客可以通过任何一台机器直接入侵整个企业网。为了提高企业内部网络的安全性，同时也为了更好地管理内部网络用户，可以通过代理服务器接入Internet，使每台计算机都可以通过代理服务器接入Internet，同时对内部的上网机器进行监督和管理。

1. 代理服务器的含义

代理服务器（Proxy Server）是介于浏览器和Web服务器之间的一台服务器。

普通的Internet访问是一个典型的客户机与服务器结构：用户利用计算机上的客户端程序，如浏览器发出请求，远端WWW服务器程序响应请求并提供相应的数据。而有了代理服务器之后，浏览器不是直接到Web服务器去取回网页而是向代理服务器发出请求，代理服务器接受了客户的请求以后，由代理服务器向目的主机发出请求，并接受目的主机的数据，存储于代理服务器的硬盘中，然后再由代理服务器将客户要求的数据发给客户。

大部分代理服务器都具有缓冲的功能，就好像一个大的Cache，它有很大的存储空间，不断将新取得的数据存储到本机的存储器上。如果浏览器所请求的数据在代理服务器的存储器上已经存在而且是最新的，那么代理服务器就不用重新从Web服务器中取数据，而直接将本机存储器上的数据传送给用户的浏览器，这样能显著提高浏览速度和效率。代理服务器的工作主要在开放系统互连（OSI）模型的应用层。

2. 代理服务器的主要功能

1）用户验证和记录：可按用户的访问时间、访问地点、信息流进行统计，没有登记的用户无权通过代理服务器访问 Internet。

2）对用户进行分级管理：设置不同用户的访问权限，对外界或内部的 Internet 地址进行过滤。

3）提高访问速度：工作站本身带宽可能较小，可通过带宽较大的代理与目标主机连接。而且通常代理服务器都设有一个较大的硬盘缓冲区，当有外界的信息通过时，同时也将其保存到缓冲区中，当下次这个用户或其他用户再次访问相同的信息时，则代理服务器可直接由缓冲区中取出信息，传给用户，这样就提高了访问速度。当热门站点有很多客户访问时，代理服务器的优势就更为明显了。

4）连接 Internet 与 Intranet 时充当防火墙（Firewall）：因为所有内部网的用户通过代理服务器访问外网时，只映射为一个 IP 地址，所以外界不能直接访问到内部网；同时可以设置 IP 地址过滤，限制内部网对外网的访问权限；另外，两个没有互连的内部网，也可以通过第三方的代理服务器来交换信息。

5）节省 IP 地址开销：如前所述，所有用户对外只占用一个 IP 地址，所以不必租用过多的 IP 地址，降低了网络的维护成本。

6.1.2 代理服务的配置

代理服务通常由两部分组成，即服务器端程序和客户端程序。用户运行客户端程序时先登录至代理服务器（这种登录是透明的，没有显式的登录），再通过代理服务器就可以访问相应的站点。下面以 WinGate 为例，介绍其服务器端和客户端的配置。

【实现过程】

1. 服务器端的配置

安装完 WinGate 后，可以在 Windows 的任务栏上看到如图所示的两个 WinGate 小图标。双击任何一个图标都可打开 WinGate 管理器，首先出现的是一个管理器保护窗口，如图 6-1 所示，第一次运行时可以在单击“OK”按钮后设置密码，以后只能凭密码才能对 WinGate 进行设置。

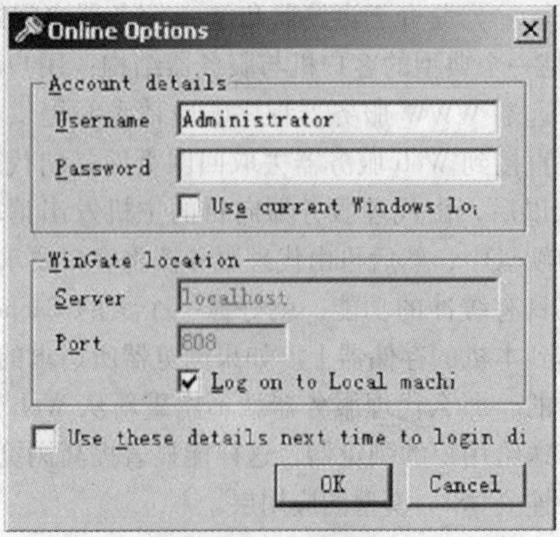

图 6-1 WinGate 管理器保护窗口

然后进入 WinGate 管理器窗口，如图 6-2 所示。

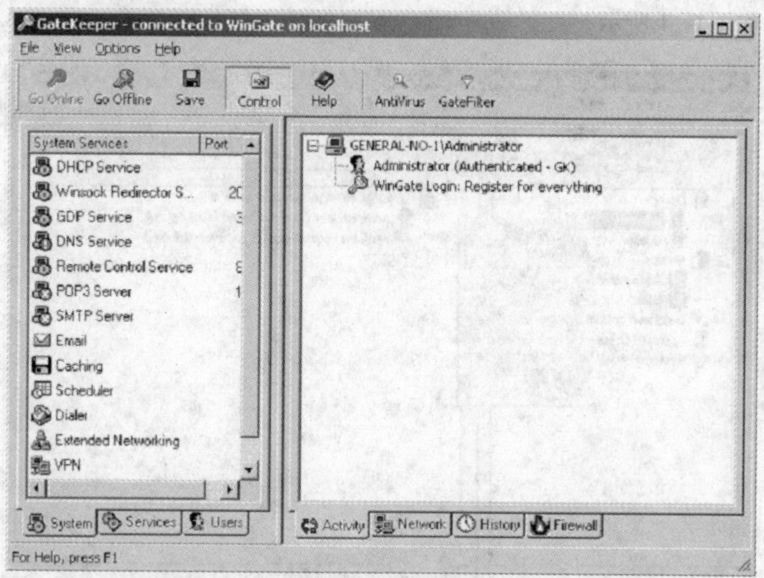

图 6-2　WinGate 管理器

①“System”（系统）。在管理器窗口中，左窗格下的选项卡中左边第一个是“System”（系统）选项卡，单击此选项卡，左窗格中显示的是 WinGate 服务器所提供的服务，可以停止或启动这些已经安装了的服务。

②“Services”（服务）。在“Services”（服务）选项卡中是所开启的 Internet 应用服务及其端口号，客户端可以根据这些选项进行代理设置，并可以通过鼠标右键来控制和设置这些服务，包括“Start”（开启）、“Stop”（停止）、“New Service”（新建服务）、“Clone Service”（克隆服务）及“Properties”（属性）设置等，如图 6-3 所示。

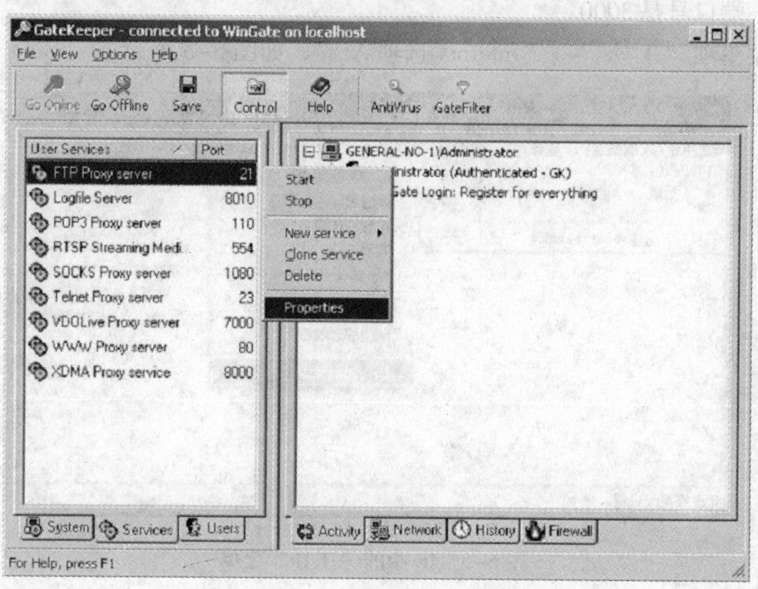

图 6-3　“Services”选项卡

③“Users”（用户）。在“Users”（用户）选项卡中可以对 WinGate 用户进行各种操作和管理控制，如图 6-4 所示。

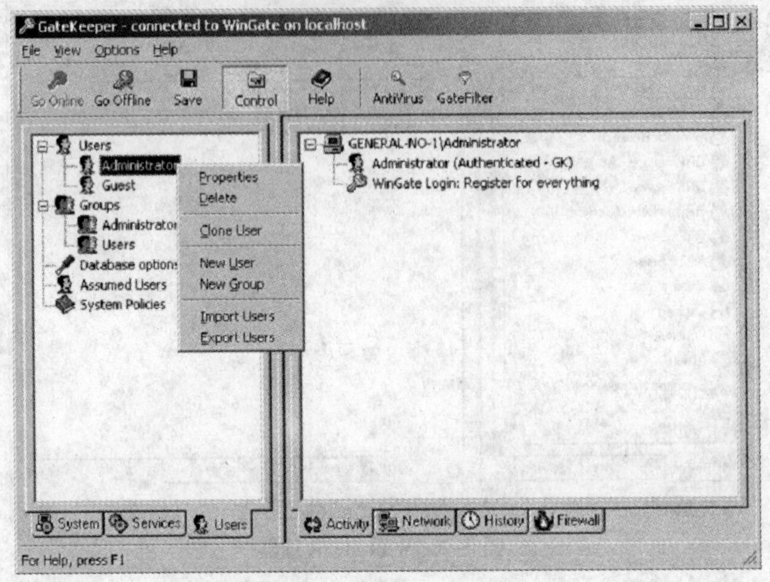

图 6-4 “Users”选项卡

2. 客户端的配置

客户端有两种配置方法：一种是安装 WinGate 客户端软件；另一种是直接对各个客户端应用进行设置。下面介绍在 Internet Explorer（IE）中的直接配置过程。

要设置代理服务，首先必须知道代理服务器的 IP 地址和端口号，然后在浏览器的代理服务器设置栏中输入相应的 IP 地址和端口号即可。假设代理服务器的 IP 地址是 192.168.0.1，端口号是 3000。

1）选择菜单项“工具”→“Internet 选项...”，如图 6-5 所示。

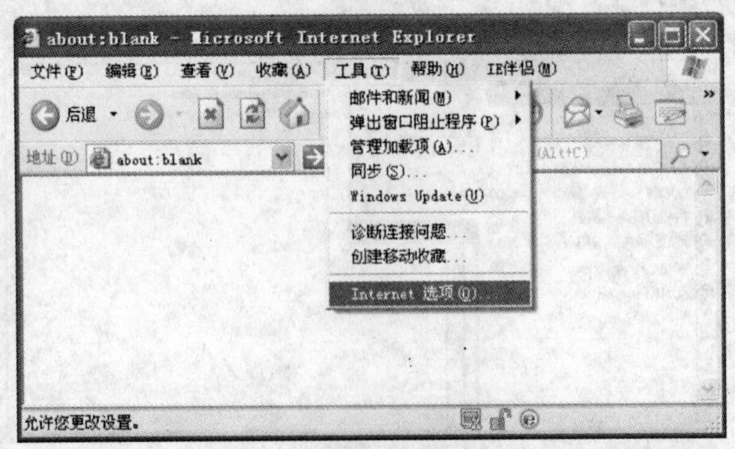

图 6-5 IE 中的“工具”菜单

2）然后弹出“Internet 选项”对话框，单击“连接”选项卡，如图 6-6 所示。

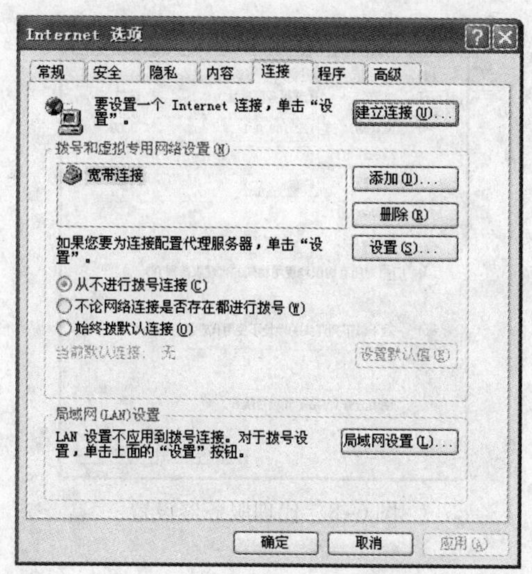

图 6-6　“连接”选项卡

3）单击“设置”按钮，弹出图 6-7 所示的“宽带连接设置”对话框，选中“对此连接使用代理服务器”，然后在“地址”和“端口”文本框中分别输入代理服务器的 IP 地址和端口，单击“确定”按钮即可。“拨号设置”栏中的设置按实际情况进行。

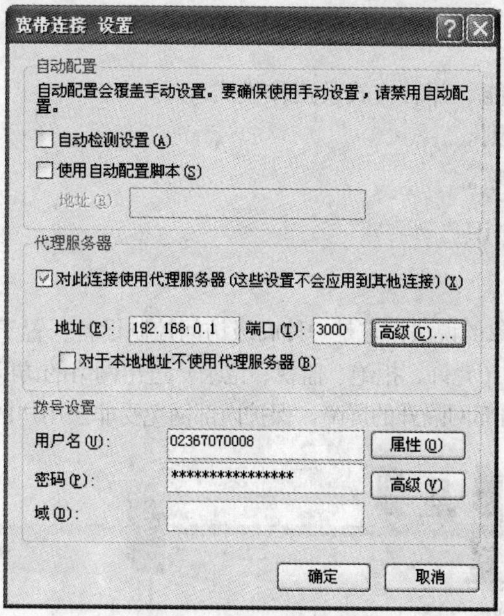

图 6-7　宽带连接设置

当用户再次浏览网页时，就会自动向设定的代理服务器发出申请，并得到数据。所以用户在浏览网站时，都可以在浏览器状态栏中清楚地看到先连接代理服务器，再连接目标网站的过程。

4）单击图 6-7 中“端口”文本框后的“高级”按钮，弹出“代理服务器设置”对话框，在这里可以设置不使用代理的 IP 地址，如图 6-8 所示。

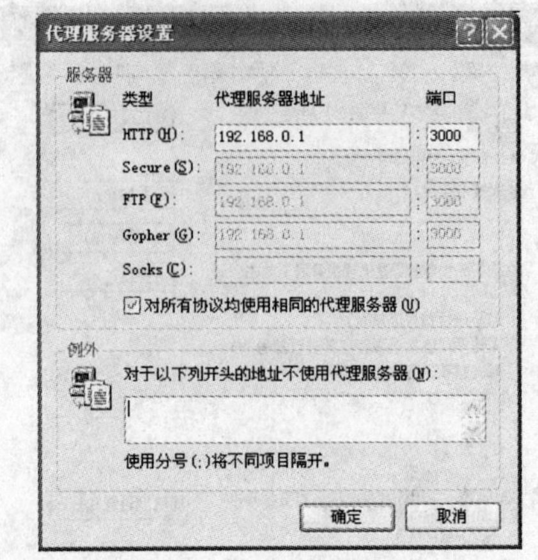

图 6-8　代理服务器设置

6.2　任务二　防火墙

【任务目标】

掌握防火墙的基础知识和基本配置操作。

【核心知识】

1）防火墙的基本功能、部署方式及工作模式。

2）制定访问控制规则。

3）制定地址转换策略。

6.2.1　防火墙基础知识

1. 防火墙的定义

“防火墙”是一种形象的说法，它是一种高级访问控制设备，置于不同网络安全域之间，通过相关的安全策略来控制（允许、拒绝、监视、记录）进出网络的访问行为。简单地说就是一个把互联网（Internet）与内部网隔开的屏障，保护内部网免受非法用户的侵入，如图 6-9 所示。

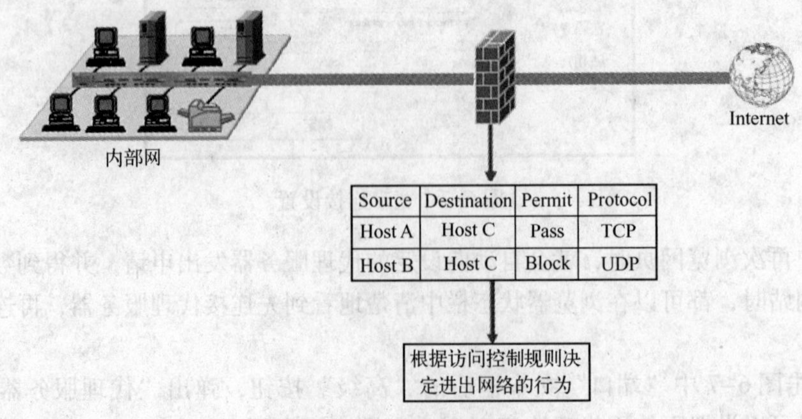

图 6-9　防火墙示意图

防火墙从实现方式上，可以分为硬件防火墙和软件防火墙。通常意义上的防火墙是指硬件防火墙，它通过硬件和软件的结合来达到隔离内、外部网络的目的，虽价格较贵，但效果较好。对于一般小型企业和个人，通常采用纯软件的方式来达到防护的目的，价格便宜，但软件防火墙只能通过一定的规则来达到限制一些非法用户访问内部网络的目的。

2. 防火墙的检测与过滤技术

网络系统层次结构，如图 6-10 所示。

1）包过滤（Packet Filtering）：工作在网际层，仅根据数据包头中的 IP 地址、端口号、协议类型等标志确定是否允许数据包通过。

2）应用代理（Application Proxy）：工作在应用层，通过编写不同的应用代理程序，实现对应用层数据的检测和分析。

3）状态检测（Stateful Inspection）：工作在 OSI 模型的 2 ~4 层，访问控制方式与 1）相同，但处理的对象不是单个数据包，而是整个连接，通过规则表和连接状态表，综合判断是否允许数据包通过。

4）完全内容检测（Compelete Content Inspection）：工作在 OSI 模型的 2 ~7 层，不仅分析数据包头信息、状态信息，而且对应用层协议进行还原和内容分析，可有效防范混合型安全威胁。

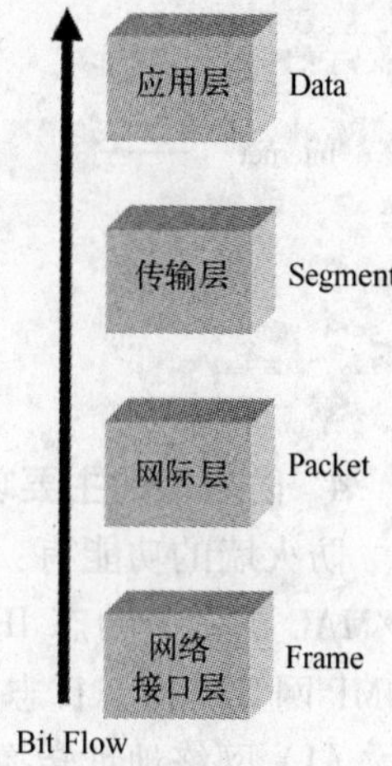

应用层 Data
传输层 Segment
网际层 Packet
网络接口层 Frame
Bit Flow

图 6-10 网络系统层次结构

3. 防火墙的部署方式

通常防火墙的部署方式有两种，一种是区域分割的三角方式，另一种是防火墙层叠方式。

1）区域分割的三角方式是指将网络分为内部网络（军事化区域）、外部网络和 DMZ。例如，将 Web 服务器、邮件服务器、DNS 服务器、前台查询计算机等放置在 DMZ，而内部的文件服务器、数据库服务器等关键应用都放置在内部网络中，从而使它们受到良好的保护，图 6-11 所示为以区域分割的三角方式创建 DMZ。

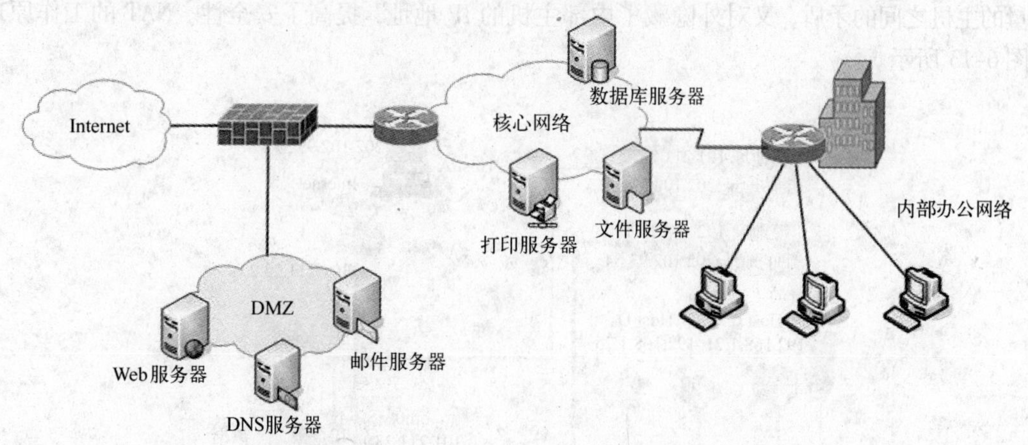

图 6-11 网络系统层次结构：区域分割的三角方式

在防火墙的产品定义中，通常借鉴军事上的定义方式，将与公众接触的计算机定义为非军事化区域，简称 DMZ，如 Web 服务器、邮件服务器、DNS 服务器、前台查询计算机等。

而内部的文件服务器、数据库服务器等关键应用都应放置在内部网络（军事化区域）中，受到良好的保护。

2）与区域分割的三角方式不同，防火墙层叠方式使用两个防火墙，并将DMZ放置在两个防火墙之间，如图6-12所示。其中，连接外部网络和DMZ的防火墙仅仅做一些包过滤，通常由边界路由器的访问控制列表来实现，而连接内部网络和DMZ的防火墙是一个专用防火墙，实施详细的访问控制策略。

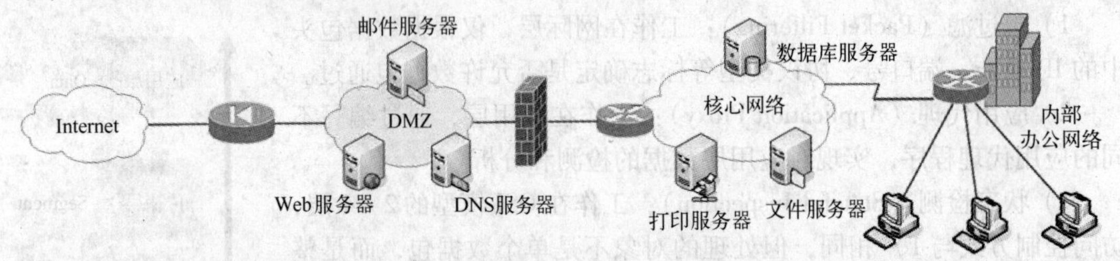

图6-12　网络系统层次结构：防火墙层叠方式

4. 防火墙的主要功能

防火墙的功能有：地址转换、访问控制、VLAN支持、带宽管理（QoS）、用户认证、IP/MAC绑定、动态IP环境支持、数据库长连接应用支持、路由支持、ADSL拨号功能、SNMP网管支持、日志审计、高可用性、防病毒、VPN等。其中，最基本的有以下几个。

（1）网络地址转换（Network Address Translate，NAT）

当受保护网络连接到Internet上时，用户若要访问Internet，必须使用一个合法的IP地址，但合法IP地址有限，且受保护网络往往有自己的一套IP地址规划（非正式IP地址）。网络地址转换器就是在防火墙上安装一个合法IP地址集。当内部某一用户要访问Internet时，防火墙动态地从地址集中选取一个未分配的地址分配给该用户，该用户即可使用这个合法地址进行通信。同时，对于内部的某些服务器（如Web服务器），网络地址转换器允许为其分配一个固定的合法地址，外部网络的用户就可通过防火墙来访问内部的服务器。这种技术既缓解了少量的IP地址和大量的主机之间的矛盾，又对外隐藏了内部主机的IP地址，提高了安全性。NAT的工作原理，如图6-13所示。

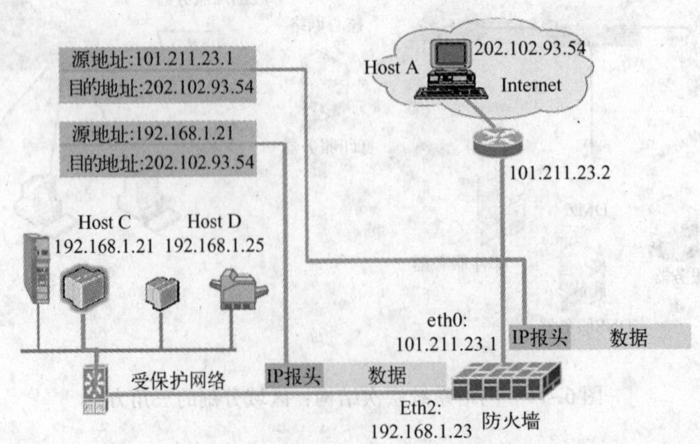

图6-13　NAT工作原理

（2）访问控制策略

访问控制列表（Access Control Lists，ACL）是一套与文件相关的用户、组和模式项，此文件为所有可能的用户 ID 或组 ID 组合指定了权限。

ACL 使用包过滤技术，它读取第 3 层及第 4 层包头中的信息，如源地址、目的地址、源端口、目的端口等，根据预先定义好的规则对包进行过滤，从而达到访问控制的目的。

网络中的结点有资源结点和用户结点两大类，其中资源结点提供服务或数据，用户结点访问资源结点所提供的服务与数据。ACL 的主要功能就是一方面保护资源结点，阻止非法用户对资源结点的访问，另一方面限制特定的用户结点所能具备的访问权限。

5. 防火墙的工作模式

（1）透明模式（提供桥接功能）

在这种模式下，防火墙的所有接口均作为交换接口工作。也就是说，对于同一 VLAN 的数据包在转发时不做任何改动，包括 IP 和 MAC 地址，直接把包转发出去，如图 6 - 14 所示。

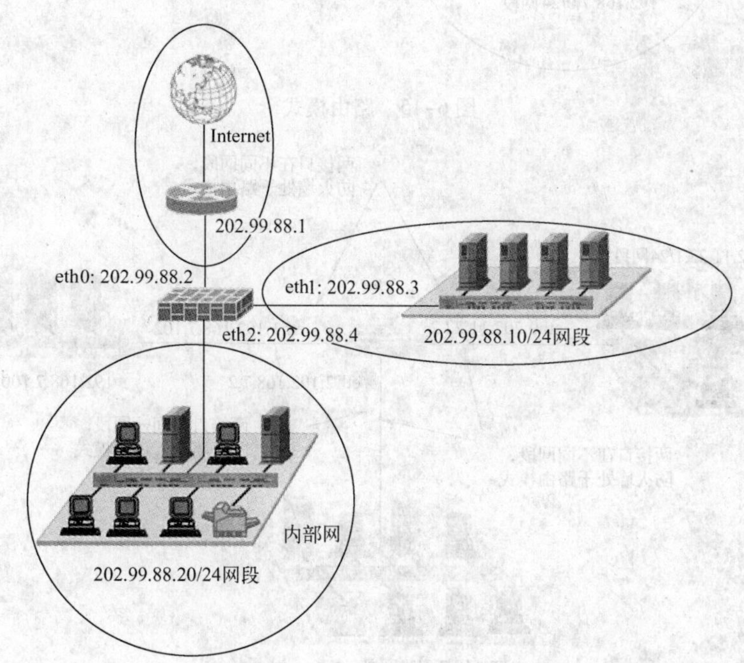

图 6-14　透明模式

（2）路由模式（静态路由功能）

在这种模式下，防火墙类似于一台路由器转发数据包，将接收到的数据包的源 MAC 地址替换为相应接口的 MAC 地址，然后转发。该模式适用于每个区域都不在同一个网段的情况。和路由器一样，防火墙的每个接口均要根据区域规划配置 IP 地址，如图 6-15 所示。

（3）综合模式（透明 + 路由功能）

顾名思义，这种模式是前两种模式的混合，也就是说，某些区域（接口）工作在透明模式下，而其他的区域（接口）工作在路由模式下。该模式适用于较复杂的网络环境，如图 6-16 所示。

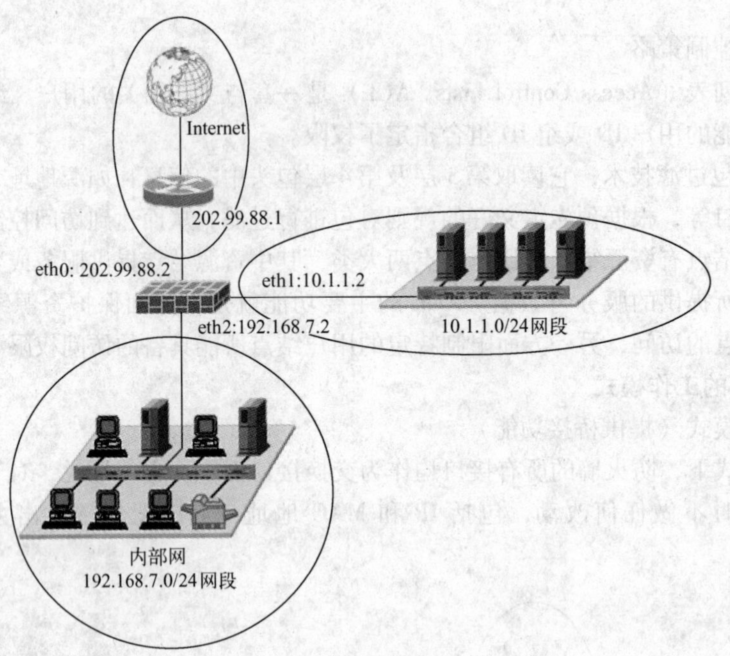

图 6-15　路由模式

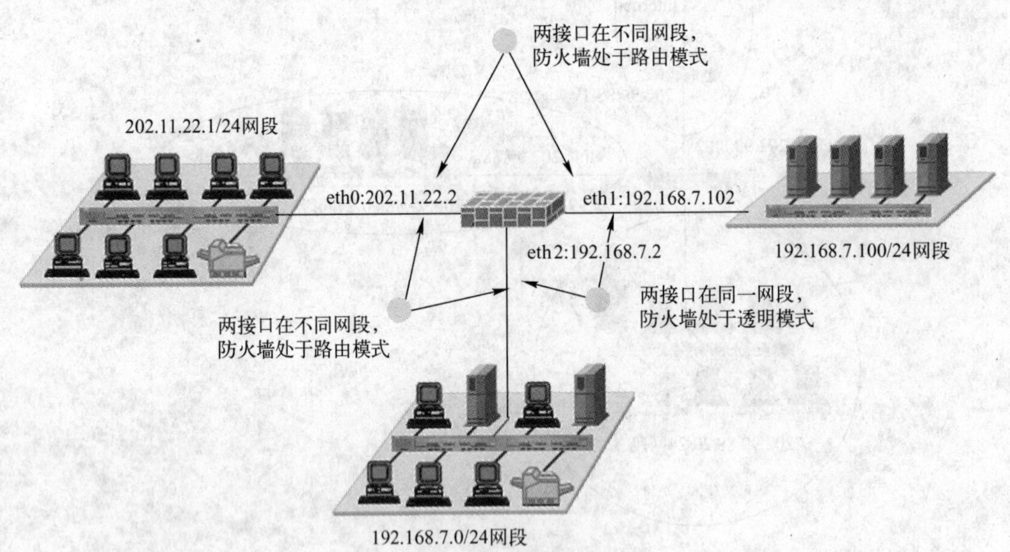

图 6-16　综合模式

防火墙采用何种工作模式是由用户的网络环境决定的，用户需要根据自己的网络情况，合理地确定防火墙的工作模式，并且防火墙采用何种工作模式都不会影响防火墙的访问控制功能。

6.2.2　防火墙的配置

1. 安装防火墙之前必须注意的几个问题

1）路由走向（包括防火墙及其相关设备的路由调整），即确定防火墙的工作模式。

2）IP 地址的分配（包括防火墙及其相关设备的 IP 地址分配），即根据确定好的防火墙的工作模式给防火墙分配合理的 IP 地址。

3）数据应用和数据流向（各种应用的数据流向及其需要开放的端口号或协议类型）

4）要达到的安全目的（即要做什么样的访问控制）。

本书以天融信的网络卫士防火墙 4000 为例对防火墙的配置进行介绍。

2. 防火墙的管理方式

（1）串口（Console）管理方式

管理员用户名为 superman，初始密码为 talent，用“passwd”命令可修改管理员密码，请牢记修改后的密码，其窗口如图 6-17 所示。

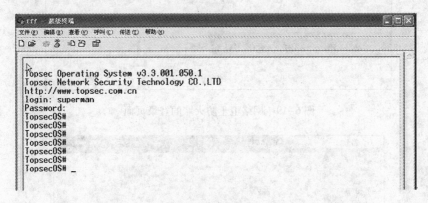

图 6-17　网络卫士防火墙的 Console 管理方式

（2）WebUI 管理方式（通过浏览器管理防火墙）

超级管理员：superman，密码：talent。

若防火墙的物理接口 Eth0（或 LAN 口）的 IP 地址是 192. 168. 1. 254，则可在浏览器中输入“https：//192. 168. 1. 254”，然后会弹出“安全警报”对话框，单击“是”按钮即可，如图 6-18所示。

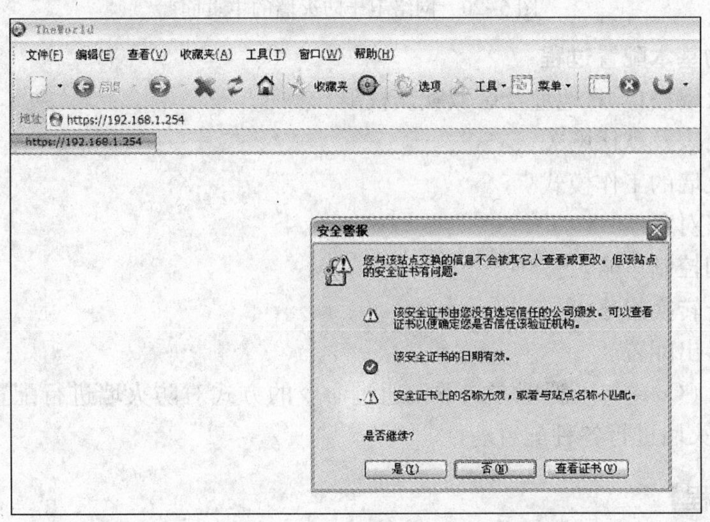

图 6-18　网络卫士防火墙的 WebUI 管理方式

然后浏览器会打开如图 6-19 所示的登录页面，在“用户名”和“密码”后的文本框中分别输入用户名和密码后，单击“提交”按钮，打开如图 6-20 所示的网络卫士防火墙的主页面。

图 6-19　网络卫士防火墙的登录页面

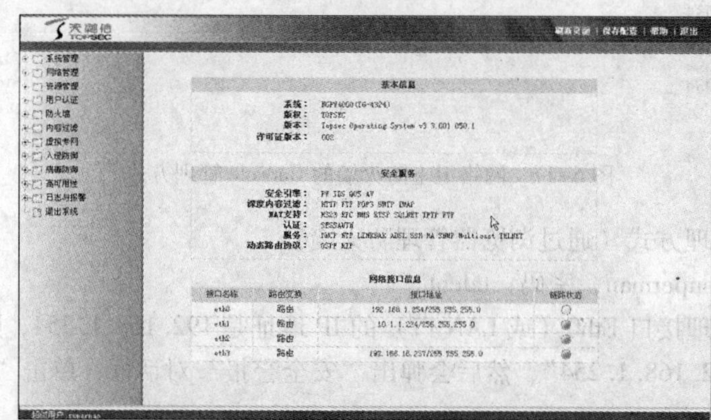

图 6-20　网络卫士防火墙的主页面

3. 防火墙的基本配置过程

1）配置防火墙接口 IP 地址及区域默认权限。

2）设置路由表及默认网关。

3）确定防火墙的工作模式。

4）定义网络对象。

5）制定访问控制策略。

6）制定地址转换策略。

7）保存和导出配置。

可以在串口（Console）管理方式下，通过命令的方式对防火墙进行配置。但推荐使用 WebUI 方式对防火墙进行各种配置。

【实现过程】

实现如图 6-21 所示的路由模式的配置。

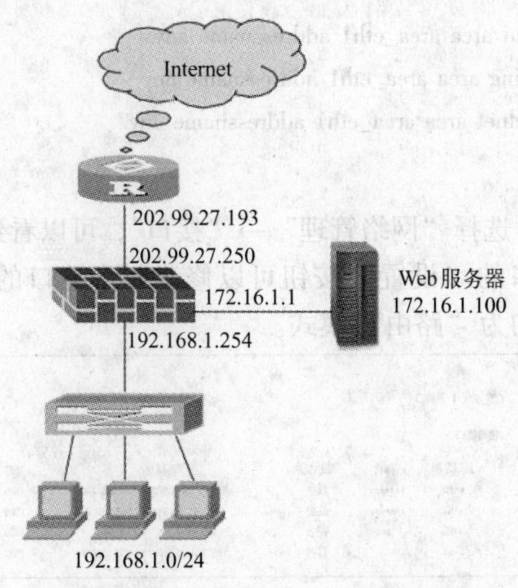

图 6-21　防火墙路由模式的配置案例

此案例的应用需求如下。

- 内网可以访问互联网。
- 服务器对外网做映射，映射地址为 202. 99. 27. 249。
- 外网禁止访问内网。

防火墙接口分配如下。

- eth0 接 Internet。
- eth1 接内网。
- eth2 接服务器区。

（1）定义网络接口

在 Console 下，定义接口 IP 地址。

输入“network”命令进入到“network”子菜单。定义防火墙每个接口的 IP 地址，注意正确输入子网掩码。

```
TopsecOS. network# interface eth0 ip add 202. 99. 27. 250 mask 255. 255. 255. 192
TopsecOS. network# interface eth1 ip add 192. 168. 1. 254 mask 255. 255. 255. 0
TopsecOS. network# interface eth2 ip add 172. 16. 1. 1 mask 255. 255. 255. 0
TopsecOS. network#_
```

（2）定义区域及添加区域管理权限

系统默认只能从 eth0 接口（区域）对防火墙进行管理，若添加 eth1 接口为“area_eth1”区域，eth2 接口为“area_eth2”区域，输入如下命令。

```
define area add name area_eth1 attribute 'eth1 'access on
define area add name area_eth2 attribute 'eth2 'access on
```

“area_eth1”区域添加对防火墙的管理权限（当然也可以对“area_eth2”区域添加）

```
pf service add name webui area area_eth1 addressname any
```

```
pf service add name gui area area_eth1 addressname any
pf service add name ping area area_eth1 addressname any
pf service add name telnet area area_eth1 addressname any
```

（3）调整区域属性

进入 WebUI 管理界面，选择"网络管理"→"接口"，可以看到物理接口定义的结果，如图6-22所示。单击每个接口的"设置"按钮可以修改每个接口的名称、地址、模式等。防火墙每个接口的默认状态均为"路由"模式。

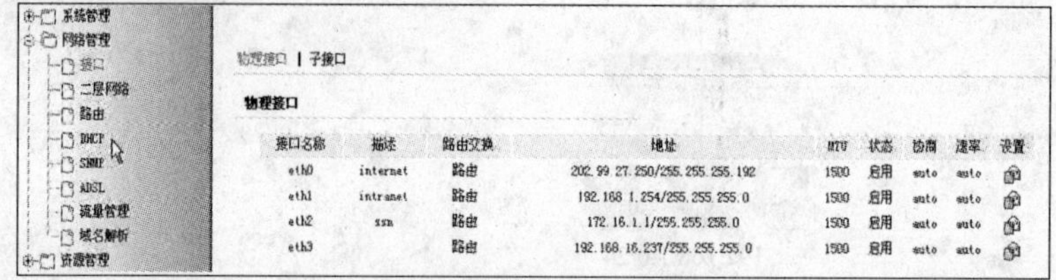

图 6-22 "接口"界面

（4）定义区域的默认权限

选择"资源管理"→"区域"，可在"区域"界面中定义防火墙 3 个区域（接口）的默认权限为"禁止"访问，如图 6-23 所示。

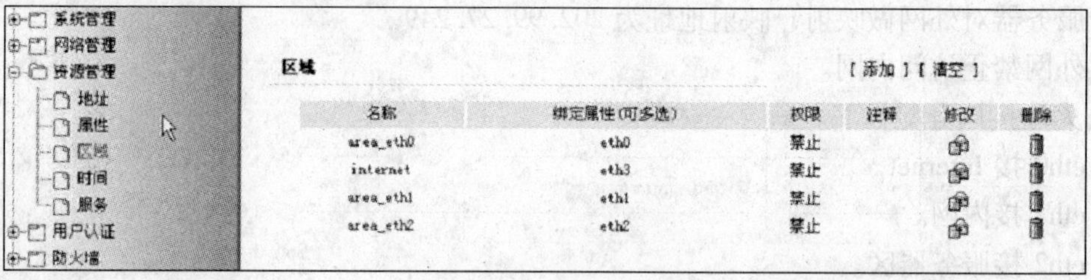

图 6-23 "区域"界面

（5）定义区域的服务

选择"系统管理"→"配置"→"开放服务"，在系统"配置"的"开放服务"界面中给区域定义服务，如图 6-24 所示。

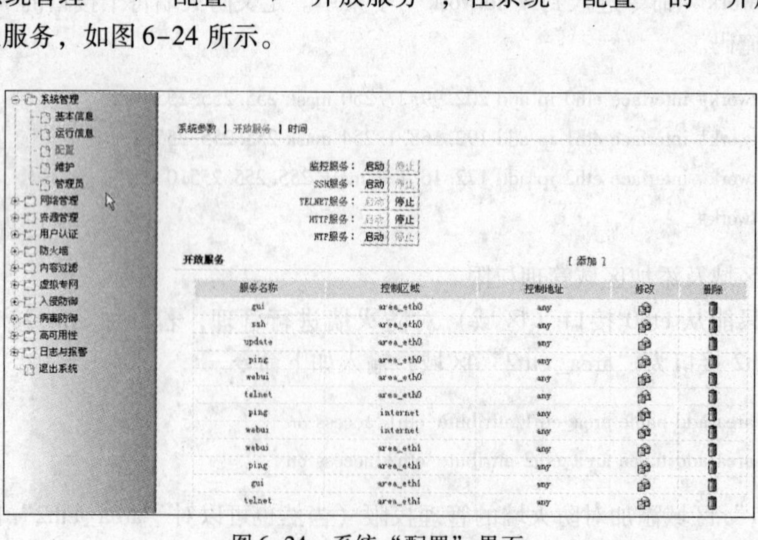

图 6-24 系统"配置"界面

（6）设置防火墙的默认网关

设置默认网关时，源 IP 和目的 IP 一般为全“0”。静态路由表，如图 6-25 所示。

防火墙的默认网关在静态路由时，必须放到最后一条路由中。添加配置，如图 6-26 所示。

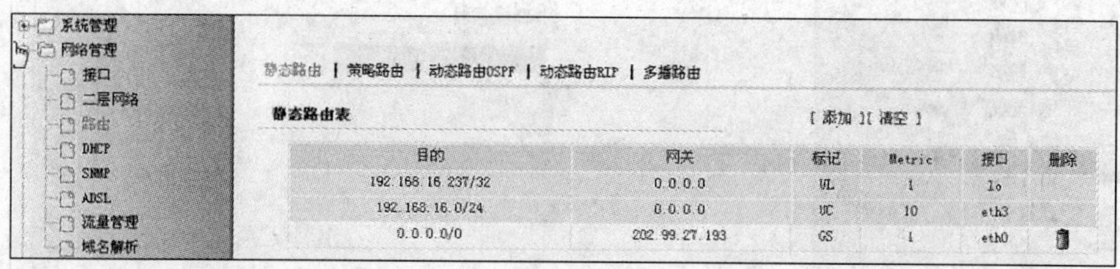

图 6-25 “静态路由表”界面

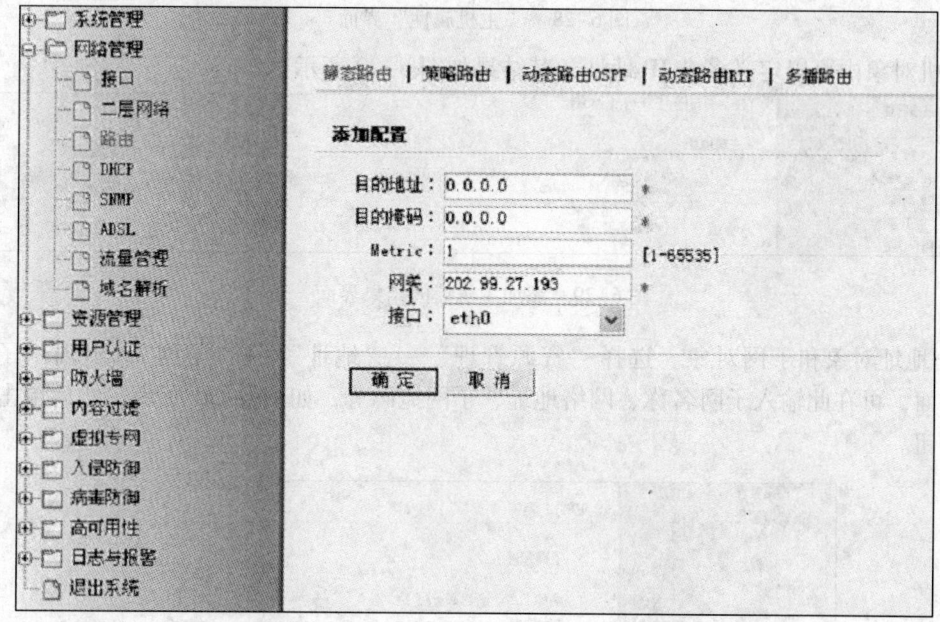

图 6-26 “添加配置”界面

（7）定义对象

1）主机对象。选择“资源管理”→“地址”→“主机”，出现如图 6-27 所示的“主机地址”界面，然后单击右上角的“添加”按钮，出现如图 6-28 所示的“主机属性”界面，在此可以添加主机。

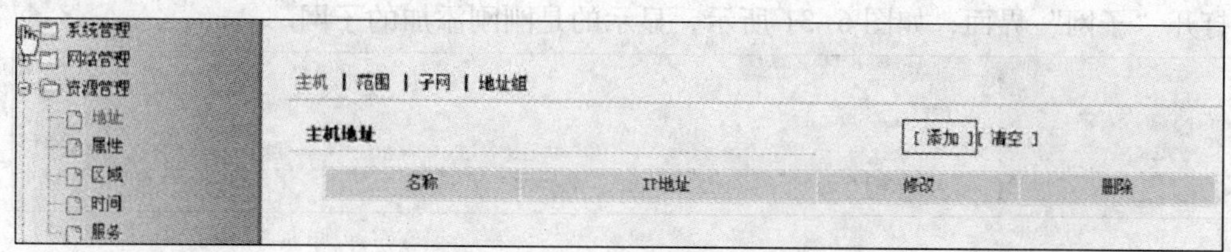

图 6-27 “主机地址”界面

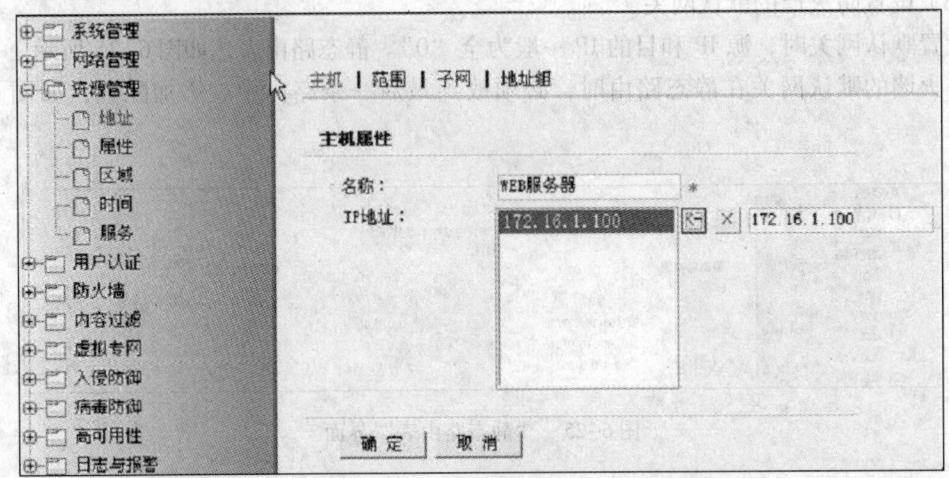

图 6-28 “主机属性”界面

主机对象中可以定义多个 IP 地址，其结果如图 6-29 所示。

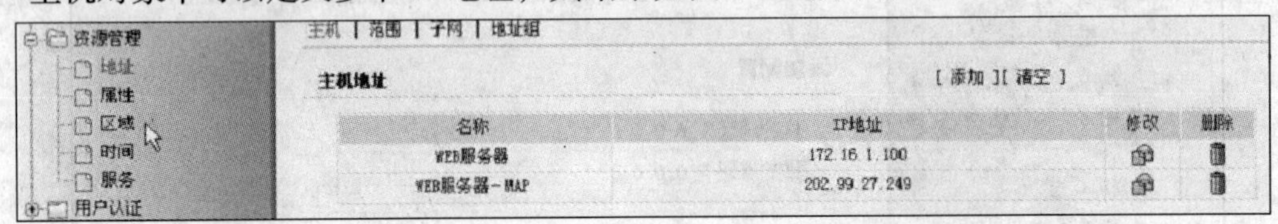

图 6-29 添加主机后的结果界面

2）地址对象和子网对象。选择“资源管理”→“地址”→“子网”，出现“子网属性”界面，可在此输入子网名称、网络地址、子网掩码等，如图 6-30 所示，然后单击“确定”按钮。

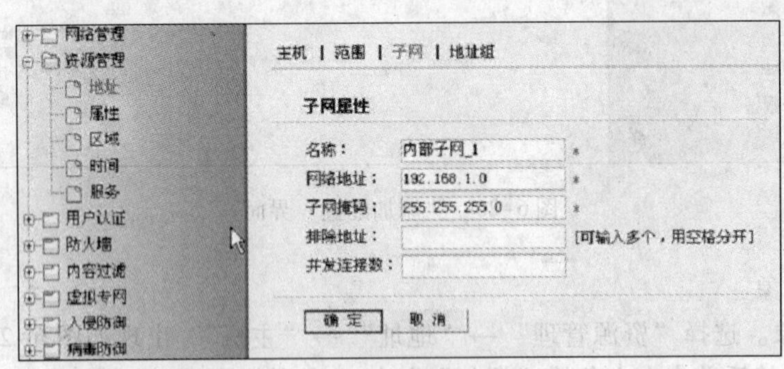

图 6-30 “子网属性”的界面

打开“子网”界面，如图 6-31 所示，显示的是刚刚添加的子网。

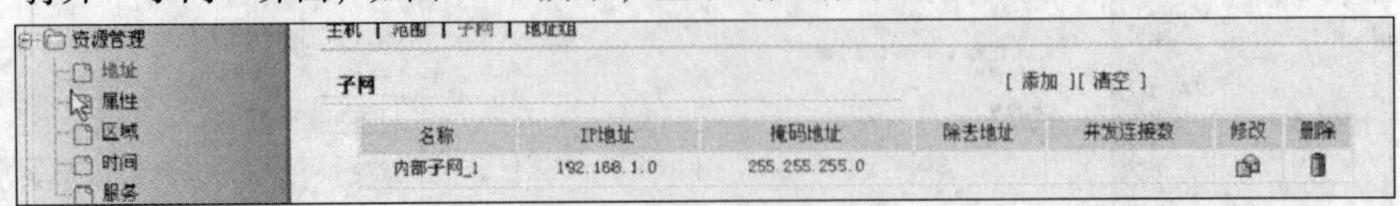

图 6-31 添加子网后的结果界面

（8）制定访问控制规则

1）第一条访问控制规则定义“内网”可以访问互联网。选择“防火墙”→“访问控制”，出现“访问控制规则”页面，单击其中的“源”选项卡，在“选择源地址”下的列表框中选择“内部子网_1”，单击“访问权限”后的“允许”单选按钮，如图6-32所示；单击“目的”选项卡，在“选择目的地址”下的列表框中选择目的区域“aera_eth0”，也可以选择“any［范围］”，然后单击“访问权限”后的“允许”单选按钮，如图6-33所示。

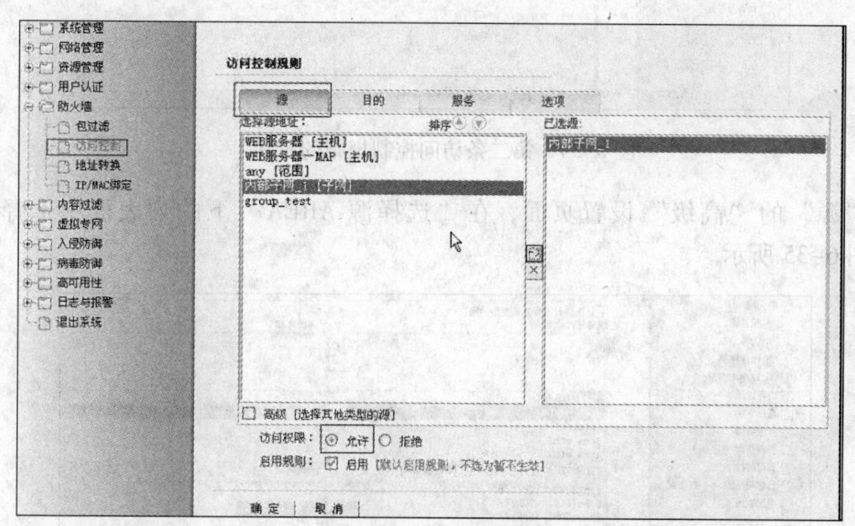

图6-32　第一条访问控制规则的“源”

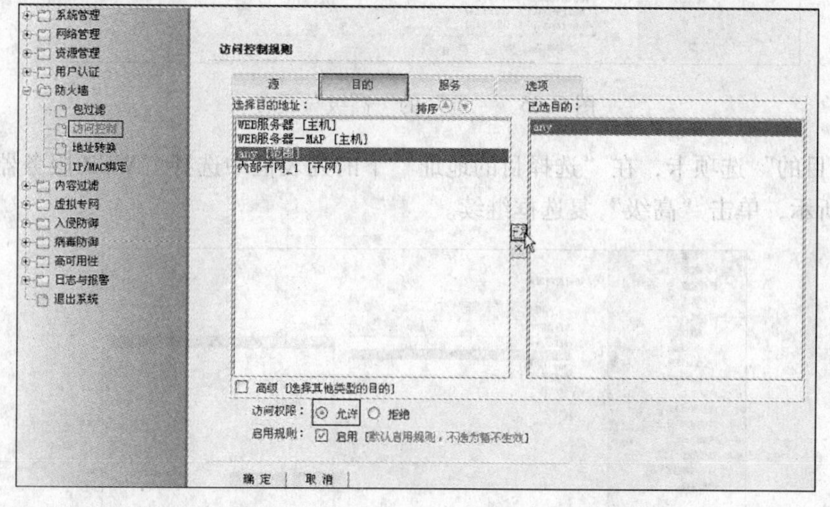

图6-33　第一条访问控制规则的“目的”

2）第二条访问控制规则定义外网可以访问Web服务器的映射地址，并只能访问TCP 80端口。源选择“aera_eth0”，目的选择“WEB 服务器 - MAP”地址，转换前目的选择“WEB 服务器”（服务器真实的IP地址）。“源”选项卡，如图6-34所示，单击“高级”复选框继续。

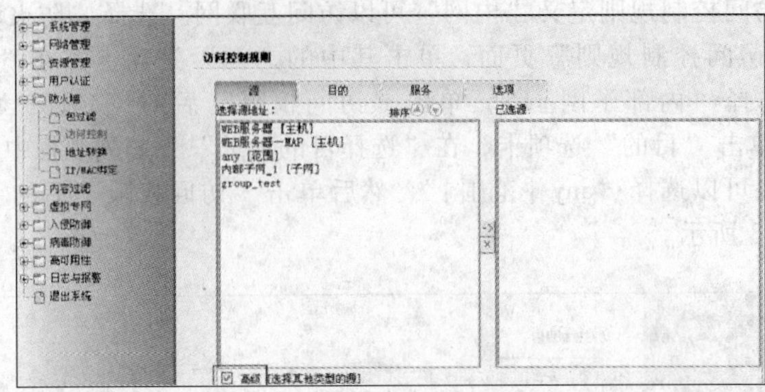

图 6-34　第二条访问控制规则的“源”

打开“源”的“高级”设置页面，在“选择源 AREA”下的列表框中选择“area_eth0”，如图 6-35 所示。

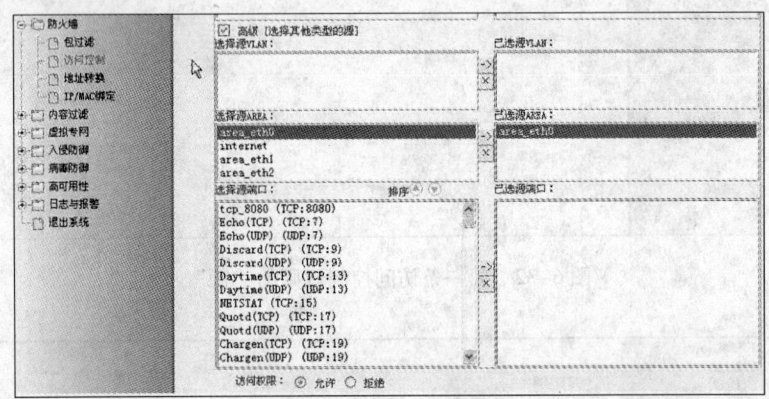

图 6-35　“源”的“高级”设置

打开“目的”选项卡，在“选择目的地址”下的列表框中选择“WEB 服务器 - MAP”，如图 6-36 所示，单击“高级”复选框继续。

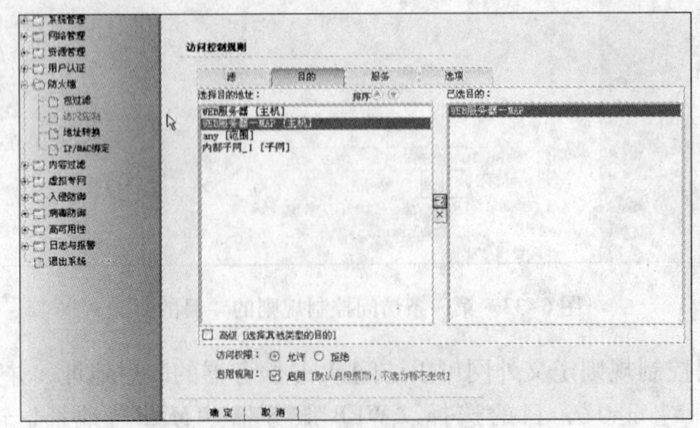

图 6-36　第二条访问控制规则的“目的”

打开“高级”设置页面，在“转换前目的地址”下的列表框中选择“WEB 服务器”，如图 6-37 所示。

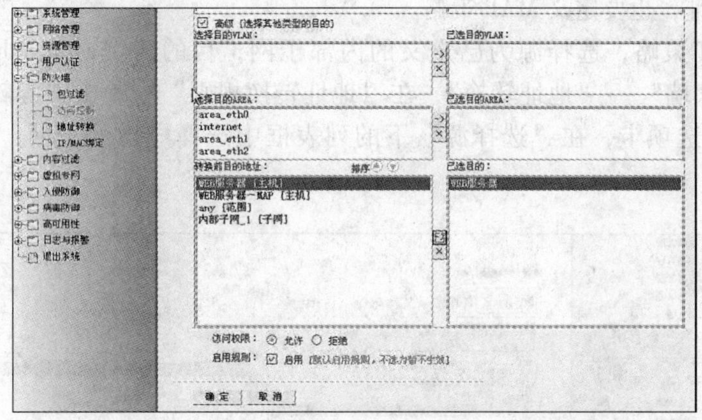

图 6-37　“目的”的“高级”设置

单击“服务”选项卡，在“选择服务”下的列表框中选择“HTTP（TCP：80)”，如图 6-38所示。

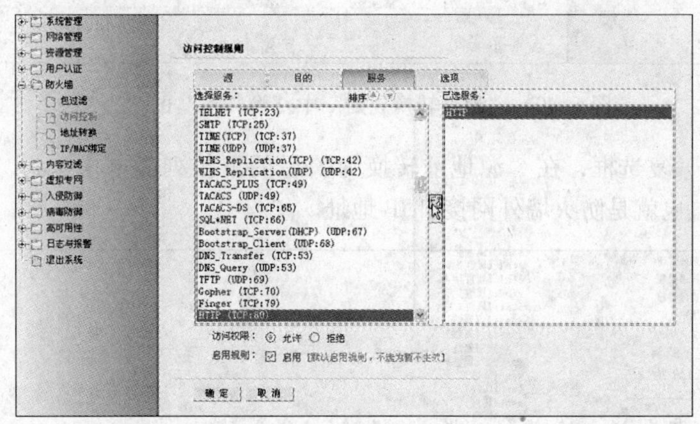

图 6-38　第二条访问控制规则的“服务”设置

图 6-39 是“访问控制规则”设置，显示的结果中已有两条定义好的访问策略。

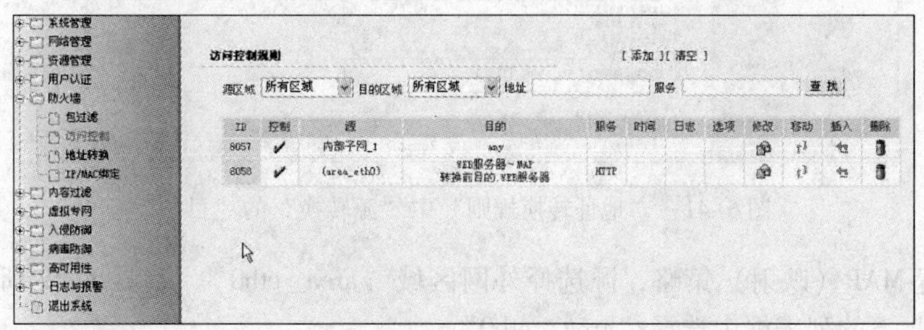

图 6-39　“访问控制规则”的结果界面

(9) 定义地址转换

根据前面的需求，如果内网要访问外网，则必须定义 NAT 策略；同样外网要访问 Web 服务器的映射地址，也要定义 MAP 策略。

1）定义 NAT 策略，选择源为已定义的内部子网，目的为“aera_ eth0”区域（即外网)。选择“防火墙”→“地址转换”，在“地址转换规则”中单击“源转换”单选按钮，然后单击“源”选项卡，在“选择源”下的列表框中选择“内部子网_ 1［子网］”，如图 6-40所示。

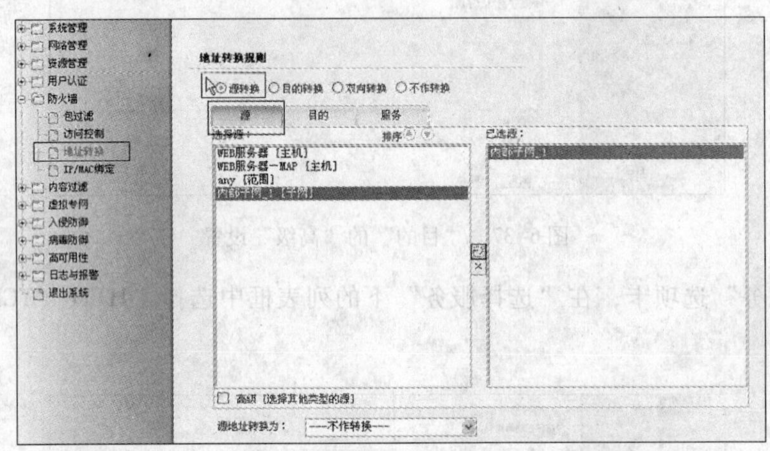

图 6-40　“地址转换规则”中“源转换”的“源”

选中“高级”复选框，在“源地址转换为”后的下拉列表框中选择“eth0［属性］”，如图 6-41 所示，也就是防火墙外网接口 IP 地址。

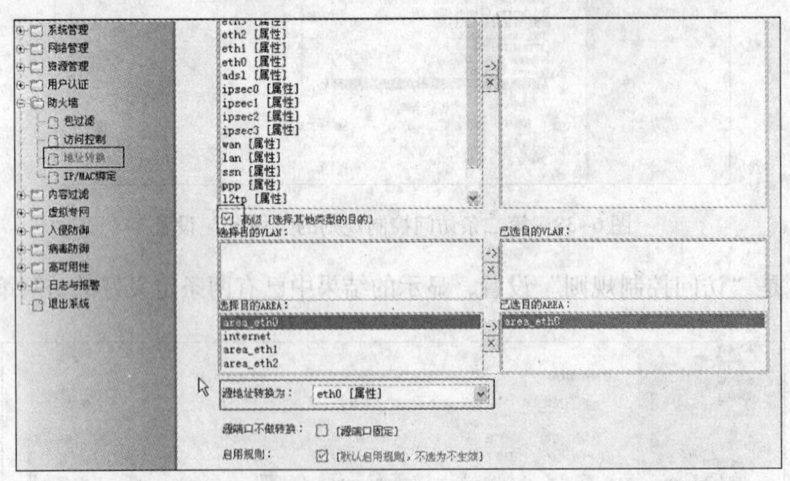

图 6-41　“地址转换规则”中“源转换”的“目的”

2）配置 MAP（映射）策略，源选择外网区域“area_ eth0”。如图 6-42 所示，在“选择源 AREA”下的列表框中选择“area_ eth0”。

目的选择映射后的公网 IP 地址（也就是“WEB 服务器 - MAP”），“目的地址转换为”必须选择服务器映射前的IP地址（也就是Web服务器的真实IP地址），选择“WEB服务

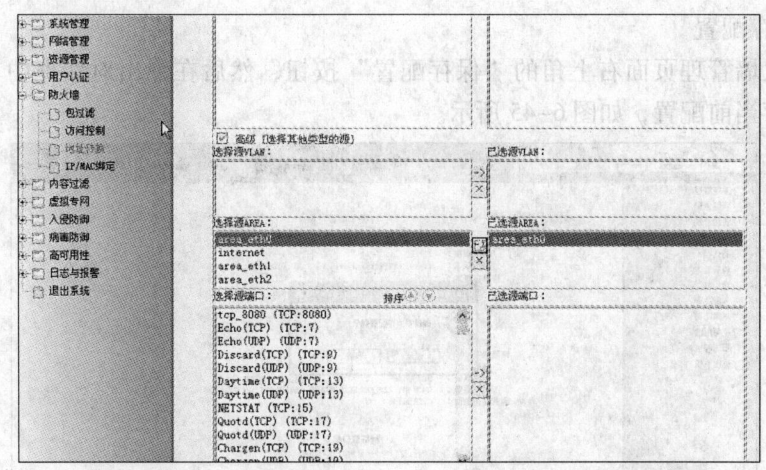

图 6-42 “地址转换规则”中“目的转换”的“源”

器”主机对象即可。如图 6-43 所示，单击“目的转换”单选按钮，再单击“目的”选项卡，在“选择目的”下的列表框中选择“WEB 服务器 - MAP［主机］”，在“目的地址转换为”后的下拉列表框中选择“WEB 服务器［主机］”。

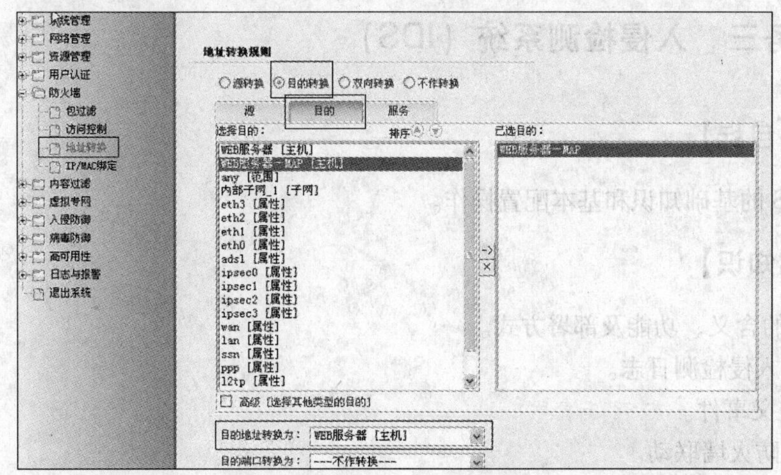

图 6-43 “地址转换规则”中“目的转换”的“目的”

最后，设置好的地址转换策略，如图 6-44 所示，第一条为内网访问外网时做 NAT（源转换）；第二条为外网访问 Web 服务器的映射地址，防火墙把包转发给服务器的真实 IP 地址（目的转换）。

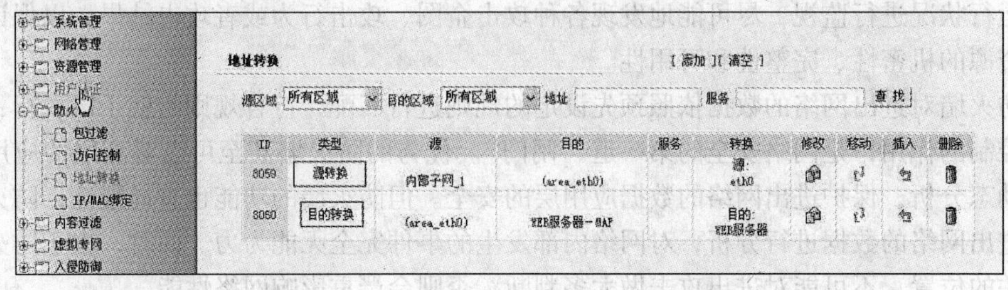

图 6-44 “地址转换规则”的结果界面

（10）保存配置

单击防火墙管理页面右上角的“保存配置”按钮，然后在弹出对话框中单击“确定”按钮即可保存当前配置，如图 6-45 所示。

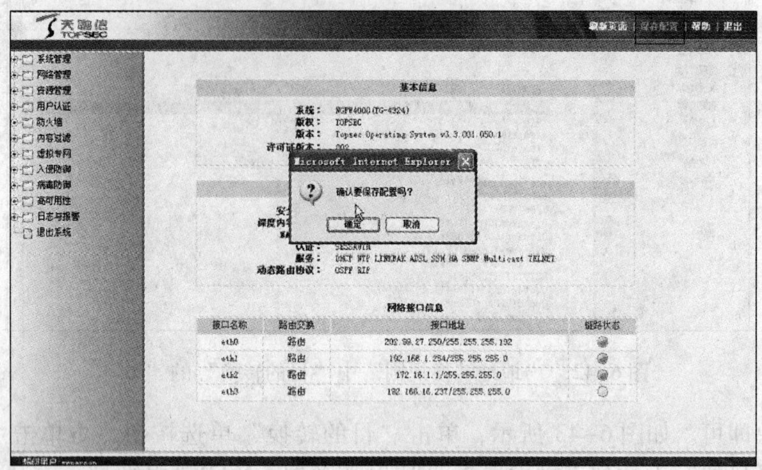

图 6-45　“保存配置”的界面

6.3　任务三　入侵检测系统（IDS）

【任务目标】

掌握 IDS 的基础知识和基本配置操作。

【核心知识】

1）IDS 的含义、功能及部署方式。

2）查看入侵检测日志。

3）自定义事件。

4）实现防火墙联动。

6.3.1　IDS 的基础知识

1. IDS 的含义

入侵检测系统（Intrusion Detection Systems，IDS）指依照一定的安全策略，对网络、系统的运行状况进行监视，尽可能地发现各种攻击企图、攻击行为或者攻击结果，以保证网络系统资源的机密性、完整性和可用性。

防火墙对进出网络的数据依照预先设定的规则进行匹配，符合规则的就予以放行，起到访问控制的作用，是网络安全的第一道“闸门”。优秀的防火墙甚至可以对高层的应用协议进行动态分析，保护进出网络的数据应用层的安全。但防火墙的功能也有局限性，防火墙只能对进出网络的数据进行分析，对网络内部发生的事件完全无能为力。同时，由于防火墙处于网关的位置，不可能对进出攻击做太多判断，否则会严重影响网络性能。

在实际的部署中，IDS 并联在网络中，通过旁路监听的方式实时地监视网络中的流量，对网络的运行和性能无任何影响，同时判断其中是否含有攻击的企图，通过各种手段向管理员报警，不但可以发现外部的攻击，也可以发现内部的恶意行为。所以说，IDS 是网络安全的第二道“闸门”，是防火墙的必要补充，可构成完整的网络安全解决方案。

严格地说，IDS 并不是一个防范工具，它并不能阻断攻击。只有防火墙才能限制非授权的访问，在一定程度上防止入侵行为，而 IDS 提供快速响应机制，报告入侵行为，意味着一种牵制策略。当 IDS 检测到入侵行为时，可立即发出一个指令给防火墙，防火墙马上关闭通信连接，从而阻断入侵行为。所以，IDS 与防火墙可以在功能上实现联动，进行很好地配合，这将大大提高网络系统的安全性。

2. IDS 的功能

入侵检测是对入侵行为的发觉。它通过对计算机网络或计算机系统中的若干关键点收集信息并对其进行分析，从中发现网络或系统中是否有违反安全策略的行为和被攻击的迹象。进行入侵检测的软件与硬件的组合便是入侵检测系统。与其他安全产品不同的是，入侵检测系统需要更多的智能，它必须可以将得到的数据进行分析，并得出有用的结果。一个合格的入侵检测系统能大大地简化管理员的工作，保证网络安全的运行。

具体来说，入侵检测系统的主要功能如下。

1）监测并分析用户和系统的活动。

2）核查系统配置和漏洞。

3）评估系统关键资源和数据文件的完整性。

4）识别已知的攻击行为。

5）统计分析异常行为。

6）操作系统日志管理，并识别违反安全策略的用户活动。

3. IDS 的工作原理

本质上讲，入侵检测系统是一个典型的“窥探设备”，它不能跨接多个物理网段（通常只有一个监听端口），无须转发任何流量，而只需要在网络上被动地、无声无息地收集它所关心的报文即可。IDS 处理过程分为数据采集阶段、数据处理及过滤阶段、入侵分析及检测阶段、报告及响应阶段等 4 个阶段。在数据采集阶段中，入侵检测系统收集目标系统中引擎提供的主机通信数据包和系统使用等情况。数据处理及过滤阶段是把采集到的数据转换为可以识别是否发生入侵的阶段。入侵分析及检测阶段通过分析上一阶段提供的数据来判断是否发生入侵，这一阶段是整个入侵检测系统的核心阶段，根据系统是以检测异常使用为目的，还是以检测利用系统的脆弱点或应用程序的 BUG 来进行入侵为目的，可以区分为异常行为和错误使用检测。报告及响应阶段针对上一个阶段中进行的判断作出响应，如果判断为发生入侵，系统将对其采取相应的响应措施，或者通知管理人员已发生入侵，以便于管理人员采取措施。

目前，IDS 分析及入侵检测阶段一般通过 3 种技术手段进行分析：特征码匹配、统计分析和完整性分析。其中，前两种方法用于实时的入侵检测，而完整性分析则用于事后分析。

特征库匹配就是将收集到的信息与已知的网络入侵和系统误用模式数据库进行比较，从而发现违背安全策略的行为。该过程可以很简单（如通过字符串匹配以寻找一个简单的条目或指令），也可以很复杂（如利用正规的数学表达式来表示安全状态的变化）。一般来讲，一种进攻模式可以用一个过程（如执行一条指令）或一个输出（如获得权限）来表示。该方法的一大优点是只需收集相关的数据集合，可显著减少系统负担，且技术已相当成熟。它与病毒防火墙采用的方法一样，检测准确率和效率都相当高。但是，该方法存在的弱点是需要不断升级以对付不断出现的黑客攻击手法，不能检测到从未出现过的黑客攻击手段。

统计分析方法首先给信息对象（如用户、连接、文件、目录和设备等）创建一个统计描述，统计正常使用时的一些测量属性（如访问次数、操作失败次数和延时等）。测量属性的平均值将被用来与网络、系统的行为进行比较，任何观察值在正常偏差之外时，就认为有入侵发生。其优点是可检测到未知的入侵和更为复杂的入侵，缺点是误报、漏报率高，且不适应用户正常行为的突然改变。

完整性分析主要关注某个文件或对象是否被更改，包括文件和目录的内容及属性，它在发现被更改的、被“特洛伊”化的应用程序方面特别有效。完整性分析利用强有力的加密机制，称为消息摘要函数（如 MD5），能识别极其微小的变化。其优点是不管特征库匹配方法和统计分析方法能否发现入侵，只要是成功的攻击导致了文件或其他对象的任何改变，它都能够发现。缺点是一般以批处理方式实现，不用于实时响应。

4. IDS 的部署

目前，大部分的 IDS 产品基本上由入侵检测引擎和管理控制台组成，在具体应用时可以根据网络结构和需求做不同的部署。

与防火墙不同的是，IDS 是一个旁路监听设备，没有也不需要跨接在任何链路上，无须网络流量流经它便可以工作。因此，对 IDS 的部署的唯一要求是：IDS 应当挂接在全部所关注的流量都必须流经的链路上。在这里，“所关注的流量”指的是来自高危网络区域的访问流量和需要进行统计、监视的网络报文。

IDS 通常都部署在需要重点保护的部位上，如服务器区域的交换机、Internet 接入路由器之后的第一台交换机、重点保护网段的局域网交换机等。

经典的入侵检测系统的部署方式，如图 6-46 所示。

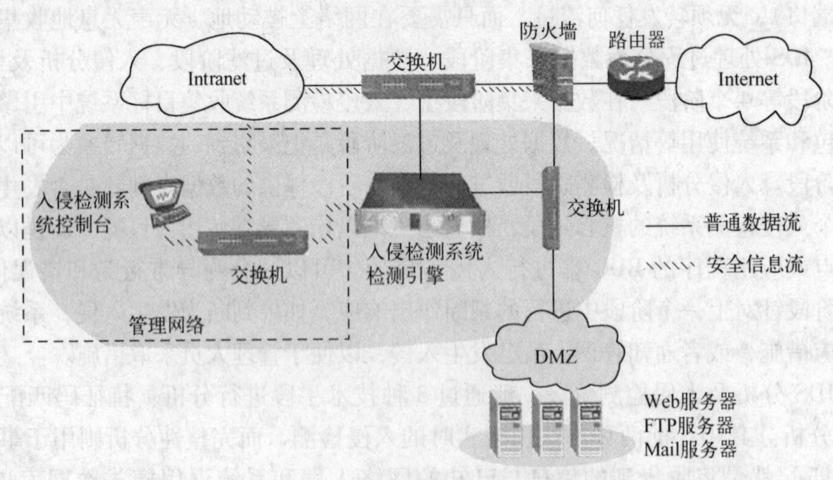

图 6-46　入侵检测系统的部署

6.3.2 IDS 的配置

以天融信公司的网络卫士入侵检测系统（TopSentry）为例，对 IDS 的配置进行介绍。

图 6-47 为 TopSentry 示意图。

图 6-47　TopSentry

其产品特点如下。

(1) 增强的多重入侵检测技术

① 网络卫士 IDS 综合使用误用检测、异常检测、智能协议分析、会话状态分析、实时关联检测等多种入侵检测技术，大大提高了准确度，减少了漏报、误报现象。

② 网络卫士 IDS 建立了完备的异常统计分析模型，用户还可以根据实际网络环境适当地调整相关参数，可更加准确地检测到行为异常攻击。并且，基于内置的强大的协议解码器，网络卫士 IDS 能够检测到各种违背 RFC 协议规范的协议异常攻击。

③ 有些网络攻击行为仅靠检测单一的连接请求或响应是检测不到的，因为攻击行为包含在多个请求中。加入状态特性分析，即不仅仅检测单一的连接请求或响应，而是将一个会话的所有流量作为一个整体来考虑。网络卫士 IDS 能够维护完整的会话列表，并实时跟踪会话状态。通过重组网络数据包、监控并分析会话状态，在有效地防止 IDS 规避攻击的同时，不仅可以减少误报和漏报，而且可以大大提高检测性能。

④ 天融信网络卫士安全管理系统（TSM）采用基于状态机的实时关联检测技术，对网络卫士 IDS 的报警事件和其他事件进行关联分析，有效地提高了 IDS 检测的准确率。

⑤ 内置 2800 种以上入侵规则，提供对 DoS、扫描、代码攻击、病毒、“后门”等各种攻击的检测能力。

(2) 强大的“蠕虫”病毒检测能力

实时跟踪当前最新的“蠕虫”病毒事件，针对当前已经发现的“蠕虫”攻击及时提供相关事件规则。对于存在系统漏洞但尚未发现相关“蠕虫”事件的情况，通过分析漏洞来提供相关的入侵事件规则，最大限度地解决“蠕虫”病毒发现滞后的问题。

(3) 强大的报文回放能力

能够完整记录多种应用协议（HTTP、FTP、SMTP、POP3、Telnet 等）的内容，并按照相应的协议格式进行回放，清楚再现入侵者的攻击过程，重现内部网络资源滥用时泄漏的保密信息内容。

(4) 丰富的响应方式

1) 控制台响应。

① 报警：包括控制台报警、报警器报警、报警灯报警、焦点窗口报警、声音报警、邮件报警、手机短信报警等。

② 日志保存：将日志保存在本地数据库或者远程数据库中。

2) 引擎响应。

① 报警：向控制台发送报警信息，如邮件报警、手机短信报警、报警器报警、SNMP 报警、自定义程序报警等。

② 联动：防火墙、路由器联动等。

③ 阻断：引擎主动阻断。

(5) 方便、灵活的策略编辑器

内置多种策略模板，用户可根据实际网络环境灵活选择、应用。策略编辑器简单、易用，便于管理员制定各种安全策略。内置强大的协议解码器，用户可以灵活地自定义各种入侵规则，具有极强的扩展性。

(6) 灵活的部署方式

支持控制台、引擎分离的分布式部署方式。不仅支持基于 Hub 的共享环境、基于交换机镜像功能的交换环境，而且还支持基于专用的流量分流设备（TAP）的部署方案。

(7) 多层次、分级管理

① 引擎管理：产品构架为基于 C/S 模式的控制台与检测引擎分离的结构。在控制台可以对引擎进行详尽的配置，同时向引擎分发升级更新文件，并可以控制引擎停止、重启等。

② 数据库管理：支持多种数据库，包括本地 ACCESS 数据库、外挂 SQL Server 数据库。可以对数据库日志进行备份、删除、压缩和恢复操作。

③ 策略管理：内置了多种策略模板，在策略模板基础上，用户可以添加新的策略集，并可以对具体策略项进行编辑处理。同时，支持策略集的导出和导入，便于控制台的迁移。

④ 升级管理：支持对事件特征库和系统的在线升级、文件包升级等升级方式，保证事件特征库和系统及时更新。

【实现过程】

1. 基本配置

(1) 登录

“登录”对话框，如图 6-48 所示。

(2) 服务管理

图 6-49 所示的是“服务管理”窗口，其中的服务介绍如下。

图 6-48　登录

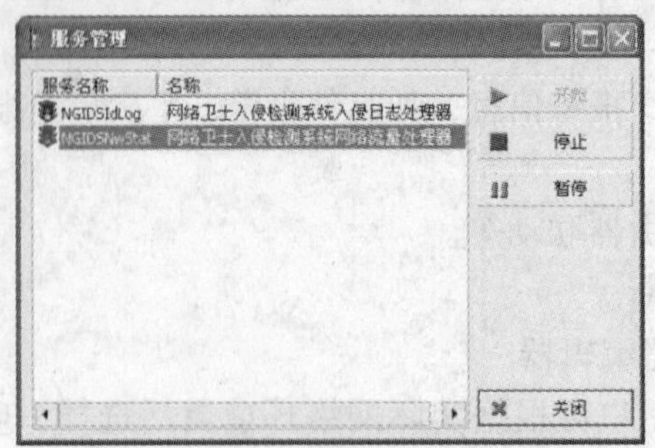

图 6-49　“服务管理”窗口

① 网络卫士入侵检测系统入侵日志处理器（NGIDSIdLog）：服务运行时，它将自动从引擎接收入侵日志。

② 网络卫士入侵检测系统网络流量处理器（NGIDSNwStat）：服务运行时，它将自动从引擎接收流量日志。

(3) 查看入侵检测日志

单击如图 6-50 所示的“入侵检测日志”窗口中工具栏中的🔍图标，可实时显示引擎检测到的事件。单击“实时事件”选项卡，可显示指定数量的事件。

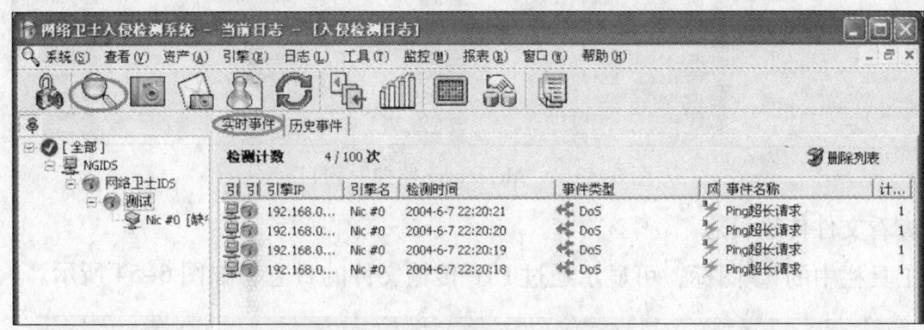

图 6-50 “入侵检测日志”窗口

(4) 查看监控日志

单击工具栏中的📷图标，可以查看监控日志，如图 6-51 所示。

图 6-51 “监控日志”窗口

(5) 查看邮件监控日志

单击工具栏中的📨图标，可显示 POP3，SMTP，IMAP，Web Mail 等协议的邮件监控日志，如图 6-52 所示。

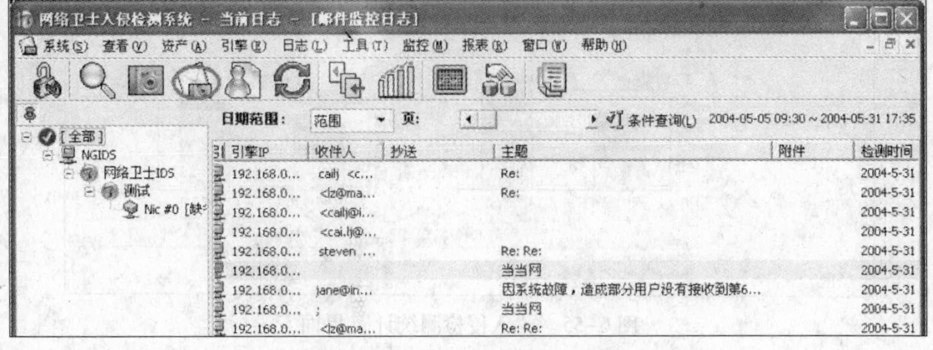

图 6-52 “邮件监控日志”窗口

(6) 查看 Messenger 监控日志

单击工具栏中的图标，可显示 Messenger 监控（MSN）相关日志，如图 6-53所示。

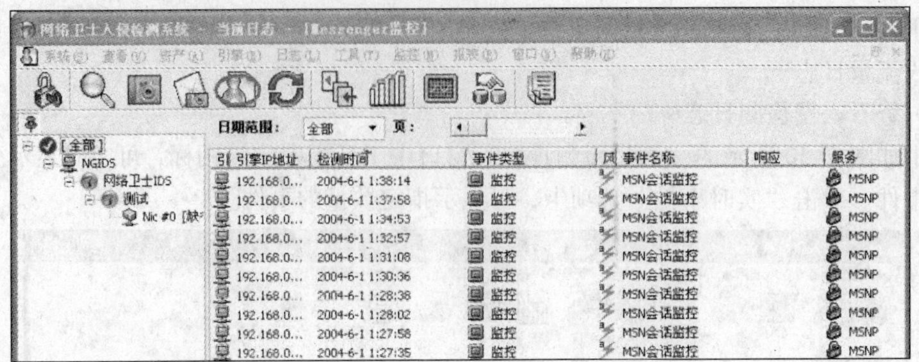

图 6-53 "Messenger 监控"窗口

(7) 查看文件传输日志

单击工具栏中的图标，可显示通过 FTP 传输文件的日志，如图 6-54 所示。

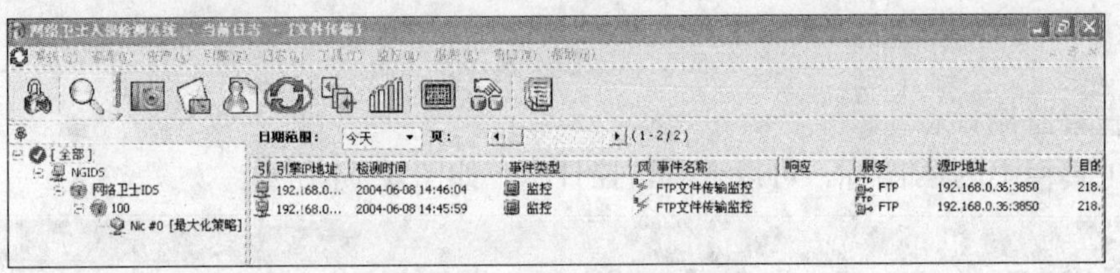

图 6-54 "文件传输"日志窗口

(8) 入侵检测统计

单击工具栏中的图标，可显示入侵检测统计，按风险级别、事件类型显示入侵检测日志统计，如图 6-55 所示。

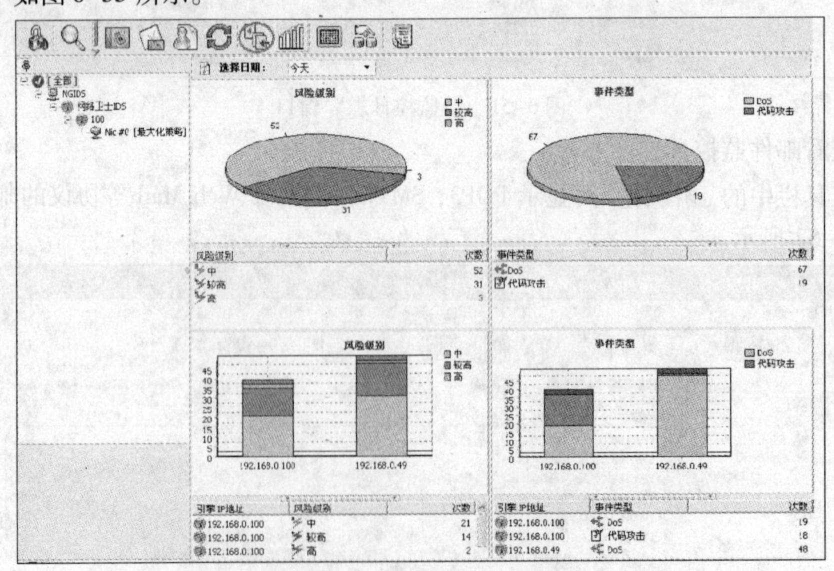

图 6-55 "入侵检测统计"界面

2. 高级配置

（1）自定义事件

打开“策略编辑器”，单击“事件”选项卡，然后选择“组”→“自定义”选项，如图6-56所示，单击“添加”按钮继续。

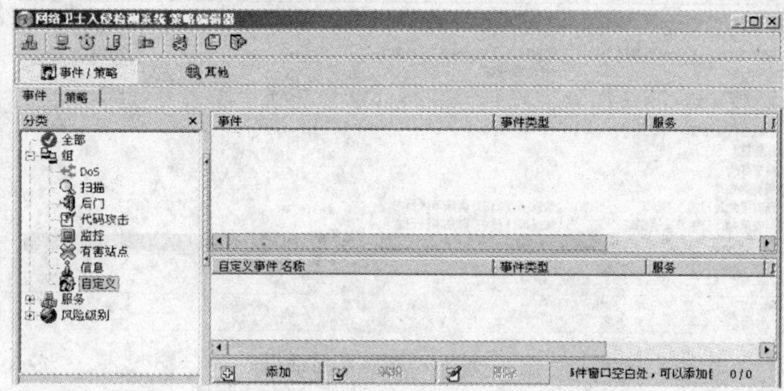

图6-56　“策略编辑器”窗口

出现“事件属性”对话框，如图6-57所示，用户通过此对话框定义自定义事件的属性。

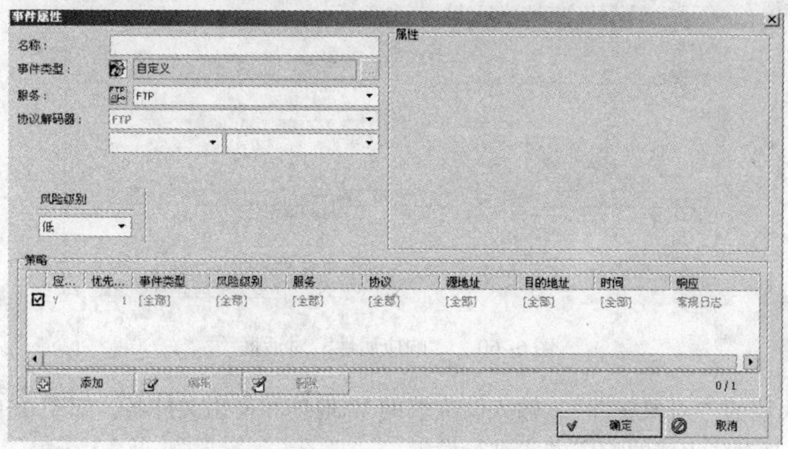

图6-57　“事件属性”对话框

（2）实现防火墙联动

1）单击“引擎”菜单中的“引擎控制”，然后单击“防火墙联动证书”按钮，弹出一个要求发送防火墙联动证书的对话框，在“证书路径”下的文本框中输入防火墙生成的联动证书文件的地址（如 D：\ Key_file_ids），如图6-58所示。

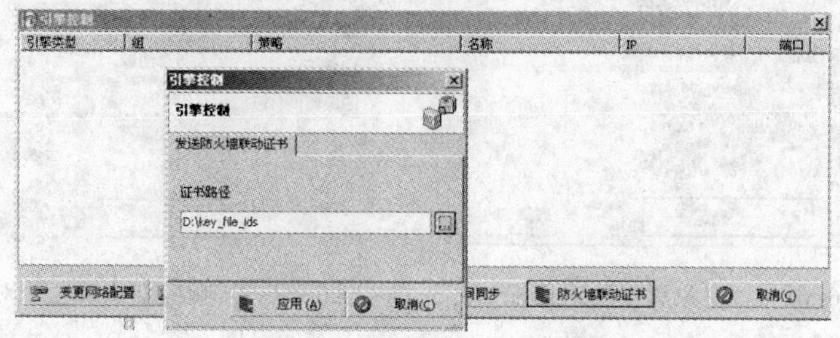

图6-58　发送防火墙联动证书

2）单击“策略编辑器”中的“响应”按钮，打开如图 6-59 所示的“响应”对话框，选择列表框中的“天融信防火墙”，然后单击“编辑”按钮，出现如图 6-60 所示的“响应属性”对话框。

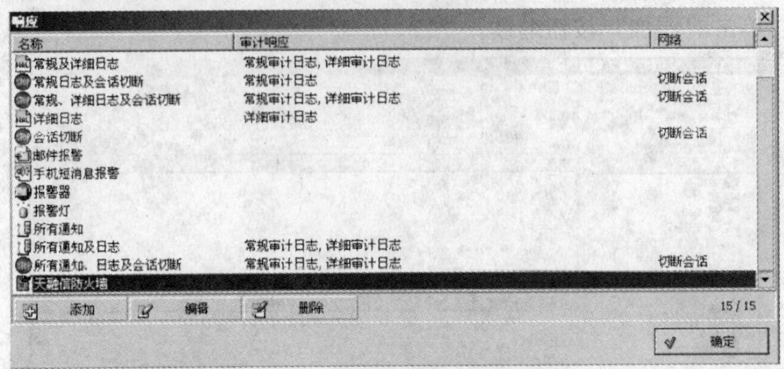

图 6-59 “响应”对话框

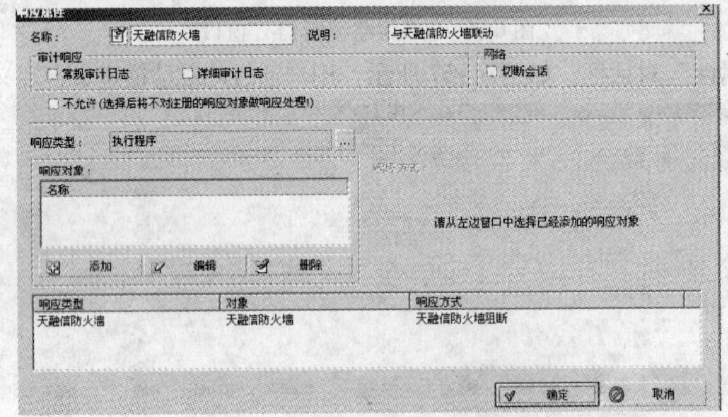

图 6-60 “响应属性”对话框

设置防火墙的“对象属性”，输入防火墙的 IP 地址和密钥文件名，如图 6-61 所示。图 6-62 是对防火墙的响应方式进行设置。

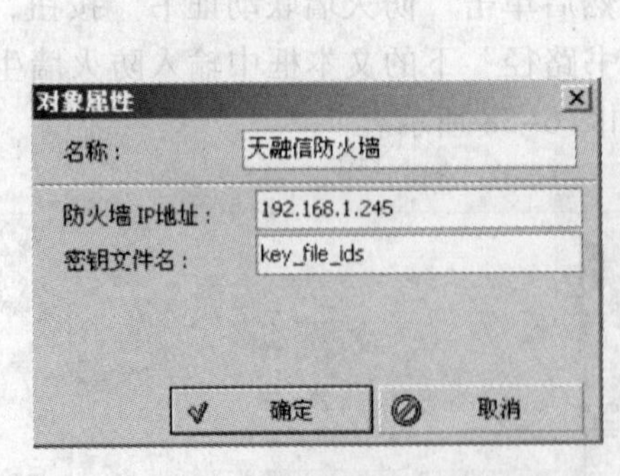

图 6-61 “对象属性”对话框

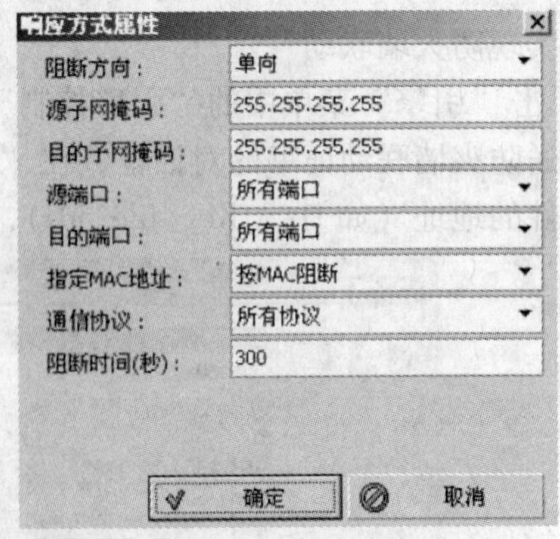

图 6-62 “响应方式属性”对话框

3）设置“策略”。“策略属性”对话框，如图 6-63 所示。

在“策略编辑器”中，针对需要防火墙阻断的事件，选择防火墙的响应方式，即可对相应的事件实现防火墙阻断。

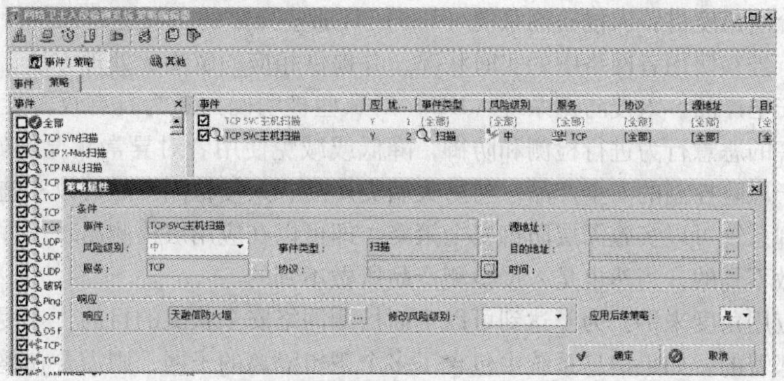

图 6-63 “策略属性”对话框

6.4 任务四 入侵防御系统（IPS）

【任务目标】

掌握 IPS 的基础知识和基本配置操作。

【核心知识】

1）IPS 的含义、功能，以及与 IDS 的区别。

2）配置 IPS 策略。

3）设置攻击防护。

6.4.1 IPS 的基础知识

1. IPS 的含义

随着网络攻击技术的不断提高和网络安全漏洞的不断发现，传统防火墙技术加传统 IDS 的技术，已经无法应对一些安全威胁。在这种情况下，入侵防御系统（Intrusion Prevention System，IPS）技术应运而生。对于部署在数据转发路径上的 IPS，可以根据预先设定的安全策略，对流经的每个报文进行深度检测（协议分析跟踪、特征匹配、流量统计分析、事件关联分析等），如果一旦发现隐藏于其中的网络攻击，可以根据该攻击的威胁级别立即采取抵御措施，这些措施包括：向管理中心报警、丢弃该报文、切断此次应用会话、切断此次 TCP 连接、对滥用报文进行限流以保护网络带宽资源等。

2. IPS 与 IDS 的区别

IPS 是位于防火墙和网络设备之间的设备。如果检测到攻击，IPS 会在这种攻击扩散到网络的其他地方之前阻止这个恶意的通信。而 IDS 只是存在于网络之外，起到报警的作用，而不是在网络前面起到防御的作用。

IPS 检测攻击的方法也与 IDS 不同。一般来说，IPS 依靠对数据包的检测。IPS 将检查入网的数据包，确定这种数据包的真正用途，然后决定是否允许这种数据包进入网络。

目前普遍认为入侵检测系统和入侵防御系统是两类产品，并不存在入侵防御系统要替代入侵检测系统的可能。但由于入侵防御产品的出现，给用户带来了选择上的困惑。

从产品价值角度讲：入侵检测系统（IDS）对那些异常的、可能是入侵行为的数据进行检测和报警，告知使用者网络中的实时状况，并提供相应的解决、处理方法，是一种侧重于风险管理的安全产品。入侵防御系统（IPS）对那些被明确判断为具有攻击性、会对网络和数据造成危害的恶意行为进行检测和防御，降低或减免使用者对异常状况的处理资源开销，是一种侧重于风险控制的安全产品。与防火墙类产品、入侵检测产品可以实施的安全策略不同，入侵防御系统可以实施深层防御安全策略，即可以在应用层检测出攻击并予以阻断，这是防火墙所做不到的，当然也是入侵检测产品所做不到的。

从产品应用角度来讲：为了达到可以全面检测网络安全状况的目的，入侵检测是旁路部署甚至多点部署的。如果信息系统中包含了多个逻辑隔离的子网，则需要在整个信息系统中实施分布部署，即每个子网部署一个入侵检测分析引擎，并统一进行引擎的策略管理以及事件分析，以达到掌控整个信息系统安全状况的目的。于是呈现的效果表现在是否能方便地从产品界面上获得有效信息，以便对接下来的工作进行指导：禁止或允许某些安全规则、评价某个区域的安全建设效果等。所以入侵检测系统的核心价值在于通过对全网信息的分析，了解信息系统的安全状况，进而指导信息系统安全建设目标以及安全策略的确立和调整。

而入侵防御则更关注“防护”，它提供准确而及时的防护，然而其关注重点并不是全局信息，也不是信息分析。这导致了入侵检测和入侵防御在面对事件时的不同态度：入侵检测关注可疑事件，即使不能判断为具体的攻击行为，也要进行记录和分析备案；而入侵防御关注的都是明确的事件，是威胁就坚决予以阻断，不能认定为威胁的则予以放行。而在用户交互层面，也有不同的态度：入侵检测关注信息展现，以图表形式呈现全面的信息以协助分析；入侵防御则不需要关注信息之间的关联，事件对入侵防御而言只是一个阻断报告的数据来源。所以，入侵防御系统的核心价值在于安全策略的实施。

所以，IDS 和 IPS 的关系，并非取代和互斥，而是相互协作：没有部署 IDS 的时候，只能是凭感觉判断，应该在什么地方部署什么样的安全产品，通过 IDS 的广泛部署，了解了网络的当前实时状况，据此状况可进一步判断应该在何处部署何类安全产品（如 IPS 等）。

3. IPS 的主要功能

（1）精确阻断

入侵防御系统作为串接部署的设备，确保用户业务不受影响是一个重点，错误的阻断必定影响正常业务，在错误阻断的情况下，各种所谓扩展功能、高性能都是一句空话。这就引出了 IPS 设备所应该关心的重点——精确阻断，即精确判断各种深层的攻击行为，并实现实时的阻断。精确阻断解决了由于 IPS 的误报和滥报，使得串接设备形成新的网络故障点的问题。

（2）深层防御

作为一款防御入侵攻击的设备，防御各种深层入侵行为是第二个重点，这也是 IPS 区别于其他安全产品的本质特点。与精确阻断相结合，产生了保障深层防御情况下的精确阻断，即在确保精确阻断的基础上，尽量多地发现攻击行为。

6.4.2 IPS 的配置

以天融信公司的网络卫士入侵防御系统（Topsec Intrusion Detection and Prevention,

TopIDP）为例，介绍 IPS 的配置。

TopIDP 是基于新一代并行处理技术开发的网络入侵防御系统，它通过设置检测与阻断策略对流经的网络流量进行分析过滤，并对异常及可疑流量进行积极阻断，同时向管理员通报攻击信息，从而提供对网络系统内部资源的安全保护。

TopIDP 是集访问控制、数据包深度过滤、漏洞攻击防御、“蠕虫”检测、报文完整性分析为一体的网络安全设备，为用户提供整体的立体式网络安全防护。

其产品特点如下。

（1）灵活简单的部署方式

TopIDP 支持透明接入。在已经配置好的网络环境中设置 TopIDP 时，无须更改用户网络的拓扑结构就能接入用户网络中。在设置入侵防御策略时也无须更改用户网络中主机的任何网络配置。透明接入极大地方便了 TopIDP 的接入，对于外部用户而言，它们不会知道 TopIDP 的存在，所以极大地提高了网络的安全性。

（2）稳定的容错机制

配合 Bypass 扩展子卡，TopIDP 端口支持 FOD 失效开放机制，当出现系统故障或电源断电时，系统能够在短时间内自动切换到 Bypass 模式以保证网络的畅通，这完全能胜任骨干网及数据中心的可靠性需求。

（3）基于流的数据检测

TopIDP 支持 TCP 流重组，所有检测是基于流的，而非单个数据包，与单包检测的系统相比，它能够识别利用 TCP 分段而进行的攻击行为。

（4）灵活的自定义规则

TopIDP 能够在自定义规则中对数据报文的4 ~7 层的特征分别进行定义，通过对数据报文的头部进行规则匹配、对载荷部分进行深度内容检测，以保证从源头上阻断有害数据流量，实现了较高的安全性能。

（5）丰富的系统规则

系统规则库默认提供超过 2200 种规则，包含多种攻击检测。TopIDP 通过手动或自动实时更新攻击特征数据库，能够应用最新的攻击特征数据库来提高对入侵的防御能力。

（6）系统完整性检验

系统完整性检验是指系统能够检测到系统数据未被授权的更改，并采取适当的措施对数据进行保护的功能。

（7）检测事件实时统计功能

TopIDP 可以显示检测到的攻击事件的详细信息，包括发生时间、事件级别、事件号、攻击次数、服务、源/目的 IP 地址等信息。同时在 WebUI 上实时显示攻击事件，包括事件号、发生次数、事件排名等。

（8）丰富的报表统计及输出功能

配合独立的 TopPolicy 软件，TopIDP 可以根据用户需求生成不同的统计报表，根据入侵/受攻击主机、攻击类型和时间等各种不同条件生成报表，并可以以 HTML、PDF、Word 等多种不同格式输出。而且还可以输出季报/月报/周报/日报等报表。

（9）实时阻断多种网络攻击

可以提供对 Ping of Death、UDP Floods、SYN Floods、Land Attack、Smurf Attack、Fraggle

Attack 等多种网络攻击的防御功能。

(10) 方便的远程管理模式

配合独立的 TopPolicy 软件，TopIDP 支持对设备的多用户的分组管理以及策略的分组分发，还提供了众多的策略模板，可由用户自主地修改、定义策略。

【实现过程】

网络卫士入侵防御系统的管理方式包括本地管理（通过 Console 口管理）和远程管理（通过 WebUI 方式管理）等。

第一次使用网络卫士入侵防御系统，管理员可以通过 Console 口以命令行方式登录到网络卫士入侵防御系统并配置其他几种管理方式。然后，再通过浏览器以 WebUI 方式或通过 TopSEC 管理中心进行配置和管理。

1）新建连接：选择“开始”→“程序”→“附件”→“通讯”→“超级终端”。

2）成功连接到入侵防御系统后，“超级终端”窗口会出现输入用户名、密码的提示，如图 6-64 所示。

图 6-64 “超级终端”窗口

3）输入系统默认的用户名“superman”和密码“talent”，即可登录到网络卫士入侵防御系统。登录后，用户就可使用命令行方式对网络卫士入侵防御系统进行配置管理。

4）管理员可以通过命令对入侵防御系统进行一些必要的设置，如更改/添加接口 IP 地址，添加其他的远程管理方式（包括 WebUI 管理、SSH 等）。

管理员在管理主机的浏览器上输入入侵防御系统的管理 URL，如 https://192.168.1.254，即可通过浏览器登录入侵防御系统，如图 6-65 所示。

图 6-65 TopIDP 登录界面

TopIDP 提供多种管理功能，如系统管理、网络管理、流量管理、资源管理、入侵防御管理、日志与报表管理等。入侵防御是基于模式匹配和异常检测技术对网络数据进行在线数据解析和攻击检测的。它通过对数据包进行规则匹配，对异常的数据包进行主动防御，从而保护网络的安全。同时，天融信入侵防御设备可以实现与天融信防火墙的联动，为用户内部网络提供了全面、高效的安全保护。

1. IPS 策略

通过定义入侵防御策略，可以允许或禁止满足特定条件的报文通过入侵防御设备，或者根据用户需要对其进行处理。每一条入侵防御策略中的信息主要包括：报文的源区域、目的区域、源地址、目的地址、事件以及对满足条件的报文进行何种操作。在设置入侵防御策略之前，需要首先设置规则集、动作、时间等资源。设置入侵防御策略的具体操作步骤如下。

1）选择“入侵防御”→“IPS 策略”，进入“入侵防御规则”定义界面，如图 6-66 所示。

入侵防御规则　　[添加][清空]

ID	源区域	目的区域	源地址	目的地址	规则集	时间	处理动作	备注	修改	移动	删除	状态
8681	area_eth1	area_eth0	11.0.0.0	192.168.0.0	HTTP头 FTP头	weekdays						
8682	area_eth0	area_eth1	192.168.0.0	11.0.0.0	HTTP头 FTP头	weekdays						
8683			any	any	所有事件	weekdays						

图 6-66　“入侵防御规则”定义界面

图中，“ID”为每项规则的编号，在移动规则顺序时将会使用。单击“修改”图标可对规则进行修改；单击“移动”图标可移动规则顺序；单击“删除”图标可删除规则；单击“状态”图标可以禁用或启用相应的规则。

2）单击“添加”按钮，添加一条新的入侵防御规则。

3）在打开的界面中单击“源”选项卡，如图 6-67 所示，对数据报文的源设置限定条件。

入侵防御规则不仅可以对报文的源 IP 地址、发起连接的用户组身份进行限定，还可以在“高级”选项中对报文的源区域进行限定。

① 设置源 IP 地址或发起连接的主机或子网。

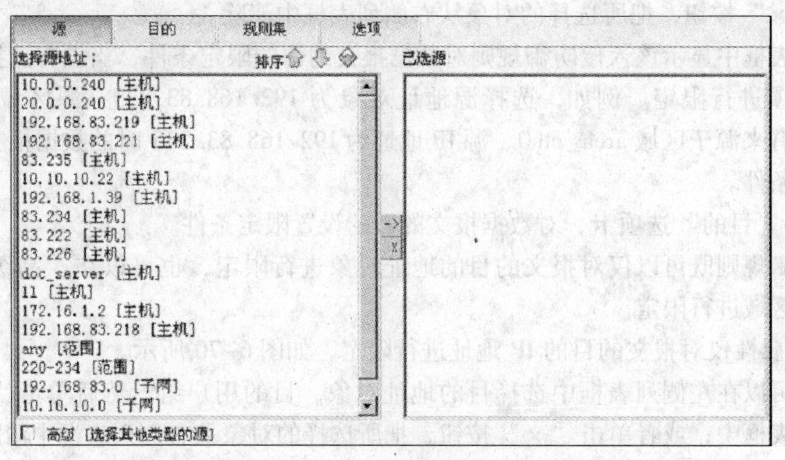

图 6-67　配置入侵防御规则的“源地址”

管理员可以在左侧列表框中选择源地址对象、源用户组，然后单击“→”按钮添加到右侧列表框中；或者单击“×”按钮，把所选择的对象从右侧列表框中清除。

图中“选择源地址”右侧的排序按钮用于按照 ASCII 码的正序和倒序排列下面列表框

中的对象，其中⇧按钮用于正序排列；⇩按钮用于倒序排列。单击动态筛选◈按钮，左侧弹出文本框，管理员可以输入查询条件，则符合查询条件的对象名称将被选中，如图 6-68 所示，可以方便用户按序查找资源。

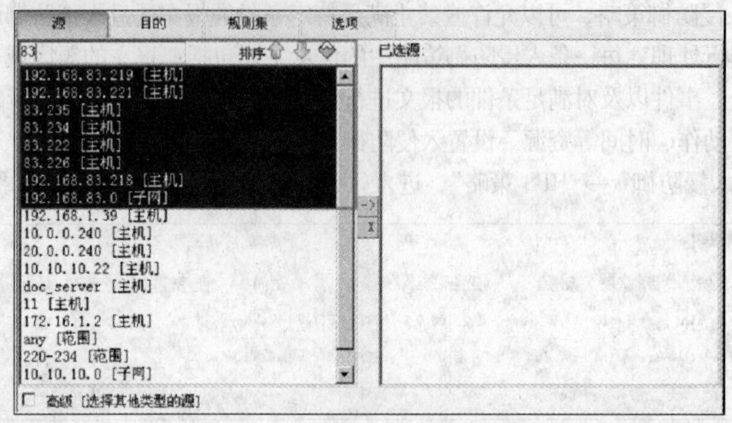

图 6-68　查询“源地址”

② 单击图 6-68 中的“高级”复选框可以打开高级属性，对报文源区域进行限定，如图 6-69 所示。

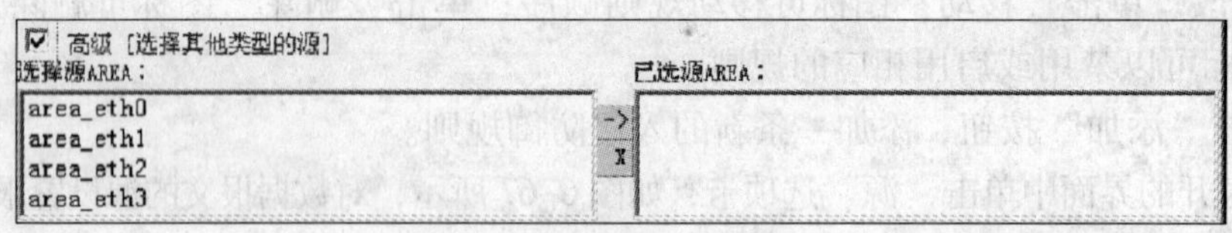

图 6-69　配置“源区域”

管理员可以在左侧列表框中选择源区域，然后单击“→”按钮添加到右侧列表框中；或者单击“×”按钮，把所选择的对象从右侧列表框中清除。

右侧列表框中显示该入侵防御规则对数据报文的源的限定条件，当没有选择任何对象时表示不对该项进行限定。例如，选择源地址对象为 192.168.83.235，源区域为 area_eth0 时，表示只有来源于区域 area_eth0、源 IP 地址为 192.168.83.235 时的数据报文才匹配该规则的源限定条件。

4）单击“目的”选项卡，对数据报文的目的设置限定条件。

入侵防御规则既可以仅对报文的目的地址对象进行限定，也可以在“高级”选项中对报文的目的区域进行限定。

① 基本属性仅对报文的目的 IP 地址进行限定，如图 6-70 所示。

管理员可以在左侧列表框中选择目的地址对象、目的用户组，然后单击“→”按钮添加到右侧列表框中；或者单击“×”按钮，把所选择的对象从右侧列表框中清除。

② 单击图 6-70 中的“高级”复选框可以打开高级属性，对报文的目的区域进行限定，如图 6-71 所示。

管理员可以在左侧列表框中选择目的区域，然后单击“→”按钮添加到右侧列表框中；或者单击“×”按钮，把所选择的对象从右侧列表框中清除。

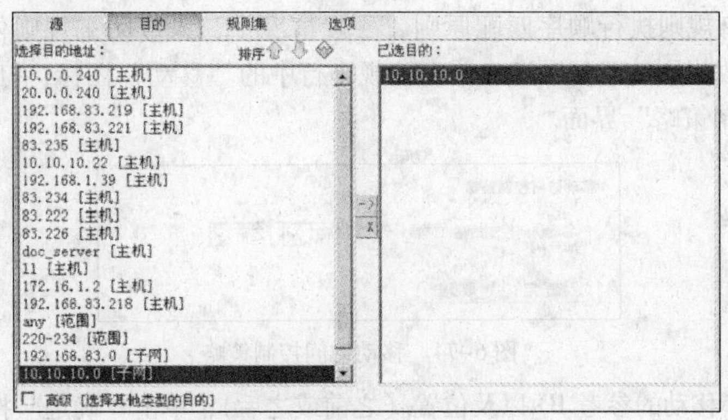

图 6-70　配置“目的地址”

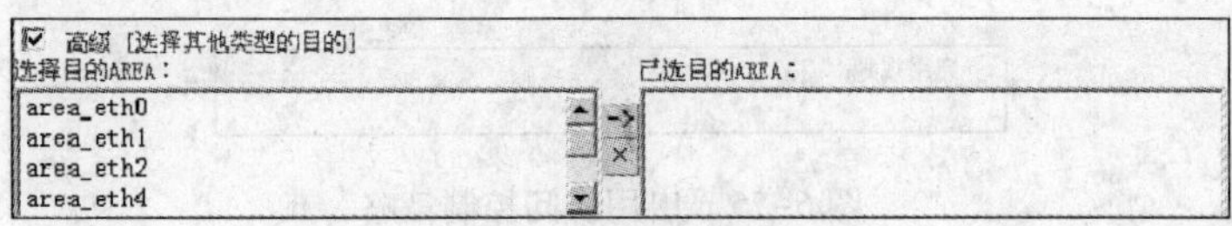

图 6-71　配置“目的区域”

5）单击“规则集”选项卡，可以在此选项卡中选择该条入侵防御策略需要匹配的规则集，如图 6-72 所示。

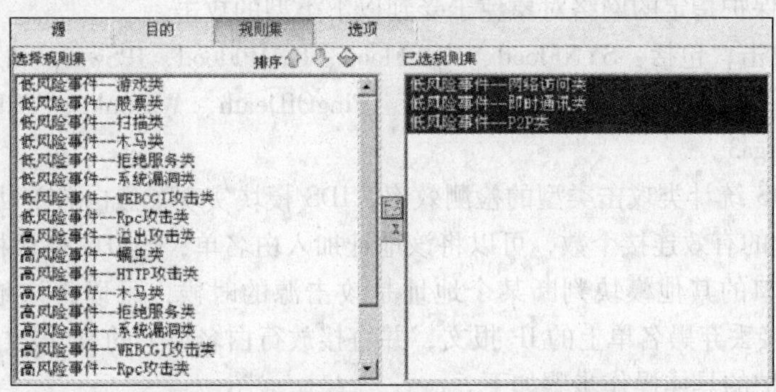

图 6-72　配置入侵防御规则的“规则集”

图中“选择规则集”列表框中列出了系统内的全部备选规则集，包括系统规则集和自定义规则集。选中规则集列表框中的规则，然后单击“→”按钮，即可将规则选入“已选规则集”中，对已选入的规则单击“×”按钮可将其删除。

6）单击“选项”选项卡，可以在此选项卡中定义规则的生效时间及对匹配该规则的数据报文的处理动作，如图 6-73 所示。

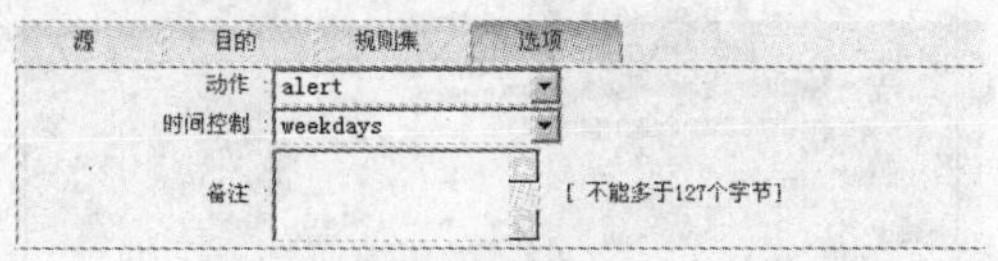

图 6-73　配置“选项”

7）单击“确定”按钮完成该条入侵防御规则的设定。

8）用户可以单击“修改”一列对应的图标，对现有规则进行修改。

9）单击“清空”按钮，可以清除所有的入侵防御规则，便于重新配置。

10）入侵防御规则执行顺序匹配原则。一般情况下，入侵防御规则依据添加的顺序排列，如果需要更改规则的匹配顺序，单击该规则行中的“移动”图标，打开如图 6-74 所示的“移动访问控制策略”界面。

图 6-74 移动访问控制策略

用户可以选择移动的参考 ID 以及位置（之前或之后），单击“确定”按钮完成策略移动。

11）完成入侵防御规则配置后，定义是否启用该规则（默认为启用该规则），如图 6-75 所示。

图 6-75 启用访问控制策略

2. 攻击防护设置

网络卫士入侵防御系统内置的 IDS 模块，可以有效检测并抵御常见的攻击行为，用户通过简单设置即可保护指定的网络对象免于受到以下类型的攻击。

1）统计型攻击，包括：SYNFlood、UDPFlood、ICMPFlood、IPSweep 和 PortScan。

2）异常包攻击，包括：Land、Smurf、PingOfDeath、Winnuke、TCPScan、IPOption、TearOfDrop 和 Targa3。

为了提高 IDS 统计类攻击类型的检测效率，IDS 模块实现了黑白名单功能。通过在会话中统计某 IP 地址的有效连接个数，可以将该地址加入白名单；当 IDS 模块检测到 Flood 攻击或者调用 IDS 接口的其他模块判断某个地址是攻击源的时候，可以将该地址加入黑名单。IDS 模块将会直接丢弃黑名单上的 IP 报文，并直接放行白名单上的 IP 报文。

配置攻击防护的具体操作步骤如下。

1）选择“入侵防御”→“Anti-DOS”，然后单击“攻击防护”选项卡，如图 6-76 所示。

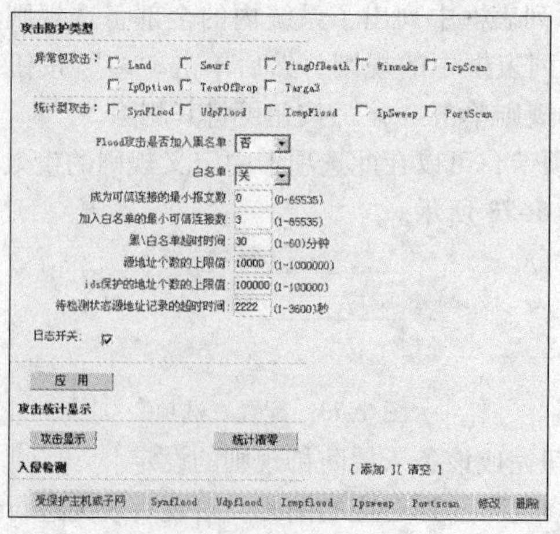

图 6-76 配置攻击防护

图 7-76 中有关攻击防护的设置参数及说明，见表 6-1。

表 6-1　攻击防护的设置参数及说明

参　数	说　明
异常包攻击	入侵防御系统可以防御的异常包攻击防护类型，包括：Land、Smurf、PingofDeath、Winnuke、TCPScan、IPOption、TearOfDrop 和 Targa3。网络卫士入侵防御系统只检测已选择的攻击类型 1）Land 是一种拒绝服务攻击。它使用伪造的 SYN 包，包的源地址和目标地址都被设置成被攻击方的地址，这样被攻击方会给自己发送 SYN - ACK 消息并发回 ACK 消息，创建一个空连接，每一个这样的连接都将保持到超时为止，这样过多的空连接会耗尽被攻击方的资源，导致拒绝服务 2）Smurf 是一种拒绝服务攻击，简单来说，它可以通过大规模的发送以被攻击方的 IP 地址为源地址，以一个具有大量主机的网络广播地址为目的地址的 ICMP 请求包，这样大量的 ICMP 回复包将会耗尽被攻击方的资源，导致拒绝服务的发生 3）PingOfDeath 是一种拒绝服务攻击，通过向被攻击方发送超大的 ICMP 包，造成被攻击方系统崩溃 4）Winnuke 攻击，主要是攻击目标端口，被攻击的目标端口一般是 139、138、137、113、53 等，Winnuke 现已发展到不仅可以攻击单个 IP 地址，还可以连续攻击一个 IP 地址段，造成属于此地址段的主机发生死机或蓝屏等异常情况 5）TCPScan，攻击者通过检测 TCP 服务预留的1024 个端口，如即时消息服务等，获知哪些端口是打开的。打开的端口暗示着安全漏洞，这些漏洞可以被恶意的黑客利用 6）IPOption，攻击者通过检查 IP 包中的选项域，使用这个规则选项搜索 IP 包头的特定选项，例如，源路由来指定路由，利用可信用户对服务器进行攻击。特别是基于 UDP，由于是面向非连接的，更容易被利用来攻击 7）TearOfDrop 利用了被攻击方对于 IP 碎片的重新组合来实施攻击，当服务器尝试重新组合含有错误分片信息的封包时会引起系统崩溃 8）Targa3 是一种整合了多种拒绝服务攻击的工具包，可以通过多种方式对被攻击对象发动拒绝服务攻击
统计型攻击	入侵防御系统可以防御的统计型攻击防护类型，包括：SYNFlood、UDPFlood、ICMPFlook、IP-Sweep 和 PortScan。网络卫士入侵防御系统只检测已选择的攻击类型 1）SYNFlood 是当前比较流行的拒绝服务攻击的方式之一。SYNFlood 利用了 TCP 的固有缺陷，通过发送大量伪造的 TCP 连接请求，使被攻击方充满 SYN 半连接，从而耗尽被攻击方的资源而无法响应正常请求 2）UDPFlood 是当前比较流行的拒绝服务攻击的方式之一。攻击者通过发送大量的含有 UDP 数据报的 IP 封包，当被攻击方再也无法处理有效的连接时，就发生了 UDP 泛滥 3）ICMPFlood 通过向被攻击者发送大量的 ICMP 回应请求，消耗被攻击者的资源来进行响应，直至被攻击者再也无法处理有效的网络信息流时，就发生了 ICMP 泛滥 4）IPSweep（IP 扫描）是一种简单的网络地址扫描方式，通过发送 ICMP 回应请求到某一地址段的所有主机，根据响应情况分析被扫描网络及主机的基本情况。IPSweep 一般来说是恶意攻击的第一步 5）PortScan（端口扫描），通过向一个特定主机地址的不同端口（包括 TCP 端口和 UDP 端口）发送 IP 数据包，以确定该主机开启的服务
Flood 攻击是否加入黑名单	选择是否开启统计型攻击的黑名单功能。可选值：是、否
白名单	选择是否开启白名单功能
成为可信连接的最小报文数	设置成为可信连接的最小报文数，即只有当一个连接的双向报文数达到某个阀值时，该连接才能成为可信连接 取值范围：0 ~65535
加入白名单的最小可信连接数	设置加入白名单的地址的最小可信连接数，即只有当某个地址的可信连接达到某个阀值时，该地址才能被加入到白名单中 取值范围：1 ~65535

（续）

参　数	说　明
黑/白名单超时时间	设置黑/白名单的超时时间，即当一个地址被加入到黑/白名单后，经过一段时间，会将其从黑/白名单中删掉，其状态被置为初始状态 取值范围：1～60 min
源地址个数的上限值	设置系统记录的源地址个数的上限值 取值范围：1～1000000
IDS 保护的地址个数的上限值	设置 IDS 保护的地址个数的上限值 取值范围：1～100000
待检测状态源地址记录的超时时间	设置处于待检测状态（不是在黑名单也不在白名单）的源地址记录的超时时间 取值范围：1～3600 s
日志开关	设置是否开启日志。在设置完统计型攻击防护和异常包攻击防护后，当有攻击事件发生时，网络卫士入侵防御系统可以选择是否记录日志

2）参数设置完成后，单击“应用”按钮即可。

3）对于统计型攻击，在设置完网络卫士入侵防御系统可以抵御的攻击类型后，还要确定需要保护的对象，即网络卫士入侵防御系统保护的对象。具体操作步骤如下。

① 单击“入侵检测”右侧的“添加”按钮，进入受保护对象的“添加/修改配置”界面，如图 6-77 所示。

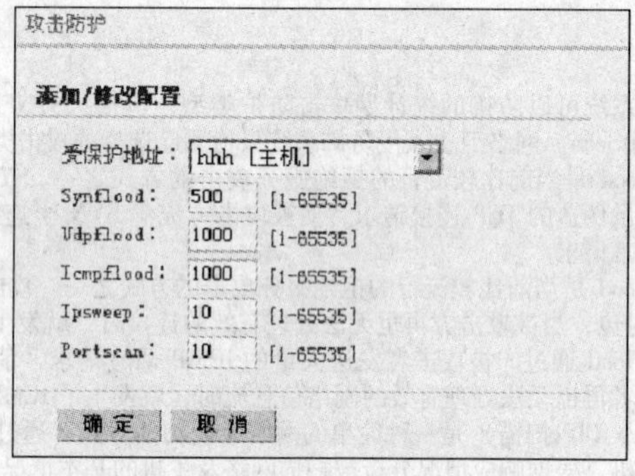

图 6-77　“添加/修改配置”界面

管理员需为每种统计型攻击方式设置阈值。图 6-77 中的参数及说明，见表 6-2。

表 6-2　攻击防护配置参数及说明

参数	说　明
受保护地址	选择受保护的对象 受保护的对象可以是主机地址、地址范围或子网地址
SYNFlood	可以指定每秒中允许的向受保护对象发起的连接请求的最大数值 默认值：500 个连接请求/s；取值范围：1～65535
UDPFlood	可以指定每秒中允许的向受保护对象发送的 UDP 封包的最大数值，超过此临界值就会调用 UDP 泛滥攻击保护功能 默认值：1000 个/s；取值范围：1～65535

（续）

参数	说　明
ICMPFlood	可以指定每秒中允许的向受保护对象发送的 ICMP 回应请求的最大数值，超过此临界值就会调用 ICMP 泛滥攻击保护功能 默认值：1000 个/s；取值范围：1 ~ 65535
IPSweep	当一个源 IP 地址在规定的时间间隔内将 10 个 ICMP 封包发送给不同的主机时，网络卫士入侵防御系统即判定进行了一次地址扫描 默认值：0.01 s；取值范围：1 ~ 65535
PortScan	当一个源 IP 地址在规定的时间间隔内将含有 TCP SYN 片段的 IP 封包发送给位于相同目标 IP 地址的 10 个不同端口时，网络卫士入侵防御系统即判定进行了一次端口扫描 默认值：0.01 s；取值范围：1 ~ 65535

② 参数设置完成后，单击“确定”按钮即可。

习题

1. 简述代理服务器的作用。
2. 简述防火墙的主要功能。
3. 简述包过滤技术的基本工作原理。
4. 简述 IDS 的主要功能及基本工作原理。
5. 简述 IDS 与 IPS 的主要区别。

第 7 章　系统集成工程项目管理

网络安全系统集成与建设是一个热门话题，但也是一个复杂、艰巨的系统工程，涉及进度、质量、投资、合同、人员、风险、图纸文档等多方面的工作，众多的参与部门和单位如设计、监理、施工、设备、物资、运营等，使沟通和协调变得十分困难。究其原因，主要是对系统集成的工程管理认识不够，缺乏工程管理经验与方法，导致工程管理不规范。系统集成工程项目的实施有其规律性可言，但要很好地完成一个系统集成工程，就必须对系统集成工程管理进行全面分析。对整个工程项目的管理来说，一般可以分为以下几个方面。

7.1　工程实施

工程实施，即是对前期已经规划设计，并通过论证的方案进行施工的工作。如果说规划设计是理论上的工作的话，那么施工就是从理论进入到实际的转变。工程实施必须按照规划设计的内容和工程双方的约定进行。可以采取明确规划设计中的设备清单，然后根据工程量和合同约定的工期制定实施计划。

7.1.1　设备清单

设备清单是整个工程所需要或者设计的设备内容，如完全的信息系统集成可能涉及到的介质、设备、软件等的品牌、数量、规格等内容，最好以表格的形式完全明确下来。

7.1.2　实施计划

实施计划是根据工程量编制实施计划，把整个工程项目分解成为若干部分，然后明确每一部分的实施和完成时间，这样可保证工程的顺利进行，如从 XX 年 XX 月 XX 日到 XX 年 XX 月 XX 日完成工程的哪一些部分，同样制作成表格，每完成一个项目后做好时间记录，实施计划表方式见表 7-1。

表 7-1　实施计划表

工程分项	分项名称	计划时间	具体完成时间
1	综合布线（水平系统）	2010. 01. 01 ~ 2010. 03. 15	2010. 03. 12
2	综合布线（垂直系统）		
3	网络设备配置调试		
4	服务器硬、软件安装		
5	分项验收		
⋮	⋮		

最好对工程项目做一个比较详细的分项处理，以便对工程项目的进度进行准确的控制和处理。

7.1.3 实施流程

实施流程是对每一个项目的实施做好详细规划，做到每一步都有章可寻，同时也要详细清晰、不混乱。例如，网络核心设备测试流程，如图 7-1 所示。

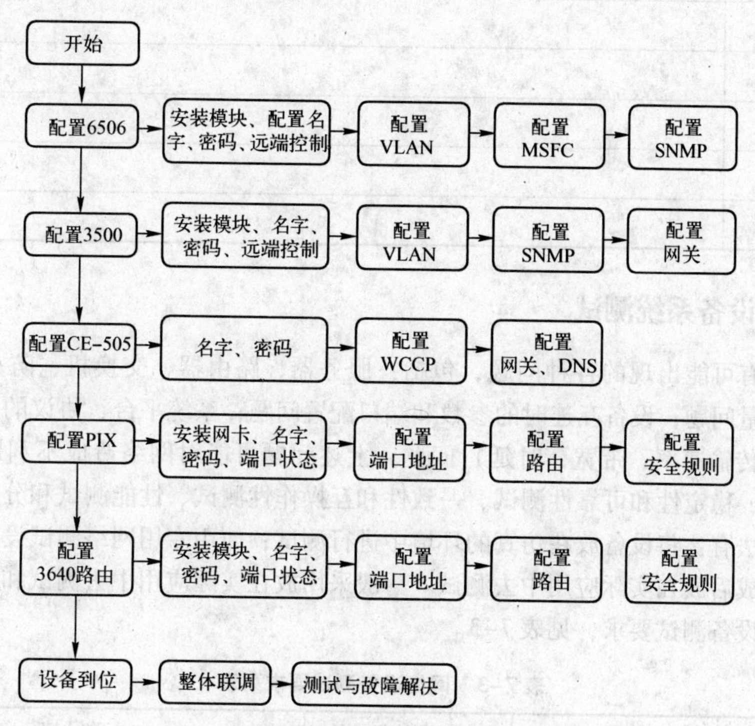

图 7-1　网络核心设备测试流程图

7.2 系统测试

在每个系统工程分项完成后，为了保障下一个分项的正常实施和以后的工程验收，通常都会对每个分项进行测试，如布线系统、交换机、路由器、网络安全设备、服务器等。每个系统测试都要根据相关的技术指标或者约定进行，并记录相关的数据。

7.2.1 综合布线系统测试

综合布线系统的测试一般是采用专用的设备对线路的布线标准、线路的长短、回波、串扰、配线间（架）的规格、打线标准、上架位置、光纤适配的标准、RJ-45 的制作标准等进行测试。线路可以用 FLUCK 进行测试，然后记录数据等信息，方便以后验收。项目建设要求，见表 7-2。

表 7-2 项目建设要求列表

项目名称		布线工程测试
类别	序号	描述及测试指标标准
功能要求	1	
	2	
	3	
	4	
性能要求	1	
	2	
	3	
	4	

7.2.2 网络设备系统测试

网络设备有可能出现的各种问题，包括：服务器、路由器、交换机、防火墙、入侵检测、网卡等质量问题；设备互连时的参数和端口配置问题；系统平台、协议的一致性问题以及网络容量（传输速率、带宽、时延）问题。上述问题可能对网络造成不利影响。测试内容：功能测试、稳定性和可靠性测试、一致性和互操作性测试、性能测试和分析。网络设备典型的测试方法有：将设备放在仿真的环境中进行测试；使用专用网络测试设备对产品进行测试，全部完成后放在实际应用中去测试。一般采用放在实际应用中去测试和用专用设备进行测试，网络设备测试要求，见表 7-3。

表 7-3 网络设备测试要求列表

项目名称		核心交换机	路由器	防火墙
类别	序号	描述及测试指标标准	描述及测试指标标准	描述及测试指标标准
功能要求	1	VLAN	策略路由	NAT
	2			
	3			
	4			
性能要求	1			
	2			
	3			
	4			

7.2.3 服务器系统测试

服务器系统测试时，一般会对服务器的硬件、软件和整个系统运行情况等进行测试。服务器系统测试要求，见表7-4。

表7-4　服务器系统测试要求列表

项目名称		邮件（E-mail）服务器	网站（Web）服务器	防火墙
类别	序号	描述及测试指标标准	描述及测试指标标准	描述及测试指标标准
功能要求	1			
	2			
	3			
	4			
性能要求	1			
	2			
	3			
	4			

7.3 网络安全系统集成项目的验收

网络安全系统集成项目的验收阶段是整个项目建设的最后一个阶段，在本阶段通过验收来检查系统是否实现了工程建设的目的，是否达到了设计的要求并投入到运行中。验收首先要了解本阶段的验收规范的基本要求，掌握验收的内容、技术与方法，完成本阶段的监理工作。工程验收是整个信息网络系统建设的最后一步，通过系统的测试验收可以检验工程是否实现了原定设计目标并满足了用户的需求，从而确定工程是否完工。

在工程验收阶段，监理方应协助业主方明确工程项目验收大纲的符合性（验收目标、责任双方、验收提交清单、验收标准、验收方式及验收环境等）及可行性；检查工程项目是否符合国家、地方、行业的法律和法规；检查工程项目的最终功能与性能是否符合相关标准及规范；检查工程项目是否符合工程建设合同书的要求；促使承建方所提供的工程项目各阶段形成的技术、管理文档资料符合相关标准要求，必要时能使工程项目生命周期的各个阶段再现。为保证技术转移的正常完成和整个信息系统的推广使用，要协助业主方并督促承建方做好用户培训工作。

7.3.1 设备验收

设备验收一般比较简单，即查看所有设备的硬件配置，如设备的机架、板卡、电源、系统软件、版本号等，对于服务器，还有硬盘、内存、CPU等内容。设备验收清单，见表7-5。

表7-5　设备验收清单

设备编号	设备名称	设备型号	数量	配置明细	验收人	验收时间
设备验收总签字				签字时间		

7.3.2 系统验收

系统验收也称为逻辑验收，包括了布线、网络连通运行、服务器的运行、安全等所有内容。系统验收测试内容，见表7-6。

表7-6 系统验收测试表

序号	描述	测试方法	结果	验收人	时间
1	综合布线以及网络	有网络主结点的划分 网管软件的调试 远程访问 路由/连接 Internet			
2	网络安全	Intranet 功能实现 防火墙网关的实现 网络安全的实现			
3	服务器	网管工作站配置 服务器发布以及应用 网络监视及管理			
验收签字					

当然也有很多注意事项，如综合布线的验收应该注意以下方面的内容。

1）工作区子系统验收。对于众多的工作区不可能逐一验收，而是由业主方抽样挑选工作间。验收的重点包括：线槽走向和布置是否美观大方、符合规范；信息座是否按规范进行安装；信息座安装是否做到一致；信息面板是否都固定牢靠。

2）水平干线子系统验收。水平干线子系统验收主要验收点有：槽安装是否符合规范；槽与槽、槽与槽盖是否接合良好；托架、吊杆是否安装牢靠；水平干线与垂直干线、工作区交接处是否存在裸线；水平干线槽内的线缆有没有固定等。

3）垂直干线子系统验收。垂直干线子系统的验收除了类似于水平干线子系统的验收内容外，要检查楼层与楼层之间的洞口是否封闭，若火灾出现，可能会成为一个隐患点。还要检查线缆是否按间隔要求固定，拐弯线缆是否留有弧度。

4）管理间、设备间子系统验收。主要检查设备安装是否规范整洁。

7.3.3 文档资料验收

所有的工程资料，如网络设计目标要求、设备的清单、设备的配置、网络的规划设计文档、实施的计划、更改内容、设备的所有手册、三包卡等，在合同签定之前由双方共同商定，并作为工程完成后验收的标准。文档资料验收主要是准确、清晰地反映设计和实现，并要求与实际的最终环境状况相吻合。文档验收清单，见表7-7。

表7-7 文档验收清单

序号	文档名称	文档内容	验收结果	验收人	验收时间

在项目执行过程中，用户可能会提出功能、性能以及环境、结构等方面的变更要求。用户变更记录，见表7-8。

表7-8 用户变更记录表

变更序号	变更要求描述	时间	用户签字	集成方签字	备注

7.4 工程移交

7.4.1 设备移交

对所有运行设备的编号、名称、放置位置进行记录并列表，与业主代表一起进行准确清点落实，然后签字移交。设备移交记录，见表7-9。

表7-9 设备移交记录表

设备序号	设备名称	设备放置位置	用户签字	集成方签字	时间
081001	Cisco 路由器	中心机房，用于 ISP 接入	XXX	XXX	XXXXX

7.4.2 验收文档资料移交

工程结束后，承建方按照监理方的要求提交综合布线工程文档和网络系统文档，包括布线设计方案、布线施工方案、布线系统拓扑图、信息点分布图、布线自测报告、配线架配线表、布线系统质保书、网络系统设计方案、网络设备一览表、网络拓扑结构图、网络配置规划及方案、主要设备配置说明、应用软件配置使用手册等，经监理方审核提交的文档达到用户方要求后，才可以将所有文档移交给用户方。

7.4.3 培训和技术转移

为了保证网络的高质量运行，可以通过一系列的培训提高系统管理人员的技术水平。用户培训记录，见表7-10。

表7-10 用户培训记录表

培训人员	培训内容	时间	用户签字	培训方签字	备注

7.5 工程总结

工程验收结束后，承建方要对整个工程项目进行总结，总结整个过程中出现的问题，以及这些问题的解决办法等内容。总结内容最好以文档形式保存。

7.6 签字离场后进入网络系统维护阶段

在工程总结会后，双方代表、现场工程师等相关人员进行工程完工后的离场确认工作。双方人员签字确认后离开现场，标志着工程全部完成，进入维护阶段，网络系统维护阶段主要是对可能出现的质量问题及时进行协调处理。

1）定期走访用户，检查网络系统运行状况。

2）出现质量问题时，积极协调解决。

3）维护期结束后，与用户商谈维护结束事宜。

4）提交维护业务手册。

5）签署维护终止合同。

习题

1. 请简述工程实施的步骤。

2. 请简述网络安全集成系统的验收步骤。

3. 请简述工程项目管理的重要性。

4. 有一个网络安全系统集成项目，该项目有5栋楼，每栋楼有8层。需要两台核心交换设备，5台汇聚交换设备，30台接入设备，一台防火墙，一台入侵检测设备，两台路由器，5台服务器分别用于网站、邮件、域名、文件服务、办公系统，每栋楼分别有300、260、180、80、20个接入点，楼栋间采用光纤连接，楼层间采用双绞线连接。依据上述要求，按照综合布线、设备安装调试、服务安装调试、系统分项验收、总体验收等内容做一个详细的网络集成工程项目实施方案。

参考文献

[1] 刘天华，孙阳，黄淑伟．网络系统集成与综合布线［M］．北京：人民邮电出版社，2008.

[2] 杨威，王云，刘景宜．网络工程设计与系统集成［M］．北京：人民邮电出版社，2005.

[3] 胡云．综合布线教程［M］．北京：中国水利水电出版社，2009.

[4] 中华人民共和国建设部．GB 50311—2007 综合布线系统工程设计规范［S］．北京：中国计划出版社，2007.

[5] 中华人民共和国建设部．GB 50312—2007 综合布线系统工程验收规范［S］．北京：中国计划出版社，2007.

[6] 全国高等职业教育“十一五”计算机类专业规划教材编委会．交换机/路由器的配置与管理［M］．北京：中国电力出版社，2008.

[7] 别文群．网络技术与局域网组网［M］．北京：中国人民大学出版社，2009.

[8] 杨威，王杏元．网络工程设计与安装［M］．2 版．北京：电子工业出版社，2007.

[9] 尹敬齐．局域网组建与管理［M］．北京：机械工业出版社，2005.